近代稀见旧版文献再造丛书

民国紅學要籍汇刊

（影印本）

王振良 编

第七卷

李辰冬 红楼梦研究

太愚 红楼梦人物论

南開大學出版社

目录

李辰冬《红楼梦研究》

李辰冬，初名振东。河南济源人。一九〇七年生，一九八三年卒。早年就读河南省立临汝第十中学。受父亲影响，苦读古典小说，乃至终生以此为业。一九二四年入燕京大学国文系，一九二八年赴法国巴黎大学留学，一九三四年获文学博士学位。曾执教于天津河北女子师范学院、西安西北师范学院等校。一九四九年赴台湾，任台湾师范大学教授，直至一九七八年退休。另著有《三国、水浒与西游》《文学新论》《陶渊明评论》《尹吉甫生平事迹考》等。

《红楼梦研究》全一册，李辰冬编著。正中书局印行，中华民国三十五年四月沪一版。发行人吴秉常。据《民国时期总书目》，本书一九四二年一月由重庆正中书局初版，收入『文艺丛书』之中。全书凡一一六页。总计五章二十三节。首有作者《自序》。

由于历史的原因，对于李辰冬的古代小说研究成就，大陆学界长期懵懂无知。近年随着《李辰冬古典小说研究论集》的出版，人们才更多地知晓了这位卓识的学者。《红楼梦研究》是作者在巴黎大学的博士论文，后经冯友兰先生倡议和审校，由重庆正中书局出版。据说该书一年内六次再版，可见其受欢迎之程度。

李辰冬继王国维《红楼梦评论》之后，利用欧洲现代批评方法，对《红楼梦》做了深刻解读和比较研究。他认为，意大利有但丁的《神曲》，英格兰有莎士比亚的悲剧，西班牙有塞万提斯的《堂·吉阿德》，德国有哥德的《浮士德》，法兰西有巴尔扎克的《人间喜剧》，俄罗斯有托尔斯泰的《战争与和平》，而中国唯有《红楼梦》可与这些杰作并驾齐驱，屹立于世界文学之林。

文藝叢書

紅樓夢研究

李辰冬編著

正中書局印行

中華民國三十五年四月滬一版

紅樓夢研究

全一册　定價國幣一元四角
（外埠酌加匯費運費）

編著者　李辰冬
發行人　吳秉常
印刷所　正中書局
發行所　正中書局

（1456）

渝型（林）（一）二

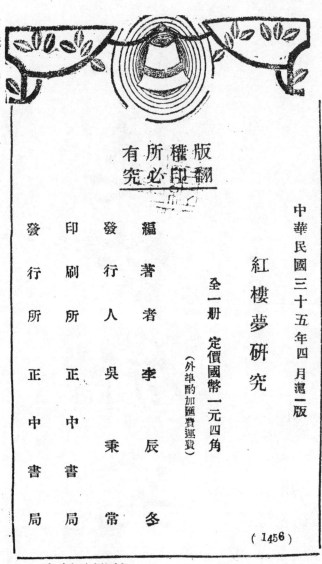

目次

自序

紅樓夢不成問題是世界的傑作，然曹雪芹沒有歐洲作家那樣的幸運，西歐的著名作家或作品，幾乎都有專著來研究，甚而有用畢生精力去探討一位作家的。我國學者，固然喜愛文學，欣賞文學，但總以文學為雕蟲小技，偶一為之；除自己的創作外，很少批評人家作品的專著。在這種情形下，紅樓夢還是比較幸運。不但模擬它的有十數種，且清代考證學興，此書的影射問題，引起趣味，於是有王夢阮、沈瓶菴合著的紅樓夢索隱，蔡元培的石頭記索隱等，因此又有「紅學」之稱。不過引我們入研究正軌的，始以王國維紅樓夢評論，繼之胡適之先生的紅樓夢考證。這兩篇雖是短短論文，然前者規定了此書的價值，後者決定了作者是誰的爭論。

我們深知要了解像紅樓夢這樣的著述，不是一年兩年的時光，一個兩個人的精力，和一個兩個時代的智慧所能辦到。研究者的眼光不同，它的面目也不同；時代的意識變異，它的精神也變異。最明顯的例，祇以考證論，以王夢阮、沈瓶菴看，賈寶玉是清世祖，黛玉是董鄂妃；以陳康祺、俞樾講，寶玉是納蘭性德，黛玉是性德的妻子；以徐時棟、蔡元培論，此書為清康熙朝的政治小說，可是到了胡適之手裏，寶玉又變成了曹雪芹。考證為科學工作，是非自有定論，還生這麼多的枝節；價值問題，更是主觀的，更無一定的標準。我們這篇論文的用意，祇在解釋它在世界文學的地位。義大利有丹丁的神曲，英格蘭有莎士比亞的悲劇，西班牙有賽萬提斯的堂·吉阿德，德義志有哥德的浮士德，法蘭西有巴爾扎克的人間喜劇，俄羅斯有托爾斯泰的戰爭與和平，那末我們有那部傑作可與它們並駕齊驅呢？現在試作一個解答，也可說這是試答的開始。

研究方法，全以歐洲第一流批評家研究他們第一流作品的結果，來與紅樓夢作個比較，就是說把他們認爲第一流作品必具的條件，看看它是否據有此種特質。提到曹雪芹可與丹丁、莎士比亞、哥德並列，不論中外，定引起許多人的驚異與懷疑。因一部偉著的認識是漸漸地，徐徐地，今天這個在那裏發現了一點偉大，明天那個在那裏發現了一點特性，以不同的眼光，不同的學識，然各個都在那裏發現了新的寶藏，久而久之，這部偉著就在讀者的心裏起了信仰與崇拜。在現在的我國，每部作品尚未單獨地分析，單獨地認識前，且也未做各部作品比較的研究，當然難以承認此刻提到的問題。尤其那些讀了幾部西洋作品的人，對外國作品起了一種盲目的崇拜，對我國作品，反有藐視的趨勢。再如讓歐洲人承認我們所發的問題，更爲遙遠的事。因我國文化現處在被征服的地位，他們根本瞧不起，卽令有些東方學者對我們的東西感覺興趣。而注意的多係哲學或古董，忽略文學。間有注意文學者，然所介紹的又係二三流作品，如風月傳　平山冷燕之類，三國、水譯直到近來纔有全部譯文，紅樓夢，德國只有部分的翻譯，英法連部分的也沒有，所以歐洲學者，無法比較，實也無從比較。在這本書裏，並不希望讀者立刻首肯我們的提議，而是提出我們的意見讓大家想想罷了。

這本書裏往往襲用「某某階級意識」字樣，恐讀者將「階級」二字誤會，作一釋明。這裏「階級」二字，祇在示明由經濟關係而產生的某一時代，或某一社會集團而言，絕無其他含義。現在一般人提到「階級意識」時往往聯想到階級鬥爭，在我們看來，階級鬥爭決非歷史演變的條件，且在我國既無階級鬥爭之可能，也無實行此種鬥爭之必要。此點，在拙作文學與青年（中國文化服務社出版）內詳加陳述。我們每將「階級」與「階級鬥爭」聯在一起，因而「階級」二字成為危險名詞。其實，這二字恰可形容某些人在社會經濟上的地位，某些作品表現某些社會地位的意識。它們的關係和演變上，如換種眼光看，絕不含任何鬥爭現象，故「階級」二字今仍沿用之。至於本書內片斷地所提到之中國文學史的分期，純由經濟演變而產生的時代意識或社會集團意識為標準。唯有這種標準纔可看出我們文學演變的痕跡。但此種問題，不屬本書範圍，故祇於必要時，略提數語。在文學與青年中也有詳細的說明。

現在我要感謝與這部研究有關的幾位師友。第一馮友蘭老師，他是第一次讀最初稿的人，這已遠在八、九年前的事，要不經他的指示，此書不會有現在的面目，其次是錢亞新先生，他對定稿曾仔細地讀過，並給許多寶貴的意見。他正着手編紅樓夢辭典，盟能早日付梓！

最後，我得極悲傷地提到的，是與此部研究有密切關係的我的母親，中國小說裏，她對紅樓夢特別喜愛，對它的故事也特別熟習，加以我的父親也是紅樓夢迷，因此，我的弟妹們沒有一個不愛讀這部小說的，由喜愛而互相講述，由講述而互相辨論，由辨論而有研究的意向，這樣，使我們全家充滿了「紅樓夢」的氣氛。不幸這部研究正要殺青的當兒，她老人家於去年今日在西安逝世，不克目睹此書的問世，言之痛心，謹以此作，獻給她老人家之靈！

民國三十年八月一日序於北碚。

第一章　導　言

一　對以往各種考證應有的態度

紅樓夢為曹雪芹所寫，且一部分材料取於他的家庭，這無疑地成了定論，尤其「脂硯齋重評石頭記」本的發現，更使這種定論成了鐵案。「脂硯齋」據胡適之先生的考證，「大概是曹雪芹的嫡堂弟兄或從堂弟兄，——也許是曹顒或曹頫的兒子。『松齋』似是他的表字，『脂硯齋』是他的別號」（註一）。因他與作者這樣的關係，所以評註裏如第十三回寫秦可卿托夢於鳳姐一段上的眉批：「『樹倒猢猻散』之語，言猶在耳，屈指三十五年矣。傷哉！寧不慟殺」！又此回鳳姐尋思寧國府中五大弊，上有眉批：「舊族後輩，受此五病者頗多。余家更甚。三十年前事，見書於三十年後，今(令)余想慟血流盈」（此處疑脫一字）」。又第八回賈母送秦鐘一個金魁星，有殊批云：「作者今尚記金魁星之事乎？撫今思昔，腸斷心摧」。諸如此類的例證，使紅樓夢是記曹家事一語，無疑的餘地。我們勿須再費工夫來探討其他關於此書的考證，因它們對了解這部書上沒有多大幫助。

不過，一方面儘可承認這個斷案的確切性，但另一方面以往故事或當代發生的事件，不見得不給曹雪芹一種引意或影響。文學事實，並不完全爲歷史事實，作者可以任意增加取舍的。興會是一種有羽翼的東西，不受任何時間與空間的限制，他可以飛到任何時代與地點，祇要它所知道的。例如，許多人相信之紅樓夢是寫納蘭性德的家事一問題，現在儘可在事實上反證這句話的錯誤，但不敢一定說納蘭性德的家事沒有給曹雪芹一種引意或興會。納蘭詞出版於一六七八年（見納蘭飲水詞側帽詞全稿的顧貞觀序），其中之情思筆調，與林黛玉之情思筆調又相合；加以曹家與納蘭氏往還甚密（註二），不見得曹雪芹不受納蘭性德的影響。雪芹離開江南時年祇十一二歲，對當時自家之闊綽情形，當然不很記憶，現要在北京創造一個賈（假）府，自不能不參照當代世家的情況。甄（眞）府在金陵而賈府在北京，很可以說曹雪芹是以金陵的「眞」府作根據，在想像裏創造了一個「假」府。由這個觀點來看，甄寶玉與賈寶玉，甄府與賈府的關係就瞭然了。賈寶玉同我們見面時已經十歲左右，而書裏敍甄寶玉的情形，當係幼童，實即在江南時的曹雪芹。如果把第二回裏賈雨村與冷子興關於甄賈二府的談話詳細一讀，就發現了賈府許多處和甄府相同；甄府有一個寶玉，賈府也有一個寶玉，這個寶玉的性格完全無異（高鶚寫的甄寶玉不在內），甄府女孩的名字當從男子之名命取，賈府亦然；甄府有幾個好姊妹，賈府的幾個也不錯。因比，可以講曹雪芹把自己家的事，作一個紅樓夢的骨幹；然讀者不要誤會他每個人物，每個事件，以及每個人物的一舉一動都取之於自家。

小說家的一位人物，並非僅從一位模特兒而來。他不知觀察了十位二十位之後，纔從這些實在的模特兒裏，創造他想像的人物。小說家的理想人物，無不從實際的社會產生，不過作家手段高明與否的區分罷了。他起始觀察時，或者從一個模特兒起，但久而久之，觀察和思索的太多了，反把原始的模特兒忘記。所以創造出來的人物是普徧的，共性的。現在人固然考不出他的人物之模特兒是誰，卽令他自己恐怕也難確實指出。正同思想家的思想一樣，在初讀幾部書的當兒，他很可指出那種思想是從那位作家那部作品來的，但日積月累自己有了一貫的主張，且天下事物無不爲他所有的時候，他原來所受的影響，就漸漸消逝了。此其所以最偉大的思想家，最難考證他思想淵源的所在。總之，作者的經驗愈豐富，他的想像力也愈豐富。想像決不是無源的東西，不過愈是偉大的作家，愈難尋找他的根源罷了。曹雪芹不知觀察和思索多少實在的寶玉、黛玉、寶釵、熙鳳、賈政、賈母、襲人、薛蟠，以及一切其他的人物，然後纔產生他理想的人物。現在想指出那一位是實在的誰，眞有點做夢，徒勞無益。但我們並非說部部小說都不可能，最低限度想指出曹雪芹的模特兒是誰，這是不可能。他的人物可以附會淸初的名人，且也可附會淸以前的名人。

自從胡適之先生考出紅樓夢爲曹雪芹作的以後，他下一個結論說此書是作者的「自傳」，於是十數年來大家都認做定論。這定論本不錯。其實不止紅樓夢，一切的小說都是作家自傳。福羅貝爾說波華荔夫人是他，莫泊桑也說「漂亮朋友」是他；至少一部分是他。但我們把紅樓夢裏的人物各個分析來看，就知道曹雪芹是極端寫實主義作家（詳論見第五章）。如果這部小說係單純的自傳，那他僅能做到像歌德的少年維特之煩惱，康司當的愛多耳夫，夏多布里央的亞特拉和羅南，沈復的浮生六記。這些著作都是作者公開的自訴，範圍絕不能像紅樓夢這樣廣泛。如果要是自傳，那末，每位人物都充分地表現着作者的「自我」，作得好一點，就像雨果的悲慘世界一類浪漫小說，絕寫不出像紅樓夢對每個人物那樣的客觀。再深一層說，如果紅樓夢寫的處處是曹雪芹自己家庭的事，像胡先生所考的，連賈府的宗系都照自己的宗系排列；然以創作的實情論．他的著作絕不會是實在的事物的抄寫，要說曹雪芹以他的家庭爲根據則可，要說賈府就是他自己的家庭，就有語病。作家的寫小說正如惜春的畫大觀園，寶釵議論道．「如今畫這園子，非離了肚子裏頭有些邱壑的，如何成畫。這園子卻是像畫兒一般，山石樹木，樓閣房屋，遠近疎密，也不多，也不少，恰恰是這樣。你若照樣兒往紙上一畫，是必不能討好的。這要看紙的地方遠近，該多該少，分主分賓，該添的要添，該藏該減的要藏要減，該露的要露。這一起稿子，再端詳斟酌，方成一幅圖樣」。繪畫如此，寫小說也如此。老實地抄寫模效、是絕不會成功的。我們能以考證的，僅係眞人物與理想人物之性格關係。以前考證紅樓夢的影射法，固屬可笑，卽胡先生也不免有太拘泥史事之嫌。他考出了曹雪芹死後還留一位飄零的新婦，以爲不知是薛寶釵呢？還是史湘雲？若這樣說法，歌德自殺後，纔能寫少年維特之煩惱，因維特的煩惱就是他的煩惱，而維特因煩惱自殺了。

以往的批評家，都把作品所表現的材料，誤認爲作者的目的。看見西游記有玄奘取經故事，認爲談禪，有金丹妙訣故事，認爲講道，有正心誠意故事，認爲勸學，有玩世滑稽故事，認爲游戲之作，看見水滸傳有強盜，就刪改之，筆伐之，續編之。同樣，紅樓夢根據王夢阮與沈瓶菴看來，賈寶玉是清世祖，林黛玉是董鄂妃，以陳康琪俞樾的眼光，賈寶玉是納蘭性德，林黛玉是性德的妻子，以徐時棟蔡元培講來，此書是清康熙朝的政治小說，甚而有人看見與金瓶梅有數點相同，就認爲模擬該書之作。要知道一部作品之最重要的，不在其材料，而在作者的意識。作者決定了自己的意識後，他可以用，也可以不用自己的生活作材料。天南地北，古今中外，祇要他所知道的，均可用做材料，這時候，不論考證家有多大本領，也無用武之地。固然有時考證出些很貴重的資料，但不過恆沙數粒而已。考證的目的，在幫助讀者發現作者的意識，這種目的達到，其任務也就完結。胡先生的考證之所以高超，就在能達到此種任務；然他的推論，又不免拘泥。

二　紅樓夢前後的異同問題

其次，再談紅樓夢前後的異同問題。

此書的前八十回與後四十回是否爲一個人做的，胡適之與俞平伯兩位先生已經分辨的很詳盡了，勿須再來畫蛇添足。惟他們所注意的，係由版本、回目、故事、以及章法等着手；我們所注意的係紅樓夢的本身，換言之，就是書裏所表現的環境、風格與思想三方面來區別；或者對他們講的不無增補。況且他們區分的證據，有些地方，還不敢十分同意。例如湘雲與小紅的丟開，結尾與第一回自敘的話不合，香菱的結果與回目意義的不切，來證明前後決不是一個人作的。槪言之，如以前後故事的不合，就決定不是一個作者，那末，堂·吉阿德或浮士德也不是一個作者了，因這兩部中的衝突與不接連處，較紅樓夢還要多(註三)。加以紅樓夢爲未完之作，且彼此傳鈔，刻版不一，前後的不合與人物的遺漏，想係難免的事，絕不能以此就下斷案。

卽以小紅論，曹雪芹之讓鳳姐抬舉她，爲的她善於言談，表示曹雪芹自己對於語言的注意。我們看小紅回答鳳姐話後，鳳姐說的：「好孩子，難爲你說的齊全，不像他們扭扭揑揑，蚊子似的；嫂子不知道，如今除了我隨手使的這幾個丫頭老婆之外，我就怕和別人說話。他們必定把一句話拉長了作兩三截兒，咬文嚼字，拿着腔兒，哼哼唧唧的，急的我冒火，他們那裏知道！先是我們平兒也是這麼着，我就問着她，難道必定裝蚊子哼哼就是美人了」。……又道：「這一個丫頭就好，方纔兩遭說話雖不多，聽那口角就是剪斷」。說着又向小紅笑道：「明兒你伏侍我去罷，我認你做女兒，我一調理，你就出息了」。讀了這一段話，好像曹雪芹故意發表他對言語的意見，並非全力注意小紅這個人物。即令寫到她與雲兒的關係，也不過一種帶筆，所以後來很可以草草的了結。

俞先生又以作文的程序來證明，那意思是說絕對沒有先把回目很恭正地寫好，然後再去寫內容，必是先寫了內容後再定回目。這話未見正確。要預定寫一部書的人，他必對這部書有一種整個的計畫，以通常的著作情形，很可能地作者先把整部書的回目列到那裏。而後再一方面寫，一方面改正。歌德的浮士德下卷就是這種辦法。回目前後的不合，也是意料中事。因為作者沒寫到那裏，所以尚未改正。總之，胡俞二先生既把紅樓夢考出是作者未完著作，沒有深想一步，既係未完，作者絕不會從頭至尾，詳加訂正，一字也不誤，一字也不掉；他一定中途停筆，則前後不接之處，自屬難免。後來傳抄的人，看到不通或前後不合的地方，隨自己的意思修改，弄得我們現在莫明其妙。是的，胡俞二先生很可拿紅樓夢的第一回裏說的：「曹雪芹於悼紅軒中，披閱十載，增刪五次，纂成目錄，分出章回」，來證實經過曹雪芹詳細修正的。但若相信這話，那雪芹一定是把整部著作完成後纔說的，不然他開始寫的時候，怎會預定要寫十年，而且要增刪五次呢？然要說全部都是雪芹寫的，那俞先生的紅樓夢辨算把工夫白費了，因他在這書裏的注意點，就在分別這前後兩部的不同。要說他祇預備寫八十回，把它們改正得沒一點毛病與衝突，並預知死之將臨，不再動筆，於情理又絕對不通。要之，我們以為專在這回目上、故事上、章法上等處研究，得不出很正確的結論。

當然，我們的意思並不是推翻二先生的證據，是想在他們的證據之外，再用思想、風格，與環境這三種人人各異，不能強同的特質，來增強他們的斷案。

任何偉大作家的思想，都是一貫的，前後絕不會互異。但把後四十回與前八十回比較一下，就知不論是思想或處世的態度，都相差太遠。曹雪芹的思想是達觀的，厭世的（參看下章），而後部作者的思想是積極的，入世的。前者的態度是自然主義的，而後者的態度是功用主義的，我們知道黛玉的人生觀完全與寶玉一樣，都是達觀的，愛的追求者，對人生之興衰際遇，一概不願聞問，所以寶玉稱她爲知己。然到了後四十回，不但寶玉的人生觀突然改變了，且可以說沒了人生觀，即令黛玉也讚美起八股文來，你瞧她對寶玉講的：「我們女孩家雖然不要這個（指八股文），但小時跟着你們雨村先生念書，也曾看過，內中也有近情近理的，也有清微淡遠的，那時雖不大懂，也覺得好，不可一概抹倒。況且你要取功名，這個也清貴些」。奇事，黛玉會說出這類話來！

再考，寶玉對自己家庭的貧富貴賤，及父兄們的陞降榮辱，從不介意，元妃回省和得寵，多麼大的喜幸，別人看爲千載難逢的榮耀，獨他視有如無。寶玉這種達觀態度，表現得多麼明白。然到後四十回，他父親陞了郎中，你看他「此時喜的無話可說，忙給賈母道了喜，又給邢王二夫人道喜」。試問寶玉在前八十回曾否有過這樣的舉動？據俞平伯先生講，高鶚續紅樓夢異常用心，處處想與前部脗合。惟他所注意的僅僅爲故事之是否前後照應，根本沒想到曹雪芹的思想或人生觀是什麼。或者高鶚想到這裏，因處的環境不同，不能不這樣寫。

至於他們著作的態度，從高鶚給紅樓夢的結論，就可知道。甄士隱對賈雨村道：「老先生莫怪拙言，貴族之女，俱屬從情天孽海而來。大凡古今女子，那「淫」字固不可犯，祇這「情」字也是沾染不得的」。又道：「福善禍淫，古今定理。現今榮寧兩府，善者修德，惡者悔過，將來蘭桂齊芳，家道復興，也是自然的道理」。你瞧這種說教的態度，勸善規過的心理，功用主義的思想多麼顯著。如果要問後四十回的中心思想是什麼，以四字了之，即「福善禍淫」。因此，大多數的人物，都給他一個報應的結果：薛蟠無賴，讓他娶一個夏金桂；夏金桂潑悍，讓她自焚身；趙姨娘以魔術害人，讓她見鬼而死；妙玉孤高，讓她被污；寶釵冷枯，讓她守寡；熙鳳貪財，所以被抄；寧府依勢欺人，賈珍賈蓉被控。總之，凡行爲不善的，均得一種壞果。這樣把紅樓夢寫成一部醒世姻緣傳了。其實，高鶚不會了解紅樓夢的，曹雪芹經過了一番繁華夢，對人情世故認識得異常透澈，所以用冷靜的眼光來著作。高鶚未曾經過繁華夢，對人生尙有無限的幻想，他當然要改變原作者的面目。像上邊我們講的，曹雪芹之寫甄府與賈府，甄寶玉與賈寶玉，係提醒讀者賈（假）從甄（眞）來。甄寶玉也就是賈寶玉啓蒙時代的情形，此後沒有再提的必要。然高鶚不懂這意思，故意在後四十回內將甄寶玉復活，使前後迥若兩人。其誤解固屬可惜；然也非無因。

一個人生到某樣的環境，使他見到某些事物，這些事物又有意無意地表現到他的言語與文字裏。我們可以模擬一切，但這環境的氣概無法模擬的；除非自己也是這種環境的人。曹雪芹做過繁華的夢，他家幾代做大官，且藏書又多，加以他的祖父曹寅能詩，養成一種喜歡美術的環境，飲食起居，日用應酬，無不講究，所以他的見聞異常廣博。胡適之先生說：「富貴的家庭並不難得，但富貴的環境與文學美術的環境合在一起，在當日的漢人中是沒有的，就在當日的八旗世家中，也很不容易尋找的」。這樣，曹雪芹在前八十回裏，處處留下了堂皇富麗的痕跡，連蓮葉湯的模子，也是銀做的。作者所以特意描寫這一段，並特意說出管金銀器的將模子送來，薛姨媽也說不認得的意思，都在表示這東西的貴重。可是一讀到後四十回，不但貴重陳列、希世珍物、和海外奇品沒有了，即寶玉等的衣服飲食，也不像前部那樣細心地來描寫。祇以紅樓夢裏所表現的氣象，就知道前後非出一人之手。

至於風格，我們知道曹雪芹對北京話異常注意，處處照着自然的語言，又把自然的語言美化了。他的人物從上到下，沒有不是能言善語。寶釵言辭的和平老成，黛玉言辭的尖刻妬忌，熙鳳言辭的流暢毒辣，劉老老言辭的粗趣，迎春言辭的柔弱，探春言辭的剛強，都是不問其名，祇聞其聲，就可斷定爲誰。可是到了後四十回，雖也是北京的官話，然係人造的官話，一點也不流暢，一點也不生動。例如，黛玉很能講話的，但看她對寶玉論琴一段：「琴者，禁也。古人制下，原以治身，涵養性情，抑其淫蕩，去其奢侈。若要撫琴，必擇靜寶高齋，或上層樓的上頭，或在林巖裏面，或是山巔上，或是水涯上。再遇着那天氣清和的時候，風清月朗，焚香靜坐，心不外想，血氣和平，纔能與神合靈，與道合妙。所以古人說：『知音難遇』。若無知音，寧可獨對那清風明月，蒼松怪石，野猿老鶴，撫弄一番，以寄興趣，方爲不負了這琴。還有一層，又要指法好，取音好。若必要撫琴，先須衣冠整齊，或鶴氅，或深衣。要如古人的儀表，那纔能稱聖人之器。然後盥了手，焚上香，方纔將身就在榻上邊，把琴放在案上，坐在第五徽的地方兒，對着自己的當心，兩手方從容抬起，這纔身心俱正。還要知道輕重疾徐，卷舒自若，體態尊重方好」。且不問前八十回從未提過黛玉會撫琴，現在忽講琴理，令人驚異，即以語調論，完全是一位冬烘先生，在那裏咬文嚼字，發揮腐論，那像多情小姐對情郎講話。黛玉的話，如果這樣生澀，也不足稱爲黛玉了。自從八十回後我們處處覺得言辭的生澀，語句的人造，完全失了自然性。前八十回能使我們哭，使我們笑，使我們喜，使我們怒，使我們悲，使我們愛，使我們憎。要之，他所描寫的是人類的靈魂，事實少而意象與情感多，即令事實，也爲附着意象與情感而設，並非無緣無故，充塞篇幅。自八十回後，描寫的全是事實。所以讀的時候，味如嚼蠟，枯燥生澀，好像從八十回裏取些事實，把這些事實結束罷了，引不起我們一點意象與情感。它所描寫的是中國大家庭的瑣事，非人類的靈魂。前八十回的紅樓夢是世界的傑作，而後四十回是清初中國家庭的情形。前八十回能令人百讀不厭，且每多讀一次，多得一次的發現；而讀後四十回的目的，僅在知道故事的結局，知道了結局，沒有再讀的勇氣。

總之，一部作品的認識，至少得從時代與個性兩方面着手。所謂時代，指由經濟生產關係而產生的時代意識。這種時代意識，是作者從事創造的傾向，同時，也是讀者快感之所在。所謂個性，指由特殊的環境、教育、血統、生活等等而形成的個人意識，這種個人意識，是組合一部作品特點之成因。儘管時代意識彼此相同，若個人意識殊異，則人生的認識，創造的手法，也隨之而異。由此而論，可知祇做版本、回目、故事及章法等等之表面工作是不夠的。

（註一）參看考證紅樓夢的新材料，收在胡適文選頁四二九至四七〇頁。

（註二）見海漚閒話，引自孔另境編中國小說史料，頁一三四。

（註三）關於堂·吉阿德與浮士德的前後衝突與不接連處，看 Paul Hazard 的 Don Quichotte de Cervantes 頁二七四——二七五和巴黎大學H. Lichtenbergen教授所譯法文體浮士德的序論。

第二章　曹雪芹的時代個性及其人生觀

一　曹雪芹的時代

紅樓夢，以中國文學史的分期，應爲紳士階級復興時代的作品。所謂「復興」，係對唐代而言。唐以科擧取士，新興一種紳士階級，此時期的文學，不論詩歌與小說，均是紳士們所寫，而爲紳士們所讀。由於這些紳士們初到社會上來，充滿了理想與夢幻，他們所處的生活，與其說是人世的，毋寧說是夢境的。他們之喜歡取才子佳人，神仙妖怪，奇事異物作材料者，正足以滿足他們夢幻的意識。他們的生活意識是夢幻的，他們的創造手法是浪漫主義的。

到了宋代，詩詞兩種文體固仍可謂爲紳士階級的文學，然已失了幻想的色彩，而趨於寫實。不過最令我們注意的，是另一種嶄新的文藝——「平話」，出現於民間。這種「平話」爲無名作家所著，民衆之主要娛樂品。經過元明兩代的模擬，蔚爲大國，成了長篇說部。不論平話、擬平話、長篇說部，以及雜劇，均一反唐人幻夢的風習，而以資產中的人物、手工業者、農夫、商人、小販、店東、重利貸者，守財奴等等作材料。雖然也往往取材於紳士或官僚階層，同唐一樣，而意識完全殊異。唐代的士大夫多少都含有杜甫說的「自謂頗挺出，立登要路津，致君堯舜上，再使風俗淳」。可是到這個時期，一般人的心目中，大多以讀書的目的在做官，做官的目的在發財，所以做官如同其他職業一樣，是發財之另一途徑。雖然也同唐代一樣，取材於神仙故事，但這些故事，不是將唐代小說擴而大之，就是將神仙作爲寓言。例如西游記，數百年來都認爲談禪、講道、勸學或游戲之作，其實，這是一部資產社會的寓言小說。神的世界完全是人之世界的反映，人的世界有什麼現象或意識，神的世界自然也反映出同樣的現象或意識。西游記爲資產社會的產品，而資產社會又爲個人主義最發達的時代，各個都以自己的利害爲利害，弱肉強食，自屬難免，所以世間充滿了不公。水滸傳是人間不公的表現，西游記是神間不公的表現（作者另有一篇「西游記的認識」一文，詳論此等問題）。這個時期，在政治的表面雖無十分變化，而實際社會確趨於資產主義，故其創造手法爲寫實主義的。

到了明末，紳士文學又漸漸復活，此種趨勢直至歐洲的勢力侵入，使中國社會發生根本變化爲止。這時期的作品，如平山冷燕、風月傳、二度梅、白圭志、聊齋誌異、醒世姻緣傳、儒林外史、鏡花緣、兒女英雄傳、蘭花夢奇傳，均爲紳士階級所寫，且充分表現紳士階級的社會意識。然與唐代紳士階級所不同的，在受了資產社會的洗禮後，失去了以往的神祕性，夢幻性。不但小說，傳奇，就是劇曲，據吳梅先生在顧曲塵談裏所講，以才子佳人作材料者，也是十居八九。由此題材而論，也可見爲紳士階級的著作。

紅樓夢，不成問題，是一部才子佳人的小說，如唐人小說之取材。然受資產社會寫實主義作品的影響，尤其金瓶梅的影響，使它給才子佳人作品另闢一條寬廣的大路。這一點，曹雪芹自己也承認。第一回石頭對空空道人說的：「至於才子佳人等書，則又開口文君，滿篇子建，千部一腔，千人一面，且終不能不涉淫濫。在作者不過要寫出自己的兩首情詩艷賦來，故假捏出男女二人名姓，又必旁添一小人，撥亂其間，如戲中小丑一般。……竟不如我半世親見親聞的這幾個女子，雖不敢說，強似前代書中所有之人，但觀其事跡原委，亦可消愁破悶。至於幾首歪詩，亦可噴飯供酒。其間離合悲歡，興衰際遇，俱是按迹循踪，不敢稍加穿鑿，致失其眞」，就是他的自訴。紅樓夢既爲紳士階級的產品，其給與的快感在此種階級，其藝術的價值也應以此階級的見解來衡論（詳見第三、四兩章）。

二　曹雪芹的個性

上邊講過，個性係由特殊的環境、教育、血統、生活等等而形成的，現在由這些方面來看曹雪芹的個性是什麼。關於雪芹的環境等能以知道的很少，祇有把胡適之先生的紅樓夢考證與考證紅樓夢的新材料幾篇文件，做一個概要的敘述。要想知道曹雪芹，得先知道他的祖父曹寅，因那時候是他家最興盛時期。

曹寅字子清，號楝亭，正白旗漢軍（因爲他是滿人，解決了一種紅樓夢裏奇特的疑點，就是那時中國婦女纏足之風正盛，而曹雪芹對其人物，上自頭下至脚的穿戴與裝飾，無不細心描寫，然自始至終，沒有提到一個纏足的字眼。現在知道了他是旗人，而旗人無此風俗，也就不爲怪了）。他生於一六五八年，死於一七一二年（註二），做了四年的蘇州織造，又做二十一年的江寧織造，同時又兼做了四次的兩淮巡鹽御史。他做江寧織造是一六九二至一七一三年，那時正是康熙帝最後四次的南巡（即第三次一六九九年，第四次一七〇三年，第五次一七〇五年，第六次一七〇七年），因爲康熙帝把織造署當行宮，他做了四次接駕的差。並且康熙帝一七〇五年的第五次南巡，他旣在南京接駕，又以巡鹽御史的資格，趕到揚州接駕，並貢了許多禮物。所以曹雪芹在紅樓夢的第十六回裏，特意地藉賈妃歸省的因由，讓鳳姐和趙媽媽把這件事提一提。

曹寅自身又是一位詩人。他著有楝亭詩鈔八卷，文鈔一卷，詞鈔一卷，詩別集四卷，詞別集一卷。他的詩在八旗詩人之中，要算是一位大家，並且當時的著名文學家如朱彝尊姜宸英等，都爲楝亭詩鈔作序稱讚。他又刻古至二十多種，世稱爲「曹楝亭本」。他家藏的精本書籍，有三千二百八十七種之多。這樣富貴而且喜歡文學與藝術的家庭，據胡先生講，「在當日的漢人中是沒有的，就是當日八旗世家中，也很不容易尋找」。正如紅樓夢二回裏，冷子興對賈雨村講的「鐘鳴鼎食之家，翰墨詩書之族」。同時，他又刻了一部居常飲饌錄，這裏搜集的都係前代所傳飲饌的方法。曹家自己做的雪花餅，朱彝尊在他的曝書亭集卷二十一（頁十二）有「粉量雲母細，糝和雪糕勻」的稱譽。紅樓夢裏上自賈母下至丫鬟，對於飲食的講究，並非無因的。

曹寅的歷史與紅樓夢有關，能知道的止此。現在再講曹雪芹父親的事。

曹寅死後，他的長子曹顒接着做了三年的江寧織造。他的次子曹頫，接下去又做了二十年。曹頫就是雪芹的父親。他是一七一五到一七二八做織造，而雪芹是一七一七左右生的，曾隨其父在織造之任，約十一二年的光景。織造是內務部的一個差使，不算做官，故氏族通譜祇稱曹頫爲員外郎，與紅樓夢裏的賈政，一則都係次子，二則也都是先不襲爵，也是員外郎。紅樓夢第二回敍榮府的世次道：「自榮國公死後，長子賈代善襲了官，娶的是金陵世家史侯的小姐爲妻，生了兩個兒子，長名賈赦，次名賈政。如今代善早已去世，太夫人尚在。長子賈赦襲了官，爲人平靜中和，也不管理家務。次子賈政自幼酷喜讀書，爲人端方正直；祖父鍾愛，原要他以科甲出身的。不料代善臨終時，遺上一本，皇上因恤先臣，卽時令長子襲官外，問還有幾子，立刻引見，遂又額外賜了這政老爺一個主事之職，令其入部學習，如今已陞了員外郎」。由這一段之傍，在「脂硯齋重評石頭記」有硃評「嫡眞實事，非妄擁也」一句話，更可證明賈政就是曹頫，賈寶玉就是曹雪芹了。可是當一七二八年曹頫卸織造任時，因虧空被追賠，故他們的花園到了他的繼任人隋赫德的手裏，改名爲隋園；三傳至袁枚家裏，又改爲隨園。從此而後，曹家在江南的家產都完了，不得不搬回北京居住，但還不曾完全倒落。曹雪芹之流落到北京，就由這種緣故。紅樓夢裏有甄家，並且「脂本」在十六回「現在江南的甄家」一句之傍，有硃評云：「甄家正是大關鍵，大節目，勿作泛泛口頭語看」，更可證明上邊假設的甄家賈家之關係是不錯的。

(2)現在敍到了作者曹雪芹的本身。

雪芹名霑，號芹溪，一字芹圃。關於他的生平，知道的更少。祗有從他的至友敦敏和敦誠兄弟予他寄贈的詩裏，以及「脂本」的批註裏，略得一二。現將敦敏與敦誠之有關係的詩，都抄在這裏，以作參證。敦誠的四松堂集裏有：

寄懷曹雪芹

少陵昔贈曹將軍，曾曰魏武之子孫。嘆君或亦將軍後，於今環堵蓬蒿屯。揚州舊夢久已絕，且著臨邛犢鼻褌。愛君詩筆有奇氣，直追昌谷披籬樊。當時虎門數晨夕，西窗剪燭風雨昏。接䍦倒著容君傲，高談雄辯蝨手捫。感時思君不相見，薊門落日松亭樽。勸君莫彈食客鋏，勸君莫叩富兒門。殘盃冷炙有德色，不如著書黃葉村。

佩刀質酒歌

秋曉遇雪芹於槐園，風雨淋涔，朝寒襲袂。時主人未出，雪芹酒渴如狂，余因解佩刀沽酒而飲之。雪芹歡甚，作長歌以謝余。余亦作此答之。

我聞賀鑑湖，不惜金龜擲酒壚。又聞阮遙集，直卸金貂作鯨吸。嗟余本非二子狂，腰間更無黃金璫。秋氣釀寒風雨惡，滿園榆柳飛蒼黃。主人未出童子睡，斝乾甕澁何可當！相逢況是淳于輩，一石差可温枯腸。身外長物亦何有？鸞刀昨夜磨秋霜。且酤滿眼作軟飽……令此肝肺生角芒。曹子大笑稱快哉，擊石作歌聲琅琅。知君詩膽昔如鐵，堪與刀穎交寒光。我有古劍尙在匣，一條秋水蒼波涼。君才抑塞倘欲拔，不妨斫地歌王郎。

敦誠關於雪芹還有兩首未刻的詩：

贈曹芹圃（注）卽雪芹（此詩作於一七六一）

滿徑蓬蒿老不華，舉家食粥酒常賒。衡門僻巷愁今雨，廢館頹樓夢舊家。司業青錢留客醉，步兵白眼向人斜。阿誰買與豬肝食，日望西山餐暮霞。

輓曹雪芹（注）甲申（一七六四）

四十年華付杳冥，哀旌一片阿誰銘？孤兒渺漠魂應逐（注：前數月，伊子殤，因感成疾）。新婦飄零目豈瞑！牛鬼遺文悲李賀，鹿車荷鍤葬劉伶。故人惟有青山淚，絮酒生芻上舊坰。

敦敏雖有兩首關於曹雪芹的詩，而衹一首最重要：

贈曹雪芹

碧水青山曲徑遐，薛蘿門巷足煙霞。尋詩人去留僧壁，賣畫錢來付酒家。燕市狂歌悲遇合，秦淮殘夢憶繁華。新愁舊恨知多少，都付酕醄醉眼斜。

現在所有曹雪芹的材料，祇這五首詩。從這五首詩裏：

第一，如「嘆君或亦將軍後，於今環堵蓬蒿屯」，可知曹雪芹爲將軍的後代。雪芹爲旗人，而旗人均係軍人，故曹家受封，當爲軍馬之勞。紅樓夢第七回尤氏對鳳姐介紹焦大道：「你難道不知這焦大的，連老爺都不理他的。你珍大哥哥也不理他。因他從小兒跟着太爺，出過三四回兵，從死人堆裏，把太爺背了出來，得了命」。又焦大罵賈蓉道：「蓉哥兒，你別在焦大跟前使主子性兒，別說你這樣兒的，就是你爹，你爺爺，也不敢和焦大挺腰子呢！不是焦大一個人，你們作官兒，享榮華，受富貴，你祖宗九死 生，掙下這個家業，到如今不報我的恩，反和我充起主子來了」。這明明講賈府是將軍後 可惜胡先生在這方面沒有考證。

第二，如「揚州舊夢久已絕，且著臨邛犢鼻褌」，如「勸君莫彈食客鋏，勸君莫叩富兒門。殘盃冷炙有德色，不如著書黃葉村」，如「舉家食粥酒常賒」，如「衡門僻巷愁今雨，廢館頹樓夢舊家」，如「燕市狂歌悲遇合，秦淮殘夢憶繁華」，都是證明曹雪芹當年曾做過繁華的夢，而現在窮苦的不像樣子，甚至「舉家食粥酒常賒」的地步。

第三，如「尋詩人去留僧壁，賣畫錢來付酒家」，如「知君詩膽昔如鐵，堪與刀穎交寒光」，如「君才抑塞倘欲拔，不妨斫地歌王郎」，如「愛君詩筆有奇氣，直追昌谷披籬樊」，都足證明曹雪芹是一位會詩會畫的人。可惜他的詩祇剩「白傅詩靈應喜甚，定教蠻素鬼排場」兩句了。但證以紅樓夢裏的詩，就知他詩的天才了。紅樓夢第四十二回關於惜春畫大觀園一事，如果作者不是一位會畫的人，那能了解這樣的深刻。

第四，如「四十年華付杳冥」，如「孤兒渺漠魂應逐，新婦飄零目豈瞑」！可知他的兒子先死了，因感成疾，不久自己也死了。死後，還留一位飄零的新婦。他的死期，據第一回「滿紙荒唐言」一詩上方的「脂本」硃批：「能解者方有辛酸之淚，哭成此書。壬午除夕，書未成，芹爲淚盡而逝」。壬午爲乾隆二十七年，壬午除夕爲西曆一七六三年二月十二日。再依敦誠輓詩「四十年華付杳冥」的話，照胡先生的說法，假定他死時年四十五歲，他生時大概在康熙五十六年（一七一七）。

三　曹雪芹的人生觀

曹雪芹不是一位哲學家，所以紅樓夢不是一部討論人生的哲理書。他的目的只在觀察並搜集一種人生的生活資料，把這種生活資料直接地表現出來罷了，因此，紅樓夢可說是一種宇宙的縮寫。他對這種人生知道的如是清楚，自然而然對人生就有相當的認識與了解，有意地，又把他的見解表現到作品裏。這種留下有系統之思想的痕跡，我們稱之爲曹雪芹的人生觀。一切偉大的藝術家，都是感覺力最敏銳，生命力極強烈，普通人感覺不到的，他們覺到了，不注意的，他們注意了，所以他們嘗受的人生滋味，不但較爲濃厚，且較爲廣泛。一位藝術家表現人生的範圍愈廣大，認識人生的意義愈深刻，則其哲理也愈超絕，此其所以丹丁、莎士比亞、歌德、賽萬蒂思、曹雪芹，既爲偉大的文學家，又爲哲學家的緣故。然哲學家表現人生的方法是抽象的，分析的，而藝術家的表現人生是具體的，總合的。換言之，前者表現的工具是文學，是理智，而後者的工具是意象，是繪畫。正如義大利美學家克羅契所分的，一種是邏輯的知識，一種是直覺的知識，一種是概念的產品，一種是意象的產品是的。

但曹雪芹的態度是極端寫實主義的（參看第五章），他的目的祇在客觀的，冷靜的創造人物，給每個人物一種個性，他並不譽此而貶彼，揚此而抑彼；且他的思想表現得那末自然，那末從容，一點也不像巴爾札克、托爾思泰一般說教者的態度，一注目就可知其用意何在。因此，很難決定他的人物裏，那一位是他的代言者。你以爲賈寶玉麼？爲什麼賈政還要教訓他，襲人等還要規勸他，奴才丫頭們還要嗤笑他？但除寶玉外，還有誰呢？安分守已，忠厚正直的賈政麼？再不然是野心勃勃，鑽營奔競的賈雨村？如果曹雪芹還有別的著作，那末，我們比較一下，自然容易知道；但他祇有這部紅樓夢。如果紅樓夢完稿的話，我們從每個人物的思想與結果上，也可看得大概；但祇作八十回。所以一般不加深思的讀者，總以此書是飯後酒餘的消遣品，不過拿來解悶而已，有什麼思想之可言。殊不知曹雪芹之爲最偉大的藝術家者，就在這不覺之中，寓下了高深哲理的緣故。現在要從這不易尋找之中，找出曹雪芹的人生觀是什麼。

每位作家當他寫一部不論大小作品的時候，事先總有一種抽象的觀念作爲這部作品的主旨。這個主旨有宗教的、道德的、社會問題的種種不同。有些作家是先有了要表現的材料，而後由材料裏產生主旨，有些是先有主旨，而後照這主旨去尋求材料。曹雪芹是先有了材料而後在材料裏找一條一貫的道理來作紅樓夢的綱領。換言之，就是他先經驗了人生，認識了人生，然後把他所認識的人生灌注到他的作品裏。人們所以生存，都是意識地或無意識地有一種生存的道理。這種道理系統地講來，就爲人生觀。文學是再組合後的社會，其中人物的活動，當然更有其顯著的一貫道理。現就紅樓夢那些人物之共同的生存道理上，來推究曹雪芹的人生觀。

沈既濟在枕中記敍述一位野心勃勃的盧生，想「建樹功名，出將入相，列鼎而食，選聲而聽，使族益昌而家益肥」，始能謂之得志。繼在呂翁的枕中經過了各種的興衰際遇，悲喜離合，纔知道人生也不過是一場夢。纔曉得「寵辱之道，窮達之運，得喪之理，死生之情」。曹雪芹就是醒後的盧生，他自己雖沒有做過什麼大官，然榮華富貴曾享受過的，並且親眼看見自家之由貴而賤，由富而貧，親自經過人生之各種境況。凡沒有經過的生活，總認爲甜蜜的，榮耀的，卽至經過之後，纔知也不過如此。由富貴而貧賤的人們，最容易達觀，因爲各種人生他都曾嘗味。再把明末的張岱與曹雪芹作一比較，更容易看出達觀思想之所由生。張岱的父親在明朝曾做大官，與雪芹的家庭一樣富貴，但明亡後，弄得貧窮不堪。陶菴夢憶序裏說：「陶菴國破家亡，無所歸止，披髮入山，駴駴爲野人。故舊見之，如毒藥猛獸，愕窒不敢與接。作自輓詩，每欲引決，因石匱書未成，尚視息人世。然瓶粟屢罄，不能舉火，始知首陽二老，直頭餓死，不食周粟，還是後人粧點語也。飢餓之餘，好弄筆墨，因思昔人生長王謝，頗事豪華，今日罹此果報。以笠報顱，以簣報踵，仇簪履也。以衲報裘，以苧報絺，仇輕煖也。以藿報肉，以糲報粻，仇甘旨也。以薦報牀，以石報枕，仇溫柔也。以繩報樞，以甕報牖，仇爽塏也。以烟報目，以糞報鼻；仇香艷也。以途報足，以囊報肩，仇輿從也。……因想余生平，繁華靡麗，過眼皆空，五十年來，總成一夢。今當黍熟黃粱，車旋蟻穴，當作如何消受。遙思往事，憶卽書之，持向佛前，一一懺悔」。把這一段與上邊敦誠敦敏贈曹雪芹詩對照一看，就知他們的環境大致相同，因而著述的目的也是一樣。紅樓夢第一回：「所以蓬牖茅椽，繩床瓦竈，並不妨我襟懷；況那晨風夕月，堦柳庭花，更覺潤人筆墨。我雖不學無文，又何妨用假語村言敷衍出來，亦可使閨閣昭傳，復可破一時之悶，醒同人之目，不亦宜乎」（註二）？這與張岱著陶菴夢憶的目的有何區別？

曹雪芹既出經驗裏認識了人生不過一夢而已，自然而然產出達觀的思想。再看甄士隱解釋好了歌的言辭，更可了解他對人生的態度。

陋室空堂，當年笏滿床；
衰草枯楊，曾為歌舞場。
蛛絲兒結滿雕梁，綠紗今又在蓬窗上。
說甚麼脂正濃，粉正香，如何兩鬢又成霜？
昨日黃土隴頭埋白骨，今宵紅綃帳底臥鴛鴦。
金滿箱，銀滿箱，轉眼乞丐人皆謗。
正歎他人命不長，那知自己歸來喪！
訓有方，保不定日後作強梁；
擇膏粱，誰承望流落在煙花巷！
因嫌紗帽小，致使鎖枷扛；
昨憐破襖寒，今嫌紫蟒長。
亂烘烘，你方唱罷我登場，反認他鄉是故鄉。
甚荒唐，到頭來，都是為他人作嫁衣裳。

他既看穿了人生，所以他現在站到相當的距離，換句話說，就是以旁觀者「清」的態度，來創造他的人物。他的人物雖說各個有其獨特的意志，獨特的性格，獨特的行爲；然總而觀之，不論剛強的或懦弱的，忠厚的或刻薄的，正直的或卑賤的，慷慨的或慳吝的，誠實的或刁猾的，孤癖的或和藹的，以及任何的典型，其結果都是夢而已。湘雲是紅樓夢裏最天眞活潑可愛的姑娘，誠然「英豪闊大寬宏量，從未將兒女私情略縈心上，好一似，霽月光風耀玉堂」，雖「配得才貌仙郎」，然結果呢，是「幼年時坎坷形狀」。寶釵是中國舊社會裏典型的賢德女子，也不過「金簪雪裏埋」。探春是剛毅能幹，得人人歡喜的姑娘，結果「清明涕泣江邊送，千里東風一夢遙」。女兒遠嫁，在前清爲一件很悽慘的事，但臨到了探春身上。熙鳳最足以代表青年人勇敢、好強、認眞的性格，然後來「機關算盡太聰明，反算了卿卿性命」！元春選入宮掖，剛剛陞爲貴妃，誰知「虎兔相逢大夢歸」。黛玉最富情感的，然「空勞牽掛」。妙玉最孤高好潔的，結果「可憐金玉質，終陷泥淖中」。這些都是意志剛強的人，而結果如此，所以紅樓夢曲的末段，飛鳥各投林道：「爲官的家業凋零；富貴的金銀散盡；有恩的死裏逃生；無情的分明報應。欠命的命已還，欠淚的淚已盡，冤冤相報自非輕，分離聚合皆前定，欲知命短問前生，老來富貴也眞僥倖。看破的遁入空門，癡迷的枉送了性命，好一似，食盡鳥投林，落了片白茫茫大地眞乾淨」。

知道了曹雪芹對人生的看法，現再探討他的處世哲學。紅樓夢裏曹雪芹的代言人，不成問題是賈寶玉，所以從寶玉的處世態度上就可知道曹雪芹的。當然，我們不能說賈寶玉卽是曹雪芹，然曹雪芹想像着自己是賈寶玉，這是無疑的。每個作者在自己的一部作品裏，都有一位心愛的人物，而來代表自己的思想。賈寶玉是極端的達觀主義者，一天他同鴛鴦李紈尤氏與探春等談到鳳姐的爲人難（七十一回），探春發了點議論，你看寶玉說的：「誰都像三妹妹多心多事，我常勸你別聽那些俗語，想那些俗事，祇管安富尊榮纔是；比不得我們，沒有這淸福，應該混鬧的」。尤氏批評他：「餓了吃，困了睡，再過幾年，不過是這樣，一點後事也不慮」。他回答的是：「我能和姊妹們過一日是一日，死了就完了，什麼後事不後事」。又說：「人事難定，誰死誰活，倘或我在今日明日，今年明年死了，也算是隨心一輩子了」。利慾薰心的人都以寶玉沒有出息，可不知他有他的人生哲學。一次賈環與鶯兒賭錢，輸了哭的時候（二十回），寶玉教訓他：「大正月裏，哭什麼？這裏不好，到別處頑去。你盡念書，倒念糊塗了。譬如這件東西不好，橫豎那一件好，就舍了這件取那件。難道你守着東西哭會子就好了不成？你原是要取樂兒，倒招的自己煩惱」。又一次與晴雯撕扇子玩（三十一回），他說：「你愛砸就砸。這些東西原不過是供人所用，你愛這樣，我愛那樣，各自性情。比如扇子，原是搧的，你要撕着頑兒，也可以使得；祇是別生氣時拿他出氣。就如杯盤，原是盛東西的，你喜歡聽那一聲響，就故意砸了，也是使得的；祇別在氣頭兒上拿他出氣：——這就是愛物了」。像這樣的話，如果寶玉祇說一次兩次，那我們可說他小孩兒家，信口胡談；然他處處都表現這種意見。而且這種意見是他行爲的原動力。他既有了一貫的意見，一致的行爲，那就是他的人生觀，不能以孩童之語視之。我們聽了這幾段道理後，難道還說寶玉沒出息，沒意志麼？不過他的人生觀與一般人的不同罷了。如果再將高鶚在紅樓夢後四十回所表現之積極的思想，作一對照，更可認識曹雪芹的達觀態度。

王國維在他的紅樓夢評論裏（註三），認爲這部書的精神和價值，在其指示人生一種「解脫」的道路，確是的論。人生與苦痛分不開的，意志愈強，則苦痛愈多，文明愈進步，則苦痛也愈繁複。不過「解脫之中又有二種之別：一存於觀他人之苦痛，一存於覺自己之苦痛。然前者之解脫，唯非常人爲能，其高百倍於後者，而其難亦百倍。但由其成功觀之，則二者一也。通常之人其解脫由於苦痛之閱歷，而不由於苦痛之知識。唯非常之人，由非常之知力，而洞觀宇宙人生之本質，始知生活與苦痛之不能相離；由是求絕其生活之欲，而得解脫之道。然於解脫之途中，彼之生活之欲，猶時時起而與之相抗，而生種種之幻影。所謂惡魔者，不過此等幻影之人物化而已矣。故通常之解脫，存於自己之苦痛，彼之生活之欲，因不得其滿足而愈烈，又因愈烈而愈不得其滿足。如此循環，而陷於失望之境遇，遂悟宇宙人生之眞相，遽而求其息肩之所。彼全變其氣質，而超出乎苦樂之外，舉昔日之所執着者，一旦而舍之。彼以生活爲爐，苦痛爲炭，而鑄其解脫之鼎。彼以疲於生活之欲故，故其生活之欲，不能復起而爲之幻影，此通常之人解脫之狀態也。前者之解脫，如惜春紫鵑，後者之解脫，如寶玉。前者之解脫，超自然的也，神祕的也；後者之解脫，自然的也，人類的也。前者之解脫，宗教的也；後者美術的也。前者平和的也；後者悲感的也，壯美的也；——亦文學的也，詩歌的也，小說的也。此紅樓夢之主人翁，所以非惜春紫鵑而爲賈寶玉也」。曉得了曹雪芹的生平及其達觀態度後，更可以了解他所以提出這種「解脫」方法的緣故。「人不婚宦，情欲失半」，曹雪芹沒有做過「宦」，所以不甚寫宦場的苦痛，然「婚」，換言之，「愛情」，他是嘗受過的，所以現在拿「愛情」給人們作一個例看，這裏也是處處苦惱的。寶玉的心原想用情於天下所有的女子，同時也希望所有的女子都鍾情於他。可是從他兩次的醒悟（二十一回與二十二回），和梨香院的情悟（三十六回），知道他也是煩惱的。前兩次使他了解：「什麼大家彼此，他們有大家彼此，我是赤條條來去無牽掛」，第三次使他知道：「我昨兒晚上的話竟說錯了。怪道老爺說我是管窺蠡測。昨晚說你們的眼淚單葬我，這就錯了，我竟不能全得了！從此後祇是各人得各人的眼淚罷了」！你瞧，這是多麼傷心的話。總之，祇要你有欲，那就有苦痛，要想沒苦痛，那祇有絕欲。所以寶玉說：「無我原非你，從他不解伊。肆行無礙憑來去，茫茫着甚悲愁喜。紛紛說甚親疏密，從前碌碌卻何因！到如今，回頭試想眞無趣」！的是至理名言。

最後再略提一提曹雪芹的藝術見解。他的藝術理論係由他的人生觀而來，也是主張自然。大觀園試才題對額的一段裏，充分表現了他的藝術觀。寶玉最怕他父親的，然在思想上他很有反抗的勇敢。他們在大觀園走到紙窗木搨的茆堂時，賈政意以爲好而想讓寶玉也說好，他反而講不及「有鳳來儀」多了，因爲不是天然的。他解釋道：「此處置一田莊，分明是人力造作而成。遠無鄰村，近不負郭；背山山無脈，臨水水無源，高無隱士之塔，下無通市之橋；峭然孤山，似非大觀。爭似先處有自然之理，得自然之氣，雖種竹引泉，亦不傷於穿鑿。古人云：『天然圖畫』四字，正畏非其地而強爲其地，非其山而強爲其山；卽百般精巧，終不相宜」。從這「自然」二字的原則，他之題「曲徑通幽」，題「沁芳」，題「有鳳來儀」，題「稻香村」，題「蓼汀花溆」，都照着這個標準。曹雪芹對於詩，對於畫，也是這樣見解。

(註一)據胡適之先生說，曹寅生於順治十五年(一六五八)，死於康熙五十一年(一七一二)。見胡適文存卷三頁二一一。然據顧頡剛先生在江南通志裏查出曹寅在江寧織造任爲康熙三十一年至五十二年(見同書頁二〇一)，則胡先生說的死期，似有錯誤。未曾向胡先生質疑，故仍舊；待質疑後再爲更正。

(註二)此數語引自紅樓夢開卷第一段。此段疑係批語而誤入正文，然很像作者的口氣。

(註三)紅樓夢評論見靜菴文集。北新書局有活葉零售(NO. 124)。

第三章　紅樓夢重要人物的分析

上邊曾說：「時代意識是作者從事創造的標向，同時，也是讀者快感之所在」（見一章二節），現用兩章的篇幅分析紅樓夢的時代意識。然紅樓夢不是一部簡單的作品：以册數論，計十六本（註一）；以章回論，計百二十回；以情節論，計十九年賈府的家庭瑣事，親戚朋友的興衰際遇；以範圍論，涉及家庭、社會、教育、宗教、政治、經濟、婚姻、風俗等的中國文化；以人物論，計四百四十八位（註二）。像這樣廣闊的範圍而成整部作品的，除托爾思太的戰爭與和平外，無與倫比（註三）。因此，要想分析它的時代意識，頗非易事。它不像內容簡單的作品，可用主人翁或幾個重要人物的故事作綱領，就可敍述全書的大概。若祇拿賈寶玉、林黛玉、薛寶釵、王熙鳳幾位人物作分析的樞紐，不止失掉了此書的偉大，而知道的，也不過萬分之一。所以分為兩部：第一，紅樓夢重要人物的分析是縱的研究，從四百四十八位人物之中，選出可以代表時代性的幾位，述其生活、性格、及其在本書的地位與關係；然後，第二，紅樓夢的世界是橫的研究，敍這四百四十八位人物所組織的世界，他們的家庭制度、社會組織、法律狀況、經濟情形、宗教信仰、婚姻條件，以及所受的教育。這樣，不敢說可以知道它的整個，但比較可以知道些要點。

如果認為作家之所以不朽，因他創造了一位或幾位不朽的人物，且他的人物愈能代表一種民族或時代之意識的，則其作品愈偉大的話，那末，曹雪芹的紅樓夢確是不可多得的偉著。這一點，將來講到它的藝術價值時，再為討論。現在要談的，僅是可以代表時代意識的幾位重要人物。它的人物真正活潑生動而有個性的，不下六十餘位，也難枚舉。其要者如迎春的懦弱，探春的剛強，惜春的固執，李紈的賢淑，賈母的慈悲，賈蘭的勤學，賈環的卑賤，賈政的道學，賈赦的尷尬，襲人的倿巧，晴雯的尖刻，夏金桂的悍潑，王夫人的寬厚，邢夫人的愚魯，卜世仁的慳吝，趙姨娘的無識，妙玉的乖張，尤二姐的順從，尤三姐的剛烈，李嬤嬤的討厭，趙嬤嬤的囉嗦，醉金剛的慷慨，劉老老的粗趣，史湘雲的天真，都是讀過紅樓夢者，永忘不了的。不過，我們注意的是賈寶玉、林黛玉、薛寶釵、王熙鳳、賈雨村與薛蟠六位。這些人物的造成，固然取材於紳士階級復興時代的生活，最富時代性的，而人物造成後，他所象徵的為一種人性，所以又是普遍的，世界的。

一 賈寶玉

各個作家都有一位或幾位重要人物，作為自己的代言者。如賽萬蒂思的堂·吉阿德，莎士比亞的漢姆雷特，歌德的浮士德，托爾思太在戰爭與和平裏的皮耳伯柔可夫與昂都崙勿幾康思基。紅樓夢裏曹雪芹的代言者，當然爲賈寶玉。寶玉是一位天生哲學家，生來就有他的人生觀，不像他種作品裏主人翁的人生觀是學而後知的。堂・吉阿德賣了田地，買來所有的騎士書，讀後纔決定生活的路線。浮士德努力研究過哲學、法律、醫學與神學後，對知識不滿，纔與魔鬼訂約，去嘗受另一種生活。然寶玉從生到出家，十九年間沒讀什麼書，但他知得很清楚當怎樣生活。看來似乎不近人情，那有不讀書，且沒經過世故，就有人生觀的道理。但知作者的用意，也就不足爲怪。紅樓夢的開端，作者就說歷過一番夢幻之後，藉「石頭」的投胎入世，用第三者的態度，述自己對人生的認識。其他作家，好像一面生活着，一面著作着，而曹雪芹歷過生活後，纔從事著作：再者，中國以往的社會基礎爲家庭，大家庭實際就是範圍較小的社會，一生下來就得與人接觸，不像歐洲那樣，經過一二十年的教育，纔入到社會。寶玉要沒有自己的個性，自己的人生觀，顯不出寶玉之爲寶玉。換言之，表現不出他的人生觀與現實社會的衝突。因爲要表現這種衝突，所以作者在第三回介紹寶玉的時候，一首「西江月」詞裏，就有「行爲偏僻性乖張，那管世人誹謗」的話。

寶玉的人生觀是什麼？一般不了解他的人都以爲他是糊塗，沒目的，無事忙；其實不然。他的人生觀就是「愛」。得到了愛，就是幸福；否則，就是苦痛。至於人生的貧賤富貴，尊卑際遇，他毫不在意。元春回省與晉封，爲千載難逢的喜事，獨他視有如無。但對村女子，卻小心謹慎，一句話也不敢錯說。他內遏母婢，外逭優伶，而致父親苦打。打得半死不活，痛苦萬狀的當兒，聽到襲人告寶釵說，他之被打由於薛蟠，他怕寶釵多心，不但不生氣，反對襲人道：「你可別胡說，薛大哥是不會作這樣事的」。也是這次挨打後，黛玉來瞧，問他從此可都改了罷，他長歎一聲道：「你放心！別說這樣話，我便為這些人死了，也是甘心情願的」。他總以為天地靈淑之氣，祇鍾於女性，男子們不過是些渣滓濁沫，可有可無。因此，對女性犧牲時，往往忘了自己的苦痛。一次，一個丫頭給他湯喝，彼此都沒留意，湯燙了他的手，倒不覺得，反問丫頭燙着了沒有，疼不疼。又一次，在大觀園見到一個女子地下畫字沉思，忽然大雨驟至，自己淋得水雞似的，倒不覺得，告訴別人下雨了，快避雨去罷。他恨不得天下所有的女子，都收到大觀園裏，盡自己一分對女性犧牲的天職。所以對平兒、鴛鴦、香菱等得盡一次片意，認為莫大的快事。對女性犧牲的精神，是不是男子的天性？古往今來，以此作描寫材料者，數不勝計。

襲人一天藉贖身的議論，向他提出三個條件，去留就在這三個條件的遵守與否。寶玉忙笑道：「你說那幾件？我都依你。好姐姐！好親姐姐！別說兩三件，就是兩三百件，我也依的。祇求你們同看着我，等我有一日化成了飛灰——飛灰還不好，有形有跡，還有知識；等我化成一股輕煙，風一吹便散了的時候，你們也管不得我，我也顧不得你們了，那時憑你們愛那裏去就去好了」。這話說得多麼親切，多麼真摯，他要有愛，就有一切。他被父親苦打後；各個人都對他憐惜悲感，尤其寶釵瞧他的時候，說錯了話，以致嬌羞怯了，他心中越發感動，將疼痛早已丟在九宵雲外，且心裏想道：「我不過挨了幾下打，他們一個個就有這些憐惜之態，令人可親可敬！假如我一時竟遭殃橫死，他們還不知是何等悲感呢！既是他們這樣，我便一時死了，約他們如此，一生事業，縱然盡付東流，也無足歎惜了」！這是寶玉人生觀的自白。

如果認為堂·吉阿德之所以不朽，像秦納說的（註四），因一方面他象徵着西班牙入世紀來十字軍過分的夢想所養成之騎士的病態精神，另一方面，象徵着人類高超的，夢幻的，與喜戰的理想英雄。丹丁與歌德之所以不朽，因他們是歐洲歷史上兩個偉大時代的縮影。前者表現中古時代對於生活的看法，後者表現現代的。前者象徵着人類對於超自然唯一確定的與生存的世界之羨慕。他往那裏由兩種力量領導着：一種是狂熱的愛，這是人類生活的原動力；另一種是正確的神學，這是理論思想的主宰。他的夢想是神秘的幻覺，從可怕的境地一層一層地到超越的世界。這裏好像是人類的極樂園。後者象徵着人類在科學與生活裏飄泊着，摸索着，以致迷失與厭惡。結果，忍耐着去嘗受苦痛的與奇異的經驗。最後瞥見一種由理想而非實體的力量所組成的王國，那裏思想是無用武之地，唯祇心靈的占卜纔可深入。那末，賈寶玉之所以不朽，因為一方面他象徵了中國數千年來紳士階級的愛情。戀愛本為紳士階級的玩意，資產者社會是不了解的。唐代紳士階級產生後，戀愛文學纔隨之發達（註五）。然資產社會的作品如三國演義、水滸傳、西游記等根本不談愛情；金瓶梅所表現的男女關係，僅爲肉慾的發洩，說不到是愛。卽至紳士階級復活後，戀愛文學纔重行蓬勃；然能代表這種戀愛意識的，祇有賈寶玉。另一方面，他象徵着人類的「情種」，我們相信古今中外，沒有一個理想人物，再比寶玉多情的。歐洲的 Don Juan，傳統上爲戀愛的典型人物，但不如寶玉純潔。關於寶玉的情，讀花人有一段很妙的議論道：「寶玉之情，人情也，爲天地古今男女共有之情，爲天地古今男女所不能盡之情。天地古今男女所不能盡之情，而適爲寶玉爲林黛玉心中、目中、意中、念中、談笑中、哭泣中、出思夢魂中、生生死死中。悱惻纏綿固結莫解之情，此爲天地古今男女之至情。惟聖人爲能盡性，惟寶玉爲能盡情。負情者多矣，唯寶玉其誰與歸。孟子曰：「伯夷聖之淸者也；伊尹聖之任者也；柳下惠聖之和者也」。我故曰：「寶玉聖之情者也」（註六）。祇把寶玉與海陵王和西門慶作個對照，就曉得什麼是愛情，什麼是皮膚濫淫之物。

寶玉一落胞胎，嘴裏便啣一塊五彩晶瑩的玉，故起名「寶玉」。這「玉」是整部紅樓夢的關鍵。照中國舊時的風俗，凡男女兒童，偶然有同樣玩具的，都有成爲夫婦的可能。黛玉之妒寶釵，就爲寶釵有東西可配，而自己沒有；然偏寶玉又不信那些和尙道士之「金玉奇緣」，而以爲是「木石前盟」。衝突與悲劇，就由這裏產生了。寶玉的幾次摔玉，那一次不是向黛玉表白心思？紅樓夢的整部故事，由他們三位作綱領，成了一部人類心理的百科全書。寶玉之情，雖專於女性，而尤專於黛玉。但以往的愛都係泛泛的，兒童的，自讀了那些古今小說與傳奇歌本後，纔曉得男女的愛情。他幾次向黛玉表示愛，都用戲言，且連提兩次，若她死了，他當和尚。黛玉雖知寶玉專情於已，然寶釵的金鎖與湘雲的麒麟關係，總是疑信參半，終不放心。一天，寶玉不得不向她明告，請她放心。而後，二位都心知神會，再無疑念。誰知就在這風平浪靜的時候，憑空來了一個波濤，幾乎將寶玉的夢打成泡影；就是紫鵑談的黛玉回南一事。其實，這是紫鵑騙言，他認爲眞，以致神經昏迷。最後還是紫鵑認爲頑話，纔蘇醒過來。這一次，更給黛玉一種信任；可是故事也就從此轉變了。

然黛玉妒的金鎖，果不出她之所妒，終成爲玉釵提婚的媒介。賈母也因寶釵的性格溫柔和平，黛玉性乖體弱，恐非長壽，結果，定了寶釵；這是寶玉不知道的事。寶玉近因友人柳湘蓮遁跡空門，尤三姐自刎，尤二姐被鳳姐逼死，柳五兒病重，逐司棋，別迎春，悲晴雯，已經悲悽哀苦，弄得情色若癡；後來又失玉。就在這神志昏瞶的當兒，賈母設法令他與寶釵成親。他們結婚之時，也正是黛玉永別之期。寶玉爲愛而生，既然一層一層的苦痛踵至，再加知道了黛玉之死，應該讓他出家，不知爲何高鶚還要畫蛇添足，讓他中了舉纔出家，多費許多筆墨。

二　林黛玉

林黛玉的人生觀完全同寶玉一樣，祗求一個愛。貧富貴賤，興衰際遇，也是不聞不問。曹雪芹雖沒明白講出她的人生觀，但從她的行爲與寶玉的口述，可以證明我們的話。一天，湘雲勸寶玉去接見接見那些爲官作宰的，也好知點經濟學問，寶玉不等她說完，就搶白了一句，襲人忙道：「『你再別說這些話，上次也是寶姑娘談了一句，他提起腳就走，好在是寶姑娘，要是林姑娘，又是一場大氣』。寶玉回道：『林妹妹從來說過這些混帳話不曾？要是說過，我早和他生分了』」！黛玉藏着聽了這話，認爲知己之談。爲要烘托黛玉的愛，不能不讓他倆發生衝突，所以作者第一就給她一個不適意的環境。幼而失母，繼而喪父，因此，不得不孤苦零丁地寄居榮府，儘管賈母等萬般憐愛，飲食起居，都同寶玉一樣，較之迎春姊妹等，還高一等，然總係寄居。得步步留心，時時在意，遂養成她的傷感性。再者，她同寶玉一起長大的，二人異常親密，不想來了一位寶釵，年歲雖大不多，而品格容貌，似在黛玉之上；行爲豁達，隨分從時，又不像她那樣孤高自許，於是人人喜悅，這又引起黛玉的善妒。由這兩種環境，曹雪芹造成了黛玉性格之傷感與善妒。然黛玉之妒寶釵，以前係泛泛的，孩子的，從寶玉的介紹，得讀那些外傳野史，多半才子佳人，都因小巧玩物上撮合；且年歲較長，漸知男女之愛，對寶釵妒的對象由寶釵本身轉為寶釵的金鎖。她以無東西為配為憾，這話從她嘴裏提過多少徧。不料一天寶玉又得一個金麒麟，恰恰又與湘雲的一對，令黛玉更加一層憂懼。這一層一層的衝突，一次一次的風波，使寶玉與黛玉道盡了人類愛情的言辭。然每次風波，也是曹雪芹寫得最掏力，紅樓夢最精彩的段落。整部看來，紅樓夢絕不像他種小說往往結構上注意，我們幾乎找不出什麼是它的結構，祇覺它是一波一波的衝突，此波未平，他波又起。凡是此書的精彩處，都用人物與人物間之衝突來表現。其次，這部書描寫的地方很少，一個人物的性格與行為，能給我們一種印象的，都由他們的言談。所以與其說紅樓夢是一部小說，不如說是一篇戲劇。因為小說注重結構，而戲劇注重衝突，小說注重描寫，而戲劇注重對話。

每位作家，都有其創造人物的特殊方法。巴爾扎克相信一個人的內心藏在自己的外表，外表是表現內心的，所以他先從人物住的房舍，用的傢具，穿的衣服寫起，由這裏，可以看到他們習慣和趣味的情形，風雅或粗俗的程度，奢華或節儉的嗜好，愚魯或細緻的心性。而後再寫到人物的靈魂。托爾思太每讓新的人物出現，必先概括介紹其面貌，服飾與舉動等，後如有機會，不厭重複地再提此人物之外表特徵，務使讀者得到一種清楚的印象。至於曹雪芹對其人物之外表描寫，好像也很注意，然不如現代寫實作家之甚；他還在靈魂之直接表現。他描寫黛玉的妒，就用直接法。第八回，寶釵怕冷酒於五臟有害，請寶玉不要吃，黛玉就藉紫鵑讓雲雁送手爐的機會道：「也虧了你，倒聽他的話！我平日和你說的全當耳旁風；怎麼他說了你就依，比聖旨還快呢」？賈母爲寶釵慶壽，定了一班戲，寶釵問黛玉愛看什麼好去點，她冷笑道：「你既這麼說，你就特叫一班戲，揀我愛的唱給我聽，這會子犯不上借着光兒問我（二十二回）」！元春賞的端午節禮，寶玉與寶釵同様，寶玉把自己的東西送去讓黛玉揀，她道：「我沒這麼大福氣禁受。比不得寶姑娘什麼金哪玉的。我們不過是個草木人兒罷了（二十八回）」！賈母在張道士們敬的賀禮裏，找出一個金麒麟，寶釵說湘雲也有一個，探春讚美處處留心，黛玉冷笑道：「他在別的上頭心還有限，惟有這些人帶的東西上纔是留心呢（二十九回）」！寶釵因寶玉捱打與薛蟠吵嘴，整整哭了一夜，翌晨回家，路遇黛玉，黛玉道：「姐姐也自己保重些兒，就是哭出兩缸淚來，也醫不好捧瘡（三十四回）」！總之，曹雪芹沒有讓黛玉錯過一次機會，不去顯示她的妒意。她同寶玉生氣，大多由妒而發。如是一次一次的印象，使黛玉在我們的腦裏，成了一位妒的典型人物。在中國文學史上，有兩位妒的典型人物，一是潘金蓮，一是林黛玉；然將她二位對照，就可發現前者如貧產社會的，言談粗魯，後者爲紳士階級的，辭調文雅。

至如黛玉的善傷感，勿需乎舉例，她所有的詩，無不充滿了傷感性。葬花詞和桃花行，最是她深心的表現。這裏不能不欽佩曹雪芹創造人物的手腕，不止表現忌妒時的言辭不一樣，且因內心的不同，寫的詩歌也是另一種風格與情調。

一次，黛玉說錯了酒令，寶釵不唯不譏笑，反善意勸導，從此，深知寶釵之爲人，前疑冰釋；然前因多疑，體格日羸，終於一天說到「熬不上」的話。她現在不妒寶釵，相信寶玉，可是病入膏肓，不能救藥。

三　薛寶釵

作家爲使其人物的性格顯著計，往往把兩個相反的人物，放在一起。莫里哀的恨世者有一位亞爾塞斯特，也有一位賽麗梅；浮士德有一位浮士德，也有一位梅菲斯特；堂·吉阿德有一位，堂·吉阿德，也有一位桑首。同樣，紅樓夢有一位賈寶玉，也有一位薛寶釵。再者，假使認爲堂·吉阿德與桑首是代表兩種人類，一位象徵着理想主義者，另一位象徵着專在物質上求滿足的人們，那末，寶玉就是堂·吉阿德，寶釵就是桑首。固然，寶釵不像桑首那樣僅求物質的滿意，或者她還輕視物質；但他們都沒有理想；尤其薛寶釵。她要做的，僅爲一般人所謂的「道德」。她處處照世俗所謂的美德行事，毫無反抗精神。寶釵性格恰恰與寶玉相反。一是極端的現世主義者，一是理想主義者。我們說寶玉是理想主義者，那意思是說現世的理想主義者，想在現世裏找到人生幸福，不像丹丁與浮士德要往另一世界去找似的。若說寶玉不喜讀書，這不過說寶玉不喜像別人一樣，讀些四書、五經和八股文，以便得一官半職。但寶釵處處反對。香菱苦心學詩，終於成就，寶玉讚了一句，而寶釵就道：「你能彀像他這樣苦心就好了！學什麼，有個不成的嗎」？釵黛等起詩社，每人得有別號，而寶釵就送「無事忙」，或「富貴閒人」給寶玉，內中涵着諷刺的意味。她從沒錯過機會，不諷刺寶玉的。倘她不是女性，他早同她疏遠了；卽令如此，襲人講，他曾給過她沒臉，因爲勸他去會會官宦，談談經濟。寶玉對寶釵所最歎息的是：「好好的一個淸淨潔白女子，也學的沽名釣譽，入了國賊祿蠹之流！這總是前人無故生事，立意造言，原爲引導後世的鬚眉濁物；不想我生不幸，亦且瓊閨繡閣中亦染此病，眞眞有負天地鍾靈毓秀之德」！由此，可知釵玉性格相反的程度。

一次，寶釵對黛玉談她的人生觀道：「男人們讀書不明理，倘且不如不讀書的好，何況你我？連做詩寫字等事，這也不是你我分內之事，究竟也不是男人分內之事。男人們讀書明理，輔國治民，這纔是好；祇是如今並不聽見有這樣的人，讀了書倒更壞了。這並不是書誤了他，可惜他把書糟蹋了；所以竟不如耕種買賣，倒沒有什麼大害處。至於你我，祇該做些針線紡績等事纔是，偏偏又認得幾個字，旣認了字，不過揀那正經書看也罷了，最怕見些雜書，移了性情，不可救了」！一次她正與湘雲論詩，忽而轉題道：「究竟這也算不得什麼，還是紡績針黹是你我的本分；一時閒了，倒是把那於身心有益的書看幾章，卻還是正經（三十七回）」。這話轉得令人驚異，然也正是曹雪芹的苦心。古語說「三句話不離本行」，寶釵的人生觀是這樣，自然處處都拉到這個題目上。她又對黛玉道：「自古遺：『女子無才便是德』，總以貞靜爲主」。寶釵的現世思想，表現得多末清楚。

要之，曹雪芹要描寫的，想從她的性格裏，找到中國女性的一切美德，那就是說紳士階級所承認的女性道德。紅樓夢的人物從上至下，除寶玉和黛玉外，沒有不喜愛寶釵的，即黛玉後來也敬愛她。從寶釵的性格裏，可以找出四種特質。第一是孝，作者爲烘托她的孝，特寫一個薛蟠，任性胡爲，無德無天，加以夏金桂的不本分，以致萬貫家資，付諸東流；然寶釵應付得法，薛姨媽尚可安心度日。第二是待人忠厚，如勸黛玉的說錯酒令，料理湘雲的詩社東道，和爲王夫人料理家務。第三是性格溫柔，我們從沒見過她發脾氣。第四，比較起來，她無所不知，無所不通，作詩、繪畫、理家、理財。一言以蔽之，她是一位紳士階級的全德女性。實際社會上或許找不到這樣的人，但在該階級的意識裏，這種人是存在的。黛玉所代表的是才，寶釵所代表的是德。

有人以小紅與墜兒私談，寶釵聽見，爲脫禍計，故說找黛玉，就認她陰險。這倒不見得，她躲還躲不及，祇得用「金蟬脫殼」辦法，馬上聯想到黛玉，即說：「顰兒！我看你那裏藏」！這是很自然的聯想；且馬上的事，時間也不許她存心害人。實在講，寶釵並不陰險，若說她有手段則可，陰險則未必。

然世人所以認寶釵陰險者，自有其心理背景。凡成功的悲劇，都能使讀者對其雙方的主人翁均表同情，同情愈深，則其悲慘的結果愈感人。紅樓夢，不成問題是成功的悲劇，所以莫不惋惜玉黛之不成配。曹雪芹的本意，不得而知；但高鶚讓釵玉成婚，黛玉氣死，人之恨寶釵，由此而來。許她陰險的，都由這「恨」心出發。清人鄒弢在三借廬筆談說：「許伯謙茂才紹源，論紅樓夢，尊薛而抑林。謂林黛玉尖酸，寶釵端重，直被作者瞞過。夫黛玉尖酸，固也，而天眞爛漫，相見以天，寶玉豈有第二人知己哉？況黛玉以寶釵之奸，鬱未得志，口頭吐露，事或有之。蓋人當歷境未亨，往往形之歌詠，詩三百篇，大抵聖賢發憤之所爲作也。聖賢且如此，何有於女兒？寶釵以爭一寶玉，致矯揉其性，林以剛，我以柔，林以顯，我以暗，所謂大奸不奸，大盜不盜也。書中譏寶釵處，如丸日冷香，言非熱心人也。水亭撲蝶，欲下之結怨於林也。借衣金釧，欲上之疑忌於林也。此皆其大作用處。楊國忠三字，明明從自己口中說出。作者故弄狡獪，不可爲其所欺。況寶釵在人前必故意裝喬，若幽寂無人，如觀金鎖一段，則眞情畢露矣。巳卯春，余與伯謙論此書，一言不合，遂相齟齬，幾揮老拳，而毓仙排解之。於是兩人誓不共談紅樓。秋試同舟，伯謙謂余曰：「君何爲泥而不化邪」！余曰：「子亦何爲窒而不通邪」！一笑而罷（註七）」。從這一段，清清楚楚可以看出仇恨寶釵的心理。帶了有色眼鏡來看她，當然她的一舉一動都是陰險的。如果把她們的婚姻問題丟開，以寶釵的行爲來斷定她的性格，那定得另一種結論。

還有人以寶釵的奸險由於「交歡襲人」（註八）。理由是：「君子與君子爲朋，小人與小人爲朋。方以類聚，物以羣分，吾不識寶釵何人也？吾不識寶釵何心也」？又說：「古來奸人干進，未有不納交左右者，以此卜之，寶釵之爲寶釵，未可知也」。大觀園的人們沒有不同襲人和好的，若以與她和好就是奸險，那末，黛玉與湘雲也同她好，何不也說她們奸險？

由紅樓夢的結構看，寶釵在本書的地位，與湘雲同。作者不過拿她們來襯托玉黛，使故事有波折。然所以覺寶釵較湘雲重要，因高鶚讓她與寶玉結婚故。我們的意見，黛玉固然必死，卽寶釵或湘雲，均不得與寶玉結婚。第五回十二金釵的册子上釵黛頁下「畫着是兩株枯木，木上懸着一圍玉帶；地下又有一堆雪，雪中一股金簪」。其詩是：「可嘆停機德，誰憐詠絮才？玉帶林中掛，金簪雪裏埋」。紅樓曲終身誤一闋又寫：「都道是金玉良緣，俺祇念木石前盟。空對着山中高士晶瑩雪，終不忘世外仙姝寂寞林」。這些都明明指釵黛有同一命運。況作者又讓她們彼此諒解，似非沒有用意。然高鶚所以獨讓釵玉結婚的，因寶釵是位全人，正如兒女英雄傳的作者文康，讓張金鳳和十三妹一起嫁給安公子同樣心理。不過高鶚高明的，還沒讓釵黛都嫁給寶玉。

四　王熙鳳

我們曾講，紅樓夢是一部才子佳人小說，然因它受資產社會寫實作品的影響，給這類小說開了條廣闊的大道。不必遠舉，祇以明末的幾部才子佳人作品，如平山冷燕、二度梅等來看，它們似也注意性格的描寫，而仍脫不了曹雪芹所批評的，作者爲自己幾首情詩艷賦，故捏出數人名字。玉釵黛不成問題是才子佳人，但他們的情詩艷賦，非係作者自誇，而爲他們的性格而設。曹雪芹所注意的，不是情詩艷賦，而是性格的描寫。他不但注意才子佳人的性格，且注意一般人的性格，下邊王熙鳳賈雨村與薛蟠三位，就是這方面的代表。

每位新人物的出現，作者總是先概括地講幾句這個人物的性格。如介紹寶釵：「生得肌骨瑩潤，舉止嫻雅。當時他父親在日，極愛此女，令其讀書識字，較之乃兄，竟高十倍。自父親死後，見哥哥不能安慰母心，他便不以書字爲念，祇留心鍼黹家計等事，好爲母親分憂代勞」。介紹黛玉：「兩灣似蹙非蹙籠烟眉，一雙似喜非喜含情目。態生兩靨之愁，嬌襲一身之病。淚光點點，嬌喘微微。閒靜似嬌花照水，行動如弱柳扶風。心較比干多一竅，病如西子勝三分」。同樣，用冷子興的口介紹鳳姐道：「誰知自娶了這位奶奶之後，倒上下無一人不稱頌他的夫人，璉爺倒退了一舍之地。模樣又極標緻，言談又極爽利，心機又極深細，竟是男人萬不及一的」。次又用特殊的手法，正式介紹鳳姐。黛玉剛到賈府，正與賈母談話，忽聽後院有笑聲，並大聲說話，她很驚異，心想這裏人都是歛聲屛氣，怎麼此人這麼放誕無禮，原來就是賈府有名「潑辣貨」王熙鳳。接着，她就問黛玉吃的頑的，祇管告訴她；老婆子們不好，也祇管告訴她，並問行李和吩咐收拾房間。又回王夫人發了月錢，和找緞子等事。由這段話，作者給我們介紹了她在榮府管家，是怎樣地忙碌。總之，作者的人物介紹方法，是閃電似的，時而寫性格的這一點，時而那一點，沒一次不給讀者一種深刻的印象。然未表現人物的靈魂以前，先作一種單簡扼要的認識，讓讀者對這位人物不生疎的時候，纔正式寫他的內心。

曹雪芹付予熙鳳的性格是才幹和陰險。熙鳳與浮士德下卷所描寫的「學士」，屬於同一典型，都是氣壯力強，野心勃勃的青年之象徵。他們真以為世界由他們開始，且為他們而設。那位學士自訴道：

「這是青年人們之最高貴的使命！
我未創造世界之前，世界原未生成。
我把太陽從海裏引起；
我開始了月亮的虧盈；
季節裝飾了我的道路，
大地青青並且開花而向我歡迎。
在最初的夜裏，
一切繁星依我的指示，

發出了燦爛的光明。
從拘束世人的思想的圈欄解放你們的，
難道不是我的功能（註九）」？

把這話與熙鳳對淨虛說的：「你是素日知道我的，從來不信什麼陰司地獄報應的，憑是什麼事，我說行就行」，以及她素日行止和趾高氣揚，目中無人的情形，恰恰爲一類人物。因恃強的緣故，事事不願令人褒貶，卽令病也不願人提

這種恃強心理，又係虛榮心作祟。淨虛求她爲張家退婚，她本不願管，但聽淨虛說：「雖如此說，祇是張家也知我來求府裏，如今不管這事，張家不知道沒工夫管這事，不希罕他的謝禮，倒像府裏連這點子手段也沒有的一般」！這幾句話打動了她的心。再如賈芸求事，她見了手本「連正眼也不看」，但聽到賈芸說：「昨日晚上還提起嬸娘來，說嬸娘身子生得單弱，事情又多，虧嬸娘好大精神，竟料理得週週全全：要是差一點兒的，早累的不知怎樣了」。你瞧，她聽了這話，「滿臉是笑，不由的止了步」。

曹雪芹認識人生太透澈了，所以他能站到每個人物的地位，來講這個人物應講的話。他寫熙鳳的幹才，不是讚美她，寫她的陰險、毒辣、貪財，以及功往己身拉，罪往別身推，也不是罵她，祇在創造這類人的典型罷了。寫她是這樣，寫任何人物都是這樣。各個人物都有獨特的面目。把曹雪芹同巴爾扎克，同托爾斯泰，同杜斯退益夫思基等寫實主義

比，就知道他是怎樣極端的寫實主義者。後幾位作家所創造的人物，多多少少都帶作者的色彩，然在曹雪芹的人物裏，除寶玉外，找不出作者「自我」的成分。後幾位作家有他們的理想，他們的主張，想改革社會，想解決問題，自然他們人物也帶同樣的色彩；可是曹雪芹根本沒想利用他的人物，在他想，人生如夢，何苦要什麼理想，要什麼改革。鑑別小說家之偉大與否，以他創造人物的多寡和人物是否有自己的面目為定。而創造人物又以他的移情本能大小為定，這種本能愈大，他創造特殊面目的人物愈多。由此而論，曹雪芹的確是一位聖手。他之所以成功，由出世思想使然，他以旁觀者「清」的態度來看人生，不像別的作家在人生裏看人生。

曹雪芹要怎樣結束熙鳳，不知道。高鶚的結束，以情理講，倘不算壞。熙鳳在榮府管家，所以言行令從的，固由她的才幹，然要沒賈母等作保障，恐難那樣事事順利。這期間得罪了許多人，她自己也知道，她對平兒講：「你知道我這幾年生了多少省儉的法子，一家子大約也沒個背地裏不恨我的。我如今也是騎上老虎了，雖然看破些，無奈一時也難寬放」。她既得罪人，這些人遇機報復，也是顯然的。賈母喪事，高鶚故意讓她總攬，結果因邢夫人的為難，以致大失人心。這樣的結法，倒很自然。不過他讓熙鳳死時見神見鬼，哭着要往金陵，似乎又顯拙笨，硬要脗合「哭向金陵事更哀」的册籍。

五 賈雨村

現在再談兩位男性：一是官僚賈雨村；一是公子哥兒薛蟠。他們也是紳士階級復興時代的兩個典型人物。

賈雨村第一次與我們會面，還係寄居葫蘆廟的窮儒。因赴京求取功名，路費不足，淹蹇住了，每日以賣文作字爲生，與隔壁宿儒甄士隱相識。他的詩「時逢三五便團圓，滿把清光護玉欄。天上一輪纔捧出，人間萬姓仰頭看」。爲士隱賞識，贈以盤費冬衣，赴京趕考。雨村的性格，可分兩個階段：一是野心勃勃，目空一切的少年時代，一是善於鑽營的官僚時代。從雨村，可以了解封建主義下之中國舊式官僚的心理與行爲。他收甄士隱的贈物，「不過略謝一語，並不介意，仍是吃酒談笑」。翌日，士隱想給他寫封介紹信，誰知他當夜就動了身，還說：『讀書人不在黃道黑道，總以事理爲要，不及面辭了』。後來在縣任被革，但他「雖十分慚愧，面上全無一點怨色，仍是喜笑自若」。幾句話描寫了賈雨村少年時代整個的內心。

雨村革職時，曾作過黛玉的塾師，他與賈政認識，就由黛玉之父林如海的介紹。又由賈政極力幫助，謀了一個復職，選到金陵應天府。此後，雨村就入到官僚時代。一到任，就有薛蟠打死馮淵，奪了英蓮逃走的案。英蓮就是恩人甄士隱的女兒，七八年前被人拐去。這拐子先將英蓮賣給馮淵，後又賣給薛蟠，原想騙了兩家的錢，不想薛蟠知道，打死馮淵，而奪取英蓮。雨村聽了這案，大怒道：「那有這等事！打死人竟白白的走了，拿不來的」。就「發籤差公人立刻將凶犯家屬拿來拷問」。然事實並非那末簡單。由這裏，使我們知道中國法律的黑暗，也使這位初出茅廬的雨村得個教訓。原來還有什麼「護官符」，一不小心，觸犯了本省的大鄉紳，不但官爵，祇怕連性命也難保。雨村的官是賈王二府保的，而薛蟠就是這兩府的親戚，所以門子勸他順水行舟，日後也好去見賈王二公的面。他終係初入官場，一則不敢因私枉法，二則於心有愧，原不敢作，無如門子聽了冷笑道：「老爺說的自是正理；但如今世上是行不去的。豈不聞古人說的『大丈夫相時而動』，又說『趨吉避凶者為君子』。老爺這話，不但不能報效朝廷，亦且自身不保，還要三思為妥」。再者，上次的革職，恐怕就因不會逢迎，所以加「恃才侮上」的罪名。有這兩次教訓，終於徇情枉法，胡亂判了此案，疾忙修書與賈政和王子騰，令其放心，以作自己獻好的贄禮。同時，雨村又怕門子說出他以前的窮相，找個罪名，打發遠方。

果然他目的達到，王子騰屢上薦本，將雨村引至京都，候補京缺。這個時候，由平兒的嘴裏，纔得知他怎樣討好賈赦。平兒咬牙罵道：「都是那什麼賈雨村！半路途中，那裏來的餓不死的野雜種！認了不到十年，生了多少事出來。今年春天，老爺（指賈赦）不知在那個地方看見幾把舊扇子，回家來，看家裏所有收的這些好扇子都不中用了，立刻教人各處收求。誰知就有個不知死的寃家，混號兒人都叫他石獃子，窮的連飯也沒的吃，偏他家就有二十把舊扇子，死也不肯拿出大門來。二爺好容易煩了多少人情，見了這個人，說之再三，他把二爺請了到他家坐着，拿出扇子來略瞧了一瞧。據二爺說：原是不能再得的，全是湘妃棕竹，麋鹿玉竹的；皆是古人寫畫眞跡，回來告訴了老爺，便叫買他的，要多少銀子給他多少。偏那石獃子說：『我餓死凍死，一千銀子一把我也不賣』！老爺沒法子，天天罵二爺沒能爲。姑娘想想，這有什麼法子？誰知那雨村——沒天理的——聽見了，便設了法子，訛他拖欠官銀，拿了他到衙門裏去，說：『所欠官銀，變賣家產賠補』。把這扇子抄了來，做了官價送了來』。從這話裏，善於逢迎的官僚典型，清清楚楚地現於我們的眼簾。

像這樣地鑽營，雨村由知府擢陞轉了御史。不過幾年，陞了吏部侍郎，署兵部尚書，後因一件事，降了三級。後又陞至京兆府尹，兼管稅務。最後，再從路人的口裏，知道賈府被抄，與雨村不無關係。終因枉法貪財，遞籍爲民。

賈雨村這類典型的官僚，新興紳士階級文學裏是沒有的，因那時的紳士們，所處的非實際而像幻夢的人生，對這種鑽營逢迎的勾當，既不願做，即做也不願形之筆墨。資產社會的文學裏，也沒有這類人物，因那時作家所注意描寫的，是小資產者們，怎樣奮鬬地走向官宦之途，未曾注意鑽營逢迎一方面。西門慶係由鑽營逢迎而做官的，然他是商人階級，說不到是紳士。到了紳士與資產兩種質分而組成的紳士階級復興時代，這類人物，纔能出現。因這時讀書人的目的在做官，而做官就得鑽營與逢迎，否則，最好不要做官。甄士隱是不願做官的典型，而賈雨村是要做官的典型。我們所以講賈雨村爲紳士階級復興時代的官僚典型者，由此。

六　薛蟠

性格的養成，以寫實主義者曹雪片看來，不是天生，而是由於環境。環境的不同，性格也隨之而異。黛玉幼喪雙親，孤苦零丁地寄居賈府，賈母等待她雖好，然終非已家，「都要步步留心，時時在意，不要多說一句話，不可多行一步路。恐被人恥笑了去」，所以傷感。寶釵當日父親極愛她，讓讀書識字。所讀的東西，不是女孝經，就是女四書一類，於是養成溫柔賢淑的性格。不然，她也不會那樣道學，像我們上邊所引證的。至於薛蟠，更是環環的產兒。作者講得明明白白，他「幼年喪父，寡母又憐他是個獨根孤種，未免溺愛縱容些，遂致老大無成。且家中有百萬之富，現領着內帑錢糧，採辦雜料」。溺愛而又富有，自然養成任性；加以賈王二府是他親戚，在社會上任意胡爲，法律又無可奈何；因此，造成了公子哥兒薛蟠的典型。還有一位公子哥兒的典型，就是醒世姻緣傳裏描寫的晁源。晁源與薛蟠正爲同類，他也是「由於其母固是溺愛，這個晁才子愛子更是甚於婦人。十日內倒有九日不讀書。這一日還不會走到書房，不住的丫頭送茶，小廝遞果，未晚迎接回家。後來知識漸開，越發把這本千字文丟在九霄雲外，專一與同班不務實的小朋友游湖吃酒，套雀釣魚，打圍捉兔」。後來晁秀才做了官，有錢有勢，更與薛蟠相同。

他們所不同的，薛蟠僅僅任性，而晁源除任性外，還極兇惡。寶玉挨打，寶釵誤信由於薛蟠犯舌，而引起的風波。「薛蟠本是個心直口快的人，見不得這樣藏頭露尾的事；又見寶釵勸他不要逛去；他母親又說他犯舌，寶玉之打，是他治的，早已急得亂跳，賭神發誓的分辯。又罵衆人：『誰這樣編派我！我把那囚的攘牙敲了！分明為打了寶玉，設的獻勤兒，拿我做幌子！難道寶玉是天王？他父親打了一頓，一家子定要鬧幾天！既拉上我也不怕，牽性進去把寶玉打死了，我替他償命，大家乾淨』！一面嚷，一面找起一根門閂來就跑。慌得薛姨媽抓着罵道：『作死的孽障，你打誰去！你先打死我來』！薛蟠的眼急得銅鈴一般，嚷道：『何苦來！又不叫我去！又好好的賴我！將來寶玉活一日，我就一日的口舌，不如大家死了清淨』！……薛蟠見寶釵的話句句有理，難以駁正，比母親的話，反難回答；因此便要設法拿話堵她去，就無人敢攔自己的話了。也正因在氣頭上，未曾想話之輕重，便道：「好妹妹，你不用和我鬧，我早知你的心了。從前媽媽和我說，你這金要揀有玉的纔可配，你留了心見寶玉有那勞什子，你自然如今行動護着他」！……薛蟠見妹妹哭了，便知自己冒撞，便賭氣去到自己房裏安歇不提」。後來薛蟠又向媽媽和寶釵賠不是道：「『媽媽也不必生氣，妹妹也不必煩惱，從今以後，我再不同他們一處吃酒閒逛如何』？寶釵笑道：『這纔明白過來了』。薛姨媽道：『你要有個橫勁，那龍也下蛋了』！薛蟠道：『我若再和他們一處逛，妹妹聽見了，只管啐我，再叫我『畜牲，不是人』如何？何苦來，爲我一個教娘兒兩個天天操心！媽媽爲我生氣，還猶可恕；若只管叫妹妹爲我操心，我更不是人！如今父親沒了，我不能多孝順媽媽，多疼妹妹，反叫娘母子生氣，妹妹煩惱，連個畜牲不如了』！口裏說着，眼睛裏禁不住也滾下淚來」。祇這一段，薛蟠整個的心靈，都在這裏。他心底本忠厚，然因任性，成了「獃霸王」。薛蟠之一切行爲，全由這「任性」所致。

高鶚處處表示他的功利思想，每個人物都寫成因果報應。薛蟠任性，胡作胡爲，就讓他入獄；且娶一位悍婦，以致家庭鬧得一榻糊塗。同時，夏金桂潑悍，就讓她自焚身。香菱貞淑，又讓薛蟠出獄，扶爲正室。總之，紅樓夢若是高鶚寫的，那一定是醒世姻緣傳一類小說。

（註一）作者根據之紅樓夢，爲日本刊行「增評繪圖大觀瑣錄」本。

（註二）據明齋主人總評裏之統計：「總核書中人數，除無姓名及古人不算外，共男子二百三十二人，女子一百八十九人」。又據姜季南的統計爲男子二百三十五人，女子二百十三人。

（註三）中國說部如三國演義，如二十回本的水滸傳，西游記與金瓶梅等，以冊數論，似可與紅樓比，但其表現的社會意識，均無紅樓之複雜。西洋近代小說中，量度或有與紅樓相比者，然以社會意識論，均無紅樓與戰爭與和平之複雜。

（註四）見泰納的藝術哲學卷五藝術理想論（頁二〇一與二六五法文本）（Taine : Philophophie de l' Art，卷五 L'ideal dons l' Art）。此卷已由作者譯爲中文。

（註五）唐以前戀愛文學不甚發達，詩經與玉臺新詠中固有不少戀愛詩歌，然眞講男女愛情者，爲數頗少，大部分爲思君之作，不能以情詩論。

（註六）見增評補圖大觀瑣錄卷首讀花人論贊。

（註七）引自孔另境中國小說史料頁一二七——一二六。

（註八）見增評補圖大觀瑣錄卷首或問。

（註九）引自周學普譯浮士德下部頁一六〇。行列上作者略加修正（商務出版）。

第四章　紅樓夢的世界

上章分析了重要人物的心理，今再論這四百四十八位人物所組合的社會意識。人不能離自然與人類而孤立。當他順着意志謀生時，勢必與自然和他人發生關係。因其意志進行之順利或困難的程度，產生歡喜、悲哀、苦悶、願望、努力等的情緒，這些情緒，是內在的現象；家庭、社會、教育、法律、政治、經濟、宗教以及婚姻等是外在的現象。學者是理智的知者，藝術家是情感的知者，換言之，學者所表現的爲理智，而藝術家所表現的爲意象。情感與理智都由實際社會而來，有某種環境，纔能產生某種理智，同時，產生某種情感。所不同的，前者是歸納演繹後而再現自然，後者是綜合的而且直接地再現自然。二者雖都係自然的再現，然學者的研究，用冷靜頭腦分析方法，結果，不甚變更自然的面目；藝術家的表現，用熱烈頭腦，綜合方法，結果，誇大了自然的特性。所謂誇大，是把同類的性格聚而爲一的意思。然正因這樣，要認識一種文化精神，在藝術裏易於理智，因爲它像漫畫一樣，將特點顯明地表現出來。讀一部最有價值的文化史，知道的教育、家庭、社會、政治等問題，僅是它們的制度和沿革，這些制度的精神，還得往藝術裏找。雖不能說文化史所講的，都是皮毛的，表面的；但也不能說藝術裏所表現的，都是虛空的，想像的。

讀紅樓夢的，都知道年歲愈增加，則它的欣賞樂趣也愈多；學識愈豐富，則了解它的程度也愈深；知識愈進步，方法愈精密，則在它裏的發現也愈廣博。且因各人所研究的不同，於是見到的也不同。要之，紅樓夢如海洋一般，無法知其淺深廣闊，祇能以現在我們力量所及，略談它所表現的社會意識。不過，爲使讀者眞正了解社會心理的緣故，讓曹芹自己來講話，因他的話更要眞切，更要生動，更要深刻。

一 家庭

紅樓夢表現的社會，恰恰與水滸傳的相反，一是紳士階級，一是資產階級（註一）。資產階級的倫理觀且不談；只論紳士階級的。「紳士生在財主家裏」，薩孟武先生在他的水滸傳與中國社會講：「幼有保姆看護，壯有師傅教導，到了長大，又承繼祖宗的財產，過其安樂的生活。試問他們的生活何以這樣安樂？因爲他們有財產。他們的財產由那裏得來？由於祖宗遺留。他們享受現世安樂的生活，不能不回想到安樂生活的來源。既然回想到安樂生活的來源，當然對於祖宗感恩感德，油然發生一種『孝』的情緒。紳士以『孝』爲事先是有理由的」。其實，中國社會除去無家可歸，無業可承的流氓外，都以「孝」爲先的。因中國是農業社會，而土地是世世相傳的，飲水思源，所以「孝」成了普徧的觀念。中國社會的基礎係家庭，而主持家庭大政的爲家長。在家長治理之下的家庭，無所謂個人的人權。家長的話是絕對的，同時，也是法律。賈府的家長爲賈母，所以全家三百數十人，從上至下，沒有不以賈母的意志爲意志，賈母的喜悅爲喜悅。賈母高興，則全家歡樂；賈母生氣，則全家不安。寶玉在外引逗戲子，在家淫逼母婢，因而被賈政苦打。「正沒開交處，忽聽丫嬛來說『老太太來了』。一句話未了，只聽窗外顫巍巍的聲氣說道：『先打死我，再打死他，豈不乾淨了』！賈政聽他母親來了，又急又痛，連忙迎出來。祇見賈母扶着丫頭，搖頭喘氣的走來，賈政上前躬身陪笑說道：『大熱暑天，母親有何生氣，自己走來？有話只叫兒子進去吩咐』。賈母聽了，便止步喘息，一面厲聲道：『你原來和我說話！我倒有話吩咐，祇是我一生沒養得好兒子，卻叫我和誰說去』！賈政聽了這話不像，忙跪下含淚說道：『爲兒的教訓兒子，也爲的是光宗耀祖。母親這話，我做兒子的如何當得起』？賈母聽了，便啐了一口說道：『我說了一句話，你就禁不起，你那樣下死手的板子，難道寶玉就禁得起了！你說教訓兒子是光宗耀祖，當日你父親是怎樣教訓你來』！說着也不覺滾下淚來。賈政又陪笑道：『母親也不必傷感，都是做兒的一時性急，從此以後，再不打他了』。賈母便冷笑幾聲，說道：『你也不必和我賭氣，你的兒子自然你要打就打！——想來你也厭煩我們娘兒們，不如我們早離了你，大家乾淨』！說着便命人去看轎。『我和你太太寶玉立刻囘南京去』！家下人祇得答應着。賈母又叫王夫人道：『你也不必哭了，如今寶玉年紀小，你疼他，他將來長大，爲官作宦的，也未必想着你是他母親了！你如今倒是不疼他，只怕將來還少生一口氣呢』！賈政聽了，忙叩頭說到：『母親如此說，兒子無立足之地了』！賈母冷笑道：『你分明使我無立足之地，你反說起你來！祇是我們囘去了，你心裏乾淨，看有誰來不許你打』！一面說，一面祇命快打點行李車轎馬囘去。賈政直挺挺跪着，叩頭認罪』。且不問賈母與賈政，誰是誰非，寶玉胡鬧，是否該教訓；賈政的教法，是否得當；而我們祇知道，賈母生氣，賈政就得認罪。這是家庭道德，同時也是法律。這裏沒有理智，沒有是非；祇有感情，祇有服從。服從是表示「孝」的一種方式。

賈赦要娶鴛鴦作妾，邢夫人處到妻子地位，要得賢良，於是從中拉牽，因謀於鳳姐。鳳姐略言不可，邢夫人即生氣；然鳳姐是兒媳，又不得不服從婆婆；但又知事之不可爲，祇有設計脫逃。這事終於遭賈母的怒，「因見王夫人在旁，便向王夫人道：『你們原來都是哄我的！外頭孝順，暗地裏盤算我！有好東西也來要！有好人也來要！剩了這個毛丫頭，見我待他好了，你們自然氣不過，弄開了他，好擺弄我』！王夫人忙站起來，不敢還一言」。這事與王夫人沒一點關係，然婆婆要罵，祇有忍受。賈赦要買石獃子扇子，他不賣，讓賈璉設法，賈璉無法。後來雨村訛獃子拖欠官銀，拿到衙門裏，以所欠官銀，變賣家產賠補，並將扇子抄了，作官價送給賈赦。賈赦對賈璉道：「人家怎麼弄了來了」？祇回答一句：「為這點子小事，弄的人家傾家敗產，也不算什能為」，賈赦聽了就生氣，說拿話堵他。混打了一頓。總之，維持家庭治安之唯一法條，就是服從。兒女得服從父母，妻子得服從丈夫，弟弟服從哥哥，奴隸服從主人，幼者得服從長者；否則，為兒女的不孝，為妻子的不賢，為弟弟的不恭，為奴隸的不忠，為幼年的不尊。不管你有理與否，祇要不孝、不賢、不恭、不忠、不尊，那末，不但家庭不容，而社會也不容。

大家庭制，本係原始宗法時代的遺跡，而宗法時代又是權威的社會，上者對下雖無暴力支配，或強制征服的意味，而下者對上得無條件地服從。中國社會的演變很慢，到了清朝，宗法社會的權威，仍保留在紳士階層內。然自宋朝以後，實際社會已入資產社會階段，而資產社會為個人主義發達之時代。所以到了紳士階級復興時，權威與個人主義同時並存。這種現象從賈府裏很容易見出。賈母確是大家庭主婦的典型人物，祇因偏愛寶玉與鳳姐，引起邢夫人趙姨娘的忌妒。個人主義時代之人類行為，大多自私的，不過自私的目標有高尚與卑賤罷了。因自私，勢必與別人利害起衝突。邢趙之所以忌妒寶玉與鳳姐的，就因個人利害關係。寶玉與賈環本是親兄弟，而家庭中的地位那樣懸殊。生賈環的趙姨娘當然不忿。鳳姐本是邢夫人的兒媳，然幫王夫人，反與邢夫人疏遠。邢的愚懦與趙的無識，固屬可恥，但她們之如此，非無深因。明裏不敢反對，暗地總思報復，以致家庭時起風波。探春說：「咱們倒是一家子親骨肉，一個個都像烏鷄眼似的，恨不得你吃了我，我吃了你」。這是賈府的內幕，同時，也就是個人主義發達後之大家庭的內幕。

賈府係五世同堂的大家庭，祇以榮府一支而論，主僕上下，不下三百餘口，在宗法道德和強力壓迫之下，再有才幹的鳳姐領導着，自然可以平安渡日。不幸一天鳳姐病了，得養兩三個月，同時，宮裏死了太妃，賈母等又得去送靈，一個月纔回，這樣一來，無主的賈府讓奴才們鬧個天翻地覆。此時雖有李紈與探春理家，一則李紈厚道，多恩無罰，二則探春是未出閣的年輕小姐，於是就不服使喚。理大家庭本難，對付奴婢尤難。奴婢是另一種階層，不受宗法道德之支配，其自私心更顯著，寬則不服，嚴則生怨。讓平兒述一下鳳姐的苦衷：「你們(指奴才)素日那眼裏沒人，心術利害，我幾年難道還不知道？二奶奶若是料差一點兒的，早被你們這些奶奶們治倒了；饒這麼着，得一點空兒，還要難他一難！好幾次沒落了你們的口聲。衆人都知道他利害。你們都怕他，惟我知道，他心裏也就不算不怕你們的」。鴛鴦也論鳳姐道：「他的爲人，也可憐見兒的，雖然這幾年沒在老太太跟前，有個錯縫兒，暗裏也不知得罪了多少人，總而言之，爲人是難做的，若太老實了，沒有個機變，公婆又嫌太老實了，家裏人也不怕；若有些機變，未免又治一經損一經。如今咱們家便好，新出來的這些底下字號的奶奶們，一個個心滿意足，都不知要怎樣纔好：少有不得意，不是背地裏嚼舌根，就是挑三窩四的」。所以探春接着道：「我說倒不如小人家，雖然寒素些，倒是天天娘兒們歡天喜地，大家快樂；我們這樣人家，人都看着我們不知千金萬金，何等快樂，殊不知這裏說不出的煩惱更利害」！曹雪芹這樣寫法，不知所爲而發，或無所爲而發，但以那時之實際社會論，在個人主義時代而維持宗法時代之組織，無怪要生衝突。大家庭到此已成強弩之末，這是事實；因而歐風一侵，此種制度隨卽解體。

二　教育

紅樓夢爲紳士階級復興時代的作品，則其表現的教育意識，也必爲該階級的。家庭教育爲養成「斯斯文文」的紳士風，學校教育爲養成作官的門徑。

男性的家庭教育有點兒女性化。寶玉往鐵檻寺送可卿喪，路上鳳姐記罣他，怕他在郊外縱性，喚至車前笑道：「好兄弟！你是尊貴人，同女孩兒一般人品，別學他們猴在馬上」。女性最斯斯文文的，紳士們要養成這種性格，自然以女性作比。尤氏提秦鍾說：「人家的孩子都是斯斯文文慣了的」。「斯斯文文」成了讀書人的典型，所以往往批評讀書人而不斯文的，說「不像讀書人」。賈蘭閒着無事，射鹿作戲，寶玉教訓說：「把牙磕了，那時候纔不演呢」？寶玉的意思，是說這種游戲頗不斯文。

不但態度女性化，而裝飾與容貌，也以女性爲標準。寶玉第一次同我們見面，剛從廟裏還頗回來，穿的是禮服。「頭上戴着束髮嵌寶紫金冠，齊眉勒着二龍搶珠金抹額；一件二色金百蝶，穿花大紅箭袖，束着五彩攢花結長穗宮縧；外罩石青起花八團倭緞排穗褂，登着青緞粉底小朝靴」。容貌是「面若中秋之月，色如春曉之花，鬢若刀裁，眉如墨畫，鼻如懸膽，眼似秋波；雖怒時而似笑，卽瞋視而有情」。他家常裝束，「身上穿着銀紅撒花半舊大襖，……下面半露松花撒花綾褲，綿邊彈墨襪，厚底大紅鞋」，於是「顯得面如傅粉，唇若施脂；轉盼多情，語言若笑；天然一段風流，全在眉梢；平生萬種情思，悉堆眼角」。秦鍾是「眉淸目秀，粉面朱唇，身材俊俏，舉止風流，似在寶玉之上；祇是怯怯羞羞，有女兒之態」。賈蓉是「面目淸秀，身材夭矯，輕裘寶帶，美服華冠」。北靜王世榮是「面如美玉，目似明星，眞好秀麗人物」。這種描寫，似顯雷同；然也正顯出紳士階級之一般意識。

上邊我們曾講，大家族是宗法時代的遺留，而宗法組織爲權威的社會。這種情形在紅樓夢的家庭教育中，亦可看出，就是父對子的嚴厲。兒子見父，好像老鼠見貓，戰戰兢兢，也不知如何是好。寶玉在薛姨媽處喝酒，正喝得心甜意洽時，忽聽李嬤嬤的：「你可仔細！今兒老爺在家，隄防着問你的書」。祇這幾個字，寶玉聽了「便心中大不自在，慢慢的放下酒，垂了頭」。又一次，寶玉聽見讓他往大觀園住，高興的了不得，正在和賈母盤算，「要這個，要那個，忽見丫環來說：『老爺叫寶玉』，他呆了半響，登時掃了興，臉上轉了色，便拉着賈母，扭的扭股兒糖似的，死也不敢去」。同時，爲父的要維持家長的莊嚴，所以在大觀園題名，卽令寶玉題的很對，始終不當面說好，祇要不罵，就是好的表示。更有趣的，賈政一天讀了一首燈謎：「南面而坐，北面而朝，象憂亦憂，象喜亦喜」。在未知爲寶玉作的以前，讚美：「好！好！我猜鏡子，好極」！可是一聽爲寶玉所作，就不言語了。其實，非賈政要故意這樣做作，而係紳士階級的教育使他不得不如此。這種現象，在資產社會就完全兩樣。我們拿戰爭與和平所表現的父子關係，作個比較看。紳士階級復興時代的教育是權威的，服從的，人們愈沒個性愈好；而資產社會的教育是個性的，進取的。賈政處處之壓制寶玉，處處教他斯斯文文，無非往柔順的性格上訓練。然戰爭與和平的安都崙去從軍，他的父親以「感謝」來鼓勵，因他不遲延期限，不拜倒石榴裙下。社會服務爲第一要着。總之，紅樓夢的教育精神是保守的，服從的；而戰爭與和平的教育精神是進取的，個性的。

紅樓夢裏的學校教育，實是一種特別現象。清代以異族入主中國，一方面用武力壓迫漢人，他方面又怕漢族反抗，又用籠絡的手段。其所以開科取士的目的，不在研究學術，發揮眞理，而在利用文人，給他們一個官兒，不致反抗政府。清代紳士階級復興的原因，由此。這樣一來，造出一般無識之徒，祇以作官爲求學目的。賈赦說的：「像我們這樣的人家，原不必讀什麼書，祇要認識幾個字，不怕沒有一個官兒做」。曹雪芹是旗人，旗人原不以讀書爲進身之階，故賈赦說這類話，但也可見那時一部分官僚的無識。寶玉罵他們是「祿祿蠹賊」，一點不冤屈他們。

賈政原想由科舉出身的，他的言論，很可代表以作官爲目的之讀書人的意識。他以爲「生女兒不濟事，還是別人家的；生兒若不濟事，關係非淺」。因而對學裏的師傅說，讀一千部詩經也是無用，先要把四書講明背熟，纔是正事。賈政對寶玉道：「做得幾句詩詞，也並不怎麼樣，有什麼稀罕處？比如應試選舉，到底以文章爲主。你這上頭倒沒一點兒工夫。我可囑咐你，自今日起，再不許做詩做對的了，單要學習八股文章。限你一年，若毫無長進，你也不用念書了，我也不願有你這樣的兒子」。會做八股文，纔算是「實學」（賈政語），有實學纔可混得功名。上一段話，在後四十回內，爲高鶚續的，高鶚是進士，所以也讓寶玉中進士。且限他一年，如果沒進步，就不願要他這樣的兒子，其功名利祿之心，顯得多麼清楚。

這時代的紳士們，其主要潮流固在功名利祿，然並非沒有看透的，如儒林外史與紅樓夢的作者，都是瞧不起功名利祿。寶玉對黛玉說：「還提什麼念書？我最厭這些道學話！更可笑的，是八股文章。拿他誆功名，混飯吃，也罷了，還要說代聖賢立言！好些的不過拿經書湊搭湊搭罷了。更有一種可笑的，肚子裏原沒有什麼，東拉西扯，弄的牛鬼蛇神，還以爲博奧」！這話係高鶚藉寶玉口講的。高鶚原係功名利祿中人，而能說出這話，頗可注意。

最後，略提紅樓夢裏的女子教育。清廷對男性還用愚民政策，何況女性；於是提倡一種「女子無才便是德」的口號。這個口號起於何時，不得而知，但到清更爲人們的口頭禪。不過奇怪的，紅樓夢裏的重要女性，除鳳姐外，沒有不是知書識字，才情高超；即令遵守「女子無才便是德」的寶釵，其詩也極可誦。紅樓夢爲紳士階級小說，而紳士們是會詩能文的，所以他們的人物，也能詩會文，這時期的作品二度梅、平山冷燕、好逑傳、聊齋誌異、鏡花緣、兒女英雄傳、蘭花夢奇傳等，都有敍女子才學的地方。這足證明在紳士階級是一種風氣。當時的學者袁枚，公開地招女弟子，可知這種意識，不止行之於書，而且行之於實事。

三　政治與法律

從曹雪芹生年一七一七到他死年一七六三，適處康熙雍正乾隆清代極盛的時期，內寧外平，誠如賈雨村說的：「今當祚永運隆之日，太平無爲之世」。紅樓夢不是歷史，雖在那裏找到確切的史事；但社會意識可以清楚看出的。這裏的政治，以外表論，它提到暹羅國進貢的茶葉，和茜香國女王進貢的汗巾，足見政治勢力的遠及。

談到內政，最足注意的，是世家的頭上。這頭上由孝演變而來。薩孟武先生在他的水許傳與中國社會講的孝的來源後，接着又講：「祖宗的財產何以不被人搶去？因爲有國家的保護。國家是誰人的國家？『率天之下，莫非王土』，國家當然是皇帝的國家。我們現在安樂的生活，由於祖宗的財產，而祖宗的財產所以能夠存在，又由於國家的保護，即由於皇帝的保護。則我們爲感恩感德，而須盡孝於祖宗，當然也須感恩感德，而盡忠於皇帝」。尤其是世家與大部分的紳士，直接受皇帝的恩惠，所以紅樓夢裏頌上的時候，沒一次不由皇帝的恩賜，元春回府省親，賈璉就說了一大套皇帝的恩德，並結論說：「此旨下了，誰不踴躍感戴」。賈珍從宮裏領了春祭，說：「眞正皇恩浩蕩，想得週到」！

中國政治的組織，實際也就是大家庭制的擴大，「皇帝可以看做全國國民的家長，官吏是管轄區域內住民的家長」(註二)。家長對家內成員必有權威，而成員對家長必得服從。這樣，養成中國政治之對人不對事的習慣，法律祇可用於下，不能行於上，以致徇情枉法，到處皆然。薛蟠打死馮淵，馮家告了一年的狀，竟無人作主，到雨村手裏，很爲生氣：「豈有這等事，打死了人，竟白白走了，拿不來的」。就要發簽差公人，立刻將兇犯家屬拿來拷問的當兒，聽到門子「護官符」的解釋：「如今凡作地方官的，皆有一個私單，上面寫的是本省最有權勢，極富貴的大鄉紳名姓，各省皆然；倘若不知，一時觸犯了這些的人家，不但官爵，祇叫連性命也難保呢！所以叫做『護官符』。方纔所說的這薛家，老爺如何惹得他！他這件官事，並無難斷之處，從前的官府，都因礙着情分臉面，所以如此」。門子又獻計道：「小的聞得老爺補陞此任，係賈府王府之力。此薛蟠即賈王二府之親，老爺何不『順水行舟』，做個人情，將此案了結，日後也好去見賈王二公之面」。雨村初次作官，良心尚存，纔說：「你說的何嘗不是？但事關人命，蒙皇上隆恩，起復委用，正竭力圖報之時，豈可因私枉法？是實不忍爲的」。門子聽了冷笑道：「老爺說的何嘗不是？但如今世上是行不去的，豈不聞古人有言：『大丈夫相時而動』，又曰『趨吉避凶者爲君子』？依老爺這樣說，不但不能報効朝廷，亦且自身不保，還要三思爲妥」。良心終敵不過勢力，雨村照門子的辦法，徇情枉法，胡亂斷了此案。倒霉的是無勢無錢的馮淵與拐子。一個白白死了，不過得點燒埋費，一個按法處治；而眞正的兇犯，打死人，奪了頭，他倒如沒事人一般，祇管帶了家眷，走自己的路。還有張家婚案，也不以法律解決，祇在鳳姐一高興，藉賈璉名義給節度使雲光一信，「而雲光久欠賈府之情，這些小事，豈有不允之理」。結果，一個人情，鳳姐從中得了三千兩不算，而致死了兩條人命。

這些世家，因富而且貴，不但把人命不算事，並拿法律作兒戲。賈璉娶尤二姐，鳳姐吃醋，然這事由賈珍與賈蓉做作而成，於是打聽了二姐的底細，知他還有一位未婚夫張華，成日在外賭博，不理家業，父母攆他出來，在賭場裏存身，用二十兩銀子勾來養活，讓他往都察院告「賈璉國孝家孝的裏頭，背旨瞞母，仗財恃勢，強逼退親，停妻再娶」的罪，內中還有賈蓉。鳳姐一面又打聽告了起來，託人告訴察院祇虛張聲勢，驚嚇而已；並拿了三百銀子來打點。「那察院深知原委，收了賍銀，次日回堂，祇說張華無賴，因拖欠賈府銀兩，妄捏虛詞，誣賴良人」。藉此機會，鳳姐在那裏調兵遣將，運用計謀，以出己恨。你瞧，他們不止把法律看得不是法律，而且藉法律的名義來報私仇。官僚們的徇情貪汚，旣成風氣，卽令想作清官，事實也不允許了。賈政本係正直良善，然到江西糧道，不是被衙役玩弄，就是被奴才欺騙，不但沒報効國家，反使百姓怨恨。終而，也是被參。

總之，中國社會至淸代，早入個人主義時期；而個人主義社會得以法律來維持；然那時法律不能通行於上，以致演出紊亂的現象。法令不彰吃虧的固爲民衆，卽官僚們也不知如何適從。現讀一七三六年三月乾隆皇帝諭王公大臣的詔，很可看出此種現象。「乃當年條奏，則主於嚴，而近日條奏，又專主於寬，以一人之身，而前後互異如此。是伊等胸中毫無定見，並不計理之是非，事之利病，而但以迎合揣摩，希冀保全祿位，固結恩眷，而不知大違乎皇考與朕之本意，適成爲庸鄙之具臣而已！若循此以往，不知省改，勢必至禁令廢弛，奸宄復作，良善受其擾害，風俗漸就澆漓，將我皇考十三年教養整理之苦心，功虧一簣（註三）」！乾隆下這諭的緣故，因聖祖以寬大爲治，臣下奉行不善，以致諸事廢弛，官吏不知公事，百姓不知法律；到了世宗，以嚴爲治，想整頓積習，臣下奉行又不善。以致政令繁苛，百姓不堪其苦。乾隆卽位，想以寬大矯時弊，但恐臣下的誤會。由此看來，官僚之無識，祇以逢迎揣摩，保全祿位，固屬可恥；然法令不通行，也使他們如此之重要原因。

四 婚姻

家族主義制度下的婚姻，無所謂自由，全由父母包辦。婚姻選擇與嫁娶等事，均由父母作主。婚姻的成就，不關戀愛，而係父母的喜悅；如果父母不贊同，卽令男女相愛，也未必能成夫婦。寶玉最愛的是黛玉，然賈母定了寶釵，那也祇有忍受。司棋和潘又安本係姑表兄弟，從小兒一處玩笑戲言，就定下了將來不娶不嫁，後來大了，彼此都長得品貌風流，更加恩愛。在大觀園私傳表記，被主家發覺，司棋被逐，潘又安遠逃。然司棋非潘不嫁，終於等他回來。她母親見了潘又安，恨的什麼似的，說他害了司棋，一把拉住要打。誰知司棋聽見了，急忙出來，老着臉，和他母親說道：「我是爲他出來的，我也恨他沒良心，如今他來了，媽媽又打他。不如勒死了我」！她母親罵道：「你是我的女兒，我偏不給他，你敢怎麼着」！司棋聽了這話，一頭撞在牆上。潘又安看到如此，也就自殺了。爲愛情的不遂，結果兩條性命。

但父母爲兒女擇配，固不徵求兒女同意，然也非任意胡爲，毫不顧及兒女幸福。張道士向賈母給寶玉提親，賈母道：「你如今也隨聽着，不管他根基富貴，祇要模樣兒配的上，就來告訴我；便是那家子窮，不過給他幾兩銀子；祇是模樣兒，性格兒，難得好的」。賈母之定寶釵而棄黛玉，就因前者體格健壯，性格溫柔，而後者體弱性乖，恐非長壽。薛姨媽之定岫烟爲薛蝌妻，因她「見那岫烟生得端雅穩重，且家道貧寒，是個荊釵布裙的女兒，便欲說與薛蟠爲妻。因薛蟠素日行止浮奢，又恐糟蹋了人家女兒，正在躊躇之際，忽想起薛蝌未娶，看他二人恰是一對天生地設的夫妻」，於是一說就成。再者，巧姐給了農夫周家，賈政說：「莫說村居不好，祇要人家淸白，孩子肯念書，能夠上進，朝廷那些官兒，難道都是城裏的人麼」？要之，父母爲兒女選擇配偶的標準，第一要門第淸白，第二要女兒模樣端正，性格溫和，男的要知上進；至於家庭的富貴與否，倒在其次。這種標準，不止紅樓夢裏如此，即在平話時代，已竟如此。醒世恆言的張廷秀逃生救父敍述一位富翁王憲，想將木匠張權的兒子張廷秀過繼，張權說攀不上，王憲道：「貧富是那個骨子裏帶來的」。又發做女婿時，向趙昂夫婦的勸告反對說：「賢婿，這事不勞你過憂，我自有主見在此。常言道：『會嫁嫁對頭，不會嫁嫁門樓』，我爲這親不知揀過多少子弟，並沒一個入眼的。他雖是小家子出身，生得相貌堂堂，人材出衆，且又肯讀書，做的文字人人都稱贊，說他定有科甲之分。放着恁般目知眼見的倒不嫁，難道倒在那些酒包飯袋去搜覓？若揀個好的，也不有指望，倘一時沒眼光，配一個不僧不俗，如醉如癡的蠢物，豈不誤了終身。如今縱有人笑話，不過是一時，倘後來有些好處，方見我有先見之明。「這是資產社會擇婿的標準，此種意識至紳士階級復興時代仍然繼續，故紅樓夢也有此種主張。

父母若無眼光，若不會嫁而嫁門樓，可就苦了兒女。賈赦無識無知而且不聽人勸，終於送了迎春的命。迎春本性懦弱，過門不上一年，讓孫紹祖折磨死了。這是賈赦由「門樓」着眼給兒女選配的結果。紅樓夢還有一對不幸夫婦，就是薛蟠與夏金桂。薛蟠是一位公子哥兒，無法無天，任意胡爲，恰恰又遇這位夏金桂。她家原爲商人，沒受教育，加以現今大富，又係孤女，嬌生慣養，以致性格乖張，強悍無比。出嫁沒多天，就想制服薛蟠，不久，又想制服薛姨媽，次之，又欲制服寶釵與香菱，鬧的薛宅家翻人亂。這也是由「門樓」着眼的結果。

其次，再談到妾制。中國的正式婚姻，祇爲夫妻，至於妾，大多爲買的貧女或丫頭，其地位待遇與奴隸一樣。婚嫁祇用於妻，而不用於妾。雨村娶嬌杏，設一點儀式，當夜僅用一乘小轎，把她送到衙門就完了。鳳姐第一次見尤二姐時，平兒要行禮，二姐忙親身攙着道：「妹子快別這麽着！你我是一樣的人」！一次芳官罵趙姨娘道：「我又不是姨奶奶買的梅香，拜把子都是奴才罷咧」！一語提醒了趙姨娘的姨娘地位，原來也是奴才。

五　社會

紅樓夢的社會由世家，平民與奴隸三種階級組合而成。不稱賈府爲貴族而爲世家的，因貴族須係皇族血統，賈府僅係功臣被封，不過官僚世襲罷了。賈府爲「赫赫揚揚，已將百載」的世家，所以他的親戚，也爲世家。俗諺說：「賈不假，白玉爲堂金作馬；阿房宮，三百里，住不下金陵一個史；東海缺少白玉牀，龍王來請金陵王；豐年好大雪，珍珠如土金如鐵」。可知這些世家的富貴勢力。

進一步看他們的生活。先從用的奴隸數目談起。寶玉的，除襲人外，七個大丫頭，八個小丫頭，再加上乳母李嬤嬤。小姐們的「每人除自幼乳母外，另有四個教引嬤嬤；除貼身掌管釵釧盥沐兩個丫頭外，另有四五個灑掃房屋來往使役的小丫鬟」。賈母的，八個大丫頭；太太們的，四個大丫頭；小丫頭的數目，無從考查。姨娘們的，每位兩個丫頭。這是書裏提到每位重要人物所用的丫頭，至於帳房管家聽差的數目，更無法知道。不過知道的，賈府被抄後，賈政要確實整理一下家庭，纔知道「除去賈赦入官的人，尙有三十餘家，共男女二百十二名」。這還是窮儒高鶚擬的數目，曹雪芹的原意，尙不知多少，顧亭林說：「人奴之多，吳中爲甚。仕宦之家，有至一二千人者（註四）」。如此講來，賈府還不能算十分闊。

世家生活，怎樣繁華，怎樣奢麗，難給一個簡單概觀，因一部紅樓夢所描寫的，多係他們的生活，然藉鄉婦劉老老進榮府所得的印象，便可知道世家生活之一般。劉老老係鄉間貧民，入到榮府，自然處處都是新奇作。者描寫她的目的在關笑，但從這裏正可以明瞭世家與平民生活的差別。劉老老第一次到鳳姐的院落，瞧到鳳姐的氣派，「正在那裏頑賞鐘表，祇見小丫頭們一齊亂跑，說『奶奶下來了』！……祇聽遠遠有人笑聲，約有一二十個婦人，衣裙悉索，漸入堂屋，往那邊屋內去了；又見三個婦人，都捧着大紅漆捧盒，進這邊來等候；聽得那邊說了『擺飯』，漸漸的人纔散去，祇有伺候端菜幾人。半日雅雀不聞之後，忽見兩個人抬了一張炕桌來，放在這邊炕上；桌上碗盤擺列，仍是滿滿的魚肉在內，不過略動了幾樣」。這是世家少婦飲食和舉動的情形。她第二次進榮府住的時間也較長，見的東西也較多；然指不出名稱，祇籠統地感到富貴。她形容賈母與林黛玉的住室道：「人人都說『大家子住大房』，昨兒見了老太太正房，配上大箱、大櫃、大桌子、大床、果然威武。那櫃子比我們一間房子還大，還高，怪道後院子裏有個梯子，我想又不上屋曬東西，預備這梯子做什麼？後來我想起來，定是爲開頂櫃放東西。離了那梯子，怎麼得上去呢？如今見了這小屋子，更比大的越發整齊了。滿屋裏東西，都祇好看，都不知叫什麼。我越看越舍不得離了這裏」！上兩段當然不是世家之生活概觀，不過由此可推想其他。

再談平民。中國社會的經濟分配，頗爲不均，杜甫說的「朱門酒肉臭，路有凍死骨」兩句，堪稱實情。可惜曹雪芹生於世家，雖是後來窮了，然所熟習的還是世家，所以紅樓夢裏關於平民之描寫，非常之少。祇知劉老老第一次向鳳姐開口，給她二十兩銀子，喜得眉開眼笑。一次她見榮府裏那兩三大簍共計七八十斤的大蟹，作個小餐，她就計算道：「這樣大蟹，今年就值五分一斤，十斤五錢，五五二兩五，三五一十五，再搭上酒菜，一共倒有二十多兩銀子！阿彌陀佛！這一頓的錢，夠我們莊家人過一年了」！無怪乎她要對鳳姐說：「『瘦死的駱駝比馬還大些』，無論他怎樣，你老拔一根寒毛，比我們的腰還壯呢」！這些話，在作者的用意，或者是取笑；但在我們看來，這是世家與平民生活的差別。不過要注意的，紅樓夢對平民固然沒有十分描寫，但所表現的社會意識，與大部分描寫平民生活之清平山堂話本、京本通俗小說、三言、二拍以及金瓶梅所表現的完全相同。因為中國的紳士階級，並非為一種特別階層，凡平民而讀書上進的，均可為紳士，均可做官，所不同的，紳士階級的文學，大多以已成紳士們的生活作材料，而資產階級的文學大多以資產社會和未成紳士的情形作材料而已。

中國的奴隸與西洋的比較起來，一是家庭的或奢侈的，一是生產的。所以西洋的奴隸在經濟制度上頗為重要，而中國的不但與經濟無關，且成為寄生的，消耗的。在中國奴隸制中，顯出兩種現象，一為主人對奴隸的寬厚，一為奴隸藉主家的勢力，在社會上狐假虎威，胡作胡為。

先看主家對奴隸的厚待。襲人母親死了，賈母歎道：「我想他從小兒伏侍我一場，又伏侍了雲兒，末後給了這個魔王，與他磨了這好幾年！他又不是咱們家根生土長的奴才，沒受過咱們什麼大恩典；他娘沒了，我想着要給他幾兩銀子，過後送他娘，也就忘了」，聽了王夫人賞了他四十兩銀子，賈母點頭稱善。不但優待，對年長的奴隸們還有一種禮貌。一天，賈母要給鳳姐做生日，把家人和幾個高年有體面的嬤嬤請來，尤氏與鳳姐等還不能在賈母面前坐，這些嬤嬤們倒能，因爲「賈府風俗，年高伏侍過父母的家人，比年輕的主子還有體面」。鳳姐也曾說過她們的丫頭，比人家小姐還強，就可知奴隸在社會上的地位。此其所以五兒情願當寶玉丫頭的緣故。賈府對女性奴隸如此，對男性的何嘗不然。賈府三輩子奴隸賴家，到了賴尚榮的時候，主人讓他自由，並給他捐了個前程，後居然作知縣。

中國奴隸既爲寄生的，奢侈的，不事生產，同時，法令又不通行於上，處處是人情面子，奴隸藉主人的勢力，爲害於民，這也是自然的趨勢。周瑞的女婿冷子興與人打官事，根本沒把這事放在心，往衙門裏說一聲就了結了。紅樓夢與其他小說爲寫奴隸專橫之處很多，也無需再行舉例。顧亭林說：「奴隸之專恣橫暴，惟吳中爲甚國家王者興，當悉免爲良民，而徒以實遠方空闊之地。士大夫家所用僕役，並令出貲顧募，如江北之例，則橫豪一清，而四鄉之民得以安枕」。（註五）此可證明奴隸橫暴，當時已成風氣，且引起了學者的注意。

奴隸在中國，實是一種特殊階層。奴隸專橫與平民自願當奴隸的原因，在俄人沙發諾夫著的中國社會發達史（註六）可以找到說明。滿軍入中國後，所有俘虜的中國人，均變成奴隸。一部分奴隸編成軍隊，送去鎮壓自己的兄弟們；另一部給私人使用。加以中國官僚的壓迫過厲，甚至許多漢人自願降爲奴隸，藉此求得「保障」，以抗本族的壓迫者。「個人的奴隸依附，是滿人軍事制度的一部分。後來逐漸發達，成了——與中國奴隸貿易是同時並行發達的——被保護人與主人之間的特殊關係。……滿洲被保護人並不重視中國地方政府，發生了事件的時候，就藏在自己主人的後面。身爲奴隸的社會人，甚至富商或自由人，也利於得到私人的保護，樂於降爲奴隸，或立於附屬地位成爲被保護人，奴隸和農奴相互間的關係，分不清楚」。

除戰爭被俘虜的人變爲奴隸外，還有水旱災難以及各種緣由，而賣自己的兒女們作奴隸。襲人就是一例。襲人對要贖她的母兄說道：「當日原是你們沒飯吃，就剩我還值幾兩銀子；若不叫你們賣，沒有看着娘老子餓死的道理。如今幸而賣到這個地方，吃穿和主子一樣，又不朝打暮罵；況如今爹雖沒了，你們却又整理的家成業就，復了元氣。若果還艱難，把我贖回來，再多掏摸幾個錢，也還罷了；其實又不難了，還會子又贖什麼」！她是買來的，所以賈母說她不是根生土長的奴才。由此看來，賴家一類的根生土長奴才，或許由俘虜變來的。

六　宗教

中國人對宗教頗覺冷淡，自己不產宗教；而外來宗教，不是改變本來面目，如佛教，就是於精神不生關係，而哲學文學不受影響，如基督教。以基督教論，除唐的景教不算外（註七），到西曆一二九〇年若望高米諾正式受教皇尼古拉司第四之命，布教中國，得元政府許可，在北京建教堂四所，受洗者達六千人。明末清初，西洋教士之在中國傳教的，多用調和政策，就是不反對舊有習慣與信仰，如祖先崇拜之類，而以基督教義，附會中國的家族主義，於是人民習而不察，漸次感化，至康熙初年，信徒竟達十萬。然中國人之與教士接近的，在其科學而非宗教，信徒如是之多，但始終在文學上沒生影響。紅樓夢幾次提到西洋的貨物，而未涉及基督一字。其不生影響的緣故固多，然最要者恐爲下列二端。（一）中國爲宗法思想最濃厚的國家；而宗法社會的一貫信仰爲祖宗崇拜。再由祖宗而演爲多神觀念（註八）。此均與基督教相反。（二）中國爲農業國家注重實際，不務空想；而基督教頗重來世，此又與中國精神不合之處。宗法思想與注重實際二點，從紅樓夢裏也可見出。儒家不能算是宗教，雖說它的學說，似乎成了宗教，然未具宗教「超越與神祕」的條件。至於佛教，紅樓夢裏既未對佛學加以敍述，而對迷信，似又反對。所以提到紅樓夢的宗教意識，祇有出家。

出家，信佛也好，信道也好，都係嘗過人生意味，翻過筋斗者所爲。甄士隱本係望族，「秉性恬淡，不以功名爲念，每日祇以觀花耘竹，酌酒吟詩爲樂」。晚年好容易得了一女，不承望幾歲上迷失，晝夜啼哭，因此成疾。更不幸葫蘆廟失火，自己的家又成瓦礫之場。與妻到田莊去住，偏値近來水旱不收，盜賊蠭起，田莊又難安身。投岳丈家誰知又投人不着，一重不了又一重，漸漸露出那下半世光景。處到這種環境，生活還有什麽意義。竟與道人飄然而去。這是甄士隱出家的緣故。再看寶玉與柳湘蓮的出家，爲愛情的失望，惜春的出家，爲對家庭的不滿。總之，都是不滿意現社會而遁世的。

七　經濟

照這節「經濟」二字的標題，所講的應該爲賈府之生產手段與交換關係；可惜曹雪芹根本沒寫這兩方面，而寫的祇係賈府衰敗的原因。此節本應列在此章的開端，然因它所講不關生產與交換，而祇關敗落的情況，故最後談及以作此章的結束。

賈府是將要衰敗的官僚家庭。紅樓夢的開始，冷子興就對雨村道：「如今生齒日繁，事務日盛，主僕上下，安富尊榮者儘多，運籌謀畫者無一；其日用排場費用，又不能將就省儉；如今外面的架子，雖未甚倒，內囊卻也盡上來了」。這是外人對賈府的批評。鳳姐管理家務，知道的頗清楚，她曾對劉老老說：『不過借賴着祖父虛名，做個窮官兒罷了，誰家有什麼？不過是個舊日的空架子」。這雖是客氣話，的確也是眞話。鳳姐又對平兒說過：「多省儉了，外人又笑話，老太太太太也受委屈，家下也抱怨刻薄。若不趁早兒料理省儉之計，再過幾年都賠盡了」！這是鳳姐第二次講窮。賈珍也談到榮府說：「這幾年添了許多花錢的事，一定不可免，是要花的；卻又不添銀子產業。……這二年，那一年不賠出幾千兩銀子來？頭一年省親，連蓋花園子，你算算那一注花了多少，就知道了。再二年，再省一回親，祇怕就精窮了」。榮府每年官俸與利銀收入，不得而知；祇知道某年因旱潦，八家莊地，比賈珍的莊地要多幾倍，而收入與賈珍一樣，不過二三千兩銀子。從這一點，就可知他們的入不敷出了。無怪賈璉要說：「這會子再發三二百萬的財就好了」。

然既知窮困，爲什麼不節省呢？一要面子，就是鳳姐說的，太省了，怕外人笑話；二怕長輩難過。林之孝，榮府的外管家，曾對賈璉道：『人口太衆了，不如揀個空日，回明老太太老爺，把這些出過力的老家人，用不着的，開恩放幾家出去；一則他們各有營運，二則家裏一年也省口糧月錢。再者，裏頭的姑娘也太多，俗語說：「一時比不得一時」，如今說不得先時的例了，少不得大家委屈些，該八個的使六個，該四個的使兩個。若各房算起來，一年也可以省得許多月米月錢。況且裏頭女孩子們，一半都大了，也該配人的配人，成了房，豈不又滋生出人來」？可是賈璉回答說：「我也這樣想，祇是老爺纔回來，多少大事未回，那裏議到這個上頭？前兒官媒拿了個庚帖來求親，太太還說老爺纔來家，每日歡天喜地的說『骨肉完聚』，忽然提起這事，恐老爺又傷心，所以且不叫提起」。經濟的不濟，誰都見到了，然因面子關係，永遠在那裏苟安。曹雪芹的本意，或許要寫「坐吃山空」，「樹倒猢猻散」的賈府，可惜中途停筆，令我們無法知其怎樣的倒蹋。

紅樓夢世界的分析，至此爲止。上章注意的爲其重要人物的性格，這些性格，雖由紳士階級復與時代的環境所養成，然性格養成後，猶帶普偏性。此章注意的似帶地方性，然曹雪芹所描寫的社會，多爲社會之衰敗方面。本來中國社會至清代，各方面均至強弩之末，歐風一入，整個社會隨即瓦解。將來的中國社會，不成問題必入新的階段。所以研究紅樓夢，現正其時。我們這個時代，卻爲新舊之分水嶺，雖受新時代之洗禮，但對舊時代並非完全不知，紅樓夢表現的社會，似可領會。再過數十年或百年，社會完全改變後，那時紅樓夢恐成爲古奧文學非加注釋，無由認識。作者深愧對中國的社會經濟，知道太少，無法印證此書所表現的。希望研究社會科學者，對此方面多多發表，以富將來研究紅樓夢者的材料。

（註一）見薩孟武著水滸傳與中國社會。正中出版薩先生說水滸傳所表現的社會爲流氓或無產階級。作者頗不敢同意。以作者意見，水滸傳爲資產社會的產品。

（註二）見中國社會經濟史頁三五〇。

（註三）見蕭一山清代通史卷中頁四。

（註四）引自張采亮中國風俗史頁二〇四（商務出版）。
（註五）引自上書同頁。
（註六）沙發諸夫的中國社會發達史頁四六二。李佶人譯。
（註七）景教徒不信基督爲神，嘗受教會排斥，故非基督教正宗。
（註八）關於祖先崇拜與多神教起原，參看波格達納夫的社會意識學大綱，中譯本頁一三一至一四〇（開明書店出版）。

第五章　紅樓夢的藝術價值

文學是藝術，無論用什麼主義或眼光來研究文學，末了，必得探討它的藝術價值；由這種藝術價值，決定它在文學中的地位。文學家在實際的人生，大多有缺陷的，有的是物質缺陷，有的是精神缺陷，有的是身體缺陷。正因有這種缺陷，纔如法國現代詩人 Paul Val'ery說的，創作家所以從事創作，想「在可能範圍內，償還了自己命運之不公」。丹丁實際得不到班亞特里斯的愛，於是想像中創造了一位班亞特里斯，在天堂裏同她會面。邏逖非常喜愛布雷特尼的一位姑娘，然實際不能同她結婚，結果在冰島漁夫裏讓堯恩與高特結合，而堯恩是作者自己，高特是他所愛的那位姑娘（註一）。莫甲哀娶一位年青，妖艷，風流的太太，使他感到不少醋意，加以社會對他種種的攻擊與羞辱，實際沒法發洩這些情感，於是寫了一位恨世者亞爾賽斯特，代表他來宣洩自己的私忿（註二）。巴爾扎克的少年是憂鬱的，困苦的；他的家庭把他捨到巴黎，幾乎分文沒有，住在一個亭子間。既無親戚，又無朋友，從他的窗戶望到這無邊無際的大城，他自問道：「我永遠不能戰勝它麼」？他觀望且顧望街上走的和車中下來的婦女們，這樣美麗，這樣傲慢，他覺得他與這些婦女之間隔了一層難以解除的障礙，他曾自問道：「我永遠不能認識她們麼」？從這種苦痛，這種難待，由他身上變成了老高里渥裏的人物羅斯提聶克。巴爾扎克在巴黎所帶圖的奢望，後來羅斯提聶克了達到目的。同樣，曹雪芹爲什麼要寫紅樓夢？因他幼年時代處在奢華的與安適的生活，可是中年窮了，窮得「舉家食粥酒常賒」，這時候就拿以往的回憶，來補償他當前不幸。換言之，也就是用金陵的「眞家」，在北京創造了一個「假家」。

分析了曹雪芹的環境與由此環境而產生的思想與人物，以及他的人物所表現的社會意識後，再探討他怎樣用他的思想來組織人物，並用怎樣的技巧把他整個的意象表現出來。最後，紅樓夢怎樣像透明的水晶一般，吸收了宇宙間無邊無際的光線，而再返射到無邊無際的空間。

一 紅樓夢人物的描寫

小說家創造的開始，大多由於觀察人物和描寫人物，所以先從紅樓夢人物的描寫開端。

曹雪芹的靈魂，好像是極精緻的試音器，祇要空中有稍微的波動，在他的靈魂上，就起了感應。人說曹雪芹是寶玉，一點不錯，紅樓夢裏的人物，那一位有寶玉那樣善於移情。這種移情作用（註三），不祇曹雪芹這樣，一切的藝術家都是如此。泰納說：「考察一下與相識的偉大藝術家，接近他們，親熱他們，看看他們思索，你就知道『移情』這個字的力量。瞬間工夫，他們就可以站到一些事物的地位；人類、禽獸、植物、花果、風景，不論這物件是死的活的，他們可以感受一種肉眼瞧不到的力量與意向，由此，他們的靈魂因無窮的增加，無限的變換，成爲宇宙的一種縮圖。此其所以他們的生命力較別人強烈的緣故；他們無需學習，他們是猜度。他們僅從一個甲胄，一種裝飾，幾樣陳設，就可深入中古世紀，較三位學者所知道的還要眞切。他們用一種有羽翼的推想——興會，自然地，眞切地去再造，如同創造（註四）」。移情作用爲一切藝術家的第一要素，法國最善描寫軍營生活的顧爾特林，也不過在軍隊住了十多天；海外作家的邏遜，也不過是海外的游歷者而已。

德國美學家鞏都爾富著的歌德，誠爲研究歌德的著作中最重要的作品；但我們最不敢同意的，是他說藝術家美的鑒賞力是先天的。他以歌德爲例，當歌德三歲時，就不喜歡同醜孩子玩。一天在一個會場裏，忽然啼哭道：「趕快讓這黑髮棕臉的孩子走開，我簡直不敢見他」。且又舉例說，體格殘缺的人，能使歌德嘔吐，畫紙上一點髒跡，能使歌德發昏。若說美的鑒賞力是先天的，那末，宇宙萬物的本身，一定有些是美，有些是不美。有美的眼光的，纔能看到，無美的眼光的，就看不到。如此而論，藝術品決不會這麼多，範園也不會這麼廣。若以古典主義的眼睛是美的，那祇有向貴族社會裏找材料；除此而外，都是醜惡。反之，如以寫實主義的眼睛是美的，那除中產階級外，無美之可言。然而怎麼各種主義都有各種主義的美呢？是的，不能說偉大藝術家與我們用同樣方法去感受對象，更不能說，藝術家之所以成爲藝術家者，是他們把自已所感覺的加些風流故事，再加一種表現的能力就可辦到。不過，方法儘可不同，而對象還係同樣的對象，但他們能行移情作用，所以他們看到的事物，是事物的內心，是事物的靈魂。比如紅樓夢裏趙姨娘與芳官鬬毆，秦鐘鬧學等事，在我們看來，僅是一位無知無識的姨娘與一位唱戲的女孩吵鬧，和一般頑童趁師傅不在時，打打駡駡而已；但曹雪芹看的，如他們的靈魂，他們的心理狀態。由此，可知移情作用爲美感的唯一基礎。所以我們鑑別一位藝術家的高下，祇有以移情作用的強弱爲標準。換言之，就是他所表現的愈是靈魂多而事實少，則其移情作用也最強，而在藝術家的地位也愈高。

曹雪芹的祖先，幾位都是大官，且中國又係大家庭，雖不敢相信紅樓夢說的賈府，從上至下三百餘口的大家庭，就是他自已的，但以中國的習慣論，他家既係這樣富貴，所以窮的富的，老的少的，以及各種性格的親戚朋友，清客相公，姨娘奴隸，決不在少數。他終日和他們應酬來往，談笑玩鬧，耳所聞的是他們，目所見的是他們，使自已喜怒哀樂愛惡慾的，也是他們。於是他們的飲食，他們的居處，他們的裝飾，他們的言談，他們的行爲，他們的態度，他們的經濟，他們的教育，他們的娛樂，他們的禮貌，他們的習慣，他們的信仰，他們的喜好，他們的憎惡，以及他們最細微，最瑣碎的情節，從頭至踵，由內到外，莫不了然於衷。如果他繼續着這種生活，或者感覺不出什麽；幸而他後來窮了，這窮在曹雪芹或者爲一種苦痛，於是他「燕市狂歌悲遇合」，然正因這種苦痛，使他「秦淮殘夢憶繁華」，一種宇宙縮寫的紅樓夢纔由此產生，正同法國作家普魯斯蒂一樣，如果他永久繼續看他少年時代繁華的奢侈的生活，很可能他永遠找不到他失去的時光。因此，曹雪芹藝術的成功，就在這一點，他之所以寫，因爲不能不寫，如同莎士比亞似的，著作的目的，一點也不是要證明什麽，解釋什麽，而係自然地，從容地，一幕一幕的意象，一幅一幅的繪畫，不斷地而去抄寫實在。再把曹雪芹、莎士比亞的作品與巴爾札克、福羅貝爾、托爾斯泰的比較一下，就知前者的目的不在著作，而係自然的流露；後者係先要著作而後去經驗人生，觀察人生，好像藉努力，以達到自己的目的。所以曹雪芹莎士比亞沒有學習期，而巴爾札克、福羅貝爾、托爾斯泰，連賽萬蒂斯也在內，得有多年的預備，多年的練習，纔到眞正的傑作。

每種社會似乎都有一個中心組織，這個組織，可以說是集中了此種社會的各種精神。法國十七世紀的沙龍，聚集了那時代的種種重要人物，假使一位作者能攫住而且表現了它的精神，那末，他就捉住了這時代的精神。沙龍的代表作家爲拉辛。倘若你熟習了沙龍的風俗與精神，那你就可了解拉辛的作品。法國十九世紀有結社的組織，而結社裏聚集了各種職業，各種心理的人。巴爾札克是結社的代表作家。中國社會的中心組織，從古至今，是大家庭。家庭愈大，成分愈複雜，則與接觸的親戚朋友也愈多，這個家庭所代表的社會方面也愈廣。即以賈府來講，除自家人外，我們認識黛玉、寶釵、薛蟠、湘雲、尤三姐、賈雨村、劉老老等重要人物。因此，賈府所代表的社會方面，以家庭體系論，則有祖母、兒子、兒媳、孫子、孫媳、伯叔、嬸嫂、兄弟、姊妹、姨媽、姨娘、表姊、表弟；以職業論，則有官僚，軍人、吏卒、教士、尼姑、道婆，巫士、教師、學生、農夫、商人、田主、佃戶、戲子、樂師、帳房、管家、醫生、流氓、賊盜、娼妓、歌女、與放債者；以貴賤論，則上自皇妃、王族、公爵、侯妃、侍郎、縣長，下至奴婢丫頭；以貧富論，則富自百萬，貧至分毫，因地位的不同，貴賤的區分，貧富的差異，心理也隨之而異。中國的整個社會，差不多都表現在這裏了。

護花主人也有同類話說：「翰墨則詩詞歌賦，制藝尺牘，爰書戲曲，以及對聯扁額，酒令燈謎，說書笑話，無不精善。技藝則琴棋書畫，醫卜星相，及匠作構造，栽種花果，畜養禽魚，鍼黹烹調，巨細無遺。人物則方正陰邪，貞淫頑善，節烈豪俠，剛強懦弱，及前代女將，外洋詩女，仙佛鬼怪，尼僧女道，娼妓優伶，黠奴豪僕，盜賊邪魔，醉漢無賴，色色俱有。事蹟則繁華筵宴，奢縱宣淫，操守貪廉，宮闈儀制，慶弔盛衰，判獄靖寇，以及諷經設壇，貿易鑽營，事事皆全。甚至壽終夭折，暴亡病故，丹妝藥誤，及自刎被殺，投河跳井，懸梁受逼，吞金服毒，撞階脫精等事，亦件件俱有。可謂包羅萬象，囊括無遺，豈別部小說，所能望見項背（註五）」？所以我們也可以說，當時整個文化的精神，都集於曹家，而曹家的靈魂，又集於曹雪芹一人；因而，由曹雪芹一人，可以看出紳士階級們整個的靈魂。

再以實際社會的情況，來看曹雪芹時代。據日人森谷克已研究中國社會經濟發達史（註六）的結論說：「在清朝時代的中國社會，因爲歷史的地理的諸條件，包括一切的文化階段，是現社會諸關係的極度複雜的一國」。文學是社會意識的表現，而社會意識跟社會演變之複雜而亦複雜，清朝既包括中國的一切文化階段，那社會意識自然也包括一切的階段。紅樓夢以前，因社會還未演變至此田地，不能產生紅樓夢，紅樓夢以後，因不久即受西洋文化的侵入，中國文化勢必走向新的路線，也不能再產生紅樓夢。如果要說，但丁是義大利精神的代表，莎士比亞是英格蘭的代表，賽萬蒂斯是西班牙的代表，歌德是德意志的代表，那曹雪芹就是中國以往一段靈魂之具體化。中國自詩經以來，以表現的社會意識複雜論，沒有過於紅樓夢者。

曹雪芹描寫人物的目的，在給人物一種個性，既不譽彼而貶此，也不抑此而揚彼。因內心的不同，形之於外，即令最細緻之室內陳設，也因之而異。你瞧探春的住室：「探春素喜闊朗，這三間房子並不曾隔斷；當地放着一張梨花大理石大案，案上磊着各種名人法帖，並數十方寶硯，各色筆筒，筆海內插的筆，如樹林一般；那一邊設着斗大的一個汝窰花囊，插着滿滿的一囊水晶球的白菊；西牆上當中掛着一大幅米襄陽『烟雨圖』；左右掛着一幅對聯，乃是顏魯公墨跡，其聯云：『烟霞閒骨格，泉石野生涯』；案上設着大鼎；左邊紫檀架上放着一個大官窰的大盤，盤內盛着數十個嬌黃玲瓏大佛手；右邊洋漆架上懸着一個白玉比目磬，旁邊掛着小槌」。這種陳設，多麼大方，多麼雅秀，不是探春是誰？寶釵不喜歡花兒粉兒的，一味貞靜樸素，所以她的住室陳設是：「進了房屋，雪洞一般，一色的玩器全無，案上祇有一個土定瓶，中供着數枝菊花，並兩部書，茶杯而已，牀上祇弔着靑紗帳幔，衾褥也十分樸素」。不但陳設，因心理的殊異，體格也因之差別：黛玉多愁善感，且常生病，故弱不勝衣；寶釵溫柔忠誠，故肌肉豐滿。反之，從一個人的外貌，也可知道一個人的內心。雨村生的「腰圓背厚，面闊口方；更兼劍眉星眼，直鼻方腮」，雖衣服襤褸，然甄士隱的丫鬟，也預知他「必非久困之人」。曹雪芹不止是一位心理家，且是一位生理和相術家。總之，因他善於移情，使他眞認清了他的人物。

然他所以寫李嬤嬤的可厭，趙姨娘的無識，夏金桂的兇潑，晴雯的尖刻，賈政的道學，賈環的下賤，賈赦的尷尬，薛蟠的任性，迎春的懦弱，妙玉的孤高，襲人的佞巧，並非讓讀者卑視這些人，以這些人爲戒；他所以寫湘雲的天眞，賈母的慈愛，寶釵的貞靜，黛玉的多情，熙鳳的才幹，探春的敏慧，李紈的賢淑，寶釵的好學，也並非讓讀者讚揚這些人，以這些人爲模範。他祇是平心靜氣，以客觀的態度，給每個人物一種性格，僅此而已。平心靜氣，客觀態度，唯善於移情的人，纔能如此，且因他善於移情緣故，最易捉住人物的靈魂，所以紅樓夢裏許多幾段或幾句話，就創造了一位不朽的人物。

其次，再講曹雪芹的風景描寫。中國人喜歡自然，欣賞自然，並願與自然同化，這種傾向，在園藝上表現得最清楚。看看歐洲的各大公園，那一個不是「露天的莎龍」，全係人造，全係做作，沒一點自然的景味，中國則不然，處處要模做自然。雪芹家裏有個大花園，而自己又能文善書，所以他在紅樓夢裏描寫的大觀園，直可謂中國園藝的代表。他對自然的欣賞，在他藉寶玉的口吻，批評大觀園添設的田莊和假山一段，可以概見。還有，名勝題名，也是中國園藝的一種特色，祇幾個字，把一處全盤的景色都道盡了。大觀園裏田莊的景緻是「轉過山隈中，隱隱露出一帶黃泥牆；牆上皆用稻莖掩護，有幾百枝杏花，各種樹稚新條，隨其曲折編，就兩溜清籬；籬外白坡之下，有一土井，旁有桔槔轆轤之類；下面分畦列畝，佳蔬菜花，一望無際」，故題爲「杏帘在望」。祇此四字，不但景色全包，而且詩思橫生。

一切藝術，愈能使讀者忘記其人造性，則其作品愈成熟。紅樓夢前八十回之所以稱爲不朽的傑作者，就在此。後四十回續的，雖不算太差；但其情感往往顯出虛假，其文字往往顯出生澀，不能給我們一種深刻的，生動的印象。如百零九回描寫「候芳魂五兒承錯愛」一段，他們的言辭固然惡劣，即舉動與情感，都有點兒做作。要讀紅樓夢當然不是易事，得有曹雪芹那樣的善於移情，那樣的環境，那樣對北京話的注意，那樣豐富的想像，那樣熱烈的情感，那樣冷靜的態度，那樣的思想，以及一切曹雪芹的特質，這簡直不可能。由此看來，也不能不佩服高鶚的手腕，續文雖然差些，然較其他十數種的，真不可同日而語。此其所以獨他的一部遺傳後世的緣故。黛玉的病，寶玉的失玉和出家，襲人的改嫁等回，都各有其精彩之處。前八十回沒一處不是傑作，沒一段不是藝術；而後四十回是部分的，片段的。然而，高鶚因曹雪芹而不朽，曹雪芹也因高鶚而差強人意地，完成了自己未竟之傑作。

二　紅樓夢的結構

人物既有，接着就得將人物安排起來，而使之成一整體，那就是結構。

讀紅樓夢的，因其結構的過密，錯綜的繁雜，好像跳入大海一般，前後左右　波濤澎湃；且前起後擁，大浪伏小浪，小浪變大浪，也不知起於何地，止於何時，不禁與茫茫滄海無邊無際之歎！又好像入海潮正盛時的海水浴一般，每次波浪，都帶來一種撫慰與快感；且此浪未覆，他浪繼起，使讀者欲罷不能，非至筋疲力倦而後已。有種小說的結構如堂吉阿德、西游記、水滸傳、鏡花緣，其故事係平鋪直敍，無甚曲折，好比是海潮初起時的波浪，固然浪的來勢也很兇，給的樂趣也很濃，然總覺意味單調，不甚緊張。還有一種如巴爾札克的小說，描寫一個人物，先從人物所住的街道、鄰居、房舍、而後再到傢具、衣服、飲食，最末纔至人物的靈魂。進展比較遲慢，結構比較鬆懈。紅樓夢海浪之所以如是澎湃，如是兇猛，無他，因作者想像豐富的緣故。這一點，曹雪芹與莎士比亞一樣，我們將泰納論莎氏的引在這裏，以作對照。泰納說：「莎士比亞的作品，沒一點準備，沒一點安排，沒一點用意，爲的讓人家了解。好像一匹最兇猛，最肥壯的馬，它祇是跳，並不知怎麼跑。二字之隔，他已跳了很遠，轉瞬之間，又是另一世界，讀者簡直找不到他連結的過程。因爲被這種不可思議之跳躍的迷惑，不覺要與詩人用是甚麼神秘的法術，從此種意象轉到另一種意象的慨歎！往往我們曾見過程很遠的兩種意象，慢慢一步步走還覺困難，而他一腳就渡過了！莎士比亞是在那裏飛，我們是在這裏爬，因此，造成了一種奇特的風格，突然而來的意象，轉瞬間又被更突然的意象沖破，一種將要描寫完竣的意象，忽被百里之遙的另一種意象占據，沒一點結構的痕跡。處處都有問津之處，很遠很遠，瞧見詩人照着他的足跡，把我們領到深淵峻嶺，危險萬狀的所在，他是平心靜氣地在那裏散步，而我們是心驚膽戰地在那裏匍匐（註七）」。曹雪芹也如此，下邊詳爲解釋。

紅樓夢雖然也照其他小說的慣例，「纂成目錄，分出章回」，然這些章回不過爲裝訂的便利，並不像我們讀堂·吉阿德、戰爭與和平一樣，讀了一回以後，好像告一段落，可以心安意足，等那一天有工夫或高興的時候再讀。它係一浪接一浪，無間斷，無痕跡，即令回末，不是餘波未盡，就是新浪重起，使游泳紅樓夢海面的人，食無心，睡無意；試問第一次讀此書的，有幾位是安心靜氣，從頭至尾，一張也不跳，一句也不隔，而詳細地讀完呢？那一個不是先要知故事的大概，而第二三次纔可詳細讀呢？固然，中國長篇說部的回次接法，都是如此；但紅樓夢的更較週密，運用更較得法。這一節的用意，就在討論這些浪是怎麽起，怎麽落，大浪怎樣伏小浪，小浪怎樣成大浪的結構法。

且拿因張道士給寶玉提親，和寶玉爲湘雲藏金麒麟，以激起黛玉的妒而發生的「玉黛一風波」；和金釧自溺，寶玉藏匿琪官的事，而遭其父苦打的兩段故事作個例。看看這兩個大濤是怎麽起，怎麽落，和它們怎麽連結。故事的始末，及其餘波所及，共計六回。原來「玉黛風波」在二十九回寫賈母等赴清虛觀打醮的故事裏，就隱隱的伏下了。張道士與賈母談話，先談寶玉的體格，寶玉的寫字，寶玉的做詩，寶玉的像貌，最後漸漸地，自然地，張道士呵呵笑道：「前日在一個人家，看見一位小姐，今年十五歲了，生的倒也好個模樣兒。我想着哥兒也該尋親事了，若論這個小姐的模樣兒，聰明智慧，根基家當，倒也配的過；但不知老太太怎麽樣，小道也不敢造次，等請了老太太示下，纔敢向人家張口呢」？這不過日常談話，但在這不知不覺中，將來的大風波，就種下了一個根。接着張道士又同鳳姐談到巧姐的寄名符，和讓衆道友見識見識寶玉的通靈石，因而慢慢地寫到金麒麟。寶玉坐在賈母旁邊，翻弄尋撥衆道友回敬的禮物，「不意發現一個赤金點翠的麒麟，賈母便伸手拿起來笑道：『這個東西，好像是我看見誰家的孩子也有着一個的』」。寶釵說湘雲有一個；探春又讚寶釵處處留心，這一句話，激起黛玉的妒道：「他在別的上頭，心還有限，惟有這些人帶的東西上，他纔是留心呢」！黛玉本是妒人有這些東西，又「寶玉聽見史湘雲有這件東西，自己便將這麒麟忙拿起來，揣在懷裏，忽心裏又想到，怕人看見他聽見史湘雲有了，他就留着這件；因此，手裏揣著，卻拏眼睛瞟人。祇見衆人倒都不理論，惟有林黛玉，瞧着他點頭兒，似有讚嘆之意。寶玉不覺心裏沒意思起來；又掏出來，向着黛玉訕笑道：『這個東西倒好頑，我替你留着，到家裏穿上你帶』。林黛玉將頭一扭道：『我不稀罕』。寶玉笑道：『你既不稀罕，我少不得就拏著』。說着，又揣了起來」。現在沒工夫來欣賞作者描寫人物的手腕，和對心理了解的深刻；祇覺得他的聯想敏捷，意象豐富。祇這一小段，多少層折。然，這都是小的波浪，也不過為大波浪的準備。如果曾注意過海水怎樣漲潮，那就知道曹雪芹怎樣演進他的故事。海潮每漲一次，必定有許多小浪在那裏推動着；可是海潮進了後，必定力量分散，而化為無數的小浪。如是起伏相繼，成了一部無邊無際，無線可尋的紅樓夢。這一次的「玉黛風波」，就由「提親」和「金麒麟」兩浪推擠而成。風波就發生在打醮的第二天，直寫了十一頁之多。小浪之成為大浪，成得多麼自然，沒一點痕跡，要不細心去找，簡直不知道一個從那裏起，那一個到那裏止。

再談寶玉挨打。寶玉之被父打，係由金釧自溺和琪官失踪。寶玉和黛玉剛剛和好，不意出言不愼，譏笑寶釵，反被寶釵當衆諷諫，心中無趣，沒精打彩，出來散步。走到王夫人房內，適見王夫人睡着，就與金釧調笑。不幸金釧說錯了話，叫王夫人聽見，打了一個嘴巴，並讓她母親帶去。作者至此，不再寫金釧的結果；續寫的是寶玉從王夫人房裏出來，遇見一位女子畫字；繼而腳踢襲人；繼而晴雯撕扇；甚至作者把寶玉丟開，突然寫到湘雲，從湘雲重返到寶玉。一天，寶玉正和湘雲談話，忽報父親的話，雨村要見，心中不樂；路遇黛玉，又敍了一段私情。以上各段，每一段都是一種意象，都是一種生活，都是一種波浪，一波未了，他波又起，到這裏已經隔了三十六頁，幾乎把金釧被逐忘了的時候，忽聽金釧投井了。寶玉聽見這個消息「心中早已五內摧傷，茫茫不知何往，背着手，低着頭，一面感歎，一面慢慢的信步來至廳上」；誰料又遇父親。故事至此，陡然緊張起來。賈政見寶玉這樣垂頭喪氣，葳葳蕤蕤的神色，本就生氣；忽然忠順府長官又向他討寶玉藏匿的琪官，又加了一層氣；最後，又聽到金釧之死，由於寶玉；三氣齊來，釀成寶玉吃苦的大波濤。在前章伏下的種子，到這裏纔正式開放了。在海濱注意一下，漲潮時海潮的進展，是否如此？現在再回頭讀讀泰納批評莎士比亞的一段話，是否也在論曹雪芹？紅樓夢這種結構法，在西洋「小說研究」或「小說作法」一類書裏，找不出適當名稱的，有人就以爲紅樓夢沒結構或不注意結構。其實，西洋小說結構的名稱，係由西洋小說裏歸納出來的，根本無紅樓夢一類的作品，如何有適當的名稱？這種結構，我們可名之爲「海潮式」或「紅樓夢式」。

論者總以紅樓夢與戰爭與和平相比；不錯，這兩部小說相同之點很多；但以結構論，前者遠過於後者。戰爭與和平裏每一回故事，自有起落，好像是百數十篇前後相關的短篇小說，集合而成。選文的人，很容易選一篇自有起訖的文章；至於紅樓夢則不然，如果選了一段精彩的文字，往往令人莫明其妙，因它的起，已在前數回中伏下，它的落，到後數十回還有餘波。泰納論巴爾扎克的人間喜劇（註八），以爲他之眞正偉大，因作者有系統。每部小說，都是彼此相關的，提到一個人物，就聯想到其他的人物。五六十種的作品，雖是單獨，而實際爲一部整個的著作。簡單的小說或戲劇，僅能描寫宇宙的一部；且往往誤解了宇宙，至於人間喜劇，它包括了全體。同樣，紅樓夢之所以偉大，也因爲它以一部書而描寫了整個的宇宙。泰納又比喻說，巴爾扎克好像是馬戲班裏的御者，手裏駕着五十四又肥壯，又可怕的馬，各行其道，一點也不減少這些馬的兇猛。是的，巴爾扎克的確有這種力量；但我們仔細觀察，就知他駕馭這些馬的態度，並非自然的，從容的。他用了平生的精力，使得渾身出汗，耳不敢旁聽，目不敢旁觀，全力都注意到這些馬上。可是曹雪芹，他不像巴爾扎克用盡精力，去駕馭這五十匹馬，讓人家喝彩。他對他的人物，一點顯不出故意駕馭的色彩，好像海對波濤一樣，任其澎湃氾濫，一點也不約束，一點也不領導；然各個波濤，沒有不連結的，各個波濤，沒有不相關的。古人用「白馬奔騰」四個字來形容海面波濤的兇猛與不平，紅樓夢的海面，卻也是同樣的光景。水滸傳等平鋪直敍的結構固不得與紅樓夢比，卽金瓶梅差不多與紅樓夢有同樣的册數！敍述的也係家庭瑣事，並涉及中國社會的各方面，然它總以西門慶或潘金蓮爲敍事的綱領，所以結構簡單。紅樓夢固以寶玉爲主人翁，但敍事不一定以他爲中樞，時而黛玉，時而寶釵，時而熙鳳，時而雨村，時而賈母，時而賈政，時而薛蟠，並且正敍寶釵，忽聯到湘雲，剛提湘雲，又返到寶玉，再由寶玉又聯至賈母。所以頭緒萬端，交綜錯雜，而整個看來，它有極一貫的系統。以結構論，沒有與紅樓夢可比的。

三　紅樓夢的風格

這裏所講的紅夢樓風格，僅指前八十回而言。我們無法在曹雪芹的生平上，考證其對「北京話」的特別研究。以紅樓夢的文字論，「北京話」給他一種不滅的光榮；然「北京話」也因他而永傳不朽了。紅樓夢裏的人物從上至下，沒有不是能言善語，且三番五次提到鳳姐的嘴，黛玉的嘴，晴雯的嘴，興兒的嘴，這裏「嘴」的意思，作能言解。作者又於廿回特地讓鳳姐藉小紅作題，去吩咐平兒幾件事，小紅回答道：「『平姐姐就把那話按着奶奶的主意打發他去了』。鳳姐笑道：『他怎麼按我的主意打發去了』？小紅道：「平姐姐說，我們奶奶問這裏奶奶好，原來我們二爺不在家，雖然遲了兩天，祇管請奶奶放心，等五奶奶好些，我們奶奶還會了五奶奶來瞧奶奶呢。五奶奶前兒打發人來，說舅奶奶帶了信來了，問奶奶好，還要問這裏姑奶奶尋兩丸『延年神驗萬金丹』，若有了奶奶打發人來，祇管送在我們奶奶這裏，明兒有人去，就順便結那邊舅奶奶帶去的』。話未說完，李紈道：『噯呀呀！這話我就不懂了，什麼奶奶爺爺的一大堆』。鳳姐就笑道：「怨不得你不懂，這裏四五門子的話呢』」。繼而鳳姐又稱讚小紅一頓。由這一段對話裏，很明顯地可以看出曹雪芹想賣弄他的言談。不敢就斷定他善於言談，然他異常注意言談，這話沒錯。本來表現社會的文字，應以社會的環境爲轉移，有某種環境，就有某種文字，如果想表現中國大家庭的瑣事細閙，就得用中國家庭通用的語言，不然，就形容不出它們的微妙。試用聊齋誌異體之簡潔的，工整的風格，能否表現出這樣委婉曲折的言談。以前的古文，祇可表現些普通的思想，單純的事實。

語體文因資產階級作家的興起而被採用，並不始於紅樓夢。宋人平話，宣和遺事，以及三國志平話已開其端；繼而明人之擬話本如三言、二拍、石點頭、禪眞逸史等，再繼而由宣和遺事與三國志平話所演出之水滸傳與三國演義等，都用白話。不過三國係半文半言的文字，不能以純白話論（註九）。到水滸傳纔正式全部用語體文；然還不免參加幾個文言字在內，且處處覺到文字的造作生澀。到了金瓶梅詞話，語體文進步多了，處處要照着自然的語言來寫；可惜未把語言美術化。吳敬梓的儒林外史，不論在修辭，在言談的情調，都較以往精彩，然仍沒運用到活潑的地步。一直到曹雪芹的紅樓夢，中國文字的這條新路，纔算告成。人的各種思想，各種情態，沒有不用語言來表現。語言，是表現思想與情感最直接的東西。

我們每句言辭，除表現思想外，還有我們的姿態與聲調。喜有喜的表情與語法，怒有怒的表情與語法，惡有惡的表情與語法，愛有愛的表情與語法；總之，因思想的不同，表現與聲調也隨之而異。不但如此，因人之年歲、性別、職業、個性之不同，表情與語調也生變化。這些表情與聲調，固爲言談的附屬品，然爲每句言辭所原有的；換言之，祇要言語的性質改變，這些表情與聲調沒有不變的道理。因此，寫到紙上時，祇看這句話，它的表情與聲調，可在無形中嘗到。所以語言爲表現思想最活潑，最豐富，最真切的東西。然還非有最靈敏的感覺，最細緻的耳力不能感到。紅樓夢語體文之特殊成功，就因曹雪芹善感的緣故。想叫風格有熱力，有變化，祇有向自然的語言裏去找。一切偉大的風格，沒有不是這樣成熟的。賽萬蒂斯「他要求根追源，他知書籍，但更喜歡聽人言談。他要去各種職業的民衆、鄉愚、農夫，甚而至於扒手尋找文字，因他們是文字風味的保守者。田獵、劍術、游戲、旅行、烹飪，給他供給些特別的景色；這裏他借助了棋的字彙的意象，那裏訴訟文字的公式。他以熱烈的與豐富的來代替普通的與貧富的表現（註十）』。紅樓夢的風格沒一點潤飾，沒一點纖巧，並且也不用比擬，也不加辭藻，老老實實，樸樸素素，用最直接的文字，表現事物最主要的性質。現在我們再看看水滸傳、儒林外史、鏡花緣、兒女英雄傳、西游記、醒世姻緣傳以及一切用語體文的小說，就知道他們的語體，是作者的語體，而非我們人類的語言。

好的風格，就是使人喜歡聽，喜歡讀的一種技術。然好的風格，又可分爲二類：「一是美的風格，一是詩的風格。美的風格，如音調的鏗鏘，對偶的工整，字句的簡潔，辭藻的華麗，這些，從外表可以看到。詩的風格，從外表不易看到，它示給我們的除思想外，是一種不可言喩的意象。大概言之，詩與美，非爲一種東西；美的存在大部由於形式；而詩的存在，大部由於形式所表現的或引起的意象，祇可領悟，不可捉摸（註十一）」。我們讀兩都賦、東都賦、西京賦、或阿房宮賦的時侯，可以高聲朗誦，搖頭擺尾，津津然樂趣橫生；然而它們的美完全是形式的。它們敍的雖係宮殿城池，但在我們腦裏，並不能給我們一種偉大之宮殿與城池的意象。正同人造眼與眞眼的區別一樣，一個有反射，一個無反射。紅樓夢的風格，就是發生反射的詩之風格。美的風格，修辭學家有法分析，人們可以模擬；詩的風格，不但無法模擬，修辭家也無用武之地。換言之，就是一種爲技巧的，一種爲天才的。試來模擬一下紅樓夢的文字，就可知前言之不謬。

金瓶梅詞話照着自然語言寫的，就顯出一點詩的風格。看潘金蓮的話「『怪奴才，可可兒的來，想起一件事來，我要說又忘了』。因令春梅：『你取那隻鞋來與他瞧。你認的這鞋是誰的鞋』？西門慶道：『我不知是誰的鞋』。婦人道：『你看他還打張雞兒哩。瞞着我黃貓黑尾，你幹的好繭兒。來旺媳婦子的一隻臭蹄子，寶上珠一般收藏在藏春塢雪洞兒裏拜帖匣子內，攪着些字紙和香兒，一處放着。甚麼罕稀物件，也不當家化了的，怪不得那賊淫婦死了墮阿鼻地獄』。又指秋菊罵道：『這奴才當我的鞋，又翻出來，教我打了幾下』。吩咐春梅：『趁早與我掠出去』。春梅把鞋掠在地下，看着秋菊道：『賞與你穿了罷』。那秋菊拾着鞋兒說道：『娘這個鞋，祇好盛我一個腳指頭兒罷』。那婦人罵道：『賊奴才，還叫甚麼娘哩！他是你家主子前世的娘！不然，怎的把他的鞋這等收藏的嬌貴，到明日好傳代，沒廉恥的貨』！秋菊拿着鞋就往外走，被婦人又叫回來，吩咐：『取刀來，等我把淫婦鞋砍作幾截子，掠到茅廁裏去，叫賊淫婦陰山背後，永世不得超生』！因向西門慶道：『你看着越心疼，我越發偏砍個樣兒你瞧』」。在潘金蓮的言辭背後，隱約響到言談時的態度，聲調與表情。金瓶梅寫潘金蓮是成功的；可惜如此成功的人物太少，沒有紅樓夢那樣豐富。

將中國一切語體文的小說與紅樓夢比較之下，就知道它的文字，更較成功。其成功之由，因作者確實地向自然語言下工夫，且因善於移情關係，能體會每個人物應有的言談與語調，所以賈母有賈母的話，熙鳳有熙鳳的話，黛玉有黛玉的話，寶釵有寶釵的話，劉老老有劉老老的話。總之，因性格與年歲的不同，言談的腔調也同時而異。湘雲是紅樓夢裏最天眞，最爛漫，最可愛的一位姑娘，他一天給鴛鴦等四位丫頭帶了四個絳紋戒指，黛玉笑他糊塗：「『前日一般的打發人給我們送來，你就把他們的也帶了來，豈不省事』」？湘雲答道：『你纔糊塗呢！我把這理說出來，大家評評，誰糊塗！給你們送東西，就是使來的人，不用說話，拿近來一看，自然就知道送姑娘們的了；若帶他們的這些東西，須得告訴來人，這是那一個丫頭的，那是那一個丫頭的。那使來的人，明白還好，設糊塗些，丫頭的名字他也記不得，混鬧胡說的，反連你們的東西都攪糊塗了。若是打發個女人來還罷了；偏前日又打發小子來，可怎麼說丫頭名字呢？還是我來給他們帶來，豈不清白』？說着把四個戒指放下，說着：「襲人姐姐一個，鴛鴦姐姐一個，金釧兒姐姐一個，平兒姐姐一個，這倒是四個人的，難道小子們也記得這麼清白』」？讀了這一段後，湘雲的態度，湘雲的聲調，湘雲的表情，是不是明明白白地給我們一種很深的印象？曹雪芹風格之偉大就在這裏；僅僅幾句話，不但表現了他的人物的思想，而且表現了人物的「形」。「聲」、「色」三種特性。他的一切人物均如此，湘雲不過一例而已。

曹雪芹與其他資產階級作家一樣（註十二），他們的人物也不知從那裏找到那麼多的俗語的成語，個人有個人的引證法，個人有個人引證的妙處。劉老老向鳳姐告難，聽見給他二十兩銀子，喜得眉開眼笑道：「我們也知艱難的；但俗語道：『瘦死的駱駝，比馬還大些』。憑他怎麼，你老拔一根寒毛，比我們的腰還壯呢」！一個小么兒請柳家的偷幾個杏兒賞他吃，柳氏啐道：「發了昏的！今年還比往年？把這些東西都分給了眾媽媽了，一個個的不像抓破了臉的，人打樹底下一過，兩眼就像那黧雞似的，還動他的果子！可是你舅母姨娘兩三個親戚都管着，怎麼不和他們要去，倒和我來要？這可是「倉老鼠問老鴰去借糧，守着的沒有，飛着的倒有』」？鳳姐因賈璉偷娶尤二姐，她在寧府哭鬧後，提到張華告狀和拿錢去墊補的話道：『……誰知偏不稱我的意，偏偏兒的打嘴，半空裏又跳出一個張華來告了狀，我聽見了，嚇得兩夜沒合眼兒，又不敢聲張，祇得求人去打聽這張華是什麼人，這樣大膽。打聽了兩日，誰知是個無賴的花子。小子們說：『原是二奶奶許了他的。他如今急了，凍死餓死也是個死，現在有這個理，他抓着，縱然死了，死的比凍死餓死還值些，怎麼怨的他告呢？這事原是二爺做的太急了；國孝一層罪，家孝一層罪，背着父母私娶一層罪，停妻再娶一層罪。俗語說：『拚着一身剮，敢把皇帝拉下馬』。他窮瘋了的人，什麼事做不出來？況且他又拿着這滿理，不告等請不成？……你兄弟又不在家，又沒有人商量，少不得拿錢去墊補。誰知越使錢越叫人拿住刀靶兒，越發來訛，我是「耗子尾巴上長瘡，多少膿血兒』」！賈瑞想走鳳姐的路，平兒罵道：「癩蝦蟆想吃天鵝肉，沒人倫的混帳東西」！紫鵑勸黛玉早打主意，趕緊與寶玉訂了婚道：「姑娘是個明白人，沒聽俗語說：『萬兩黃金容易得，知心一個也難求』」。還有「天下老鴰一般黑」，「一個巴掌拍不響」，「蒼蠅不抱沒縫兒的雞蛋」，「玫塊花兒可愛，刺多扎手」，總共不下百數十個，沒一個不是用的切如其當。這點，給曹雪芹的風格，加了一種莫大的生色。本來引證俗語，水滸傳已開其端，不過祇幾個人物引用（註十三），到金瓶梅詞話與西游記以後就更加應用，但都沒紅樓夢引證之多。

曹雪芹不止是一位偉大小說家，並且是中國唯一無二的語體散文家。他的文字從日常語言中來的；然較日常語言還要流暢，還要自然，換言之，就是他把語言美化了。即令最下等的話，一到他的手裏，就失了其卑賤性，而成爲一種美感。薛蟠在馮紫英家飲酒作詩，輪到他的時候，你看他道：「『我可要說了。女兒悲——』，說了半日，不見說底下的。馮紫英笑道：『悲什麼？快說』，薛蟠登時急的睛眼鈴兒一般，便說道：「女兒悲——」，又咳嗽了兩聲，方說道：「女兒悲，嫁了個男人是烏龜」。衆人聽了，都大笑起來。薛蟠笑道：『笑什麼？難道我說的不是？一個女兒嫁了漢子，要做忘八，怎麼不傷心呢』？衆人笑的彎腰，忙說道：『你說的是，快說底下的罷』。薛蟠瞪了瞪眼，又說道：『女兒愁——』，說了這句又不言語了。衆人道：『怎麼愁』？薛蟠道：『繡房鑽出個大馬猴』。衆人哈哈笑道：『該罰！該罰！先還可恕，這句更不通』！……雲兒笑道：『下兩句越發難說了，我替你說罷』。薛蟠道：『胡說！當眞我就沒好的了！聽我說罷；女兒喜，洞房花燭朝慵起』。衆人聽了都詫異道：『這句何其太雅』！薛蟠道：『女兒樂，一根㞗㞗往裏戳』」。你瞧，多麼野粗的話，但你讀了，感覺他是粗野呢？還是感覺可笑？金瓶梅、醒世姻緣傳與兒女英雄傳三書，也是極力想合於言語的口吻，但與紅樓夢的比較，顯金瓶梅的拙笨，醒世姻緣傳的俗氣，兒女英雄傳的貧氣。要之，曹雪芹給中國文字闢了一種新的道路，且給一種新的教訓：就是要改良文學，豐富文字，必得往日常的語言裏去找，唯有這些正活着的語言，纔能表現正活着的生活。語言之能否成爲美麗，這在作者的天才，不在語言的本身。紅樓夢在藝術上，是中國一部不朽的珍品，在語言上，是中國將來文字的模範；和丹丁神曲，在現代義大利的藝術與語言史上，有同樣的價值。

四　紅樓夢情感的表現

藝術品之稱爲藝術的，因他引起的是意象，是情感，而非意念，一件藝術品愈少引起意念，則其藝術的價值也愈大。讀戰爭與和平的，總覺末一卷之不如前三卷者（註十四），就由它所引起的是意念，而非意象與情感。後部浮士德之所以時起爭論的，也由於此。一部紅樓夢從頭至尾，每句言辭所引起我們的，都係一種意象或情感，絕無意念；卽令作者思想的表現，然也使我們不覺其爲意念，而係一種意象。寶玉被賈政苦打，賈母令以後倘有會人待客諸樣的事，不許再叫寶玉，「寶玉素本就懶與士大夫諸人接談，又最厭峨冠禮服，賀弔往來等事，今日得了這句話，越發得了意；不但將親戚朋友一概杜絕了，而且連家中晨昏定省，一發都隨他的便了。日日祇在園中游玩坐臥，不過每日一淸早到賈母王夫人處走走，就回來了；卻每日甘心爲諸丫頭充役，倒也得十分消閒日月。或如寶釵輩有時見機勸導，反生起氣來說：『好好的一個淸淨潔白女子，也學的詁名釣譽，入了國賊祿蠹之流；這總前人無故生事，立意造言，原是引導後世的鬚眉濁物；不想我生不幸，瓊閨繡閣中，亦染此風，眞眞有負天地鍾靈毓秀之德』！一天寶玉與襲人談話，不覺由春風秋月談到女兒，又由女兒談到女兒死的上頭，寶玉笑道：『人誰不死？祇要死的好！那些鬚眉濁物，祇知道「文死諫，武死戰，」這二死是大丈夫的死節，便祇胡鬧起來。那裏知道有昏君方有死諫之臣；祇顧他邀名，猛拚一死，將來置君於何地？必定有刀兵，方有死戰；他祇顧圖汗馬之功，猛拚一死，將來置國於何地？……那武將要是疏謀少略的，他自已無能，白送了性命；這難道也是不得已麼？那文官更不比武官了！他念兩句書，記在心裏；若朝廷少有瑕疵，他就胡彈亂諫，邀忠烈之名；倘有不合，濁氣一湧，即時拚死：這難道也是不得已？要知那朝廷是受命於天，若非聖人，那天也斷斷不把幾萬重任任與他了。——可見那些死的都是詁名釣譽，並不知君臣的大義。比如我此時，若果有造化，趁着你們都在眼前，我就死了；再能彀你們哭我的眼淚，流成大河，把我的屍首漂起來，送到那鴉雀不到的幽僻之處，隨風化了；自此，再不要託生爲人！這就是我以死得時了』」！寶玉的這兩段話，就是曹雪芹自己的思想，自己的主張；然讀了這兩段後，還是覺得他像傳教師的說教一般？或是這爲寶玉的天性，不止覺不出雪芹在那裏講話，而且由這段話，更給一種意象，叫我們深一層認識了寶玉呢？

現在再引一段曹雪芹藉寶釵的口吻，來發表他對詩的主張。湘雲要作詩社東道，「寶釵將湘雲邀往蘅蕪院去安歇，湘雲燈下計議如何設東擬題」，寶釵以爲她說的都不妥當，給她計畫許多，最後談到擬題做詩，寶釵道：「詩題也不要過於新巧了。你看古人中那裏有那些刁鑽古怪的題目和那極險的韻？若題目過於新巧，韻過於險，再不得好詩，終是小家子氣。詩固然怕說熟話，然也不可過於求生，祇要頭一件主意清新，措詞就不俗了」。這句與上文結的多麼自然，出口多麼流暢，祇覺得是寶釵個性的流露；如果不細加研究知道這是曹雪芹在那裏論詩麼？再將莎士比亞與曹雪芹作個比較。泰納講莎士比亞道：『每句言辭，所指示的不是意念，而引起我們的是意象；每句言辭，都是極確切，極到家的種種動作的模擬；每句言辭，都不是瑣碎的和片段的思想之定義和表現。此其所以莎士比亞是奇特的，偉大的，難以了解的。並且在同時代和古往今來的詩人裏，以不守語言的規則論，他是最放肆的；以創造靈魂論，他是最豐富的；以一般的邏輯和古典的理智論，他是最不相近的；以引起我們一種宇宙的幻象和描寫生動人物論，他是最有天才的

（註十五）」。拿這話來論曹雪芹，是否很確當的評語？

曹雪芹關於情感的表現，和他描寫人物一樣，也是極端寫實主義者。讀一讀寶玉被打一段，它能使我們爲賈政，爲賈母而怒；爲寶玉而流淚；爲王夫人，爲黛玉，爲寶釵，爲襲人而悲。爲賈政而怒的，因寶玉太有點兒胡鬧，內則淫逼母婢，外則流蕩優伶，不但荒廢學業，而且敗壞家聲。爲賈母而怒的，自己一個最寶貝的孫子，打得活去死來，氣竭聲嘶，體無完膚。你瞧，同是怒，我們既爲賈政表同情，寶玉實在該打；然又爲賈母表同情，自己所愛的孫子幾乎打死。如果遇到兩位都不相識的在那裏鬭爭，我們總是無意識地偏向一方：而曹雪芹是站到二者同等的距離，不偏不倚，旣不讓我們恨賈政，又不讓我們親賈母，他祇是表現而已。又爲寶玉而流淚者，因他親身受了苦痛。爲王夫人而悲的，自己現在五十多歲的人了，祇剩這一個孤子獨種，如果珠兒在世，就死一百個也不可惜，而祇這一個孽障，若果有個好歹，將來如何是好！爲寶釵黛玉而悲的，自己兄弟姊妹們情投意合，今忽遭此苦打，心裏如何過得去！襲人更不用說，自然一肚委曲，又見「我的娘！怎麼下這樣的毒手」！你是不是要同情呢？總之，各人都有他自己的所以悲，於是令我們也不能不生同情的悲。更妙的是寶玉正在危急之秋，恨不得一個人往內報個信，偏偏的來一位耳聾的老婆，把「要緊」二字聽爲「跳井」，又令我們發笑。祇這一段故事，內裏表現了怒喜悲苦四種情感，且彼此一點也不相混。以寫實主義的態度去表現意象，似乎還比較容易，因爲祇要冷靜地去觀察，冷靜地去描寫就可辦到。而情感這東西根本是熱烈的，瞬間的，如閃電一般，異常難以捉摸。能在同一故事裏表現數種情感而各自獨立，眞不能不稱曹雪芹爲神手了。

再者，同是死，然讓曹雪芹寫來，就生了各種不同的情感。明齋主人說得好：「人至於死，無不一矣。如可卿之死也，使人思；金釧之死也，使人惜；晴雯之死也，使人慘；尤三姐之死也，使人憤；二姐之死也，使人恨；司棋之死也，使人駭；黛玉之死也，使人傷；金桂之死也，使人爽；迎春之死也，使人惱；賈母之死也，使人羨；鴛鴦之死也，使人敬；趙姨娘之死也，使人快；鳳姐之死也，使人歎；妙玉之死也，使人疑：竟無一同者。非死者之不同，乃生者之筆不同也(註十六)」。

往馬戲班或雜耍場，常常見到一種頑手球戲的，球在他的手裏，忽前忽後，忽左忽右，時而球停於頭，時而球立於腳，他的身上沒一處不可停球，高低上下，莫不旋轉自如。好像球爲他一人預備的，因他眞正握住了球的重心。曹雪芹對於中國文字，就有這種本領。他要喜，文字也喜，他要怒，文字也怒，他有多少情感，文字也有多少情感，在我們手裏是死的文字，一到他手，就生龍活虎，變化無窮。曹雪芹之偉大，不止由於環境，不止由於移情，而也由於善爲運用表現內心的文字。所以一部完善的作品，是內容與形式雙具的。缺一，不能謂之眞正的傑作。紅樓夢全具了這兩種條件。曹雪芹富於情感，他的文字也富於情感。現在再舉一段芳官以茉莉粉代薔薇硝，而引起趙姨娘的忌怒，作個例證。賈環從芳官手裏得了硝，興興頭頭來找彩雲，被她認爲粉而不是硝，趙姨娘便說：『有好的給你，誰叫你要去了？怎麼怨她們耍你？依我拏了去，照臉摔給他去。趁著這會子，撞屍的撞屍去了，挺床的挺床，嘍一場兒，大家別心淨，也是報報仇，莫不成兩個月之後，還找出這個渣兒來問你不成？就問你，你也有話說。寶玉是哥哥，不敢沖撞他罷了，難道他屋裏的貓兒狗兒，也不敢去問問』？賈環聽了，便低了頭。彩雲忙說：『這又是何苦來！不管怎樣，忍耐些罷了』。趙姨娘道：『你也別管，橫豎與你無干！趁着抓着了理，罵那些浪娼婦們一頓，也是好的』！又指賈環道：『呸！你這下流沒剛性的，也祇好受這毛丫頭的氣！平日我說你一句兒，或無心拿錯了一件東西給你，你倒會扭頭暴筋，瞪着眼，摑摔娘，這會子被那起毛崽子耍弄，倒就罷了！你明日還想這些家裏人怕你呢！你沒有什麼本事，我也替你恨』！賈環聽了，不免又愧又急，又不敢去，祇摔手說道：『你這麼會說，你又不敢去，支使了我去鬧他們，倘或往學裏告去，我捱了打，你敢自不疼的！遭遭調唆我去，鬧出事來，我捱了打罵，你一般也低了頭！這會子又調唆我去和毛丫頭們去鬧，你不怕三姐姐，你敢去，我就服你』！一句話戳了他娘的肺，便說過：『我腸子裏爬出來的，我再怕了，這屋裏越發沒得活了』！一面說，一面拏那包子，便飛也似的往園中去了』。再看她到怡紅院的神情：『芳官正與襲人等吃飯，見趙姨娘來了，忙都起身讓坐。問姨奶奶有什麼事，這等忙。趙姨娘也不答話，走上來，便將粉照芳官臉上摔來，手指着芳官駡道：『小娼婦養的！你是我們家銀子錢買了來學戲的，不過娼婦粉頭之流，我家裏下三等奴才，也比你高貴些！你倒會看人下菜碟兒！寶玉要給東西，你攔在裏頭，莫不是要了你的了！拏這個哄他，你祇當他不認識得呢？好不好，他們是手足，都是一樣的主子，那裏有你小看他的』——！聽了這些話，讀了這些舉動，活活一幅忌怒圖掛在面前。這一種表現的力量，眞不能不認爲有點兒神祕。所謂藝術的天才，或許也指這表現力而言。與藝術家處同樣的環境，有同樣善於移情的人很多，然怎麼有的是藝術家，其他的不是呢？不說別的，祇以紅樓夢自身論，後四十回之不及前八十回的，就因表現力差的緣故。前八十回的文字處處是活潑的；而後四十回的文字，往往是生澀的，卽令精彩之所在，也沒有曹雪芹文字的生動。

五　曹雪芹的地位

到此爲止，從各方面考查了紅樓夢的價値；再述一段文藝上之根本原理（註十七），來規定曹雪芹在世界文學裏的地位，以作結束。

從全部文學史看，換句話說，從所有的文藝作品看，創作者的心理分野，祇有兩大類：一是主觀的，一是客觀的。一個以「我」爲主體，以「我」爲宇宙的象徵，想把整個世界容納於「我」的人格之中，照「我」的意象重造宇宙；這一派最大的代表是丹丁與歌德。一個是把他自己的「我」傾注到宇宙，分散到宇宙，使宇宙裏到處充滿了「我」。他不願照自己的意象來改造宇宙，然宇宙本身就是他的象徵。這一派最大的代表是莎士比亞。這兩種典型的作家，前者的心理是吸收的，後者的心理是分散的。

大體言之，文學祇有這兩種區別。所謂古典主義，浪漫主義，寫實主義，印象主義，以及新與寫實主義等等，都不過此類的變相名稱，或程度之深淺而已。但這兩派都有它們的危險性。如果第一類作家的精神不是很潔白，不是與時代很調協，不是寬宏大量，肚裏可以包羅萬象，對整個人生有徹底的了解，那末，不是把人生駡得分文不值，就是把人生讚美的神仙一般，再不然，以自己的癖性，把人生改變了面目：這一類的作家如拜倫。如果第二類作家經驗不充足，想像不豐富，不能充分地將「我」傾注到宇宙的各部分，換言之，不能用冷靜的理智的頭腦，先將宇宙間彼此衝突的情感，加以詳細體念與分析，然後再用極熱烈的情感，表現各種應有的現象，那末，他的作品或人物僅僅是些彼此無關或鬆懈的生活，再不然是不生動，單純的事實與描寫。其所以不能深入人物的靈魂，就因作者沒有站到這些人物本身的地位。比如作者想把某種實際的情感與事件傳達到紙上的時候，作者就是這種情感與事件的本身。這樣，纔可生動，深刻。而表現出的意象與情感是純潔的，世界的。可是一般作家，不是沒體貼到事物的本性，就是中路停止，此其所以一些作家描寫的多是事實的緣故。這類的情形，往往在巴爾札克身上顯現。

懂了這種道理，了解了紅樓夢的藝術價值，如果我們將曹雪芹置在莎士比亞之旁，作爲客觀主義作家最偉大的代表者，恐不會有人反對吧。

(註一)冰島漁夫已由黎烈文譯爲中文（生活書店出版）。

(註二)恨世者已有中文譯本，趙少侯譯，正中出版。

(註三)移情作用在朱光潛著文藝心理學有專章討論，請讀者參看。

(註四)引泰納英國文學史(Taine: Histoire de lor Littirature Anglaise)卷二，頁一七九。

(註五)見增評補圖石頭記卷首讀花之人總評。

(註六)森谷克已的中國社會經濟史已由陳昌蔚譯爲中文，商務出版。此段引自譯本頁三四七。

(註七)見泰納英國文學史卷二，頁一九〇。

(註八)見泰納的巴爾扎克論。此文已由作者譯爲中文，刊文學季刊一卷四期。

(註九)三國演義承受三國志平話與三國志兩種遺產，所以它的文體成爲半文半言；同時，因資產階級的興趣，而此書爲該階級的作家所寫的，故文字通俗。

(註十)見Paul Hazard的Don Quichotts de Cervanis頁二八〇。

(註十一)見Guyau的L'Art au Point de Vue Sociologi-gue，頁二九七。

(註十二)在中國文學史上，從平話興起至明末，我們稱爲資產階級的時代，而此時代中的水滸傳，西遊記，金瓶梅等作，不止文字取之民間，即用典也取之於民間。

（註十三）祇有閻婆惜，王婆數人。

（註十四）戰爭與和平俄原文本共訂四卷。後來各俄本與各國譯本卷數頗有不同，作者所讀之本係法文譯本，其分卷與原始本同。

（註十五）見泰納英國文學史卷二，頁一九三。

（註十六）引增評補圖石頭記卷首明齋主人總評。

（註十七）此段理論取德國美學家F. Gundolf的說法，再參加作者意見而成。龔都爾甫學說，見所著Goethe（歌德研究）法文譯本卷上頁三九——四〇。

太愚《红楼梦人物论》

太愚，即王昆仑，原名汝虞，笔名鲲、太愚。原籍江苏无锡，生于河北保定。一九二二年北京大学哲学系毕业。一九二六年起任黄埔军校潮州分校政治教官、国民革命军总司令部政治部秘书。一九三三年加入中国共产党。一九四一年后，任南京国民政府立法委员、国民党中央执行委员、中苏文化协会常务理事等。一九四八年赴美考察。一九四九年后，历任政务院政务委员、北京市副市长、全国政协副主席等。著作另有昆曲《晴雯》等。

《红楼梦人物论》全一册，太愚著。上海国际文化服务社发行。中华民国三十七年一月初版，三十八年一月再版。版权页署该社发行地址有两处：上海虹口乍浦路七十五号、北平西单北大街一一三号。再版本又增加一处：南京太平路二九八号。本书凡三二五页，收文十九篇，无序跋。

本书论述红楼梦人物，不仅分析精到准确，而且举一得三，往往在某个人物讨论中，就会纵横排比，涉及不少其他人物，可见作者全局在胸，见微知著。王昆仑虽然是在写『人物论』，但也常常表现出其对《红楼梦》的总体认识。

紅樓夢人物論

太愚　著

國際文化服務社發行

紅樓夢人物論

著者　太愚

發行人　國際文化服務社
上海(5)虹口乍浦路七十五號
北平(12)西單北大街一一三號

中華民國三十七年一月初版

目錄

（一）花襲人論

一

金屋繡榻錦衣玉食的賈寶玉，實際上是被困在精神牢獄之中。禮教的高壓，情網的纏陷，使得他如果不發瘋，不自殺，便祇有逃亡——「出家」這一條路。寶玉的父親是一個正統的士大夫，要他讀書應考，規行矩步，繼業揚名；而他自己却偏是輕視禮教，鄙薄功名，泛愛女性，傾向虛無，一腔的叛逆意識。所以他在人生的理解上和環境是極端背馳的。從感情關係上說，他做了兩種性格的女性——林黛玉和薛寶釵爭奪戰的目標。因此他經常是理智眩惑，意志動搖，情感分裂的。

紅樓夢是中國最能理解婦女悲劇性的書；也再沒有誰能和這位作者一樣，創造得出那麽多的婦女典型。在形形色色的女性生活之中，作者又特意鑄成了兩種標準性格：一是正統派的功利主義者，薛寶釵爲代表；一是反正統派的情感主義者，林黛玉爲代表。前者是政治性的，後者是藝術性的；前者是爭取現實的，後者是發展性靈的。從一般社會法則來看，前者應當是成功的，而後者必歸失敗。但作者曹雪芹却深深看透在他所處的社會中，任何女性都一概逃不出痛苦的命運；試看全書中那麽多的婦女，有幾個不是爲煩惱所折磨而歸於悲慘的結局？所以似乎是精神上勝利的黛玉固然是失望而死，似乎現實上成功的寶釵也只爭到了一個活不得死不得的地位。這樣，才完成了這一部封建時代婦女生活寫實的大悲劇。

在作者曹雪芹筆下所刻畫的女性，幾乎每一個都很成功，而用力最大的要算是林黛玉薛寶釵和王熙鳳。他以十分鄭重的態度寫寶釵，以十分艱苦的心理寫黛玉，以十分生動的情調寫鳳姐。對於寶釵和黛玉覺得還寫得不夠，便再加上寶玉身邊兩個重要的丫鬟：以極細膩的筆法寫襲人，以極明朗的調子寫晴雯。

從前的紅學家常提出所謂「影身」問題。這或者不免有牽強之處；但若說他眼中所看到的女性有些個和寶釵一個類型，有些個和黛玉一個類型，是可以的。譬如晴雯，齡官，芳官，五兒等，確有某些地方與黛玉相近：而襲人爲人的作風類似寶釵。作者要使讀者從襲人更認識寶釵，從晴雯更理解黛玉：同時對襲人與晴雯本身的個性之獨立，故事之完整，仍毫無妨害；這不能不佩服作者手法之高明。試問紅樓夢的讀者哪一個心上不活生生地存在着一個「賢襲人」和一個「勇晴雯」呢？多少的老爺少爺們在豔羨着襲人那樣一個侍妾，同時多少婦女們爲抱屈而死的晴雯義忿不平！襲人與晴雯是隨着寶釵黛玉同垂不朽了。

二

寶玉的姪輩賈芸初次走進寶玉房內，看見一個大丫鬟給他倒茶，「細挑身子，容長臉兒，穿着銀紅襖兒，青緞子背心，白綾細摺兒裙子」，這便也是我們眼中的襲人了。她到底是怎樣的一個人呢？作者在第三回介紹她說——

……原來這襲人也是賈母之婢，本名珍珠。賈母因溺愛寶玉，生恐寶玉之婢不中任使；素知襲人心地純良，遂與寶玉。寶玉因知她本姓花，又曾見前人詩句有「花氣襲人知晝暖」之句，遂回明賈母，即更名襲人。這襲人有些癡處，服侍賈母時，心中眼中只有一個賈母。今跟了寶玉，心中眼中又只有一個寶玉。只因寶玉性格乖僻，每每規勸寶玉不聽，心中着實憂鬱……

使人不免感覺到有些刺戟性的就是這位姑娘的尊名；我們也和賈政感覺一樣，寶玉爲她起這一個名字眞是太「刁鑽古怪」了。由此「擁林反薛派」的紅學家便給她註上「掩旗息鼓，攻人於不意者曰襲」。另有人說襲人是「龍衣人」，寶玉是指清帝的玉璽，襲人象徵着包玉璽的那塊印包袱，所以她終於嫁給象徵玉璽匣子的蔣玉函。這種解釋，確能看到作者所常採用的象徵作風，在這裏對這一類的問題姑妄推論。不過寶玉在紅塵生活中朝夜不離關係最密的既不是賈母王夫人，也不是黛玉與寶釵而是襲人；取了這樣一個名字，也許是作者有意暗示出這位「溫柔和順」「似桂如蘭」的姑娘具有攻人的戰略和包圍寶玉的特質吧？然而我以爲襲人的第一個特質仍應當是對寶玉忠實這一點，不容抹煞；試看寶玉的吃飯喝茶穿衣蓋被哪一件不是靠她細心服侍？寶玉出外回來稍晚一點，她不是倚門而望，便是到處尋找；

寶玉的面色神氣略有變異，她就先覺察得到；寶玉那塊「命根」的通靈寶玉以及寶玉所有所用的任何東西她都非常細心地保護着經管着，她無時無處不爲她的主人躭着心，生怕他有任何一絲一毫的煩惱與災難。第六回上她與寶玉發生了特殊關係以後，她就「待寶玉越發盡責」，不但使得賈母王夫人鳳姐相信她，別人都喜歡她，寶玉絕對離不開她，卽是旁觀地位的讀者，也都會感到這位姑娘的確是很可愛的啊！

實際上襲人也是很可憐的。在大觀園的爭奪戰中，她的地位夠不上一方面軍，她不能妄想着也得到黛玉寶釵的戰果。她的哥哥花自芳，雖然家道似乎還過得去，但賈府對丫頭們「開恩」使她父母贖身領囘的實例並不多，而一般的可能是「配小廝」或「交官媒婆」。若有了錯失，輕一點的，如茜雪爲了打翻了茶杯而被「攆出去」；情節重的金釧司棋都遭横死。所以襲人被給與了寶玉，已經是獲得最有希望却又是最被妒忌的地位，她最理想的命運便只有能進而完成了寶玉姨奶奶的境界。然而這又談何容易呢？首先寶玉本人是多少強有力者共同爭奪的目標；其次，賈母，王夫人，鳳姐，層層上峯，哪那麽容易一關一關地通過？第三，在怡紅院中，忠心於寶玉，又長得模樣兒出衆的也還有別人與自己的機會差不多。至於寶玉本人呢，以能伺候平兒一回爲榮幸，見到鴛鴦的粉頸就要口紅吃，和金釧兒情形曖昧，要求彩霞也對他好些，等等等等，還不用說。關於這些，在黛玉和寶釵心上，也都不是不成問題；然而其重量比襲人究竟輕得多了。如果襲人竟是小紅一流，一看根本沒有希望了，便轉移目標，向着賈芸而去，也倒死了心。若是竟和晴雯一樣的任性任情，不計成敗，也可以少傷點腦筋；無奈她生來精細，又是最懂得人情世故的；她祇得一千個小心，一萬種涵養，事事求其妥貼，人人求其和好；若不如此，關係複雜形勢危險的大觀園中是住不下去的。

三

深心的襲人爲了爭取成功，她不能不戰鬥。不過她的戰鬥的確是從來沒有金鼓殺伐之音的。如果她是一個現代的青年政治家，也許會私自訂下「把握對象，爭取上層，團結友軍，排擊勁敵」這樣四條大政綱，依計而行。不過這一位聰明美麗而並不識字的丫鬟却也並不弱；她的一切行動都能合乎這種法則。在她第一件重要的工作當然是怎樣抓住寶玉的心。第十九回「情切切良宵花解語」一節中作者敍述襲人想到「寶玉性格異常……任情恣性，最不喜正務，每欲諫勸，恐不能聽。今日可巧有贖身之論，故先用騙詞以探其情，以壓其氣，然後好下規箴」，於是故意對寶玉說她家裏要明年贖她回去，入情入理地說出許多必然可以獲得出去的理由，說得寶玉信以爲眞，淚流滿面；這才又委委婉婉地提出「果然留我，我自然不去」的道理。——

……襲人笑道：『……今日你安心留我，不在這上頭。我另說出三件事來，你果然依了我，就是你眞心留我了；刀擱在頸子上，我也是不出去的了。』寶玉忙笑道：『你說哪幾件，我都依你！好姐姐！好親姐姐！別說三兩件，就是三百件我也依的！只求你們同看着我，守着我，等我化成一股輕烟，風一吹便散了的時候……』急得襲人忙握他的嘴說：『好！好！我正爲勸你這些，更說得很了。』寶玉忙說道：『再不說這話了。』襲人道：『這是頭一件要改的。』

……『第二件：你眞喜讀書也罷，假喜也罷，只在老爺跟前，或在別人跟前，你別只管批駁誚謗，只做出個喜願讀書的樣子來……而且面前背後，說些混話，凡讀書上進的人，你就起個名字，叫做「祿蠹」……』寶玉笑道：『再不說了……』襲人道：『再不可毀僧謗道，調弄脂粉！還更有要緊的一件事，再不許吃人嘴上擦的胭脂了，與那愛紅的毛病兒。』寶玉道：『改！改！都改！再有什麼，快說！』

襲人姑娘果然是善於擒縱的。她對寶玉總想「動之以感情。責之以大義」「降服其心」。二十一回「俊襲人嬌嗔箴寶玉」記載史湘雲到賈府來了，和黛玉同住，寶玉便被她們吸引得儘往那屋裏跑；襲人去找，只見史湘雲替他梳辮髮，不免「又動了眞氣」。回來以後，便對寶玉說：『你從今別進這屋子了！橫豎有人伏侍你，再不必支使我，我仍舊還伏侍老太太去。』一面說一面便在炕上合眼倒下。於是兩個人嘔了一天一夜的氣。直到第二天早晨寶玉才又來遷就她，襲人便索性不採他。果然寶玉被激得表示決心了，便向枕邊拿起一根玉簪來，一跌兩段，說道：『我再不聽你話，就同這玉簪一樣。』一場小小的神經戰，這樣才告一結束。

然而寶玉的心是不是眞容易降伏的呢？寶釵湘雲勸他學習應酬庶務，他曾很不客氣地給她釘子碰。而且寶玉意識中具有極強烈的危險思想；有一次和襲人嘔了氣，他竟模仿了莊子的筆調寫出這樣可怕的話來——

『焚「花」散「麝」，而閨閣始人含其勸矣。戕寶釵之仙姿，灰黛玉之靈竅；喪滅情意，而閨閣之美惡始相類矣……彼「釵」「玉」「花」「麝」者，皆張其羅而邃其穴，所以迷眩纏陷天下者也。』

寶玉旣經可以悟到自己是在釵玉花麝的羅穴之中，便有忽然突圍而走的可能；專用大道理去壓制他，反倒很危險。所以襲人遇到許多特殊場合，只得使用柔順的苦情來對待。李嬷嬷兩次駡她，她忍受；寶玉把她的汗巾送了唱戲的蔣玉函，她不多加責怪；寶玉和黛玉嘔氣砸玉，她只陪着哭；晴雯發脾氣，大撕其扇子，一句不問。有一次寶玉爲了癡看齡官畫薔淋了一身雨，跑囘怡紅院，竟把襲人當作小丫頭踢一脚；踢傷了，吐血；使襲人把自己平日「爭榮誇耀之心，盡皆灰了，眼中不覺流下淚來」；可是她不但不埋怨寶玉，反力勸他不可聲張，以免驚動別人。像這樣委曲求全的感化主義眞可算是難能可貴到了極點罷？爲了什麽？祇爲了把握住寶玉的心！

四

襲人深深知道專把握着寶玉一個人仍不能獲到全勝，她還須要努力爭取上層。我們祇看賈母和鳳姐乃至於薛姨媽總是稱贊襲人好，就可以想見她平素是如何博得她們的信賴與歡心。有一次王夫人和鳳姐談到了頭們的月例銀子的問題——

……王夫人想了半日，向鳳姐道：『……把我每月的月例二十兩銀子裏，拿出二兩銀子一吊錢來給襲人去。以後凡事有趙姨娘周姨娘的，也有襲人的。只是襲人的這一份都從我的份例上勻出來，不必動官中的就是了。』鳳姐一一的答應了；笑推薛姨媽道：『姑媽聽見了？我素日說的話如何？今兒果然應了我的話。』薛姨媽道：『早就該這麽着！那孩子模樣兒自然不用說；只是她那行事見人大方，說話兒的和氣裏頭帶着剛硬要強，倒實在難得的。』王夫人含淚說道：『你們那裏知道襲人那孩子的好處？比我的寶玉還強十倍呢。寶玉果然是有造化的，能夠得她長長遠遠的伏侍一輩子，也就罷了。』

原來襲人姑娘的眞「好處」，只有王夫人才特別知道，而且竟感激到含着眼淚呢！

從此開始，襲人便被規定了身份。後來襲人母親死了，必須囘家守喪，臨行時鳳姐派人派車照護，竟完全是對姨奶奶的架勢了。但襲人爲什麽能使王夫人感動得含淚呢？寶玉由於金釧投井和私交蔣玉函的問題挨了父親一頓苦打之後，王夫人把襲人叫來問話——

……襲人道：『……論理我們二爺也得老爺教訓教訓；若老爺再不管，不知將來做出什麽事來呢？……怎麽變個法兒，以後竟還是叫二爺搬出園外來住就好了。』王夫人聽了，吃一大驚，忙拉了襲人的手問道：『寶玉難道和誰作了怪不成？』襲人連忙囘道：『太太別多心，並沒有這話，這不過是我的小見識。如今二爺也大了，裏頭姑娘們也大了；况且林姑娘寶姑娘又是兩姨姑表姊妹，雖說是姊妹們，到底是男女之分，日夜一處起坐不方便，由不得叫人懸心；便是外人看着也不像大家子的體統。……設若叫人哼出一聲不是來，我們不用說粉身碎骨，罪有萬重，都是平常小事；但二爺後來一生的聲名品行，豈不完了？二則太太也難見老爺……我爲這事，日夜懸心，又不好說與人，惟有燈知道罷了。』王夫人聽了這話，如雷轟電掣的一般，正觸了金釧兒之事，心下越發感愛襲人不盡，忙笑道：『我的兒，你竟有這個心胸，想得這樣週全……你今既說了這樣的話，我就把他交給你了……。』

寶玉究竟曾和誰「作了怪」，只有襲人自己最能知道罷？但林薛二人就此被檢舉出來了。而後來徒擔了個「虛名兒」的晴雯以及芳官等之被攆出去，都不能不說是受了她這囘的影響。看了她這番說話，眞是所謂「其慮患也深，其操心也危」；仔細想來，眞不免叫人感到陰森可怕；「賢慧」「柔順」的人就是這樣斷送別人的！

從她這一回的襲擊，便鞏固了自己的地位！

襲人獨對孤燈的心事之中還有一宗，便是釵黛之爭究竟勝利屬誰的問題。黛玉的「小性兒」是太難對付了；從各方面觀察起來，寶釵旣洽與情，又容易合作，所以她只有擁薛。此外，對於第一個握有政權最能影響鳳姐又得人愛戴的丫鬟平兒，第一個受人尊重又能影響賈母的丫鬟鴛鴦，她是一向深相結納的。至於其餘的各方面，除了寶玉奶媽李嬷嬷罵她是「妖狐」使她無法拉攏之外，竟找不出任何一個人對襲人說出一句不好的話。

五

寶玉出家以後，襲人本想一死，但怕對不起賈府。回家之後，想死在家裏，又怕對不起哥哥；由於這樣的苦衷，她只好嫁了戲子蔣玉函。嫁了之後，才知道丈夫對她很好，自然也不應當辜負了他；結果就這樣過活下去。這樣的結局，顯然是給這位賢淑圓通的姑娘以難堪的諷刺了。這是高鶚所續後四十回的文字，而非曹雪芹原著所及。前八十回中的襲人傳記並沒有貶斥的明文，祇不過是細膩曲折入情入理的寫實，刻畫出某一種的女子性格而已。

那麼在寶玉的心之深處究竟偏愛着哪一邊呢？照性格的類型說，自然是寶玉和黛玉相近；因爲凡接受「臭男人」正統理論而說那些「混帳話」的女子，和寶玉的人生觀根本不能相容。但寶玉在決心出家以前，他也並不能斬金截鐵地專心於黛玉或寶釵那一方面，由於如此才演成了黛玉失敗而死寶釵被棄終身的大悲劇。至於對襲人和晴雯的關係也正與此成爲一套。在生活上寶玉一刻離不開襲人，襲人一夜不在身旁寶玉會夢中喊她。但說到性靈方面，寶玉却欣賞着晴雯。晴雯決不如襲人那麼柔順，他却喜歡放縱她；晴雯慘死，是那樣傷痛了寶玉的心。結果襲晴也如釵黛一樣，兩敗俱傷，黛與晴固然很慘，至於釵和襲何嘗不更慘？

作家曹雪芹本人原是輕視功利的，但他能十分客觀地體認現實；所以對於寶釵的優點，他很恭敬，寫法很鄭重。卽對於襲人的苦心，他也很能體會，寫法很細膩，也不忍多所非薄。雖然他在書中始終沒有表現出寶玉對寶釵有深透眞摯的戀愛；而爲了晴雯之死，寶玉對襲人確乎發生懷疑，留給了後來擁林派攻擊寶釵襲人的口實；但他畢竟對她們予以同樣的悲憫之情，要我們讀者同樣也紀念着獨守空房的「賢寶釵」和流落紅塵的「俊襲人」。

有人說襲人若不是被派給寶玉，她的結局或許好些。那麽，如果仍留在賈母房中，恐怕後來賈赦來討姨奶奶的對象就不是鴛鴦而是襲人了；跟了賈赦去，幸福嗎？否則，如果是給了賈璉又怎麽樣？論襲人的聰明才智，也許可以學習平兒那種作風，不會變成尤二姐被鳳姐逼死；但跟了賈璉那樣的淫濫鬼，一輩子有什麽好處？現實主義的襲人自然不會和紫鵑一樣跟了惜春去當尼姑。所以後四十回的作者高鶚祇好照着本書一開始的人物讚所規定的，把她終於嫁給了戲子蔣玉函。那人物讚說——

『枉自溫柔和順，空云似桂如蘭；堪羡優伶有福，可憐公子無緣！』

優伶果然有福了，而優伶的夫人是否也有福呢？作者啓示我們的原則是：封建制度下的婦女，雖你怎樣「賢」，怎樣「俊」，怎樣爭求勝利，怎樣留戀現實，其結果終逃不出社會所給她們的惡運。

三十二，四，二十，重慶。

（二）晴雯之死

一

晴雯之死是紅樓夢全書中的一件大事。

有人說寶玉之挨父親痛打，是紅樓夢全部故事的峯點，因爲這是賈政正統思想和寶玉叛逆作風多年衝突的大爆發。這看法不錯。那麼這一場血戰的結局如何呢？由賈政和兒子寶玉之戰一變而爲賈政與他母親賈母他妻子王夫人之戰；於是不但沒有使寶玉屈服，反助長了寶玉的優勢，而這位政老前輩倒潰不成軍了。

但這一戰役所發展的後果却很壞，便是由此決定了晴雯之死。

晴雯之死足以說明了寶黛戀愛之必歸失敗，寶釵襲人之能把握住現實，寶玉之必出於逃亡。所以晴雯之死對於紅樓夢全部故事之歸宿，是表現決定關鍵的一件大事。

晴雯在全書中佔的篇幅不及襲人或平兒的三分之一。但紅樓夢作者對於寶釵探春平兒襲人鳳姐是採取政治史的寫法，而對於黛玉晴雯尤三姐芳官，却是幾首極哀豔的詩篇。一個作者對自己所偏愛的人物，往往禁抑不住主觀的情緒之洶湧，不期然而流入吟詠式的抒寫，這樣就使得讀者也跟着他唱歌，跟着他悲哭，不能冷靜旁觀！作者用李紈來表現女性美的恬靜與柔順，而以晴雯尤三姐芳官表現女性美的濃豔與剛強；用李紈來說明封建環境中女性之以正統作風求得自己之完整，而以晴雯尤三姐芳官司棋說明具有反抗性的女子之戰鬥、失敗與慘烈犧牲。因此作者寫晴雯的筆端，是帶着極強烈的撫愛、忿恨和痛惜之情的。因此晴雯在紅樓夢書中是一個具有刺戟性的名字，正如有一個紅樓夢的批註者所說：「晴雯者，情文也」。

也許可以說平兒能使人愛，鴛鴦能使人敬，襲人能使人憐；對於晴雯，這些觀念就都用不上。然而他的個性，偏能喚起讀者心裏的共鳴。你可以認爲這丫鬟太驕縱了，太不懂世故了；但你心裏本來就厭惡着其餘的人們之卑怯或狡詐。晴雯所看不慣的事，也正是你所反對的事；當她在罵人的時候，你也正想發洩幾句。你可以婉惜這丫鬟太不知計較利害與成敗了；然而仔細想來，像她這樣一個女孩兒，你也並不以爲她爭得寶玉的侍妾地位爲勝利。你一邊讀着她的傳記，祇一邊被她的豔麗、天眞和熱情所吸引，爲她的豪放勇敢所震驚。你不見得就想和她戀愛；但你總願意多看到她的容貌，多聽見她的聲音，藉此你也可以提高一些對於庸俗女性的欣賞心，衝破一些賈府雰圍中的陰濕氣。

黛玉之死是一步一步走向枯萎，晴雯之死是驟然遭遇到殘暴的摧折；所以黛玉之死的標題是「苦絳珠魂歸離恨天」，而晴雯之死却大書特書「俏丫鬟抱屈天風流」。讀者對於黛玉之死在心理上是具有預期狀態的，而晴雯之死却給讀者情緒上以意外的打擊。黛玉之死使人迴腸九轉，不盡的哀憐；而晴雯之死，却激起人中氣如雷的忿怒。

聰明的讀者一看到王夫人對於晴雯之深惡痛絕，片刻不能停留地把她趕出去，就會叫一聲「大事休矣」，豈有那樣憎恨晴雯而能容納黛玉之理？這現實的世界祇有讓寶釵襲人之流佔領了。看到寶玉是那樣痛心却又絲毫不敢抵抗，儼然是唐明皇面對着馬嵬坡下的楊玉環；便曉得這位多情種子，既不能戰鬥，又不肯屈服，就祇剩下逃走的一條路了。看到晴雯被逐而死，還沒有驚破對於寶黛團圓的迷夢，那可眞是僥倖於萬一之想！在寶玉當時雖然還沒有意識淸楚，可是大勢之所趨，還不非常明顯嗎？

因此，晴雯之死，實在也是紅樓夢作者所最痛心的事。

二

晴雯是一個無家世可考的女孩子。她只有一個「醉泥鰍」姑表哥哥和色情狂的表嫂；沒有人知道晴雯姓什麼。她十歲那年被賈府大管家賴大買了做丫頭，本是「奴才的奴才」。賴大媽媽常帶她到賈府中來，因爲賈母看見了喜歡，賴大媽媽就把她「孝敬」了老太太；於是升格爲主子的奴才了。後來賈母把襲人給了寶玉，或許晴雯也就是這一次一同派過去的；她幸運地做了寶玉的丫鬟，却沒有被內定爲寶玉的侍妾。

寶玉房中八個大丫鬟，晴雯地位僅次於襲人，粗雜事情如喂鳥、澆花、管茶爐以及掃地端飯，自然無須她來做；但眞正寶玉「貼身」的事，襲人自是第一個負責者和權力者。襲人以外還有麝月；譬如鋪床疊被，拿衣服用具，弄薰籠放鏡套等等，晴雯也不經常担任；所以她在怡紅院中竟是一個「富貴閑人」。人人都知道她脾氣傲慢，小丫頭老婆子們不敢得罪她，襲人麝月等也不和她計較。

王熙鳳曾說道：『若論這些丫頭，共總比起來，都沒有晴雯生得好。』王夫人偶然看見她一次，所得的印象是「水蛇腰，削肩膀兒，眉眼有些像林妹妹」；這樣看來，恐怕晴雯竟是大觀園中第一個美麗的丫鬟了。可是，王熙鳳雖然長得美，她偏要說自己是「貼糊了的熊子」；邢夫人眼中的鴛鴦很好看，但鴛鴦却善於杜絕沾惹，保持敦厚；襲人生長得當然不會差，但她却做得樸實平庸。獨有我們這位俏丫鬟，不具這種匠心，鋒芒畢露，恃美而驕。王善保家的向王夫人說——

『別的還罷了；太太不知道，頭一個是寶玉屋裏的晴雯！那丫頭仗着她生得模樣兒比別人標緻些，又逗了一張巧嘴；天天打扮得像那西施樣子，在人眼前能說慣道，抓尖要強。一句話不投機，她就立起兩隻眼睛來罵人；妖妖調調，太不成個體統！』

這幾句話就把晴雯斷送了；但也確能描繪晴雯某一種的形象。晴雯一點警惕都不懂：她從不覺得自己是寄生在一個艱難危險的環境中。她只一味「任性任情」：既不會學襲人佈置環境，結納黨羽，又不如小紅覺悟到「千里搭長棚，沒有不散的筵席」，另謀低就。麝月是襲人的心腹，碧痕陪寶玉洗澡足有兩三個時辰之久，別人做的些什麽「鬼鬼祟祟的勾當」，她都知道，而且常脫口而出地揭穿；可是她從不考慮這些利害關係，只無顧忌地表現嫉恨、偏狹、隨口刺人；因此她在丫鬟中是完全孤立的。有一次在園子裏遇到正在爲鑽鳳姐門路而奔走的小紅，她便迎頭搶白一頓——

『……怪道呢？原來爬上高枝兒去了！把我們不放在眼裏了？不知說了一句半句話，名兒姓兒知道了不曾？就把她與頭的這個樣兒！……有本事從今出了這園子，長長遠遠在高枝兒上才算得！』

像她這樣暴露自己的妬忌，刺傷了正「爬高枝」的小紅，更可能得罪了鳳姐，在襲人是絕不做的。有一天晚上黛玉來到怡紅院訪寶玉敲門，正遇到晴雯姑娘和別人嘔了氣，便說道：『都睡下了，明兒再來罷！』黛玉說：『是我！還不開門麼？』晴雯偏偏沒聽見，便使性子說道：『憑你是誰！二爺吩咐的，一概不許放人進來呢！』因此，竟引起黛玉對寶玉的誤會，鬧了一場風波。對姑娘如此粗心，是賈府上任何一個丫頭所不敢的；比起平兒見探春發怒而低聲下氣的那種修養工夫，眞是天淵之別了。秋紋偶然得到王夫人賞了兩件舊衣服，正在得意：晴雯却想起王夫人曾賞過襲人好衣服來；便說道——

『哼！好沒見過世面的小蹄子！那是把好的給了人，把剩下的才給你，你還有臉呢？……一樣這屋裏的人，難道誰又比誰高貴些？把好的給她，剩下的才給我！我寧可不要，冲撞了太太，我也不受這口軟氣！』

似這樣刺戟了秋紋，傷害了襲人，竟連王夫人也連帶冒犯了，她全不檢點。至於唱戲的芳官之乾媽、小丫頭春燕的娘之類老婆子們，當然更可以動輒喊着「攆出去」了。作者在人物讚裏說她「心比天高，身爲下賤，風流靈巧招人怨」，眞一點不錯。

三

和晴雯同處的女人們大多都憎惡她，妬忌她；可是紅樓夢的讀者偏同情她。如果是一個女子而並不想和她競爭寶玉的愛，如果是一個男子不想討她來做侍妾，那麽總會認識到晴雯是在大觀園中少有的一個純潔的女性。只有她始終沒有被買府那樣汚濁的空氣所涂染。她對任何高壓的力量不低頭，她不參加黨派糾紛，不爲地位與私利而搗鬼。她何嘗不也是心中目中只有一個寶玉？但却只很自然地和他相處；喜怒無所拘束，絕不矯揉造作或卑諂屈從。作者對於這位心粗口利而骨氣堅硬的少女，是多麽地偏愛着呀！他以極其超羣出衆的精彩的手筆，來記述晴雯的事跡，因此「晴雯撕扇」和「晴雯補裘」，就成了人們傳說的美談——

……晴雯冷笑道：『二爺近來氣大得很，行動就給臉子瞧！前日連襲人都打了，今日又來尋我們的不是！要踢，要打，憑爺去！就是跌了扇子也是平常事體；先是連那麽樣的玻璃缸瑪瑙碗不知弄壞了多少，也沒動大氣兒；這會子一把扇子就這麽着急了！何苦來？嫌我們，就打發了我們，再挑好的使；好離好散的，倒不好？』襲人……道：『……可是我說的，一時我不到，就有事故兒！』晴雯聽了冷笑道：『姐姐旣會說，就該早來，也省爺生氣。自古以來就是你一個人伏侍爺的，我們原沒有伏侍過。因爲你伏侍得好，昨日才挨窩心脚；我們不會伏侍的，明日還不知是個什麽罪呢？』襲人聽了這話，又是惱，又是恨；待要說幾句話，又見寶玉已經氣黄了臉；少不得自己忍了性子，推晴雯道：『好妹妹，你出去逛逛；原是我們的不是。』晴雯聽了她說「我們」二字……冷笑幾聲道：『我倒不知道你們是誰？別教我替你們害臊了！便是你們鬼鬼祟祟幹的那事，也瞞不過我去，哪裏就稱起「我們」來了？那明公正道，連個「姑娘」還沒掙上去呢！也不過和我們似的，那裏就稱上「我們」了？』襲人羞的臉漲紫起來……

這晴雯姑娘鋒利的舌鎗竟把寶玉和襲人逼得無地可容，寶玉鬧着去「回太太」攆她出去，而富於修養的襲人却偏會顧全大體，竟跪下央求寶玉。形勢是嚴重極了，讀者却想不到結局是「千金一笑」的喜劇——

……寶玉晚間回來，已帶了幾分酒；踉蹌來至自己院內，只見院中早有乘涼的枕榻設下，榻上有個人睡着；原來不是襲人，却是晴雯。寶玉將她一拉，在身旁坐下笑道：『你的性子越發慣嬌了……』晴雯道：『怪熱的！拉拉扯扯做什麽？叫人看見像什麽？我這身子也不配坐在這裏。』寶玉笑道：『你旣知道不配，爲什麽睡着呢？』晴雯沒的說，「嗤」的又笑了；說道：『你不來，使得；你來了，就不配了。起來，讓我洗澡去！』……寶玉笑道：『旣這麽，你也不許洗去：只洗洗手，拿菓子來吃罷。』晴雯笑道：『我慌張得很，連扇子還跌拆了。』……寶玉便笑道：『你要打就打；這些東西原不過是供人所用；你愛這樣，我愛那樣，各有性情不同。比如那扇子原是搧的，你要撕着玩，也可使得；只是不可生氣時，拿它出氣。就是盃盤，原是盛東西的，你若喜歡聽那一聲響，就故意砸了也可以使得……』晴雯聽了笑道：『旣是這麽說，你就拿扇子來給我撕，我最喜歡撕的。』寶玉聽了，便笑着遞與她。晴雯果然接過來「嗤」的一聲撕了兩半；接着又聽「嗤嗤」幾聲。寶玉在旁笑着說：『響的好，再撕響些！』正說着，只見麝月走過來……寶玉趕上來一把將她手裏扇子也奪了與晴雯，晴雯接了也就撕作幾半了。二人都大笑……

從這段記載看來，與其說這是爲了說明晴雯之任性，毋寧是說明晴雯這種個性如何值得寶玉欣賞！一個丫頭敢於撒嬌反抗公子，那公子就反而以縱容她盡情發洩爲樂，眞要說人是奇人，文是奇文了。而最綺麗動人的一段情節，却是晴雯得病的經過——

……寶玉看着晴雯麝月皆卸罷殘妝，脫換裙裳；晴雯只在薰籠上圍坐。麝月笑道：『你今兒別裝小姐了，我勸你也動一動兒。』晴雯道：『等你們都走淨了，我再動不遲。有你們一日，我且受用一日。』……麝月早已放下簾幔，移燈炷香，伏侍寶玉臥下，二人方睡。晴雯自在薰籠上，麝月便在暖閣外邊……，麝月笑道：『你們兩個別睡，說着話兒，我出去走走回來。』晴雯笑道：『外頭有個鬼等着你！』寶玉道：『外頭有大大的月亮的。』……晴雯等她出去，便欲唬她玩耍。仗着素日比人氣壯，不畏寒冷，也不披衣，只穿着小襖，便躡手躡足的下了薰籠，隨後出來……只見月光如水；忽然一陣微風，只覺侵肌透骨，不禁毛骨悚然。……一面正要嚇她，只聽寶玉在內高聲說道：『晴雯出來了！』晴雯忙囘身進來，笑道：『那裏就唬死她了？偏你慣會這麼蠍蠍螫螫老婆子樣兒！』寶玉笑道：『倒不爲唬壞了她，頭一件你凍着也不好……你來把這邊的被掖一掖罷！』晴雯聽說，便上來掖了一掖；伸手進去，就渥一渥。寶玉笑道：『好冷手！我說看凍着！』一面又見晴雯兩腮如胭脂一般用手摸了一摸，也覺冰冷。寶玉道：『快進被來渥渥罷！』……晴雯因方才一冷，如今又一嗳，不覺打了兩個噴嚏……

晴雯性格所給人的美感不在柔媚多姿，而在這些地方！晴雯姑娘到了病中，性格更加暴燥，便表演出剛猛過人的事來。她聽說偸平兒的鐲子的是小丫頭墜兒，她壓不住胸中的怒火，趁寶玉外出，藉端把墜兒叫到床前，用簪子向她手上亂戳；罵道：『眼皮子又淺，爪子又輕，打嘴現世的！』便假稱寶玉的意思，不接受別人的攔阻，立刻把那小丫頭子攆出去了。那晚上，寶玉回來一進門就嗐聲頓足，原來他不小心把賈母所賜他穿的一件俄羅斯來的孔雀裘燒了一個洞，明早見不得老祖母，而外邊匠人又不會織補它，於是正在發着高熱病勢沉重的晴雯只得奮勇拚命了——

……一面說一面坐起來，挽了一挽頭髮，披了衣裳；只覺頭重腳輕，滿眼金星亂墜，實是撐不住；又怕寶玉着急，少不得很命咬牙坐着。便命麝月只幫着拈線……晴雯先將裏子折開……然後依本紋來回織補……織補不上三五針，便伏在枕頭上歇一會。寶玉在旁一時又問吃些滾水不吃，一時又命歇一歇，一時又拿一件灰鼠斗篷替她披在背上……只聽自鳴鐘已敲了四下，……晴雯已歇了幾陣，好容易補完了；說了一聲：『補倒補了，到底不像，我也再不能了。』「噯喲！」一聲，便身不由主倒下了。

晴雯病中的兩件事，一是說明這少女心裏太乾淨，容不得別人一點汚濁；所以嫉惡如仇，做出過當的處置。一是說明晴雯的太熱情，見不得別人的急難；所以鼓勇服勞，拾死忘生。像這樣天性淋漓，眞使得襲人、麝月、秋紋、小紅一羣卑俗萎葸的丫鬟形同糞土了。

四

儍大姐在大觀園中拾得繡春囊，這件事是作者用來消殺分散大觀園之繁盛的一個樞紐。賈府一切的淫汚黑暗，並不會先從那些男性身上表現出警惕來。賈瑞之死，賈寶玉之挨打，賈璉、賈珍、賈蓉之荒唐淫濫，都不足以喚起賈府當局者之戒懼；可是繡春囊發現在姑娘們所住的大觀園中，王夫人開始驚慌了。最妙的是她所特別注意的，還不在於那些小姐們的名節，而是怕人引壞了她的命根賈寶玉。於是聽了王善保家的之建議抄檢大觀園，因此形勢一天一天緊張起來。有先見之明的襲人在金釧兒跳井寶玉挨打之後，便已向王夫人身邊上了一次密告，先把脚步站穩，而其它的人就在不知不覺中做了她的墊脚石。可憐的晴雯和司棋入畫芳官四兒以及幾個唱戲出身的小姑娘，都成了這囘大獄的犧牲品。王夫人聽了王善保家的一番話，便恰想起那次看見晴雯「那狂樣子」，「對了檻兒」——

王夫人道……『我好好的寶玉，倘或叫這蹄子勾引壞了，那還了得？』……素日晴雯不敢出頭；因連日不自在，並沒有十分妝飾，自以爲無礙……王夫人一見她釵斜鬢鬆，衫垂帶褪，大有春睡捧心之態；而且形容面貌恰是上月的那人，不覺勾起方才的火來。便冷笑道：『好個美人兒！眞像個病西施了！你天天做這種輕狂樣兒給誰看？你幹的事打量我不知道呢？我且放着你，自然明兒揭你的皮……』因向王善保家的道：『你們進去好生防她幾日，不許她在寶玉房裏睡覺，等我囘過老太太再處治她』。喝聲：『出去！站在這裏我看不上這浪樣兒！誰許你這樣花紅柳綠的妝扮！……』

當王夫人到怡紅院中親查的時候，這晴雯正在重病之中，四日水米不曾沾唇了。她被人硬從坑上拉了下來，蓬頭垢面，攙架着送出去。因爲她生的是「女兒癆」，王夫人吩咐把她貼身衣服都撂了出去。接着四兒和芳官，一齊都攆出去了。可憐的是那寶玉公子，雖然心下恨不能也拚了一死；但正當他母親盛怒之下，竟連話也不敢說半句！

後來寶玉偷到晴雯家中去探看，那被人世所拋棄了的少女已經是獨自睡在一領蘆蓆上等待最後呼吸的停止。作者執筆寫這一幕非常慘痛的場景時，一定是悲忿交集的。晴雯對寶玉最後的語言是——

『……只是一件，我死也不甘心！我雖生得比別人好些：並沒有私情勾引！怎麼一口咬定了我是個狐狸精？我今既担了虛名，況且沒了遠限；不是我說一句後悔的話，早知如此，我當日……』

這位「芙蓉女兒」在人世間的聲音，就到此咽住了。

無教養的少女晴雯不懂得「做愛」，也不懂得「講愛」，也沒有幹出「偷情」之類的勾當；但在她心裏却深藏着最摯熱的愛；不到臨死，是一切無可名說的；到了死別吞聲的一霎那，她自己才猛然痛切的意識到了。極度濃烈的悲忿與留戀，使她本能地咬下自己的手指甲和脫下貼身的衣服遺留給所心愛的人。除此之外，她還能有什麽？她還能做什麽？然而敢問普天下多情善感的男女們，這種表現比較講上一大套戀愛八股，或表演一大套戀愛眉眼，重量如何？愛是人最原始的能力；最眞便是最善和最美。

無能公子的賈寶玉，對於晴雯之死除了痛心以外，並沒有什麽別的對策；於是他的心向着幻想飛去。他從一個善於逢迎隨口撒謊的小丫頭口中套出來晴雯已超生天界，當了芙蓉花神的奇聞，於是杜撰了一篇「芙蓉誄」；這就是他萬般無奈的發洩與寄託，以此代替了對現實的反抗。可注意的是從此更加深了他自己反現狀和出世的衝動。

五

我把晴雯斷作寶玉的第二個愛人。

在寶玉眼中幾乎是每一個女孩兒都有動人之處，都想勾勾搭搭；但我們不能說這種人便絕無愛情的中心。或者反可以說他廣泛涉獵的結果，更使他的內心執着於一點。封建社會中珠圍翠繞的貴族公子和摩登時代朝秦暮楚的豪富青年也差不多，使他們嚴守肉體上的貞操，求肉體與靈魂完全一致，不是容易的事。紅樓夢作者在書的開始之處，便暴露了寶玉肉慾之發展，從秦可卿到花襲人到金釧兒，描寫上並不完全隱晦。但他主要着力之處，却在於鋪張寶玉和晴雯的精神戀愛的一方面，（雖然他並非是一個靈肉二元論者）同時這也就是說明着黛玉是寶玉的第一個愛人。因爲決定戀愛中心的條件終不是專憑肉體和容貌，而是人生意態之能否一致。在紅樓夢書中屢次表示出寶玉與寶釵的人生觀之抵觸，而寶黛之間却相互引爲知己。襲人是寶玉身上的一重銀紅色的絲網；使寶玉在生活上感到細膩體貼，成爲自己衣食起臥所不可少的依傍，但也因此就感到束縛而常想掙脫；在靈魂方面，他和她也永遠是走着兩條路的。因此寶玉儘可敬重寶釵之才，愛慕寶釵之貌，享受襲人的伏侍，憐恤襲人的盡心；可是他的心之深處，對寶釵是隔膜、疏遠，對襲人更不免有些顧忌、憎厭與懷疑。晴雯是一個丫鬟，知識學問絕對說不上，可是她的反抗現狀獨往獨來的精神實在和寶玉共鳴。她的美貌，她的聰明以及口齒尖利，性情偏狹，都與黛玉同類型；而她的熱情、痛快和勇敢，倒又是黛玉之所無。當寶玉挨打之後，急需與黛玉一通消息；這一使者，只有晴雯，也足見寶玉心上晴雯的地位了。

因此她是寶玉在怡紅院中的唯一知己。晴雯之死，實在使得寶玉感到人生莫大的悲慘與失望，他寫出『既懷幽沉以不盡，復罔含屈於無窮！高標見嫉，閨閫恨比長沙；貞烈遭危，巾幗慘於雁塞……』『固鬼蜮之爲災，豈神靈之有妬？毀詖奴之口，討豈從寬？剖悍婦之心，恨猶未釋！』如此痛憤的文句。(芙蓉誄）試問「高標」和「貞烈」的美德，可是襲人所能用得的？「毀口」「剖心」這樣的重話可是溫和之寶玉平常所出口的？

置身於戰場之中，遊心於殺伐之外；倒不是耳目聰明不足以見聞到砲火的凶危，却由於個性所使。既不能捨己以從人，又不肯集中精力來從事於勾心鬥角的戰鬥，這就是晴雯姑娘歸於敗亡的基本原因；也是一切浪漫主義者慘敗的教訓。但讀者若不從政治的功利去看，對於一個憂秀而受摧殘的孤獨者，必然是懷抱了無限的同情。因爲在這裏才有人性，有眞實，有正義。楚項羽是粗暴的；然而爲了人性，人們常反憎厭那富於機詐的漢劉邦。劉邦爭取到韓信彭越諸軍而殲滅了項羽，後世的人們却偏去哀憐一個失敗的英雄；這比喻大概不很適當的吧？晴雯被丟棄出大觀園了；寶玉在捱父親痛打以後，又受到母親更嚴重的懲處，並且由於眼看着晴雯之孤立無援，含寃就死，深深覺察到現實環境之陰險與殘酷；他使自己的情感走向神話的環境裏去，想像着另一種超然的世界，才是晴雯之類的靈秀女子之所居，於是等黛玉一死，他在這個人間已到了「赤條條來去無牽掛」的時候了。你們是善於控制現實的，好吧！這個家這個世界就都讓給你們吧！他逃到茫茫大士渺渺眞人身邊逍遙無累去了。王夫人和襲人之流，對於剷除一個「害人的妖精」晴雯，很有把握；然而却萬萬沒有想到會換取到另一種更堅決冷酷的囘答罷？

（三）秦可卿和李紈

一

有些紅樓夢的讀者談起書中人物來，他們不喜歡黛玉寶釵湘雲探春晴雯等等，而喜歡秦可卿，我以爲這是被陶醉於秦可卿所給人的那種飄渺感覺；秦可卿似乎是謎一樣的人物。

秦可卿在紅樓夢書中，出場得早，結束得快，沒有很多具體故事的刻畫；但這位婀娜多姿柔媚多情的少婦對於讀者却頗有些誘惑力；這是因爲作者把她寫得恍恍惚惚，像是一枝隔簾的花影，要人用視覺加上幻覺去着力搜尋。她是作者在全書中首先着力描寫的一個女性，然而她和主題中以後的全部故事發展，並沒有多大關連。自然她也是許多女性形象之一種，可是並非是不可缺少的一個方面。那麽作者寫出這個人物所給讀者的啓示是什麼呢？

首先，使人疑惑的是人間有秦可卿，天上也有個秦可卿；然而秦可卿又畢竟是一個現實的人物。其次，秦可卿一方面是一個一家人都歡喜的孫少奶奶，但同時在她身上又籠罩着些頗不聖潔的雲霧。第三，作者爲了她的容貌言談，爲了她的臥室，爲了她的病和死，是頗費了些特寫的，可是她一死之後就什麼影響都沒有了；如此說來，這算不算一個浪費的人物呢？

二

秦可卿本是怎樣一個人呢？

她的父親名叫秦邦業，是一個「宦囊羞澀」的老營繕郎。「夫人早亡，因當年無兒女，便向養生堂抱了一個兒子，並一個女兒……（這女兒）長大時生得形容嫋娜，性格風流。因素與賈家有些瓜葛，故結了親。」這樣看來，可卿的出身雖說是一個寒素書生家的姑娘，但她的先天秉賦實在是無從究詰的。

可是她做了貴族少奶奶以後，就一切都特別出色，成爲賈府中極其鮮艷的人物了。賈母認爲她是重孫媳婦輩中的「第一個得意的人」。王熙鳳從來目空一切，偏和她最爲知己，常和她低低切切地密說衷腸。她的形貌美麗，性格溫柔，處人周到，使一家人都和她處得極其融洽。所以秦可卿一死，「那長一輩的，想她素日孝順；平輩的，想她素日和睦親密；下一輩的想她素日的慈愛；以及家中僕從老小，想她素日憐貧惜賤，愛老慈幼之恩，莫不悲號痛哭。」照這樣的得人心，賈府中實在更無第二人；可是關於她生前實際上的行事，除去死後從夢中向鳳姐提供了一個極好的政策以外，作者却沒有什麼敍述；作者只對於她的臥室作了一番很離奇的記載——

（寶玉）……剛至房中，便有一般細細的甜香襲人，寶玉便覺得眼餳骨軟，連說『好香！』入房向壁上看時，有唐伯虎畫的海棠春睡圖，兩邊有宋學士秦太虛的一付聯云：「嫩寒鎖夢因春冷，芳氣襲人是酒香」。案上設着武則天當日鏡室中設的寶鏡，一邊擺着趙飛燕立着舞的金盤，盤上盛着安祿山擲過傷了太眞乳的木瓜，上面設着壽昌公主於含章殿下臥的寶榻，懸的是同昌公主製的連珠帳。……

這哪是文藝的描寫？這實在是象徵的說明。武則天、趙飛燕、楊貴妃等等是些什麼人物，誰不知道？這是作者公然對可卿的品格加以貶斥。

這位少婦死在賈府家運昌隆的時候；在全書故事中，只有以後元春歸甯那一件事的規模盛大能和秦氏之喪相比擬。秦氏所用的棺木原是某一位老親王所預定的名貴壽材；爲了使殯儀的名銜好看，她的公公賈珍特又臨時以重資爲她丈夫賈蓉捐了一個「龍禁尉」的官銜，至於那當日場景——

……只見府門大開，兩邊燈火照如白晝。熱烘烘人來人往，裏面哭聲搖山振岳……這四十九日，單請一百零八僧衆在大廳上拜大悲懺，超度前亡後死鬼魂。另設一壇於天香樓上，是九十九位全眞道士打十九日解寃洗業醮。然後停靈於會芳園中，靈前另外五十衆高僧，五十位高道，對壇按七做好事……一條甯國府街上，白漫漫人來人往，花簇簇官去官來……兩邊起了鼓樂廳，兩班靑衣，按時奏樂。一對對執事擺的刀斬斧截，更有兩面硃紅銷金大牌，豎在門外……榜上大書「世襲甯國公冢孫婦防護內廷御前侍衛龍禁尉賈門秦氏宜人之喪」……

作者一方面寫出了當時賈府之高貴奢侈，一方面又無情地暴露賈珍與秦氏的特殊關係。死了兒子媳婦，那賈珍「哭得淚人兒一般」，他說：『誰不知道我這媳婦比兒子還強十倍？如今伸腿去了，可見這長房內滅絕無人了。』別人問他這喪事該如何料理，他把手一拍，說：『如何料理？不過儘我所有罷了！』然後，這位公公竟因悲傷過度而病得「杖而後行」。至於秦氏究竟爲什麼死的，經過作者自己删改掩飾的紅樓夢今本還殘留着些挖改紙型的痕跡，使人推敲。這一疑案是已經被胡適之顧頡剛俞平伯諸公偵查審判而予以公告了的。

三

全部紅樓夢中，除了對許多姑娘，如晴雯的表嫂之流有些金瓶梅式的寫法之外，一概採用含蓄的態度。作者在第一囘中自己說明「更有一種風月筆墨，其淫穢汚臭，最易壞人子弟」，足見他只着重談情，而避免繪淫。我們再看他對許多女性的身世行徑，無不曲加諒解，給以深厚的同情；同時他也不是一位福善禍淫的果報主義者；那麽爲什麽單單對這秦可卿就如此指摘暴露不加憫恤呢？這要從可卿與寶玉的特殊關係中去探索。

寶玉隨着賈母到寧府賞梅，想睡中覺，秦氏對賈母說曾爲寶玉收拾下屋子的。但寶玉對於那間屋子不滿意，秦氏便只得領他到自己屋裏去；當時有一個老嬷嬷曾略表示一點異議：『哪裏有一個叔叔往姪兒媳婦房裏睡覺的禮？』那秦氏笑道：『嗳呀！不怕他惱！他能多大了，就忌諱這些麽？』是的，寶玉比起可卿的弟弟秦鍾還要生得矮些，當時寶玉確乎還是一個孩子。寶玉到了她房間裏以後——

……寶玉含笑道：『這裏好！這裏好！』秦氏笑道：『我這屋子，大約神仙也可以住得的。』說着親自展開了西施浣過的紗衾，移了紅娘抱過的鴛枕。於是衆奶姆服侍寶玉臥好了，款款散去，只留下襲人秋紋晴雯麝月四個丫鬟爲伴。

秦氏便吩咐小丫鬟們『好生在簷下看着貓兒打架。』那寶玉才合上眼，便恍恍惚惚的睡去，猶似秦氏在前；悠悠蕩蕩隨了秦氏至一所在，但見朱欄玉砌，綠樹清溪……

寶玉在秦氏房中一夢，本是紅樓夢全書的序幕；這一夢孕育着全部的人物與故事。這夢的內容包括三部份：一是作者對性愛關係的基本理論，一是全書中重要人物之總介紹，其它便是說明寶玉一生兩性關係的開始。當那性教育家警幻仙子殷殷勤勤對寶玉演講了一套「情」與「淫」的分別與一致的理論之後——

『……故引子前來，醉以美酒，沁以仙茗，警以妙曲，再將吾妹一人乳名「兼美」表字「可卿」者，許配於汝；今夕良時，卽可成姻……』

此時可卿由人間忽然到了天上，由警幻仙子爲寶玉介紹，所以誘導寶玉的責任是由「神仙姐姐」負担的；在人間就只得使那候補侍妾的襲人來充當首犯。太悖乎社會倫理的史實只能如此恍恍惚惚地剪裁着記載了。

富有性靈生活的人，對於自己的性關係的痕跡常保留着極明澈的感覺。盧騷，歌德，元微之這些人能以沉重而勇敢的心情寫出驚人的文字；正相反，那許多酒色昏迷的縱慾者的心上必是一篇糊塗賬。寶玉的戀愛神經永遠保持着敏銳的觸角，它是不易被磨得遲鈍的；因此，他能從廣泛的經驗中獲得異乎常人的戀愛感悟。也就由於這樣，他才永不能忘記：是誰最初滿斟了一杯鮮豔的紅酒送到自己的唇邊？是誰指引她忽然墮入「萬丈迷津」，除了「木居士掌柁，灰侍者撑篙」竟無法超渡？因此他的那一夢結尾時才喊出『可卿救我！』的狠狽的聲音。

寶玉隨鳳姐去探病，正在凝視那幅海棠春睡圖，追摹往事；忽聽到可卿說她自己的病是不會好了的，寶玉便覺「萬箭鑽心，淚如雨下」。「可卿的死信一到榮府，那寶玉便急火攻心，哇的一聲吐了一大口血」，這該都是寫實文章吧？然而，寶玉與可卿的關係本不是戀愛，當他漸漸成長，漸漸懂得自主地向着性靈方面去探求以後，對童年的啓蒙事跡，該是只留下些內心的愧疚。夢醒神清中年秉筆的作者，就很不客氣地送給這位「情」、「淫」、「兼美」早致夭亡的少婦一個筆名，叫做「情可輕」！

在上帝伊甸園中教人吃智慧果子的，是蛇！

四

現在我們再談到一個和秦可卿正相反的婦女典型，李紈——

……這李氏即賈珠之妻。珠雖夭亡，幸存一子，取名賈蘭，今方五歲，已入學攻書。這李氏亦係金陵名宦之女；父名守中，曾爲國子祭酒，族中男女，無不讀詩書者。至守中繼續以來，便謂「女子無才便爲德」；故生了便不十分認眞讀書，只不過將些女四書列女傳讀讀，認得幾個字罷了，記得前朝幾個賢女便了；却以紡績女紅爲要，因取名爲李紈，字宮裁。因此這李紈雖青春喪偶，且居處於膏粱錦繡之中，竟如槁木死灰一般，一概不聞不問；惟知侍親教子，外則陪伴小姑等針黹誦讀而已。

這是作者對李紈正面的介紹。她是作者筆下帶着敬意敍述的人物，也是他在賈府中所僅能看見惟一的高潔完整的婦人。曹雪芹並非衞道先生，其所以推崇李紈，絕不僅爲了她是一個節婦，而是認爲只有她沒有沾惹一點那家庭中的塵垢。李紈住的是竹籬茅舍的稻香村，她的詩壇別號叫做「稻香老農」，她行酒令時抽得的詩籤是「霜曉寒姿」的老梅花，都是要使讀者意識着這是一個美而不艷使人可敬可重的少婦，正和秦可卿的艷而不美使人可輕，遙遙相對。

五

然而我們讀者對李紈的認識畢竟不能停止在一個籠統的賢淑女性的觀念上。從她所有的聰明、口才和善於處人的許多地方，知道這不是一個不中用的「菩薩」，而是她秉承着自己父家的家風和適應着賈府的環境，要有意識地做成一個標準寡婦。比起王熙鳳尤氏秦可卿等等，她是一個極懂得自尊，也是極懂得人情世故的人。

做寡婦的祕訣，除了絕對貞操以外，還必要暗合於老莊的人生哲學：無能，無好，無爲。李紈對賈母王夫人的關係，止於「盡禮」；對下人們，寧被人說做「失之太寬」。她偶然被委派了與探春寶釵暫時代理家政，她只有讓探春當前，自己着力贊助而無所建議。平常在這紛紛攘攘的大家族中，每次一遇到什麼糾紛事件發生，她就立刻帶領着姊妹們走開了。如此說來，李紈竟是一個圓滑或冷酷的人嗎？並不！她在很適當的場合也表現着自己生活的興趣以及對人的熱情與正義。探春發起詩社，她是第一個積極份子，自告奮勇担任了社長，也頗固執着自己的主張。寶玉做詩三次落伍，她想出一種高雅的處罰，派他去到妙玉的櫳翠菴討梅花。這處罰在別人是個難題，而在寶玉却是極樂於領受的一種好差使；較之鳳姐主張罰他每人房裏掃地，要聰明得多。平兒寃枉挨了打，她首先把她招待了去安慰她，她從心裏反對鳳姐的行爲，但是絕不和尤氏一樣隨口流露。遇到了一次機會，她似假帶眞地教訓了鳳姐一頓；當李紈帶着衆姊妹去邀請王熙鳳加入詩社做「監詩御使」的時候，便發生了這一場口戰——

……鳳姐兒笑道：『你們別哄我！我猜着了。哪裏是請我做監察御使，分明是叫我做個進錢的銅商……你們的錢不夠花，想出這個法子來勾了我去，好和我要錢；可是這個主意？』……李紈笑道：『眞眞你是個水晶心肝玻璃人兒！』鳳姐兒笑道：『虧你是個大嫂子呢！姑娘們原叫你帶着念書，學規矩，針線，俱要教導她們的。這會子起詩社，能用幾個錢你就不管了？……你一個月十兩銀子的月錢，比我們多兩倍子，老太太太太還說你「寡婦失業」的，可憐，不夠用；又有個小子；足足的又添了十兩銀子……這會子你怕花錢，挑唆着她們來鬧我；我樂得去吃一個河乾海涸——我還不知呢？』李紈笑道：『你們聽聽！我說了一句，她就說了兩車無賴的話！眞眞泥腿市俗，專會打細算盤，分斤撥兩的！你這個東西，虧了還託生在詩禮仕宦人家，做了小姐；現在又出了嫁，還是這麼着！若生在貧寒小門小戶人家，做了小子丫頭，還不知怎樣下作呢！天下人都被你算了去！昨兒還打平兒，虧你伸得出手來！那黃湯灌喪了狗肚子裏去了！氣的我只要替平兒打抱不平呢！……給平兒拾鞋還不要呢！你們兩個很該換一個個兒才是！……』鳳姐忙笑道：『好嫂子，賞我一點空兒！你是最疼我的；怎麼今兒爲了平兒就不疼我了？……我寧可自己落不是，也不敢累你呀！』李紈笑道：『你們聽聽，說的好不好？把她會說話的！我且問你，這詩社到底管不管？』鳳姐兒笑道：『這是什麽話？我不入社花幾個錢，我不成了大觀園的反叛了麽？明日一早就到任，下馬拜了印，先放五十兩銀子……』

除了李紈，我們沒有聽見有任何人能直接對着王熙鳳發出這種代表輿論的針貶！除了李紈，也沒有看見任何人能使鳳姐當面讓步！這一場小小的勝利，在鳳姐自然是見機遷就，而且究竟並無所謂；在李紈，却叫我們看出來她本也是一個頗有戰鬥能力的女性呢。

然而，寡婦是上帝的罪人；她的存在於這世界中，若非爲着死後可能增加一座石牌坊之外，一切都像是多餘的。雖然書中李紈的結局是兒子賈蘭中舉，以後做了高官，李紈得到封誥；可是作者從那種無聊的榮譽中，爲李紈表示了人生的悲憫。他在書的序曲中說道：『再休提繡帳鴛衾！只這戴珠冠，披繡襖，也抵不了無常性命……也只留得虛名兒與後人欽敬！』

（四）大觀園中的遁世者

——妙玉、惜春、紫鵑、芳官

一

我曾說過，紅樓夢許多女性，不外以黛玉寶釵兩個人爲其主型。但是作者表現這非現實主義與現實主義兩類人物個性的方式，却是極其多樣化的。黛玉實際上和現實脫了節，可是她主觀上絕不肯放棄自己的意志與欲求；晴雯的理智不夠瞭解環境，應付敵情；但她却一味任性，橫衝直撞，毫不讓人。妙玉，惜春，紫鵑的本質是屬於黛玉一類型的，然而由於她們各個人地位的決定，都被迫着放棄了現實生活，把自己關閉到寂滅的世界裏去。至於芳官，可以說是一個「小晴雯」：爲了忽然警覺到有再遭蹂躪的危險，也只得向尼姑菴逃避。

妙玉是一個使人不愉快的名字。大觀園中的婦女們都討厭她的孤傲。林黛玉那麼會諷刺人，見了她都不敢多說話。知道她比較深的邢岫烟曾批評過她「不僧不俗」。至於讀者，雖然不一定是反對她當了尼姑，却總覺得這一個深閉禪關的美女的心靈是看不清楚的。紅樓夢的作者曾先以一種粗露的筆調寫過一個輕狂的小尼僧智能，於是使人們對於妙玉更感到深隱與曖昧。作者是不是把她當作諷刺的題材處理的呢？「官宦小姐」出身受過高級的教養的妙玉姑娘，因為自幼多病，無法醫治，才被父母送入空門。她在青燈古佛之旁，一方面欣賞着「縱有十年鐵門檻，難逃一個土饅頭」的詩句，一方面摩弄着名貴華美的古玩杯盞。她的美貌，她的文才，她的處境，很足以使她蔑視着塵世的一切，蔑視着那些庸俗的小姐奶奶們了。出乎意外的是她這種人物恰好適合於大觀園中點綴風景供應皇妃之需用，於是被賈府「禮聘」到攏翠菴裏來。一個出世者忽然被安置在最紛擾最誘惑的綺羅脂粉叢中，這不分明是命運在戲弄着人嗎？整天坐在蒲團禪榻上面的姑娘，究竟還是「因色悟空，因空見道」呢？還是在苦苦地與自己的「人」的感覺搏戰？

別人只看到妙玉的冷，看不見她的熱。只有那自稱「濁玉」的寶玉公子常在遙遠的彼岸睜大了好奇的眼，望着這天邊芳草，雪裏紅梅，期待着些例外的接觸。當寶玉過生日的第二天早晨，居然發現了一張粉紅箋紙。上面寫着「檻外人妙玉恭肅：遙祝芳辰！」這一驚寵之來，真怪不得寶玉那樣手忙脚亂了。紅樓夢作者曾用極其細膩曲折的方法寫出有一「檻」之隔的兩個人的微妙關係——

……那妙玉便把寶釵黛玉的衣襟一拉，二人隨她出去。寶玉悄悄的隨後跟了來……妙玉仍將自己日常吃茶的那隻綠玉斗來斟與寶玉。寶玉笑道：『常言「世法平等」，她兩個就用那樣古玩奇珍，我就是個俗器了。』妙玉道：『這是俗器？不是我說狂話，只怕你家裏未必找得出這麼一個俗器來呢！』寶玉笑道：『俗語說：「入鄉隨鄉」；到了你這裏，自然把這金玉珠寶一概貶爲俗器了。』妙玉聽如此說，十分歡喜；遂又找了一隻九曲十環一環二十節蟠虬整雕竹根的一個大盞出來。……妙玉正色道：『你這遭吃茶是託她兩個的福；獨你來了，我是不能給你吃的。』寶玉笑道：『我深知道；我也不領你的情，只謝她二人便了。』……

作者看到了人世間有一種內慾熾烈又偏不許插足於現實的悲哀。社會的規定力使這種人對享受人生或改造現實都一概無份，但自己却又並不能眞變成槁木死灰。一方面那現世的貪瞋癡愛時刻在身邊縈繞着，侵襲着；於是肉體人的感覺便常乘機衝跳出來。自己內心越狠狽，在人面前就越表現得不自然；結果只製造成一種不可解救也得不到同情的苦悶。妙玉姑娘就是這一類的悲劇人物。

作者常從妙玉特有的情緒言動，加以極細微極含蓄的描繪，以表現出這少女命運與性格的尷尬；這正和賈寶玉所獨有的體會是相一致的。寶玉知道妙玉心裏厭惡衆人弄髒了她的地方，於是在將要離開攏翠菴以前，對妙玉說：『等我們走了，我叫兩個小么兒來，到河裏打幾桶水替你洗洗地，如何？』寶玉接到妙玉的賀帖，不敢隨便覆她；先去請教了別人，然後親自把覆柬送到攏翠菴門口，從門縫裏塞進去，便悄悄的回來。只有這樣深細的心才能適合於妙玉。由這裏，我們也可以看出作者對於妙玉的理解與溫情。

妙玉既不能逃入深山絕壑，又不能還俗嫁人，她將怎樣得到一個前途呢？續作者很費心機地去表現原作者「欲潔何曾潔，云空未必空」「到頭來風塵骯髒違初願」

的預言，使寶玉看妙玉下棋，妙玉臉紅心動，回去坐禪鎮壓不住自己，乃至入魔驚夢。這一段的內心描寫是很難得的成功文字，而在妙玉久經勉強制壓的心情必然會有這種高度衝激的發展。不過以後強盜入菴把妙玉劫走一段，便寫得過份殘酷而粗露了；這樣會把有些讀者引入幸災樂禍的感覺中，以爲原作者創造這個人物本是爲了對於一個僞善者加以譴責，實在未免淺薄了。

二

惜春紫鵑與妙玉的情形不同，她們是自願的出家者。

惜春四小姐，年紀小，地位孤零，父親賈敬出家，母親早亡，哥哥賈珍是個淫濫鬼，嫂嫂尤氏行爲也爲她所不齒。家庭生活使惜春感不到一點溫暖，三個姐姐結局都不好，她又親眼看着寶黛戀愛的失敗與賈府的敗落，於是她對於富貴繁華和婚姻的好夢都幻滅完了。王國維先生曾這樣說過——

……解脫之中，又有二種之別：一存於觀他人之苦痛，一存於覺自己之苦痛……惟非常之人由非常之知力，而洞觀宇宙人生之本質，始知生活與苦痛不能相離，由是求絕其生活之欲，而得解脫之道……前者之解脫，如惜春紫鵑，後者之解脫如寶玉。前者之解脫，超自然的也，神祕的也，……宗教的也。（紅樓夢評論）

惜春的智慧比不上釵黛諸人，文才畫筆都平庸得很，可是她的「非常」之處在於孤冷。她既不同於探春的積極，也不同於李紈的冲淡，更不同於尤氏的同流合汚。她通常的表現是胆小怕事，乖僻離羣；心底裏是對現狀的嫉恨、鄙視與悲觀。她的丫頭入畫私藏了哥哥交存的銀錁子，被人疑爲贓賊；鳳姐尤氏都以爲這不算什麼過失，可是這主人自己却堅決地要把一個可憐的丫頭攆走，並且還由此把問題擴大到與寧府斷絕關係。她對嫂嫂尤氏說——

……不但不要入畫；如今我也大了，連我也不便往你們那裏去了。况且近日聞得多少議論，我若再去，連我也編派……古人說的：「善惡生死，父子不能有所勗助」，何況你我二人之間，我只能保住自己就夠了。你們以後有事好歹別牽累我！

她深深地看到這一大家族種種的暗影；而且她以爲人與人之間是本來無可留戀的。此中既無前途，只有逃出圈外，以求潔身自好。這完全出於消極的逃避，並不是什麼求眞證道的勇士；不過就這一點決心，在那種環境中也就算是非常之人了。

三

紫鵑是一個多情而深思的丫鬟，她全部地看見寶黛關係的演變與慘敗，於是釀成自己憂鬱的情緒。黛玉死了，她應當怎麼辦呢？去趨承寶釵襲人麝月而求當寶玉的第三四名的侍妾嗎？她等待着和雪雁一樣被寶釵打發配給一個小斷去嗎？惜春之毅然出家啓發了她。她固然並不理解什麼人生解脫的哲理，但這一現實世界無她立足之地，是非常明顯的。

紫鵑全部生活繫於主人黛玉一人，她沒有自己爲主體的故事；可是她在寶黛關係中發生着相當重大的影響作用。寶玉似乎是一隻無舵的孤帆，在愛海中飄來盪去，方向不明；於是這苦心孤詣的紫鵑便在一種惶惑的情形之下，對寶玉提出一個試探：她對寶玉說——

……該出閣時，（指黛玉）自然要送還林家的，終不成林家女兒在你賈家一世不成？……所以早則明年春天，遲則秋天，這裏縱不送去，林家也必有人來接的。前日夜裏姑娘和我說了，叫我告訴你，將從前小時玩的東西有她送你的叫你打點出來還她，她也將你送她的打點在那裏呢！

於是寶玉頭上中了一個焦雷，發起瘋病來了。由於紫鵑這一幼雅的忠勇的舉動，寶黛的關係就大張曉諭地公佈出來，發展出以後許多故事。到了黛玉慘死寶玉結婚以後，人們都抱着無限的痛憤；尤其是對於寶玉的內心情況發生疑惑。於是後四十回中寫出一段極細膩的文字來——

……寶玉悄悄的走到窗下，只見裏面尙有燈光；便用舌頭舐破窗紙，往裏一瞧。見紫鵑獨自挑燈，又不是做什麼，獃獃的坐着。寶玉便輕輕的叫道：『紫鵑姐姐還沒有睡嗎？』紫鵑聽了便問：『是寶二爺嗎？』寶玉在外輕輕地答應了一聲。紫鵑問道：『你來做什麼？』寶玉道：『我有一句心裏的話要和你說說……』紫鵑停了一會兒說道：『二爺有什麼話，天晚了，請囘罷，明日再說罷！』寶玉聽了，寒了半截……紫鵑在屋裏不見寶玉言語，細聽了一聽，又問道：『是走了？還是傻站着呢？有什麼話，又不說！儘着在這裏嘔人：已經嘔死了一個，難道還要嘔死一個麼？這是何苦來呢？』……說着也從寶玉舐破之處往外一張，見寶玉在那裏獃聽。紫鵑不便再說，囘身剪了剪燭花。忽聽寶玉嘆了一聲道：『紫鵑姐姐！你從來不是鐵石心腸，怎麼近來連一句好好兒的話都不和我說了？……』

這是多麼悽惋動人的場景？如此黯淡的光色，低切的聲調，不是用在紫鵑身上是不適合的。作者接着又寫出紫鵑自己的幻滅之感——

……這裏紫鵑被寶玉一招，越發心裏難受，直直哭了一夜。思前想後……如此看來，人生緣分都有一定：在那未到時，大家都是癡心妄想；及至無可如何，那糊塗的也就不理會了，那情深義深的也不過臨風對月，洒淚悲啼。可憐那死的倒未必知道，那活的眞眞苦惱傷心，無休無盡了。算來竟不如草木石頭，無知無覺，倒也心中乾淨——想到此處，倒把一片酸熱之心，一時冰冷了。

一向情懷宛轉的紫鵑與秉性剛烈的鴛鴦尤三姐對人生的感應是不同的。她並非由自己直接遭受摧折，只是飽受了別人的痛苦之深刻的刺戟而獲得對人生的覺醒。所謂「一片酸熱之心，一時冰冷」的意思，是說到了此時希望與悲哀一齊泯化；這就是她逃脫現世生活的決定感覺。

四

作者有一個十分鍾愛的較小的人物，芳官。

芳官是一個美麗的小優伶，作者把她寫成一朵活潑濃艷而怒開着的小花朵。單爲了她和藕官齡官春燕五兒這一羣小人物，作者也曾費了很精細的觀察和不少的筆墨。他看到小姐奶奶們和高級丫鬟們以外另一個低層社會的許多是非，好惡，爭奪與痛苦。在那裏面他最欣賞的是芳官的明艷多情和天眞任性。這小姑娘在寶玉掩護之下，什麼人都不怕。爲了捨不得把朋友送給自己的薔薇硝轉贈賈環，演出過一齣武劇——

……（趙姨娘）……走上來便將粉照着芳官臉上摔來，手指着芳官駡道：『小娼婦養的！你是我們家裏花了銀子錢買了來學戲的，不過娼婦粉頭之流！……』……芳官那裏禁的住這話？一行哭，一行便說：『沒了硝，我才把這個給他的……我便學戲，也沒往外頭唱去。我一個女孩兒家，知道什麼粉頭麵頭的？姨奶奶犯不着來駡我！我又不是姨奶奶買的梅香！拜把子都是奴才罷咧！』……芳官挨了兩下打，那裏肯依？便打滾撒潑的哭鬧起來。口內便說：『你打的着我嗎？你照照你的模樣兒再動手！我叫你打了去，也用不着活了！』便撞在她懷內，叫她打……

性情潑辣的女孩子感情的觸角偏特別靈敏。寶玉只使了一個眼色，芳官便懂得裝病不去吃飯，好和他密談。寶玉過生日，中午時忘記了她，她便一個人去睡在床上，等人來撫慰。到了當日晚上，怡紅院中一大羣女孩子爲寶玉祝壽，關起門來，鬧了一通夜；在這個場景中的芳官被描寫得光彩奪目，鮮豔無比——

……當時芳官滿口嚷熱，只穿着一件玉色紅青駝絨三色緞子鬥的水田小夾襖，束着一條柳綠汗巾。底下是水紅洒花夾褲，也散着褲腳。頭上編着一圈小辮，總歸至頂心，結一根粗辮拖在腦後。右耳根內只塞着米粒大小的一個小玉塞子，左耳上單一個白菓大小的硬紅鑲金大墜子。越顯得面如滿月猶白，眼似秋水還清，引得衆人笑道：『他兩個倒像」一對雙生的弟兄！』

到了夜深興盡酒闌人散之後——

……芳官吃得兩顋胭脂一般，眉梢眼角，添了許多豐韻。身子動不得，便睡在襲人身上，說：『姐姐，我心跳得很！』……襲人見芳官醉得很，恐鬧她吐酒，只得輕輕起來，就將芳官扶在寶玉之側，由她睡了。大家黑甜一覺，不知所之。及至天明，襲人睜眼一看，……只見芳官頭枕着坑沿上，睡猶未醒，連忙起來叫她，那芳官坐起來猶發怔，揉眼睛。襲人笑道：『不害羞！你吃醉了，怎麼也不揀地方兒，亂挺下了？』芳官聽了，瞧一瞧，方知是和寶玉同榻。忙羞的笑着下地，說：『我怎麼……？』却說不出下半句來。寶玉笑道：『我竟也不知道了；若知道，給你臉上抹些墨！』

讀者如果自己經驗過和女孩子們縱情歡笑而又實在無邪地相處，便知道這一段文字是怎樣地細膩而又忠實；便知道芳官在這種場合之中是怎樣地更比別人可愛。只有那些酸腐的僞善者才會以爲這記載的後面隱藏着醜惡的祕密。

芳官的一切，都表現在陽面上；因此王夫人攆晴雯的時候，把她和四兒一齊都驅逐出去。王夫人知道芳官是怎樣壓倒過她自己的乾娘，怎樣和別人常吵架，想來還知道她許多放縱的故事，認爲她「成精鼓搗」，「調唆寶玉，無所不爲」，於是叫了她們幾個人的乾娘領了去配女壻。却沒有想到這種唱戲出身年紀幼小的孩子會忽然想去當尼姑！

芳官斷不能伏伏貼貼地接受乾娘的處置，也看不上外邊的低蠢的男子，更過不慣淸苦的生活；尤其一個大威脅放在她的面前，便是可能被賣爲娼。因此作者只好給了她一條突然幻滅的歸路。

五

悲觀哲學的王國維先生認爲生活的本質就是欲望，無窮的欲望生於永遠的不足，不足便是痛苦；卽使所欲能償，便又轉爲厭倦，厭倦又是痛苦。人生如鐘擺一樣，往復於追求的痛苦和滿足的厭倦之間。人生之苦既由於自己之欲望，便只可自己求其解脫；而解脫之道，存於出世，不存於自殺。出世是拒絕一切生活之欲的。知其生活之無所逃於苦痛而求入於無生之域，使自己身體雖存，却形如槁木，心似死灰。——這便是出家可以脫苦的道理。不過所有紅樓夢中幾個出家的人，如寶玉、柳湘蓮、妙玉、惜春、紫鵑、芳官等，實在沒有一個是由於獲得所求而生厭倦的；都是有所欲而不足，不足而痛苦，而悲憤，而絕望，而想從人世逃亡。

在這些人中，只有寶玉略有些哲學頭腦；他的出家，另當別論。妙玉不是自主的出家，成了逃情失敗的象徵。惜春與紫鵑如果有美滿的前途，她們又何必決絕人世？所謂「勘破三春景不長」，所謂徹悟到愛情之不足恃，其心理基礎實在是很脆弱的。她們的逃避，固然可以免除當時許多的人間迫害，但以後恐怕總是枯槁而死吧！這人間到底有幾個所謂的大智慧而眞個能渡登彼岸的呢？紅樓夢不是一部哲學經典，而是許多悲劇女性的傳記；她們有愛，有恨，有笑，有淚，有聰明也有愚妄，而所沒有的是力量和援助；如果不死，不嫁，除了出家，作者又能指給她們以什麼前途？

(五) 政治風度的探春

一

大觀園中惟一具備政治風度的女性是探春。

賈家四姊妹每個人有每個人的性格與際遇，但結局都同樣不好；她們的名字「元」「迎」「探」「惜」是可以讀作「原應歎息」的。她們在全體人物中並不佔極重要的位置，不能和黛玉寶釵王熙鳳相比。可是黛玉之所以爲黛玉，在於她重感情，輕實際，另有一種性靈生活，她與賈府上的政治全不相干。具有才能掌握政權的是王熙鳳；賈府的興衰大局既不能由賈政賈珍賈璉賈寶玉等人來負担，就得交託給這一位當家奶奶了。所以紅樓夢作者曾借死了的秦可卿向鳳姐託夢，主張趁富貴之時，多置些祭田，多設些家塾，旣可免自己家人分爭和典賣，又可免將來有罪時入官；卽使將來敗落下來，子孫也可以讀書務農，有個退步。但聰明自恃的王熙鳳却只顧專權聚斂，假公濟私，沒有採納這種辦法。王熙鳳的眼光只看着目前個人的私利，而不管全局的危機；因此她誠然是一個大家庭中的能幹媳婦，却說不上政治作風。寶釵本是個富有心機而常識廣博的閨秀，但她的中心意識只在如何爭到「寶二奶奶」的地位。她善於適應環境，富於機變的才智，常使人嗅到政治意味；然而她的人生信念却是「女子無才便是德」，因此雖然她有些政治手腕，却沒有政治家的風度。

中國的許多舊小說中竟沒有一部關於武則天的傑作，大概是由於富有政治才能的女性在封建社會中太變例了，不免爲衆人所憎厭吧？有些庸俗的婦女讀物如天雨花之類，却完全爲了滿足知識不多的婦女們的空想，強造出左儀貞孟麗君等等女狀元女宰相，或樊梨花薛金蓮等等女將軍，而實際上無異於對大多數卑弱無能的女性加以諷刺嘲笑。寫實主義的紅樓夢斷不會採取這種作風，他筆下沒有不現實的人物。他曾故意虛設了一個女英雄姽孅將軍林四娘，作爲傳說的美談，使寶玉爲她賦詩；這就是告訴人們說傳奇的人物不過是詩材料而已。

作者不採納那些「女扮男裝」的才女辦法，但他却看見過女性中才能傑出的實際人物。這種人有抱負，有幹才，遇有機會她也能得到某種程度的發展；雖也終逃不出一般女性生活的軌範，但比起別人來確乎具備儼然凜然的政治風度，這就是他所創造出的一個特殊典型——探春。

二

琴棋書畫本是高貴家庭小姐們的消閑品；而作者本人又是擅長於詩的，所以書中的詩詞頗多。論詩的格調與才氣，探春並不高明，遠比不上林薛和寶玉；可是詩社的發起却由於探春。從有了詩社之後，林、薛、寶玉和湘雲李紈諸人才時常自動集合，展開了青年們不以長輩爲中心而自動集合的局面。這可以算對於探春有組織才能的一點小小表現，還不算是寫探春的本傳。

作者並沒有使探春賦有過多的男性；更沒有和描寫湘雲那樣，使她超越了女性應有的理智範圍。但探春的嗜好與情趣却與一般小姐們有分別：不庸俗，不扭揑，也不浪漫；而本質強硬，氣象闊朗，才思精細，言行合乎尺度。譬如在她年齡還小的時候，攢下幾個月的零錢託寶玉替她去買些頑意兒，要的是好字畫和輕巧細緻的手工品，如「柳枝兒編的小籃子，空竹根挖的香盒兒，膠泥垛的風爐兒」這一類東西，這嗜好就顯然與別的小姐們兩樣。至於她的房間佈置是「三間屋子並不曾隔斷。當地放着一張花梨大理石書案；案上磊着各種名人法帖，並數十方寶硯。各色筆筒筆海內插的筆如樹林一般。那一邊設着斗大的一個汝窰花囊，插着滿滿的一囊水晶毬的白菊花。西牆上當中挂着一大幅米襄陽煙雨圖，左右掛着一幅對聯，乃是顏魯公的墨跡。」這一種疏朗高雅的男子情調，是爲了減少她一般閨閣的庸俗與纖弱的氣雰，說明她是一個獨具胸襟的人，正與她自己所說『我但凡是一個男人，可以出得去，我必早走了，立一番事業，那時自有一番道理』的話相脗合。

探春對於自己日常生活的處理是平穩而謹嚴。她不同於迎春那樣怯弱和惜春那樣孤僻，但她也絕不沾惹一點是非。她和姊妹丫鬟們相處時，連玩笑話也不多說一句。迎春的丫鬟司棋爲了要吃炒鷄蛋而大鬧廚房，後來又出了和表兄潘又安戀愛的大亂子。惜春的丫鬟入畫也爲了偷存哥哥的銀物而獲罪。而探春的丫鬟却從沒有發生過什麽毛病。當抄檢大觀園的時候，迎春惜春都嚇得不得了，獨有探春對這件事的執行者給了一個迎頭痛擊。這就是因爲她平日能注意丫鬟的管理，才能有恃而無恐。

探春最懂得保持和使用自己的身份；她對於一件小事也能留心。例如她要叫廚房做一個「値不過二三十個錢」的「油鹽炒菜芽兒」，就「現打發個丫頭拿着五百錢去」。但這三姑娘一方面是律己甚嚴，另一方面却是誰也碰她不得。正如平兒對衆媳婦所說『她是個姑娘家，不肯發威動怒，這是她尊重；你們就藐視欺負她；果然招動了大氣……太太也得讓她一二分，二奶奶也不敢怎麼樣』『二奶奶在這些大姑子小姑子裏頭也就單怕她五分』。當探春發了脾氣的時候，連最有地位的平兒也嚇得「不敢以往日喜樂之時相待，只一邊垂手默侍……見侍書不在這裏，便忙上來與探春挽袖卸鐲……」，「……便有三四個小丫鬟捧了臉盆巾帕靶鏡等物來……走至跟前，便雙膝跪下，高捧臉盆……」。當她吃飯的時候，「衆媳婦皆在廊下靜候，裏頭只有她們緊跟常侍的丫鬟伺候，別人一概不敢擅入……只覺裏面鴉雀無聞，並不聞碗箸之響……」這是何等威嚴的場面！

探春小姐眞正大發雷霆是抄檢大觀園的那一回——

……王鳳姐和王善保家的又到探春院裏……探春遂命衆丫頭秉燭開門而待。探春笑道：『我們的丫頭自然都是些賊，我就是頭一個窩主……我的東西倒許你們搜閱，要想搜我的丫鬟這却不能！我原比衆人歹毒，凡丫頭所有的東西，我都知道……你們不依，只管回太太……應該怎樣處置，我自去領！』……王善保家的……素日雖聞探春之名，她想衆人沒眼色沒胆量罷了……她便要乘勢作臉，因越衆向前，拉起探春的衣襟，故意一掀，嘻嘻地笑道：『連姑娘身上我都翻了，果然沒有什麽。』鳳姐……忙說『媽媽走罷，別瘋瘋顛顛的！』一語未了，只聽得啪的一聲，王家的臉上，早着了探春一掌。探春卽時大怒，指着王家的問道：『你是什麽東西？敢來拉扯我的衣裳？』

探春如此發威，固然由於階級尊嚴之不容輕犯，却也還是因爲她平日痛感到這一家族敗落的危機而使她悲忿；她說——

……『你們別忙，自然你們抄的日子有呢！你們今日早起不是議論甄家「自己家裏好好的抄家，果然今日被抄了！」咱們也漸漸來了！可知這樣大族人家，若從外頭殺來，一時是殺不死的……必須先從家裏自殺自滅起來，才能一敗塗地呢！』

一個威武堂皇的貴族之家所以趨向崩潰必是先從內部分裂腐朽而來，他們自己所製造出的許多禍亂是別人所不能挽救的，這一癥結被眼光深銳的探春首先燭見了；她的預言豈是那些利慾薰心或庸懦無能的男女們所能懂得的？

三

一般大世家中的姑娘是有尊嚴的地位而無實際的政權的。只因王熙鳳生病，王夫人又外邊應酬多，探春才偶然被派與李紈協同代理家務。她當然既未受到改造家庭的使命，也不是長期間的代行政權，所以所謂「敏探春興利除宿弊」，實際上並

74

夠不上說是賈府的革新運動；只不過一方面藉此暴露賈府之腐朽，一方面表現探春個人的才智罷了。

……衆人先聽李紈獨辦，各各心中暗喜……便添了一個探春，也都想着不過是個未出閨閣的年輕小姐，且素日最平和恬淡，因此都不在意；比在鳳姐兒前便懈怠了許多。只三四日後，幾件事過了，漸覺探春精細處不讓鳳姐……臨寢之先，坐了轎帶領園中上夜人各處巡察一次……因而裏外下人都暗中抱怨說：『剛剛倒了一個巡海夜叉，又添了三個鎮山太歲，越發連偷着吃酒玩牌的工夫都沒有了。』

探春當事之初恰遇到她的生母趙姨娘之弟趙國基（現任跟賈環上學的侍僕）死亡的事。這樣一個尷尬身份的人死了，賈府該賞他多少銀子呢？老管家媳婦吳新登家的便故意不說明往例，不提供辦法，難一難這位年輕姑娘。結果探春查明了舊賬，決定賞銀二十兩，不肯加多；並且當面指斥了吳新登家的。這是探春第一件表示大公無私與英明獨斷的事。第二件便是蠲免了賈環賈蘭寶玉上學的點心紙筆的月銀；因爲這一項銀子原以他們上學爲名，實際是給趙姨娘李紈和襲人做額外津貼的。這兩件事雖不算嚴重，却驚動了各方面，更引起了鳳姐對平兒的重視與警惕。天不怕地不怕的鳳姐對平兒說出這樣話來——

『……她雖是個姑娘家，心裏却事事明白；不過言語謹慎，她又比我知書識字，更利害一層了。如今俗語說「擒賊必先擒王」，她如今要作法子一定是先拿我開端；倘或她駁我的事，你可別分辨；你越恭敬，越說「駁的是」才好。千萬別想着怕我沒臉，和她一頂，就不好了。』

在鳳姐對她不敢牴觸的情形之下，探春便又提出了兩件事。一件是把每個姑娘每月重支的頭油脂粉費二兩銀子蠲免了。因爲姑娘們每月已有了二兩月銀，丫頭們又另有月錢，這又和剛才學裏的八兩一樣重重疊疊。另一件便是探春看了她家的奴才賴大家花園的管理辦法，感到大觀園中所生產的稻米竹笋蓮藕花果魚蝦完全糟場，提出了一個新的管理方案。她委派幾個園中服役的婆子媳婦分別承包，把每年至少所能生產的四百銀子就給了她們，而她們須供給姑娘們的頭油脂粉和瓶花鳥食，並且借此可以保護花木，維持整潔。這樣既爲公家省了四百兩以上的開支，又爲園中婆子們獲利，而園中的花木等等也可以有人整理和增產。

這是一種積極性的經濟設施。論節省的錢數，在賈府那樣揮霍浪費的局面下，實在算不得什麽。不過在「主僕上下安富尊榮儘多，運籌謀畫者無一」的賈府，探春這種行動竟是振聾發瞶的創舉了。可惜她這種改革精神，以後絕未擴大到大觀園以外去。賈府之一切腐敗仍都照舊延續下去，終致抄家破產，無可挽回。探春只像是一個苦心的小工匠向着那將傾的大厦加釘幾個釘子，修補一個小壁洞；若希圖由此而支撑住全局當然是無望的。讀者看到探春的振作，固然也會引起一陣的興奮；但以後見她再無所作爲，就不免格外感到寂寞了。在全體是昏庸邪僻與軟弱癡迷的局面之下，卽使偶然有個把公忠有爲的人才終是有力無處用的；探春也不過作爲大觀園中之一個奇跡供我們慨歎而已！

四

探春另一種特殊之點是她和趙姨娘的關係。

趙姨娘在賈府是一個罪惡而又可憐的婦人。她由奴才的出身而做了賈政的侍妾，始終處在很卑賤的地位，爲人所不齒。由於受壓迫和妒恨，曾使馬道婆用「壓魔法」陷害過王熙鳳與寶玉。不幸這位最要強的探春姑娘却偏偏是從她肚子裏生出來的。

一個強者所最痛心的便是自己身上所有的不能醫救的弱點；誰若是一觸到它，就使她感到非常的痛憤，而且給了她極大的羞辱。探春對於趙姨娘便由於這種情緒而形成不可解的怨和怒。她每遇到這個問題便表現出過份的冷酷，竟是毫無一點母女的情義。她對於同母所生的兄弟賈環也只和別人一樣地歧視。她曾對寶玉說過這樣的話——

『……她（指趙姨娘）那想頭自然是有的，不過是那陰微鄙賤的見識。她只管這麽想，我只管認得老爺太太兩個人，別人我一概不管。就是姊妹兄弟跟前，誰和我好，我和誰好；別的我也不知道。論理我也不該說她，但她也太昏瞶糊塗了。』

有一次芳官藕官幾個唱戲出身的丫頭和趙姨娘打鬧起來，探春很不客氣地教訓了她的生母一番；她說：『何苦不自尊重？大吆小喝，也失了體統。』爲了趙國基之死，趙姨娘不滿足探春所給的撫卹費，說話很刺戟了探春：『你不當家我也不來問你……如今你舅舅死了，你多給了二三十兩銀子……這也使不着你的銀子！明日等你出了閣，我還想你額外照看趙家呢。如今沒有長翎毛兒就忘了根本，揀高枝兒飛去了。』這是趙姨娘心裏鬱積着的忿懣之聲。以家庭身份而論，探春認爲斷然不能容受這種嚴重的侮辱；她立刻否認了趙國基是母舅，更抗議趙姨娘當衆強調她和她的母女關係這一層。這在今日的讀者看來就覺得不大自在了。難道爲了階級的尊嚴就如此不近人情嗎？可是有人說這樣爲了身份地位連親子關係都否認了也是政治家所必備的條件呢。那麽所謂的政治家果然應當天性涼薄一至於此嗎？

探春的結局是遠嫁。紅樓夢序曲中說；『一帆風雨路三千……告爹娘休把兒懸念；自古窮通皆有定，離合豈無緣？從今分兩地，各自保平安。奴去也，莫留連！』探春自己所製的燈謎「風箏」說「游絲一斷渾無力，莫向東風怨別離」也是象徵她的身世。不過在這種文字中仍表現出剛硬豁達的氣象，與其它女性之悲啼婉轉是大大不同的。這是因爲探春的才能與見解足以應付自己的命運，不致如迎春之受虐待而死，惜春之逃避現世而去當尼姑。

我們在全部紅樓夢中實在不容易找出一兩個堂堂正正實際有作爲的人來。作者一生所見周圍的人物，男的多半是糊塗蟲，女的多半是可憐蟲，結局都是同歸於沒落。他對於男子幾乎是一概鄙棄，只留下寶玉和柳湘蓮賦以超脫浪漫的個性，使他們飄然遠引。對於女子就一概予以深厚的悲憫之情，所謂「千紅一窟」（哭）「萬豔同杯」（悲）。作者雖然對於這家庭之往日光榮非常眷戀，又實在找不出一個能挽回頹運的英雄；在無可奈何的苦悶中，從女子隊裏寫出一個有政治風度的探春小姐，不過是想稍稍補償自己心上的缺憾於萬一罷了。

(六) 平兒與小紅

一

紅樓夢的作者創造人物慣用對照的寫法；如黛玉和寶釵，晴雯和襲人，尤二姐和尤三姐，賈政和賈赦等；平兒和小紅也是如此。

王熙鳳所用兩個重要丫鬟都天資聰敏，應付靈活；不過平兒可愛，還可敬；小紅也有些可愛之處，但不免使人鄙薄。作者創造了一個身居權要富有才能而向着善良發展的平兒，又創造一個身處卑微富有野心而向着惡的方向發展的小紅，說明在貴族的奴僕羣中有兩種個性和兩種相反的傾向。

平兒這樣地位的人物應當怎樣寫法呢？軟弱平庸了，不配做王熙鳳的心腹助手；精強過甚了，王熙鳳一天也容她不下。如果平兒是紫鵑那樣忠實純厚的好人，在那樣一個狠辣的主子脚下，簡直不能活。如果把她寫成襲人一流，工於心計，善於逢迎，必至於主僕同惡相濟，結成奸黨，不免陷於一般庸俗小說的窠臼。

有人說：平兒是賈府奴僕輩中惟一的全人：有德，有才，有色，爲男性所豔羡，女性所敬服。又有人說「平者，屏也」，她對王熙鳳常起着矯正與維護的作用。不錯的！平兒的職務是必須協助鳳姐，平兒的地位又必須屈從於鳳姐。然而平兒不是一個統治者，她不能同意於鳳姐那種狠辣的制壓人；她不需要聚斂資財，她不能同意於鳳姐那種貪汚刻扣。此外，以鳳姐之兇橫，她當然不能想違抗她；但她如果一味低頭順受，毫不掙扎，平兒也就無法生存了。艱難的處境和善良的性格往往是矛盾的，但這種矛盾把平兒鍛鍊成一個頭腦清楚手腕靈活的好姑娘。平兒的全部故事都從這種矛盾的法則中發展出來，作者根據這種法則，很正確很精細地寫出丫鬟羣中一個出色人物。

二

平兒憑着主人的地位和自己的才能，在奴僕羣中握有特殊的權威。小丫頭春燕折了柳條頑耍，她的娘要打她，襲人晴雯等攔阻不了，麝月便叫小丫頭去請平兒——

……衆媳婦上來笑說：『嫂子快求姑娘……平姑娘來了，可就不好了……她一翻臉，嫂子你吃不了兜着走！』說着只見那小丫頭回來說平姑娘正有事呢……她說：『既這樣，且攆她出去；告訴林大娘，在角門上打四十板子就是了。』

然而平兒從來不濫用權威，而且還常做些體恤別人的好事。她是一個極其理解自己的身份和長於處人的技術的。寶玉屋裏小丫頭墜兒偷了平兒的鐲子，她把這事掩飾過去了：第一怕丟寶玉的面子，第二怕老太太生氣，第三怕襲人麝月這般人面子不好看。趙姨娘要求彩雲偷了王夫人的茯苓霜，惹起很大的風波，牽累很多人，柳五兒母女幾乎挨打被攆；平兒便查明實情，判寃決獄，寬大結束；開脫了五兒母女，掩護了彩雲和玉釧兒，又顧全了趙姨娘以及探春的面子，各方面對她無不心悅誠服。

她常替她主子維護些人事關係。探春管家，爲吳新登家的嘔了氣，正想向着鳳姐找事，平兒立刻覺察到了；他便小心翼翼卑躬屈節地遷就，伺候，話說得非常得體，使探春的怒氣平息下去——

……『那是她們瞧着大奶奶是個菩薩，姑娘又是靦腆小姐，故然是託故來亂說。』說着又向門外說：『你們只管撒野；等奶奶大安了，咱們再說！』又陪笑向探春道：『姑娘知道，二奶奶本來事多，那裏照看得這些？保不住不忽略。俗話說「旁觀者淸」；這幾年姑娘冷眼看着，或有該添該減的去處，二奶奶沒行到，姑娘竟一一添減：頭一件於太太有益，第二件也不枉姑娘待我們奶奶的情義了。』

於是探春向她提出改革的意見。關於第一件探春要裁減姊妹們重支脂粉費問題，平兒說其所以重支的原故是爲了怕姑娘們臨時用錢不到，受委曲。關於第二件要把園中花木生產包給老婆子們專管的問題，平兒說姑娘們住在園中，怎好一味圖省錢？故她們奶奶雖有此心，也不好出口。她一套一套地對答探春，明明替自己主子掩飾，却說得十分圓滿，一點不惹人反感。

平兒雖然是隨時爲鳳姐效忠，但那做主子的對她却照樣疑忌；她們之間的矛盾關係是很尖銳而微妙的。有一次，賈璉在外書房住了一陣搬進來，平兒從她鋪蓋中檢出一綹女人頭髮；賈璉正在和她搶奪，鳳姐走了進來，急得賈璉臉都黃了，平兒却不慌不忙地用言語遮蓋過去。鳳姐走了之後——

……平兒指着鼻子搖着頭兒笑道：『……這件事你該怎樣謝我呢？……這是一輩子的把柄兒！好就好；不好咱們就抖出這個來！』……鳳姐走進院子了。因見平兒在窗外，便問道：『要說話怎麽不在屋子裏？』平兒道：『屋裏一個人沒有，我在他跟前作什麽？』鳳姐笑道：『正是沒有人才好呢！』平兒聽說便道：『這話是說我嗎？』鳳姐便笑道：『不說你說誰？』平兒道：『別叫我說出好話來了！』說着，也不打簾子，一徑往那邊去了。

一幕小小喜劇的背後，是平兒深重的痛苦。關於這，只有寶玉能體會得清楚；鳳姐打了平兒之後，寶玉曾慨歎着說：『賈璉惟知淫樂悅已，並不知作養脂粉。又思平兒無父母兄弟姊妹，獨自一人供應賈璉夫婦二人；賈璉之俗，鳳姐之威，她竟能周全妥貼；今兒還遭荼毒，也就薄命得很了。』

關於鮑二家的那次事變，鳳姐誤打了平兒，許多人都同情平兒。賈母說：『我知道她的委曲，明兒我叫她主子來替她賠不是。』當時賈母命鳳姐和賈璉安慰平兒

……平兒忙上來給鳳姐磕頭，說：『奶奶的千秋，我惹奶奶生氣，是我該死！』鳳姐正自愧悔……忙一把拉住……平兒道：『我服侍奶奶這麼多年，也沒有彈我一指甲；就是昨兒打我，我也不怨奶奶。』說着滴下淚來。

這是多麼委曲動人啊！在主奴隸屬關係之下，除了晴雯芳官那種暴烈角色以外，自然沒有誰能公然反抗主子的；不過平兒却是一個態度溫和的強者。鳳姐缺少不得這惟一的心腹幹部，她對平兒必須予以例外的優容——

……鳳姐笑道：『這不是你又急了！滿嘴裏便「你呀我的」起來了。』平兒道：『偏說「你」！你不依，這不是嘴巴子？再打一頓！難道這臉上還沒有嚐過的不成？』鳳姐兒笑道：『你這小蹄子兒，要掂多少過兒才罷？你看我病得這個樣兒還來嘔我呢？過來坐下！橫豎沒有人來，咱們一處吃飯是正經。……』

然而無論平兒是怎樣不抗不卑地苦心應付，總無非成爲王熙鳳最合用的一個工具，對自己前途毫無決定的主動力；此其所以自尊心極強的鴛鴦對於平兒和襲人那種委曲求全以保全一個妾位，從心裏看不起。

三

作者寫小紅，完全換了一種筆調；他有意使她配合着一個工於諂媚的少年賈芸出場——

……賈芸進入院內……只聽門前嬌音嫩語的叫了一聲「哥哥！」賈芸往外瞧

時，只見是一個十五六歲的丫頭，生得倒也十分精細乾淨。那丫頭見了賈芸，便抽身躲了……那丫頭聽見，方知是本家的爺們便不似從前那等廻避，下死勁把賈芸釘了兩眼。

這樣一個輕佻而聰明的女孩子在怡紅院中被排在三四等的行列中，於是使她感到投閒置散埋沒年華的煩悶，她隨時覬覦着上進的機會——

……只剩下寶玉在房內……只得自己下來拿了碗向茶壺去倒茶。只聽背後有人說道：『二爺仔細燙了手，等我來！』……寶玉一面吃茶，一面仔細打量那丫頭……便笑問道：『你也是我這屋裏的人麼？……，我怎麼不認得？』那丫頭聽說便冷笑一聲道：『不認得的也多着呢，豈止我一個？從來我又不遞茶遞水拿東西，眼前的事一件也做不着；那裏能認得呢？』

低微的人們想跳過規定的階層就必會遭遇打擊。果然，小紅這一突進立時受了秋紋碧痕兩個大丫頭的搶白：『沒臉的下流東西！你可做這個巧宗兒！一里一里的，這不是上去了？難道我們跟不上你呢？』於是這熱中的少女悲觀起來。她憂鬱，生病，發牢騷。她灰心地說：『千里搭長棚，沒有不散的筵席！誰守一輩子呢？不過三年五載，各人幹各人的去了。』話雖如此，那正在初放開的心花却又如何收斂得住？這邊受了遏制，失望了；她便急劇地轉向賈芸方面去伸長。小紅正在心神恍惚地夢見那個少年來挑逗她，事也巧得很，寶玉派李嬷嬷去傳喚賈芸進來——

……小紅笑道：『你老人家當眞的就信着他去叫麽？』李嬷嬷道：『可怎麽呢？』小紅笑道：『那一個要是知好歹，就會不進來才是。』李嬷嬷道：『他又不傻，爲什麽不進來？』小紅道：『旣是進來，你老人家該別同他一齊兒來……』李嬷嬷道：『我有那麽大工夫和他走？……』小紅聽說，便站着出神……剛走到蜂腰橋門前，只見那邊墜兒引着賈芸來了。那賈芸一面走，一面拿眼把小紅一溜；那小紅只裝着和墜兒說話，也把眼去一溜賈芸；四目恰好相對。小紅不覺把臉一紅，扭身往蘅蕪院去了。

試看小紅這一套刺探和逗引的技術豈是晴雯芳官等人所能懂得的？後來，小紅利用小丫頭墜兒做中間的渡手，在滴翠亭中把自己的帕子交換，既胆大，又心細；並且還叫墜兒發下一個嚴守祕密的重誓。對於小紅這種作法自然會被看作「不正經」的機智，不過在作者却只要表現出一個貴族家庭中少年婢女之又一種典型罷了。

正在醉心於戀愛的當兒，「政治機會」又臨到了小紅的面前。鳳姐在山坡上招呼，要使喚一個人去對平兒傳話；警覺性極高的小紅便笑着跑了過去。鳳姐雖不認識她，她却敢於回答鳳姐說：『若說的不齊全，誤了奶奶的事，任憑奶奶責罰就是了。』作者着力地描寫她帶着興奮，運用口才，衝過晴雯等人的阻攔——

……晴雯一見小紅，便說道：『你只是瘋罷！院子裏花兒也不澆，雀兒也不喂，茶爐子也不弄，就在外頭逛！』小紅道：『昨兒二爺說了：「今兒不用澆花，過一回子餵。」我喂雀兒的時候，姐姐還睡覺呢！』碧痕道：『茶爐子呢？』小紅道：『今日不該我的班兒，有茶沒茶休問我！』綺霞道：『你聽聽她的嘴！你別說了，讓她逛罷！』小紅道：『你們再問問，我逛了沒逛？二奶奶才使喚我說話取東西去的。』說着將荷包舉給她們看，方沒言語了。

這樣一個善於奔競的人才，總算沒有終於被埋沒；她就從此爬到鳳姐身邊了。小紅姑娘看透了那層層制約的奴僕制度，若只憑安分與勤勞是會永遠被踏在脚下的。不過她自己也確有着特殊的能力，作爲鑽營的武器，才能求得進身。請看她那驚人的口技吧！她對鳳姐報命的時候，轉述了這樣一段話——

……平姐姐說：『奶奶剛出來了，她就把銀子收起來了……平姐姐就把那話按着奶奶的主意打發她走了。』鳳姐笑道：『她怎麼按着我的主意打發走了？』小紅道：『平姐姐說：「我們奶奶問這裏奶奶好。原是我們二爺不在家，雖然遲了兩天，只管請奶奶放心；等五奶奶好些，我們奶奶還會了五奶奶來瞧奶奶呢！五奶奶前兒打發人來說：舅奶奶帶了信來了，問奶奶好。還要和這裏奶奶尋兩丸延年神驗萬金丹；若有了，奶奶打發人來，只管送在我們奶奶這裏，明兒有人去，就順路給那邊舅奶奶帶去的……」』

四

平兒有自己的個性與自己的行動；但在紅樓夢整個的故事中她終是鳳姐的副角，作者使她來幫襯鳳姐的故事之發展。惟其平兒與她主人性格之不同，才又取得相反而相成的妙用。也許她的人格太理想化，實際上未必可能有這樣一個好丫頭。但作者把她寫得十分生動而可愛。在技術上是無弱點可攻的。關於平兒的結局，在前八十回中找不出什麽暗示；序曲和序詩中也沒有平兒在內。高鶚使鳳姐死後平兒扶了正，是根據她平日品德完好而來的；但後四十回中的平兒一切言動，就毫無精彩。

原作者對於小紅寫得很精彩，而且她的性格行動與任何丫鬟不同，這應當是一個頗重要的人物；在全部故事中，應當發生更多的影響。關於她和賈芸的戀愛以及到了鳳姐身邊以後的情形，讀者也都想知其究竟，可是小紅姑娘竟被續作者高鶚抹殺了。爲什麽不使她發展下去呢？據說脂硯齋重評本註出曹雪芹曾對小紅另有成稿；我們看不到，眞是遺憾！

(七) 紅樓夢中三烈女

——鴛鴦、司棋、尤三姐

一

男人們以鐵與血去戰鬪，婦女却用眼淚寫自己的歷史。在她們理想的新境界未到來以前，我們只看見千千萬萬的婦女：貧窮的飢餓，溫飽的幽愁，多情的失戀，貌美的沉淪，軟弱的受苦刑，強烈的遭慘死！這些人都作了古今中外小說戲劇詩歌的題材，供我們歌哭憑弔。紅樓夢所謂「厚地高天，堪歎古今情不盡；癡男怨女，可憐風月債難償」，這也不專爲了狹義的戀愛而詠歎；這裏所謂「情」，實在總括了一切具有生之慾者的離合悲歡死生歌哭之情。

凡屬「有情」對於生之慾不得達到的時候，總不外歸到忍受、逃避或反抗三條路。紅樓夢中的女性自然是忍受者居多，如李紈迎春尤二姐，雖各人的地位和遭遇不同，其爲根性軟弱接受苦刑却並無兩樣；而妙玉惜春芳官紫鵑便都是求其逃避。

但忍受總是犧牲，逃避的結果又是無把握；看透了這世代相傳的天羅地網旣是堅牢緊密非個人力量所能衝破，周圍的火勢炎炎，終必將自己燒成灰燼；倒不如主動地消滅了自己的形骸——這就是說：我固然不能爭取到我之所欲，但至少你們也不能獲得你們所要的俘虜；於是決然一死了之。鴛鴦、司棋、尤三姐就是這樣的人。

迎春被誤嫁了一個兇惡的丈夫，她不敢抵抗，無聲地被折磨死了，毫無代價。尤二姐被鳳姐騙入牢籠，旣看不出敵人的陰謀，也毫無對策；吞金自盡，只算是幫助敵人完成了最後一步手續。金釧兒逗着寶玉吃嘴上胭脂，又說些輕佻的話，因而挨打被攆，羞忿自殺，這是由於不自尊和盲目行動所招致的打擊；旣非殉情，又非抵抗。至於鮑二家的之死，那眞可謂輕於鴻毛，更不値深論了。這些女性之犧牲，雖然個個都是婦女慘痛的記錄，也使人對殺死她們的力量發生忿恨；然而對於她們本身却是有憐心而無敬意，不能使讀者站到她們一邊和她們共鳴。因爲她們並非以自己求生之力挺身向着死迎上去；只不過不意地遇到了死向她們猛撲時，她們便無力抵抗而投降了。鴛鴦、司棋、尤三姐之死却迥乎不然！

二

賈府第一個有地位的丫鬟是鴛鴦，因爲她是賈母的心腹。平兒是最有權勢的，但體面上還不及她尊貴。賈母打牌，鴛鴦可以坐在旁邊幫忙；賈母宴會吃酒，鴛鴦可以入坐當令官。李紈說：『從太太起，那一個敢駁老太太的囘？偏老太太只聽她一個人的話……那孩子也公道——雖然這樣，倒常替人說好話兒，倒不倚勢欺人的。』賈赦想要把她弄去做小老婆，賈母大發脾氣，說：『我通共剩了這麽一個可靠的人，她們還要來計算……弄開了她，好擺弄我。』鴛鴦是如此地受人重視，如此地得賈母信賴。她的確是一個嚴正而好心腸的人，從來沒有什麽疵病。司棋和情人幽會，被鴛鴦撞見了，後來司棋生病，她對司棋說：『我做什麽管你這些事，壞你的名兒？……你只放心！從此養好了，可要安分守己的，再別胡行亂鬧了！』這是正直素樸而又富於同情心的語言。

邢夫人說：『這些孩子裏頭就只有你是一個尖兒：模樣兒，行事，做人，溫柔可靠，一概是齊全的。』因此賈赦大老爺才定要討她。這在邢夫人和一般奴婢看來

96

當然是「又體面又高貴」的，却不想鴛鴦竟堅決拒絕，毫無考慮餘地。她對平兒襲人說——

『別說大老爺要我做小老婆；就是太太這會子死了，她三媒六聘的娶我去做大老婆，我也不能去！』……『你們自以爲都是有了結果了，將來都做姨娘的。據我看來，天底下的事未必都那麼隨心如意的。你們且留着些兒吧，別忒樂過了頭兒！』

鴛鴦對於嫁給老爺少爺們是根本悲觀與鄙薄的。她一見她嫂子來勸駕，便立刻翻了臉，痛罵起來——

『你快夾着你那×嘴離開了這裏好多着呢！……怪道成日家羨慕人家的女兒做了小老婆了……一家子都成了小老婆了。看的眼熱了，也把我送在火坑裏去！我若得臉呢，你們外頭橫行霸道，自己就封了自己是「舅爺」；我若不得臉，敗了時，你們把忘八脖子一縮，生死由我去！』

這是有人格自尊的丫鬟對於當時一種下流風氣的痛恨。許多奴才都在把自己的女兒妹子獻給主子做妾，以便獲寵，而鴛鴦却偏不肯去充當這種卑賤的工具。那麼她究竟想望着一種什麼樣的婚姻呢？自己並沒有敢於公開宣言；可是那賈赦老色鬼却下了狠心，斷絕了這女孩子的一切生路；他覺得一個奴才公然胆敢抵抗主子，未免太猖狂了。他說——

『自古嫦娥愛少年；她必定嫌我老了。大約她戀着少爺們：多半是看上了寶玉，只怕也有賈璉……我要她不來，以後誰敢收她？這是第一件。第二件，想着老太太疼她，將來外邊配個正頭夫妻去。叫她細想；憑她嫁到了誰家，她難逃出我的手心——除非她死了，或是終身不嫁男人！』

這主人是如此地惡毒無恥，一個可憐的少女於是無所逃於天地之間了。如果仍不肯屈服而出賣自己，那只有拿出死的決心來。所幸目前還可以仰託賈母之掩護；於是她跑在老太太面前發出決絕的誓言——

『我是横了心的！……我這一輩子，別說是寶玉；便是寶金，寶銀，寶天王，寶皇帝，横豎不嫁人就完了。就是老太太逼着我，一刀子抹死了，也不能從命！服侍老太太歸了西，我也不跟老子娘哥哥去；或是尋死，或是剪了頭髮當尼姑去。若說我不是眞心，暫且拿話支吾；這不是天地鬼神日頭月亮照着？嗓子裏頭長疔！』

依仗着賈母，鴛鴦也可以暫時戰勝了賈赦。但賈母一死，豈不又立刻變成俎上肉？所以她必須先立定了必死之心才能宣戰。這須出於明確的觀察與堅決的判斷，和那單憑着一時衝動勇於赴死者不同。從她宣誓的那天起，鴛鴦將來的生存權便已被人剝奪；所以她的存在與消滅是和賈母一致的；到後來她怎能不殉主而死呢？賈母死後，鴛鴦爲這老太太的喪事規模之不可潦草而與主子們强烈爭執，這便是她在人世間最後的任務了。

鴛鴦之死，一切照着她自己的估計而實現；她對於自己的命運看得太清楚，應當無所留戀。因此主動地迎接死，而不是倉皇之間受到了死的襲擊。她對那些主人說：這裏有一個始終保持純潔剛正的女人，你們驕暴淫汚的權威失敗了！

三

作者爲司棋並沒有費很多的筆墨，只以一段簡短的故事提出了另一種爲愛犧牲的形式，使讀者感到突然的吃驚而悲歎。迎春小姐是那麽懦弱，無能，她的丫鬟竟會和情人壯烈地雙死！奴婢層的青年們沒有豐富的禮教修養，也不會「妙詞通戲語」那一類的「意淫」把戲；但他們也要求人慾的滿足，便只好私贈低級象徵的繡春囊。所可奇怪的是潘又安和司棋這兩個無知的下人却都是戀愛至上主義者。作者告訴人說，戀愛本不限於才子佳人，也不是非純粹的靈魂交往不算高尚；在奴婢羣中照樣存在着眞摯貞固的情操。世間除了節烈牌坊所旌表的以外，還有許多可稱道的事跡留在低層社會裏。

當鳳姐搜出潘又安給她的情書以後，司棋「並無畏懼慚愧之意」；當周瑞家的帶她出去的時候，她並沒有對誰說出悔過的話來。司棋被逐的原因和表現都與金釧兒不同。可慘的是始終沒有人給她一點援助。司棋跪求迎春說：『姑娘，好狠心啊！哄了我兩日，如今怎麽一句話也沒有？』那迎春却只拿一本書看。懦弱、怕事、遲鈍、麻木、到了別人的生死關頭上，便是殘忍！司棋哭求周瑞家的允許她和姊妹們見一面，得到的答覆是『如今你可不是「副小姐」了；若不聽說，我就打得你了！』於是不由分說，拉出了大觀園。

潘又安畏罪潛逃了，司棋終日啼啼哭哭等着他。潘又安居然回來預備再娶她了，可是司棋的媽不答應。司棋說——

『一個女人配一個男人！我……決不再失身給別人的。我恨他爲什麽這樣胆小！一人作事一人當，爲什麽要逃？就是他一輩子不回來，我一輩子不嫁人的！……若是他不改心……他到哪裏，我跟到哪裏；就是討飯吃，我也是願意的！』

她如此明確地表白了自己的貞操觀念和決心以後，就突然一頭撞死在牆上了。那趕了囘來看她的潘又安呢？叫人抬了兩口棺材進來，說：『一口裝不下，兩口才好』，便也用刀自刎了。鳳姐聽了這段奇聞以後說：『哪有這樣的傻丫頭？偏偏碰見這個傻小子！』果然是兩個出人意外的傻傢伙呢！「情中之聖」賈寶玉到失戀之後，經過了那麼多的曲折，掙扎，才出了家。「心中眼中祇有一個寶玉」的花襲人到寶玉出家以後，竟是這裏也死不得，那裏也死不得。至於賈珍賈蓉尤氏鳳姐諸位爺們奶奶們，哪會想到這就值得一死一雙呢？在「刑不上大夫，禮不下庶人」的社會中，壯烈可驚的事偏發生在身居卑下頭腦簡單的青年們的身上！我們的作者對於眞實的愛情是一律平等加以尊重的。

四

才華豐富的作家常能從他的筆下開出奇光異彩的鮮花，使人在萬紫千紅之外，又整頓精神，來欣賞他的新創造。尤三姐是紅樓夢諸女像中最後出現的一顆明星。

我們看了黛玉寶釵鳳姐湘雲探春襲人晴雯平兒鴛鴦芳官妙玉等以後，眞覺得「盡於此矣」，却不想作者胸中還另蘊蓄着尤三姐這樣一個驚心奪目的新奇人物。

作者創造尤二姐和尤三姐本已是使她們姊妹作一個最直接最切近最明顯的對照：一個是那麼柔，一個是那麼剛；一個是那麼猶疑無主，一個是那麼明察果斷。但作者同時又是爲高貴的大家庭中諸女性設出一個鮮明的對比。作者提出來侯門富戶以外的一個貧苦依人的小家庭，這裏面有一個不甘屈服反抗侮弄的姑娘。她與不惜用種種手腕以把握寶玉夫人的位置的寶釵母女不同，她和畏權慕勢貪利受辱的金寡婦不同，她和朝思慕望只想投奔到寶玉身邊的柳五兒不同；尤三姐是一朵怒放在野瀆閑塘的「出汚泥而不染」—「可遠觀而不可褻玩」的紅荷花！

尤二姐和尤三姐是尤二娘從別姓帶過尤家來的女兒，和賈珍之妻尤氏是異父異母的姊妹。她們的出身可以想作十分卑微的；祇看尤二姐的未婚夫張華是那麼一個流落漢便知道了。因此她們姊妹的教養是不可與大觀園中諸女性同日而語的。但賈母說尤二姐生得比王熙鳳還美，賈寶玉說尤三姐是「絕色」而她們又姓了「尤物」之「尤」！命運的不幸使她們做了賈珍和賈蓉的親戚，於是這兩父子心目中想把這兩姊妹當成共同玩弄的對象。賈蓉爲了他們能長此淫亂下去，特又把尤二姐獻給叔叔賈璉做了祕密的「二房」。這賈蓉在她祖父熱喪中一見尤二姐就醜態畢露了。他嘻嘻地望着他二姨娘笑說：『二姨娘你又來了，我父親正想你呢！』尤二姐紅了臉罵道：『好蓉小子，我過兩天不罵你幾句，你就過不得了！……』說着拿起一個熨斗來兜頭就打，嚇得賈蓉抱着頭滾到懷裏告饒……因又和他二姨娘搶砂仁吃。那二姐兒嚼了一嘴渣子吐了她一臉，賈蓉用舌頭舐着吃了。——這是多不堪的景象啊！等到賈璉已偷娶了尤二姐之後，賈珍還是常趁空跑來鬼混，他把這裏當作一個父子兄弟和她兩姊妹的合夥公司，直把一個尤三姐逼得若不下深水，便要另尋出路。於是她猛然爆發了一個響亮的轟雷。這裏有一段非常活躍的描繪——

賈璉……笑嘻嘻地向三姐兒道：『三妹妹爲什麼不合大哥吃個雙鍾兒？我也敬一杯，給大哥和三妹妹道喜。』三姐兒聽了這話就跳起來，站在坑沿上，指着賈璉冷笑道：『你不用和我「花馬掉嘴」的！咱們「淸水下雜麵，你吃我看」；「提着影戲人子上場，好歹別戳破這層紙兒」！你別糊塗油蒙了心，打量我們不知道你府上的事呢！這會子花了幾個臭錢，你們哥兒兩個，拿我們姊妹兩個祇當粉頭來取樂兒，你們就打錯了算盤了！我也知道你那老婆太難纏……我也要會會鳳奶奶去，看她是幾個腦袋，幾隻手！……我有本事先把你兩個的牛黃狗寶掏出來，再和那潑婦拼了這條命！喝酒忙什麼？咱們就喝！說着……揪過賈璉來就灌。說：『我倒不曾和你哥哥喝過，今兒倒要和你喝一喝，咱們也親近親近！』唬得賈璉酒都醒了……這尤三姐索性卸了妝飾，脫了大衣服，鬆鬆的挽了個髻兒；身上只穿着大紅襖兒，半掩半開，故意露出葱綠抹胸，一痕雪脯；底下綠袴紅鞋，鮮艷奪目。忽起忽坐，忽喜忽嗔，沒半刻斯文，兩個墜子就和打鞦韆一般。燈光之下，越顯得柳眉籠翠，檀口含丹。本是一雙秋水眼，再吃了幾杯酒，越發橫波入鬢，轉盼流光。眞把珍璉二人弄得欲近不敢，欲遠不捨，迷離恍惚，落魄垂涎……尤三姐自己高談闊論，任意揮霍；村俗流言，洒落一陣，由着性兒拿他弟兄二人嘲笑取樂。一時她的酒足興盡，更不容他弟兄多坐，竟攆了出去，自己關門睡去了。

陰沉悶熱的炎夏來了這一場疾風暴雨，何等痛快淋漓？自此次爆發以後，尤三姐益發任性起來，「天天挑選穿吃，要金要銀；稍不趁心，連桌子一推；不論綾緞新整，便用剪刀剪碎，撕一條，罵一句；賈珍何曾隨意了一日，反花了許多昧心錢」。然而尤三姐却並不是徒然的洩忿主義，她說：『終身大事，一生至死，非同兒戲。向來大家看咱們娘兒們微弱，都安着不知什麼心；我所以破臉，人家才不敢欺侮。如今要辦正事，不是我女孩兒家沒羞恥，必須我揀一個素日可心如意的人方跟他。若憑你們揀擇，雖是有錢有勢的，我心裏進不去，白過了這一世。』賈璉以爲她是看中了賈寶玉了，她說：『我們姊妹十個，也嫁你們弟兄十個不成？難道除了你家，天下就沒有好男人不成？』像這樣的氣魄是大觀園中那些閨秀所夢想得到的嗎？

連「檻外人」的妙玉都難免「走火入邪魔」，除了賈寶玉還有可愛的男人嗎？在那樣狹窄的生活中，她們能接觸到幾個正正經經的青年男子呢？尤三姐選中了柳湘蓮，這是說柳湘蓮也算是當時男子中的奇蹟了。叔本華曾說悲劇有三種，那第三種是由人物之位置與關係使其不得不然，而不是由於那人物之惡毒或命運中意外之變故；尤三姐與湘蓮的慘敗結局便是如此。她和他中間距離得太遙遠了，兩個人的心靈不能越過寧府那種濁水蒸騰起來的濃霧而溝通。柳湘蓮只知道「東府裏除了那兩個石獅子乾淨罷了」，却不夠理解到美而潔的蓮花偏是從汚泥中挺拔出來的。在絕無正當男女交際的古舊社會中，尤三姐憑着敏慧的眼光和英勇的戰鬭，自以爲把命運押在勝注上了；却不想被那號稱多情的寶玉說了兩句無情的冷話，就把她推下萬丈深淵！

英雄主義者常不免淺薄和衝動；柳湘蓮並不眞是「冷面冷心」的人。他只因爲薛蟠調弄他，傷了他的自尊，便一怒而施以苦打。以後路遇薛蟠遭刼而施救，實際上薛蟠仍是薛蟠，他却又和他結爲兄弟；這多麽淺薄！一個女子出於賈璉之保荐，柳湘蓮就可以匆匆置信而給了定禮；及到眼看可以直接見面了，他偏忽又想起賈府的淫風而懷疑，便不再加深攷察而要退婚；這又多麽冒失？多麽反覆？比起尤三姐之起初含垢忍辱，繼以堅決抗拒，然後正面宣佈宗旨，終於以身殉志那種風度，柳湘蓮哪能匹配得上？等到眼見尤三姐拔劍自刎而死，才說『並不知是這等剛烈的人，眞眞可敬！』平時也被一般讀者所重視的柳湘蓮原來竟是這樣一個大草包！作者於無可安排之下，只好使這一個本質上多情而勇敢的青年從此一切幻滅，走上出家之路，這也許是爲了太不甘心於這一可敬可愛的少女之毫無代價而犧牲吧？

作者爲了尤三姐所寫的是一首哀艷的詩篇。在她以後，作者還曾提出夏金桂和寶蟾兩個女性來；但這只是庸俗粗糙的角色，其重量絕不能和其它許多女性典型並列；所以只有尤三姐是紅樓夢諸女性中的殿軍旗，光輝艷麗，迎風招展。論到她的容貌性情和言動，既不是探春湘雲某一類的小姐，更不是鳳姐尤氏某一類的奶奶，也不是晴雯芳官某一類的丫頭，而是從貧窮孤弱和被戲弄侮辱的環境中跳躍出來的一個「小家碧玉」。她簡單，她洒脫，她堅決，她潑辣、她沒有假斯文的臭味，沒有鬭心機的手法：要就要，不要就不要，死就死——這實在是一種小市民階層戰鬭女性的素質。

五

如果要尋找紅樓夢中這三個烈性女子個性上的區別，可以說鴛鴦是理智的自尊，司棋是感情的固執，尤三姐是意志的發揚。她們都處在權勢和金錢高壓之下，當然既沒有知識的教養，更說不上什麽羣的力量。然而周圍的人們一方面是怎樣的荒淫，一方面是怎樣的屈辱，她們却是親眼看到的。她們的生之慾比別人高，比別人強，她們不甘於做任何人蹂躪的妾婢。鴛鴦鄙視襲人和平兒的委曲求生，司棋看到入畫四兒芳官之流落而悲哀，尤三姐爲她的姐姐而忿激不平。可是她們有什麽武器來抗戰呢？只有自己的生命！以自己的生命爲自己的生命價值而搏鬬。這一點和從來的聖哲英雄忠臣烈士之決心與成就，在基本意義上是一樣的。這些人之死，不是殺掉自己，而是主動地打擊了敵人掠奪佔有的企圖，使敵人眼睜睜看着將要到手的戰利品被毁滅了。鴛鴦，司棋，尤三姐都是以死來戰勝了環境，使自己的精神永生！

（八）賈府的太太奶奶們

一

中國計女上的婦女，無一個不是完人。一般說來，中國每個結過婚的婦女都算做賢妻或又兼良母，似乎也未嘗不可。因爲在這個國家裏，既做了丈夫的妻子，做了兒子的母親，就有那歷史所規定的教條，社會所佈置的環境，決不許你不賢不良。因此，儘受壓迫，毫無抵抗，這當然就是「柔德」，是「懿範」，堪爲「表式」。倘或實際上她的「德」和「範」並不夠，客嗇的就要說做「儉樸」，糊塗的就要說做「寬厚」，懦弱的是「溫恭」，苛刻的是「精幹」；好在字典上有的是好聽名詞可用。總之，女人們除掉剛強是「潑婦」，戀愛自由是「淫婦」爲萬人咒罵天地不容之外，其餘就都只能合於一種好的典型。

能客觀而忠實於中國一般婦女生活記載的，不是史傳，而是詩歌、戲劇和小說。在唐人短篇小說中，才開始看見中國一般女子也還會戀愛。在元明淸戲劇家小說家筆下，才看見中國女子也還有許多不同的個性。西廂記，水滸，金瓶梅，醒世姻緣，桃花扇，聊齊和紅樓夢，這些書中才承認女子可以有她自己本位的利、害、悲、歡，以及若干不同的優點和弱點。

紅樓夢作者對於人物的描寫是很少犯籠統的毛病的，每一個人物都有着不同的線條與光色。如果說對於已結婚的幾個婦人的寫法和對於那些少女的姑娘們有什麽差別，那就是作者對於前者不如對於後者的熱情多，這是因爲賈寶玉憎厭一切和男子接近沾染男子習性的婦女的原故。惟其對於這些婦人們減少了出於情感愛好的捻揚，這才更增多客觀的寫實性。

這裏所謂太太奶奶們是指王夫人，邢夫人，李紈，尤氏，王熙鳳，秦可卿，趙姨娘這一類的人，她們是賈府家庭做母親，妻子，嫂子，兒媳婦，孫媳婦，或是姨奶奶的婦女。這裏面除了趙姨娘是一個半奴才階級以外，無論是居於長輩或小輩，都是賈府統治層中的重要份子。

因爲王夫人實際上是作者的母親，對於她的描寫也和對賈政一樣，是很艱難的；可是，在他筆下雖然從不露出正面的批判，却照樣能使讀者充分理解這位太太的全貌。

這是一位出身於顯貴家庭五十多歲的貴婦人。她的兄弟王子騰是當時的京營節度使，後來又做了九省都檢點，官高勢重，是賈府的重要奥援。她的娘家姪女王熙鳳嫁到賈府做了她的侄媳婦而來替她管家，她的大女兒元春做了皇妃。不幸的是大兒子賈珠夭亡了，可是小兒子寶玉成了這一家人的「鳳凰」。她的不愉快的處境是：上面有一個不滿足於自己之無能的婆婆，賈母；下面有一個直接賈母大權獨攬而自己控制不住的當家人，鳳姐；側面又有一個出身卑賤又陰險的趙姨娘。同時最使她時刻担心的，就是那為丈夫賈政之所永遠敵視着的自己所生的愛子，寶玉。

她身體不健康，精神不夠用，平日念佛，吃齋，好靜。與其說這是她一種修養，毋寧說這是她禁不住家庭中種種困難和刺激而求逃避。她對周圍的許多事常陷於不能理解或不能處理的苦悶中，而並不是能清靜無為或以簡馭繁。她的環境和自己的地位，只使她感到為難與乏味而已。她精神所繫戀的不是丈夫，不是財產，只寶玉一個人。那麼她的母子關係怎樣呢？有一次王夫人問起黛玉的病，說有一種藥丸子想不起名字來了；寶玉亂猜了一陣——

……王夫人道：『都不是！我只記得有「金剛」兩個字的。』寶玉拍手笑道：『從來沒聽見個什麼「金剛丸」；若有了金剛丸，自然有菩薩散了。』說的滿屋裏人都笑了。寶釵抿嘴笑道：『想是天王補心丹。』王夫人笑道：『是這個名兒！如今我也糊塗了。』寶玉道：『太太倒不糊塗，都是叫金剛菩薩支使糊塗了。』王夫人道：『扯你娘的臊！又欠你老子搥你了！』寶玉笑道：『我老子再不爲這個搥我。』……『這些藥都不中用的。太太給我三百六十兩銀子，我替妹妹配一料丸藥，包管一料吃不完就好了。』……王夫人道：『放屁！什麼藥就這麼貴？』……『到底是寶丫頭好孩子，不撒謊！』寶玉站在當地，聽見如此說，一回身，把手一拍說道：『我說的倒是眞話呢；倒說我撒謊！』

這一小段插話流露出母親對兒子的不信任以及兒子對母親的不尊敬。寶玉湘雲以及有些人都曾說過「太太屋裏，人多口雜」一類的話。這母親呢，把惟一的寶貝兒子交給那些丫鬟們的手裏，他平日在大觀園中是怎樣生活的，她是一點也不知道。寶玉胆敢和正在爲母親搥腿的丫鬟金釧兒調情，當時王夫人打了金釧兒，攆她出去；可是任由寶玉跑了，並不立刻加以訓責。直到寶玉挨了父親痛打以後，襲人乘機告密，影射了黛玉寶釵，她才如「雷轟電掣的一般」吃了一大驚，忙拉了襲人的手問道：『寶玉難道和誰作了怪不成？』可是她的處理是怎樣的呢？是『我就把她交給你了！好歹留心保全了他，就是保全我』索性從此把襲人當作寶玉的姨奶奶一樣看待了。這做母親的沒有想到寶玉應當搬出大觀園，過一個少年子弟應有的生活。結果寶玉照樣日夜和女孩子們胡混，而且是等於奉了公一樣和襲人一床睡覺。（寶玉曾在睡覺時偸把襲人束腰汗巾解下換上蔣玉函贈送的茜香羅，第二天早晨醒來對襲人說『你夜間失了盜還不知道呢』——這是最明顯的例證）以後王夫人却把勾引寶玉的這筆賬算在晴雯身上，攆出了晴雯和芳官。

我們在書中看不見王夫人和兒女們的情感，以及她對別人的公道處置。元春進了宮，自然隔離；探春是趙姨娘所生，她因此也不接近；對賈環，認爲是趙姨娘生的「下流種子」，只有厭惡與忿恨；她除了很喜歡寶釵善於迎合意旨以外，對黛玉湘雲迎春惜春李紈等人，平日都是漠不關心。對鳳姐的尅扣月銀，她曾經似乎覺察到；她便問鳳姐『月月可都按月給她們？』『前兒聽見有人抱怨，說短了一半錢』於是鳳姐推諉彌縫了一大套，結果她只是「聽說就停了半晌」再沒有說話。而鳳姐走出門外便故意向別的奴僕們大發牢騷：『太太把二百年的事都想起來問我……從今後倒要做幾件刻薄事了。』這樣以表示她的不許王夫人之過問。大觀園發現了繡春囊，王夫人驚慌而震怒了；而她的處理是輕信了東府的權勢奴才王善保家的之建議，輕率地搜查大觀園，弄得人仰馬翻，造成了一番不必要的騷亂。惹惱了探春，驚擾了衆人，逼死了司棋，對於「整飭紀綱」，却毫無實際好處。她委任探春代理王熙鳳管家的時候，興利除弊，已見成績：她却不能支持她們的新政，使它繼續發展。賈母不滿意邢夫人，一時生氣錯責備到王夫人身上；她自己不能置辯一言，衆人也無一個爲她說話的；探春挺身而出替母親說了兩句公道話，事後她對探春毫無反應。薛姨媽，薛寶釵，王熙鳳都是她娘家人，隨時包圍着她，直到使用「掉包」方法，給自己兒子娶了一個他所不愛的寶釵，她還是莫名其妙。於是這位太太只有跟着賈府的倒塌與兒子之逃亡，而陷入極悲慘的晚年苦運以終其餘生了。

二

邢夫人是作者公開加以貶詞的人物，把她叫做「尷尬人」。又說她：『秉性愚弱，只知承順賈赦以自保；次則貪財取貨爲自得；家中一應大小事務，俱由賈赦擺佈。凡出入銀錢事，一經她手，便尅扣異常；以賈赦浪費爲名，須得我儉省方可償補。兒女奴僕，一人不靠，一言不聽的。』這是封建家庭太太的又一典型。兒子賈璉，女兒迎春都不是她所親生，平日等於全不相干；媳婦王熙鳳當然看她不起，另有一個兒子賈琮，大概無可稱述，他是書中若有若無的人物。丈夫賈赦是貪汚淫濫再加上狠毒的一個昏君。我們看邢夫人的吝嗇，她內姪女邢岫煙之貧寒，娘家兄弟邢大舅之下流，就可以曉得她是出身寒微的。這是造成這位太太屈從於丈夫淫威和貪財的一種背境。孤立而無所依恃，沒有知識，更沒有可指望的兒子，在家庭中又是執政者，除了靠丈夫的地位弄兩個「私房」以外，她還有什麽意圖呢？這種性格的婦人在賈府必然會處處表現悖謬，因爲這是違反一般的高貴風度的。可是在中等社會階層裏就太普通了；我們對於邢夫人也並不必多加什麽責備。

三

賈珍的妻子尤氏是甯府的當家人，是一個似乎聰明而實際却糊塗、也頗精幹却又軟弱的婦人。因爲她美貌不如秦可卿，能力比不上王熙鳳，人品更不能與李紈同日而語，因此她便成了賈府奶奶中二三等的角色。

尤氏出身貧苦，但到了賈府做了長孫媳婦，地位是頗爲衝要的。在她的傳記中並沒有明白指出她有什麼罪惡的事蹟。她在人事關係中最大的特點就是和王熙鳳的暗中衝突，作者常借着她們妯娌間的通常笑謔的場面表現出來。賈母爲了鳳姐過生日而召集上下人等湊份子，叫了尤氏來主持一切，以免鳳姐自己操持——

尤氏……往鳳姐房裏來商議怎麼辦生日的話，鳳姐兒道：『你不要問我，你只看老太太的眼色行事就完了。』尤氏笑道：『你這阿物兒也忒行了大運了。我當有什麼事叫我們去，原來單爲這個！出了錢不算，還要我操心！你怎麼謝我？』鳳姐笑道：『別扯臊！我又沒叫你來，謝你什麼？你怕操心，你這會子就回老太太去，再派一個就是了』。尤氏道：『你瞧把她興的這個樣兒！我勸你收著些兒好；太滿了就出來了。』

尤氏由於不滿意鳳姐之平日之聚斂過份，把已經收齊了的平兒鴛鴦以及趙姨娘周姨娘的份子錢都私下退還了她們本人；她說：『你們可憐的，哪裏還有這些閑錢；鳳丫頭便知道了，有我呢！』尤氏自己知道聰明才力不能與鳳姐對抗，既不能得到賈母的榮寵，也無法取得家庭中的霸權；因此形成一種沒落的情緒，常怕別人看她不起，常容易和別人嘔些閑氣，平日她的人緣是不大好的。她與鳳姐妯娌之間的衝突是爆發在賈璉偸娶尤二姐這件事上——

……鳳姐兒滾到尤氏懷裏嚎天慟地，大放悲聲；只說『你兄弟娶親不惱，你爲什麽使他背旨違親，將混帳名兒給我背着？咱們只去見官，省得捕快皂隸來拿。再則咱們過去只見了老太太太太和衆族人等，大家公議了……』說了又哭，哭了又罵，把個尤氏搓柔成一個麵團兒，衣服上全是眼淚鼻涕……

於是衆人一齊跪下，哀求鳳姐，尤氏一切都依順了她的做法，而且賠了她五百兩銀子。結果尤氏眼看着自己的妹子被鳳姐活活治死，毫無辦法。尤氏似乎是常常遭受別人欺壓的，惜春和探春對她都很不客氣，抄檢大觀園之後，惜春的丫鬟入畫受了連累，腦筋不甚清楚的惜春便借此向尤氏發作起來——

……惜春道：『你們管教不嚴，反罵丫頭；這些姊妹，獨我的丫頭沒臉，我如何去見人？』……『如今我也大了，連我也不便往你們那裏去的。況且近日聞得多少議論，我若再去，連我也編派』……『你們以後有事，好歹別累我！』尤氏……道『可知你眞是個冷心冷嘴的人。』惜春道：『怎麼我不冷？我清清白白的一個人，爲什麼叫你們帶累壞了？』尤氏心內原有病……探春冷笑道：『……親戚們好，也不在必要死住着才好。咱們倒是一家子親骨肉呢，一個個不像烏眼鷄似的？恨不得你吃了我我吃了你！』尤氏道：『我今兒是哪裏來的晦氣？偏都碰在你姊妹的氣頭上了！』探春道：『誰叫你趁熱火來了？……』

如果說東府裏除了一對石獅子再沒有乾淨的，那麼尤氏之「心裏有病」，也不算什麼嚴重；作者對尤氏的記述中心是在由她表現出大家庭妯娌姑嫂間的矛盾關係，而不在其它。在大家庭中做媳婦的人，原是硬不得軟不得的；如果既不能如王熙鳳明兒暗壞，欺壓別人，又不能爲李紈那樣逃出圈子外面，就也只能像尤氏這種四面楚歌進退爲難的可憐蟲了。

四

趙姨娘是賈政的侍妾，她有那樣一個出色的女兒探春，一個被人討厭的兒子賈環，她的兄弟趙國基却現充着每日跟隨賈環上學的侍僕。她是賈府家裏奴才出身的；她日常伺候着賈政，王夫人，實際地位還比不上那些高等丫鬟。賈母王夫人可以當着衆人啐她，罵她，不過名義上被下人們稱爲姨奶奶而已。

這個女性被作者寫成凡人都可以賤視凌辱而又不予以同情的角色。賈環和鶯兒賭錢輸了囘來，她罵她不該去高攀到那些人的隊伍裏去，王熙鳳在窗外聽見了，就痛罵了她一頓，認爲她不配管孩子。賈環故意推翻燭臺，燙了寶玉的臉，王夫人便罵她『養出這種黑心種子來，也不教訓教訓！』趙國基死了，她去責怨探春，說：『你只顧討太太的疼，就把我們忘了！』……『如今你舅舅死了，你多給二三十兩銀子，難道太太就不依？……明日出了閣，我還想你額外照看趙家呢！如今沒有長翎毛就忘了根本！』於是惹翻了親生的女兒，認爲這是奴才階級傷害了主子階級的尊嚴，大發脾氣。最使這位老姨奶奶丟臉的是和芳官對打的一回事。芳官用一包茉莉粉冒充薔薇硝給了賈環，一經識破之後，趙姨娘主張『吵一軸子大家別心淨，也算報了仇！』於是她跑進怡紅院，一看到芳官就迎頭痛罵——

『小娼婦養的！你是我們家銀子錢買了來學戲的，不過娼婦粉頭之流；我家裏下三等奴才也比你高貴些！你都會看人下菜碟兒……』芳官……便打滾撒潑的哭鬧起來……『你照照你的模樣兒再動手，我叫你打了去，也不用活着了！』撞在她懷內叫她打……荳官先就照着趙姨娘撞了一頭，幾乎不曾將趙姨娘撞了一跤，那三個也便走上來放聲大哭，手撕頭撞，把個趙姨娘裹住……

這一場全武行趣劇的結果是趙姨娘不但當衆失敗，而且又被探春教訓了一番，說她「何苦不自尊重」。像這種既無權勢，又無修養，更無技術的人，在賈府那樣高貴而複雜的環境中，自然會表現得粗野、卑賤爲上中下各色人等所蔑視。作者似乎有意地另寫了一個和她地位同等的周姨娘，永遠不發出一點聲音，彷彿根本就沒有那麽一個人存在；於是博得別人滿意。

鼓動着趙姨娘不甘心雌伏的根本力量是她替賈政生了一個兒子。兒子是婦女的功績，兒子是婦女的前途，兒子是婦女爭強鬪勝出人頭地的最有力量的資本。何況在賈政這一支系之下，如果沒有了當權的鳳姐和嫡出的寶玉，那麽這一份富貴的享用與承繼，便只有趙姨娘和她的親兒子賈環了。於是受壓迫的仇恨和奪取的野心，加上那專以害人爲業的馬道婆的啓示，便製成了趙姨娘的殺機。誠然的，她除此之外，還能攷慮到別的出路嗎？所謂的壓魔法，當然是沒有誰能得到科學的證實；但這種傳說是從漢代以來就流行於中國社會了，它每每成爲爭皇位報私仇或謀人財富一種極可恐怖的手段。紅樓夢作者記載寶玉與鳳姐中了魔法以後的情形，不論事實之有無，在文藝上都毫無意義；但他對於趙姨娘與馬道婆的一幕設計之描繪，却如實地暴露了大家庭中的另一種陰暗角落——

……（馬道婆）說：『我正沒鞋面子，奶奶給我些零碎綢子緞子，不拘顏色，做雙鞋穿罷！』趙姨娘歎口氣道：『你瞧那裏頭哪裏還有成樣的麼？就有好東西，也到不了我這屋裏。』……趙姨娘又問『前日我打發人送了五百錢去，你可在藥王面前上了供沒有？』……『阿彌陀佛！我手裏但凡從容些，也時常來上供；只是心有餘而力不足。』馬道婆道：『你放心！將來熬的環哥兒大了，得一官半職……』趙姨娘聽了笑道：『罷了！罷了！……我們娘兒們跟得上這屋裏哪一個？寶玉兒小孩子家……我只不服這個主兒。』一面說，一面伸了兩個指頭，馬道婆會意，便問『可是璉二奶奶？』趙姨娘唬的忙搖手，起身掀簾子一看，見無人，方回身向道婆說：『了不得！了不得！提起這個主兒，一份家私要都不叫她搬了娘家去，我也不是個人！』馬道婆見說，便探她的口氣道：『……也虧你們心裏不理論；只憑她去倒也好！』趙姨娘道：『我的娘！不憑她去，誰還敢把她怎麼樣呢？』馬道婆道：『不是我說句造孽的話，你們沒本事，也難怪；明裏不敢怎麼樣，暗裏也算計了；還等到如今？』趙姨娘聞聽話裏有話，心裏暗暗的歡喜……

於是趙姨娘用自己的衣服，首飾，散碎銀子以及臨時寫了一張五十兩的欠銀字契，在馬道婆「不忍你們娘兒兩個受人委曲」的名義之下，換得了謀殺寶玉鳳姐的魔法。任何人都不會同情於陰謀害人的設計的。可是看了趙姨娘那些申訴，使人知道，這一個身爲家主賈政的侍妾，竟窮困得不如其它的丫頭媳婦！寶玉被賈環燙傷了，趙姨娘必須去花錢到藥王面前代他祈禱；一提到鳳姐的名字，便唬得那種神情，試問你是否也有些爲她惻然呢？她親生女兒探春批評她是一個「耳朶又軟心裏又沒計算的人」，足見趙姨娘本質上並不是心機狠毒了。然而被壓在絕望的深坑底下的動物，她會在陰暗中猛然給人以致命的狠咬一口；只有處在最卑弱最苦難的地位才會想突然飛躍到最高強的地位上去，這種妄念也是完全近乎情理的。

續作者高鶚最後使趙姨娘受了神的譴責，自己「挖胸吐沫」而死，完全是根據了一般庸俗的果報觀念；王國維先生把鳳姐與趙姨娘之死都解釋作良心自責的結果。其實像趙姨娘這樣旣無知識又無成見的婦人，讀者並不會特別苛責於她，又何必一定要給她一個慘死的結局呢？

（九）宗法家庭的寶塔頂——賈母

一

讀了紅樓夢關於賈母的描寫，才使人忽然發現，原來中國歷代那麼多的史傳和小說，竟找不出幾篇完整美好的老太太的傳記。所有的多半是千篇一律的賢母傳，或片段不全的言行鈔，再不然就是壽序訃文一類的死文學。

紅樓夢作者之寫賈母，具有三種特點：第一，她不是一般的母親，而是地位更高層環境更複雜的老祖母；第二，他說明了一個女家長在中國社會上的權威和才能；第三，他塑造成中國大家庭老太太最完整最形象化的典型。

紅樓夢的主題是以戀愛故事與家庭生活兩部份爲骨幹而交織成的，在故事發展與題材比量上兩部份差不多。寶黛戀愛或其他的許多故事既都不能離開賈府這一個舞台而表演，作者對於這一個龐大複雜的宗法家庭的支派體系，才必須一開始先委託一位冷子興做了一次總括的演說。我們從這裏知道了這是一座豎高橫寬的金陵塔；在這座十三層寶塔的尖端又有一個高高在上的金頂，那就是賈母。

賈母是榮國公長子賈代善的妻子，金陵世家史侯之女。她生了兩個兒子，賈赦和賈政。據賈母自己說，她初嫁過來的時候也做過重孫媳婦，而現在自己也有重孫媳婦了。現在和她平輩的只有遠支的賈代儒賈代修以及幾個不相干的老妯娌，而榮寧兩府上下男女三四百口就都在這一位「老祖宗」的名位籠罩之下了。這位老人家有兒子、媳婦、孫子、孫女、重孫、重孫媳婦一大羣，有數不淸的男女奴僕，有享受不完的衣食用具，自己還有一個頗強健的身體。她從來生活趣味很濃厚，旣不和別的老人一樣懶吃懶動，又不吃齋念佛，因此她是劉老老所謂「生來就是爲了享福的」。我們只看她八十壽辰是怎樣的鋪擺吧——

……定於七月二十八日起至八月初五日止，榮寧兩府齊開筵宴：二十八日請皇親駙馬、王公、郡主、郡君、太君等；二十九日便是閣府督鎮及誥命等；三十日便是諸官長及誥命並遠近親友及堂家。初一日是賈赦的家宴；初二日是賈政；初三日是賈珍、賈璉；初四日是賈府中闔族長幼大小，共湊家宴；初五是賴大林之孝等家下管事人等共湊一日，自七月上旬送壽禮者絡繹不絕；禮部奉旨：欽賜金玉如玉一柄……元春又命太監送出金壽星一尊……餘者自親王駙馬以及大小文武官員等，凡所來往者，莫不有禮……請賈母過目；先二日還高興過來瞧瞧；後來煩了，也不過目，只說：『叫鳳丫頭收了，改日閒了再瞧。』至二十八日，兩府俱點燈彩……甯府中本日只有北靜王，南安郡王……榮府中南安王郡妃，北靜王妃……右邊下手方是賈母之位。邢夫人王夫人帶領尤氏鳳姐並族中幾個媳婦，兩溜雁翅，站在賈母身後侍立。林之孝賴大家的帶領衆媳婦都在竹簾外面伺候上菜上酒；周瑞家的帶領幾個丫頭在圍屏後伺候呼喚，……台下一色十二個未留髮的小丫頭，都是小廝打扮，垂手伺候。須臾，一個捧了戲單至堦下，先遞與回事的媳婦；這媳婦接了，才遞與林之孝家的；林之孝家的用小茶盤託上，挨身入簾來，遞與尤氏的侍妾佩鳳；佩鳳接了才奉與尤氏；尤氏託着走至上席……

這種枯燥無味的文字不過是爲了給滿清貴族家庭一般的場面照一個相，以表現出封建高層社會的威嚴與浪費，而賈母便是坐在這個鏡頭面前的中心人物。

這老太太是不是如鳳姐所說「從小兒的福壽就不小」呢？她旣出身於侯門，嫁過來正當榮甯二公勛名鼎盛之時，而她的丈夫賈代善是坐襲父蔭；她並且躬逢幾次金陵接駕的盛典。因此她從小就多見多聞，富於才智；尤其是旣精通人情世故，對於享樂更很在行。某一次寶玉忽然要吃蓮蕊羹——這是一種極精緻名貴又極費事的食品——賈母叫鳳姐去做；鳳姐便叫做十碗，想要借此大家都吃點，自己也「嚐個新兒」——

賈母聽見笑道：『猴兒，把你乖的！拿着官中的錢做人情。』……寶釵一旁笑道：『我來了這麽幾年，留神看來，二嫂子憑她怎麽巧，再巧不過老太太去。』賈母聽說便答道：『我的兒！我如今老了，那裏還巧什麽？當日我像鳳姐兒這麽大年紀，比她還來得呢！她如今雖說不如我們，也就算好了。比你姨娘強多了！你姨娘可憐見的，不大說話，和木頭似的！……』

你看這老太太當年竟比鳳姐還要精明能幹！某一次她攜帶着許多人和劉老老到大觀園遊宴，走進探春房中——

……正說話，忽一陣風過，隱隱聽得鼓樂之聲，賈母問：『是誰家娶親呢？』……王夫人等笑囘道：『……這是咱們的那十來個女孩子們演習歌唱呢。』賈母便笑道：『旣她們演習，何不叫她們進來演習吃酒，又寬闊，又聽的近。』……賈母向薛姨媽笑道：『咱們走罷！她們姊妹們都不喜歡人來，生怕腌臢了屋子；咱們別沒眼色。』……探春笑道：『這是那裏來的話？求着老太太姨媽太太來坐坐，還不能呢！』賈母笑道：『我的這三丫頭却好，只有兩個主兒可惡。囘來吃醉了，咱們偏往她們那裏鬧去。』說着衆人都笑了。

當她們走進寶釵的蘅蕪院——

……及進了房屋，雪洞一般……十分樸素……賈母搖頭道：『使不得！雖然她老實，倘來一個親戚看着不像；二則年輕的姑娘們，房裏這樣素淨，也忌諱；我們老婆婆越發該往馬圈裏去。你們聽那些書上戲上說的小姐們的繡房，精緻得還了得呢！她們姊妹們雖不敢比那些小姐們，也不要很離了格兒……』

這裏引用這些平淡的文字，無非是指出賈母是極善於及時享樂，善於體會人情，一切都剛剛適合於她自己所有的特殊地位。

二

賈母從不使自己的生活空白過去。她每天須要孫子孫女們圍繞着她，尤其是要鳳姐常逗着她發笑。她自己也會行酒令，說故事，又喜歡打牌，看戲。忽然來了一個鄉下老婆婆劉老老，她便把她抓住，以豐富自己生活的新風趣。聰明的作者就在這裏做了一種趣味很濃厚筆鋒很尖銳的對照的描繪，讀者都願意重讀劉老老初進榮國府的那些記錄文字吧？當她初次見了賈母——

……彼時大觀園中姊妹們都在賈母前承奉。劉老老進去，只見滿屋裏珠圍翠繞，花枝招展的，並不知都係何人。只見一張榻上獨歪着一位老婆婆，身後坐着一個紗羅裹着的美人一般的丫鬟在那裏捶腿。鳳姐兒站着正說笑；劉老老便知是賈母了……賈母道：『老親家，你今年多大年紀了？』劉老老忙起身答道：『我今年七十五歲了！』賈母向衆人道：『這麼大年紀了，還這麼硬朗！比我大好幾歲呢；我要到這麼年紀，還不知怎麼動不得呢！』劉老老笑道：『我們生來是受苦的人，老太太生來是享福的。若我們也這樣，那些莊家活計也沒有人做了……』賈母道：『我老了，都不中用了，眼也花，耳也聾，記性也沒有了；你們這些老親戚我都記不得了。親戚們來了，我怕人笑我，我都不會。不過嚼得動的吃兩口，睡了覺，悶得慌，和這些孫子孫女兒頑笑一回就完了。』劉老老笑道：『這正是老太太的福了，我們想這麼着不能！』賈母道：『什麼福？不過是老廢物罷了！』說的大家都笑了。

這是一段標準對話。兩種社會的代表人物開始接觸的時候，各人都本着她自己的地位與意識，以純熟的技巧表現出底子裏的矛盾和強求着形式上的統一；使我們各聞其聲，各見其人。這位享樂的老太太還具有一套正統的家庭理論。有一次她帶着衆人聽女先兒（外邊叫來的唱曲子的女子）說一段「鳳求凰」的故事，那裏邊一個男主角名字叫做「王熙鳳」，剛剛說了一個起頭，賈母就忙止住她，發表了自己的政見——

『……不用說了，我已經猜着了，自然是王熙鳳要求這雛鸞小姐爲妻了。』

……『這些書就是一套子，不過是佳人才子，最沒趣兒。把人家女兒說的這麼壞，還說是「佳人」！編的連影兒也沒有了。開口都是「鄉紳門第」，父親不是尙書，就是宰相；一個小姐……不管是親是友，想起她的終身大事來，父母也忘了，書也忘了，鬼不成鬼，賊不成賊，哪一點像個「佳人」？……比如一個男人家，滿腹的文章去做賊，難道那王法就看他是個才子，不入賊情一案了不成？……』

這不要單看做作者對才子佳人式的庸俗傳奇的批斥，而要承認是一位封建社會老太太必有的意識。不管她年輕時候是否也有過「私訂終身後花園」的羅曼司，但到了兒孫滿堂的時候，她就不能允許有人在年輕人面前宣傳這些敗壞風氣的題材了，因爲她担負着維持傳統紀綱的責任。

正如人類放一個上帝在天上一樣，賈母在這個大家庭中，是他們所供奉着的一尊無上權威的偶像。賈母並不直接掌握着賈府的政權財權，可是她代表着從榮甯二公以來的傳統與威望。一個淵源久遠人口衆多關係複雜的宗法家庭，如果沒有這樣一個藏着神聖不可侵犯的王冠的老人，彷彿就會立即發生瓦解的危險——這是中國從來一貫的一種沿襲。當時賈府雖然並沒有分家，但榮甯二府的支系形式上却已對立，底子裏更錯綜着多少矛盾：賈赦賈政兩兄弟作風背馳，誰都不能統一全家；邢夫人王夫人兩妯娌心裏不睦，誰都不善於處理家務；賈珍賈璉各人謀各人的財富，逞各人的淫慾；尤氏鳳姐各有鬼胎，互相排擊；賈政和寶玉父子敵對；惜春和尤氏姑嫂不和；迎春和父母沒有感情；探春鄙視生母趙姨娘和同母弟賈環，又不滿意於鳳姐；林黛玉和薛寶釵史湘雲既都是依靠賈府，彼此間又有戀愛糾葛……這些骨肉親族間到處都佈滿了明爭暗鬬，於是這位高高在上的「老祖宗」是衆人所不敢反對，而且是人人向着她爭寵的惟一重心了。這是賈母在賈府的第一種積極作用。

人類所求於上帝的只在幫他們打擊敵人，解除災難，增加福利，却不願意他來「干涉內政」；賈母並不掌管着賈府的實權，然而掌握實權的王熙鳳若沒有賈母這偶像的支持，她就一天也站不住了。因此王熙鳳用盡她的精神在賈母面前做工夫；她得了一人之寵，全家尊卑長幼就都不足與她爲敵。賈母在賈府第二種積極作用就是縱容了一個王熙鳳——

（賈母說）『我那時也只像他姐妹們這麽大年紀……失了脚掉下去，幾乎沒淹死……如今這鬢角上那指頭頂大一塊窩兒就是那碰破的……誰知竟好了！』鳳姐不等說，先笑道：『那時要活不得，如今這麽大福可叫誰享呢？可知老祖宗從小兒的福壽就不小，神差鬼使碰出那個窩兒來，好盛福壽的。壽星老兒頭上原是一個窩兒，因爲萬福萬壽盛滿了，所以倒凸高出些來了，』未及說完，賈母與衆人都笑軟了。賈母笑道：『這猴兒慣的了不得了！只管拿我取笑兒來。恨的我撕你那油嘴！』……『明日叫你日夜跟着我，我倒常笑笑，覺得開心，不許囘家去。』王夫人笑道：『老太太因爲喜歡她，才慣得她這樣；還這樣說，她明日越發無禮了。』賈母笑道：『我歡喜她這樣！況且她又不是那不知高低的孩子……』

鳳姐和賈璉爲了鮑二家的吵了架——

……鳳姐跑到賈母跟前，爬在賈母懷裏，只說：『老祖宗救我！璉二爺要殺我呢！』賈母聽了，都信以爲眞，道：『這還了得！快拿了那下流種子來！』……賈璉……在賈母面前跪下……賈母啐道：『下流東西！灌喪了黃湯，不說安份守已的挺尸去，倒打起老婆來了！鳳丫頭成日家說嘴，霸王似的一個人，昨兒嚇的可憐！要不是我，你要傷了她的性命，這會子怎麼樣？』『……你若眼睛裏有我……乖乖地替你媳婦賠個不是兒，拉了她家去……要不然，你只管出去，我也不敢受你的跪！』

榮府的家政之落在王熙鳳一人之手，固然因爲賈璉之不成材，賈政之無能，王夫人之闇弱，而助成王熙鳳的一人獨霸的却是賈母。

賈母在賈府上第三種積極作用是掩護了寶玉，使寶玉完成他的奇特的個性而不受賈政的制裁，不守家庭的禮法。賈母對於自己所生的兩個兒子實在沒有感情，她和兒子見面只是一種禮教形式。她有時感到有賈政在坐便妨害了她和孫子孫女們說笑的樂趣，她就把兒子趕走。尤其是爲了溺愛寶玉，常禁止賈政管教他，賈政打了寶玉，她和賈政就鬧出一場衝突來。

賈政受了賈母的抑制，竟致不能在家庭中建立起家主的威信，也是事實。我們仔細探索起來，實際上賈母對誰都沒有很多的熱情流露，她對鳳姐，是滿足自己的娛樂，欣賞；對孫女們是爲了自己解悶；對寶玉，不過是如一般老年人一樣，宗教性的地捧着一種祥瑞的寶物而已。

三

賈母的聰明經驗應該是足夠懂得賈府一切內容的，但她常對有些事情故意不聞不問；如果她以爲必要，就可以作決定的處理。邢夫人爲了替丈夫賈赦來討鴛鴦做小老婆，曾惹得賈母大發脾氣；她等沒有人的時候，很不客氣地教訓了兒媳婦一番——

『我聽說你替你老爺說媒來了，你倒也「三從四德」的；只是這賢惠也太過了！你們如今也是孫子兒子滿眼了；你還怕他使性子？我聽說你還由着你老爺的那性兒鬧！』……『她逼着你殺人，你也殺去！如今你也想想：你的兄弟媳婦本來老實，又生的多病多痛……有鴛鴦那孩子還心細些；我的事情，她還想着點子；這會子她去了，你們又弄了什麼人來我使？他要什麼人，我這裏有錢，叫他只管一萬八千的買去就是；要這個丫頭，不能！』

賈母這回主要的着眼點在於爲自己少不了這樣一個得力的丫鬟；至於兒孫輩平時一切做惡，她並不問。只有鳳姐最能揣摩賈母的心理；當賈母召集全家上下人等發起爲鳳姐湊份子做生日的時候，賈母因爲李紈是個寡婦，就想替她出錢。可是鳳姐馬上說：『老祖宗别高興，且算一算賬再攬事。老太太身上已有兩份呢，這會子又替大嫂子出了十六兩；說着高興，一會子又回想心疼了。』鳳姐以爲賈母已經要替黛玉寶玉兩人出錢，而邢王二夫人只管自己的一份，這使老祖宗吃了虧，於是賈母哈哈大笑道：『到底是我的鳳丫頭向着我！』於是鳳姐當衆承認她來替李紈出錢。（後來等尤氏收錢的時候，鳳姐又不拿出來）可是賈母却不曉得她的鳳丫頭背後與賈璉等私盜了她的整箱金銀器具去變賣。高高在上的老年人，無論她是怎樣精明，别人還是會拿她當小孩子一樣處理的；關於這，作者曾有極活潑的描寫——

……五人起牌，鬬了一回，鴛鴦見賈母的牌已十成，只等一張二餅，便遞了個暗號兒與鳳姐兒。鳳姐兒正該發牌，便故意躊躇了半響，笑道：『我這一張牌定在姨媽手裏扣着呢！我看不發這一張牌，再頂不下來的。』薛姨媽道：『我手裏並沒有你的牌。』……鳳姐兒便送在薛姨媽跟前。薛姨媽一看是個二餅，便笑道：『我到不希罕它，只怕老太太滿了。』鳳姐聽了忙笑道：『我發錯了！』賈母笑的已擲下牌來說：『你敢拿囘去！誰叫你錯的不成？』鳳姐兒道：『是要算一算命呢！這是自己發的，也怨不得人了！』賈母……又向薛姨媽笑道：『我不是小氣愛贏錢，原是個彩頭兒！』薛姨媽笑道：『……那裏有那樣糊塗人說老太太愛錢呢？』鳳姐兒正數着錢，聽了這話，忙又把錢穿上了，向衆人笑道：『贏夠了我的了，竟不爲贏錢……我到底小氣，輸了就數錢；快收起來吧！』……鴛鴦笑道：『奶奶不給錢！』賈母道：『她不給錢，那是她交運了！』便命小丫頭子把她那吊錢都拿過來？

這一幕可愛的家庭小喜劇，使得許多讀者感到親自在座一般。爲了使一個權威地位的老人高興而如此善意地哄騙着，可知那通常被稱做一種「孝道」的技術，也就正由於那老人自己的需要而造成的；想到那麼高居寶塔頂的人物之受人蒙蔽是必然的了。她自己所鍾愛的外孫女黛玉之遭了慘死，寶貝孫子寶玉被騙着娶了薛寶釵，這老太太是處在受別人包圍運用之中，不過是例證之一而已。

如果考究到賈府的興衰治亂，我們自然不能專責於賈母這老婦人的。我們且看後來高鶚所寫賈府衰敗後賈母禱天一段——

……賈母上香跪下，磕了好些頭，念了一回佛，含淚祝告天地道：『我賈門史氏，虔誠禱告，求菩薩慈悲！我賈門數世以來，不曾行兇霸道，我幫夫助子，雖不能爲善，亦不敢作惡。必是後輩兒孫，驕奢淫佚，暴殄天物，以致闔門抄檢，現在兒孫監禁，自然兇多吉少；皆由我一人罪孽，不教兒孫，所以至此。我叩求皇天保佑……情願一人承當……早早賜我一死，寬免兒孫之罪！』默默說到此處，不禁傷心，嗚嗚咽咽哭泣起來。

賈府這座十三層的寶塔是從根到頂發生腐朽的。在塔身沒有摧毀的時候，這金光明亮的塔頂可以巍聳雲霄，照耀遠近；可是等到賈府裏面基礎動搖，外面風雨交加的時候，這位作爲宗法體系頂端的老菩薩就失去威靈，毫不發生鎮壓與凝固的作用，她自己也落一個最悲慘的結局。賈母從年輕時看着賈府起家，自己的孫女兒做了皇帝的寵妃，登峯造極，一路順境；雖說平日也知道兒孫不肖，可是她不能意識到所承襲的「天恩祖德」竟是如此短促。她最大的不幸就是活得太長了一點，使她及身而見到家敗人亡的種種慘象。最後這可憐的老婦人發見了招禍的責任不在過去的祖先，而是由於後輩兒孫的罪孽，可是已經到這寶塔頂隨着塔身而攤塌下來的時候了。紅樓夢原作者對於這位老祖母的描繪是成功的。她和一般經過光榮時代的老人一樣，只喜歡追述往事，絕不意識將來；對於現實是每每不加處理；對自己，就只需要身邊的一點享受——這該是我們中國式的老年人的特質，也正是應當共有的一點警覺吧！

（十）劉老老是丑角嗎？

一

一提起這位劉老老，眼前就看到一個村氣十足的老嬷嬷插了滿頭的花朵，喝得酩酊大醉，層出不窮的鬧笑話；她的確做過大觀園中點綴繁華的一個有趣動物。

若問到劉老老的來歷麽？說句「繞脖子」的話吧：北京劉老老的女壻王狗兒的父親王成的父親，曾認識過南京王熙鳳小姐的父親的父親。這位小京官王老頭兒貪慕那位大京官王老太爺的權勢，曾藉着「同衙門」的機緣而拉扯着聯過宗。隔了兩代之後，北京王家的人是住在鄉下的窮莊稼人狗兒，而南京王家的人住在北京城裏的却是高門大戶賈府的太太王夫人和少奶奶王鳳姐。如今這窮狗兒的丈母娘劉老老忽然想追遡過去的這種「本家」關係而再去向他們攀援，眞是「明月行中天，螻蟻向之揖」，其中的距離該有多遥遠呀！

然而我們的作者却偏要從「千里之外，芥豆之微」把這位劉老老拉進大觀園去大大地出一回風頭。「朝廷還有三門窮親戚呢」，王熙鳳說的是事實。只可憐這位七十五歲的老太婆為了女壻之窮困難熬，不得不「捨出老臉」到城裏去「闖闖運氣」，因此她就必須要一層一層地跨過高門坎兒——關於這，只有作者看得最清楚。說也奇怪，居然就被她攀登到金陵寶塔第十三層的金頂上賈母的身邊，試看她第一次進榮國府是怎樣闖過若干層的關口——

一　帶了板兒到了榮府的大門石獅子旁邊，先蹲在角門前等着，然後覷便挨上去向那些挺胸凸肚指手畫脚的大爺們問了納福，然後才說出『我是找太太陪房周大爺的』。

二　別人說，『你到遠遠的牆角下等着去吧』；其實周瑞早到江南去了。若非有那麼一位年老的告訴了她，怎麼會知道周瑞娘子住在後街上？還不定要傻等到哪天呢！

三　到了後街，虧了她機靈，她拉住了一個小哥兒，說了好話，才把她帶到周家門口。

四　從前狗兒爲周瑞在鄉下與人爭買土地曾出過力，於是周瑞家的說：『自己方便，與人方便』；——不錯，是先要自己方便了，然後再與人方便的啊——竟慨允了帶她去見鳳姐兒。但須先派人去打聽擺飯的時間，才可以決定進去不進去。

五　進到府裏了，被安插在鳳姐住宅的側廳，等着。周大娘必須先去懇求平兒的批准。

六　她被叫進去了，到東邊屋裏先謁見平兒。誰曾見過這麼高貴的丫鬟呀？幾乎弄錯了人，把平兒當鳳姐，叫出「姑奶奶」來。

七　等吧！等到中午時分了。小丫頭子一陣亂跑，聽着外面一二十個婦人衣裙悉卒之聲：是「奶奶下來了」；別人那邊在端飯上來，自己在這邊提着一顆心。

八　好容易周大娘向她招了手兒。只得冒着險一步一步向那邊「蹭」過去。進到屋裏了；鳳姐低着頭撥火爐裏的灰——知道貴人正在想什麼呀？誰敢哼一聲氣兒呢？她抬頭看見了，劉老老趕快拜倒在脚下。

九　怎麽開得出口喲？——又碰上許多媳婦管事來回事。幸虧平兒給打發散了。剛剛鼓着勇氣要說話，先漲紅了臉。不巧賈蓉又來了，那情境又是怎麽一回事呀？眞不把人急死？

十　好容易這位小爺走了，自己想說的話也算好好歹歹地說了出來了。鳳姐偏又說什麽『大有大的難處』！總算結論還不壞：『太太給丫頭做衣裳的二十兩銀子，不嫌少就拿去使着吧！』阿彌陀佛！『你老拔根寒毛比我們腰還壯！』心裏一高興，什麽話都崩出來了。

像這種情景是劉老老一個人的經驗嗎？這是千千萬萬泥中的螞蟻向着天中的明月進發的路程啊！

二

劉老老到了賈府主要的表演是少見多怪老露憨相。「……身子便似在雲端裏一般，滿屋中之物都是耀眼爭光使人頭暈目眩，劉老老此時點頭咂嘴念佛而已」。大觀園中的人們欣賞她這一點，劉老老之成爲丑角的形象也就在這點上，不可不舉些實例——

——只聽見咯噹咯噹的響聲，大有似乎打鑼篩麵一般，不免東瞧西望的。見堂屋中柱子上掛着一個匣子，底下懸着一個秤鉈般之物，却不住的晃……陡聽得噹的一聲，又如金鐘銅磬一般，倒嚇了一跳；展眼又是一連八九下。（這是她初看見自鳴鐘）

——劉老老道：『這樣螃蟹今年就値五分一斤；十斤五錢，五五二兩五，三五一十五，再搭上酒菜，一共倒有二十多兩銀子。阿彌陀佛！這一頓的錢夠我們莊稼人過一年多了。』（她和大家吃螃蟹的時候）

——拿起箸來沉甸甸的不伏手，原來……單拿一雙老年四楞象牙鑲金的筷子與劉老老。劉老老說道：『這叉巴子比我們那裏鐵掀還沉，那裏拿的動？』（她在用象牙筷子的時候）

——劉老老道：『這裏的鷄兒也俊，下的蛋也小巧，怪俊的！我且得一個。』

……鳳姐笑道：『一兩銀子一個呢！』……劉老老便伸筷子要夾，那裏夾得起來？……偏又滑下來滾在地下……劉老老歎道：『一兩銀子沒有個響聲就沒有了！』（吃鴿蛋）

——鴛鴦笑道：『酒吃完了，到底這杯子是什麼木頭的？』劉老老笑道：『怨不得姑娘不認得；你們住金門繡戶的，如何認得木頭？我們成天家和樹林子做街坊……你們這樣人家斷沒有那賤東西，……斷乎不是楊木，一定是黃松的！』（見了黃楊木套杯）

——『誰知城裏不但人尊貴，連雀兒也是尊貴的。偏這雀兒到了你們這裏，牠也變俊了，也會說話了。……那籠子裏的黑老鴰子又長出鳳頭來，也會說話呢！』（見了八哥）

——一時來至「省親別墅」的牌坊底下，劉老老道：『啊呀，這裏還有大廟呢！』說着，便爬下叩頭。……我們那裏這個廟最多……便抬頭指那字道：『這不是「玉皇大殿」四個字？』（她和衆人走過大觀園中的牌坊）

——便見迎面一個女孩兒滿面含笑迎出來。劉老老忙笑道：『姑娘們把我丟下了。』……只覺那女孩兒不答。劉老老便趕來拉她的手，咕咚一聲，便撞到板壁上，把頭碰的生痛。細瞧了一眼，原來是一幅畫兒。（她走進怡紅院）

這許多小故事中是有一種核心意義的。我們看到這鄉下老如此地處處外行，可笑，才會更意識到賈府之處處豪貴，奢侈。人間原有着如此懸殊的生活境界。窮人偶然到了富人家中，便一切莫名其妙，製造出這許多笑料。其實寶玉偶然到鄉下去看見紡車也照樣不認識，碰了那位鄉下姑娘的釘子，兩種不同的社會又不相隸屬的人物偶然一接觸，就爆發出這種奇特的火花來。

那麽劉老老該是一個大儍瓜了？却又不這麽簡單。作者一入手就說她是一個「久經世故的老寡婦」。看她初次見到賈母，會立刻想出一種奇特的稱呼；她說：『請老壽星安！』這多麽巧妙而恰當！此後與賈母的許多對話又是多麽得體！鴛鴦和鳳姐設計調笑她，她果然在筵席上說出：『老劉，老劉，其量大如牛；吃個老母豬，不抬頭！』引得全場狂笑；但事後她却對鳳姐和鴛鴦說：『你先囑咐我，我就明白了，不過大家取笑兒！』

原來她有意與鳳姐配合「哄老太太開個心兒」，心裏却是雪亮的。倒是那笑她爲「百獸率舞」的林黛玉才淺薄呢。劉老老爲賈母和衆姊妹講鄉下故事，什麼下雪天一個女孩子抽柴草，什麼九十多歲老奶奶抱孩子等等故事，完全爲了迎合寶玉賈母諸人的好奇心理，一味順口胡謅，多麼聰明？從來沒有到過的環境，從來沒有見過的人物，初一接觸，就能懂得別人對她自己的需要以及自己對人應有的尺度，多麼機警？若不是她善於逢場作戲，見廟燒香，怎能博得賈府老幼尊卑都歡天喜地，個個人希望她再來？怎麼能做到臨行時人人送禮，滿載而歸？

三

按照身份與性格分析，劉老老應該是出身於小市民，她必是先有過都市生活的磨煉，然後才到鄉間去依靠女壻的。假如她眞是一個從未出過鄉村的老農婦，就絕不可能有那麼多的機智，也根本無此胆量到那天堂樂園的賈府去探險。她所謂到城裏去「闖運氣」「丟老臉」是多少有些估計的。不過劉老老絕不是一個油嘴滑舌的騙子，也不是一個趨炎附勢的小人；正相反，她是知恩善報見義勇爲的熱心人。二進榮國府的時候，王熙鳳要她爲自己女兒巧姐取個名字，說要靠靠老人家的福，這是先安排下將來榮府潰敗巧姐被賣出去投靠了她的故事。到那時候，只有一個劉老老是有肝胆有辦法的；到那時候，劉老老就一點也不滑稽了。

在中國的小說、彈詞和民間故事中，常有各種老婦人典型之提出。她們之中的正派人物，就以豐富的經驗，廣博的知識，充任着一般家庭和親戚鄰里間的生活指導員或人事糾紛的排解者。另一種，就是以巧言令色，奔走豪門，爲人幫閒拉縴，助虐營私，成爲人所鄙視的「三姑六婆」。這兩種人物，劉老老自然不是走街坊說是非的「老虔婆」，她的本質是屬於前一種的。鄉居而窮苦的老婦人進城去求親戚而露出些窮相，傻相，本是普通的事。「劉老老進大觀園」之所以成爲人們口頭上最流行的典型故事，這固然是因爲作者把劉老老的形象描寫得太活潑逼眞，淋漓盡緻；實際上却因爲劉老老其人其事也的確不平凡。她是以取得人同情的動機，運用了出人一等的智慧，表演出輕鬆愉快的姿態，而獲得勝利的。這樣，她的故事才成爲一種奇蹟，值得稱道。如其不然，她一進賈府就哭窮訴苦，也許別人會當她一個老乞婆打發她走路；倘或是她太表現出憤慨不平，那又會變成「貧富鬥爭史」的一頁了。劉老老這人物之成功，就祇在於本質與形象的矛盾。她是內心藴藏着沉重的使命，艱苦的心情而來的；來了之後自必須一方面戰戰兢兢進行爭取；而另一方面却必須隨機應變，敷衍環境。她哪裏是什麼滑稽鬥笑的人物？她不過偶然闖上了一個陌生的舞台，遇到了一羣喜歡看熱鬧戲的觀衆，這才被人強制化裝，臨時做了一回票友罷了。

中國文學史上的丑角之涵義是廣泛的。我以爲可以分成四種類型：第一是粗直熱情而可愛的丑角，如張飛，魯智深，李逵等人；像是「草包」，却並不愚蠢。第二是聰明佻達而可敬的丑角，如淳于髡，東方朔，濟顚僧等人；他們遊戲人間，諷刺社會，所謂滑稽角色。第三是愚弱低能而可憐的丑角，如蔣幹，猪八戒以及武大郎一類的人，所謂「蠢才」；他們以失敗者的形象使人笑，而實際上是令人悲憫。第四是昏憒貪殘得可恨，或是邪惡奸巧得可鄙的丑角；一般小說戲劇中的昏君，貪官，土豪，以及許多卑劣下流的「小人之尤」，都屬於這一類，如桃花扇中的阮大鋮，平劇中的嚴嵩，湯勤等。他們以種種醜態令人笑，但笑的底面是深惡痛絕。第一第二兩類是喜劇性的；第三第四兩類是悲劇性的；劉老老應當屬於哪一類呢？她似乎粗直，却絕不魯莽；似乎無知，却絕不低能；也頗有心機，但不邪佞；她是以第一種的形象表現，而又富有第二種的意趣。就實質上說，她不過是一個冒充的丑角而已。

劉老老在紅樓夢故事主題中不重要；就是沒有了這個人，對於整部故事的發展並不生什麼影響。但由於作者對她寫作的成功，使這位老婆婆也成了中國近二百年來的一個名人。作者之故意提出這樣一個人物來是專爲了增加笑料嗎？在榮甯府中隨意選派一兩個人充任丑角是很容易的事。專爲了安排日後打救巧姐嗎？那不必如此費事舖張，也不須要這樣一種滑稽姿態。我以爲這是由於作者要故意在自己主題中各種人物之外創造一個另一世界的象徵人物。寶玉在大觀園中住着，常覺得狹窄、空虛；作者的筆也感到總寫着金門繡戶慘綠愁紅小天地的厭倦。他自己流落風塵，嘗盡貧困無援之苦，深知一切小人物之哀愁；於是就把這劉老老引進大觀園中，使她作爲賈府的一面鏡子，使讀者從劉老老的眼中看到了賈府之豪貴，奢侈，種種飽暖無聊，却不自知，自慚，倒反以窮人開心；同時，在這裏表現了鄉下人之窮苦、潔白與忠誠熱心。值得我們特別注意的是作者單使一個劉老老來和賈母以及

154

這一系列的太太奶奶們作個正面的對照。這老婆婆的個性，風格，地位，與紅樓夢中賈母以外的幾位老婆婆如薛姨媽，尤老娘，李嬸娘，賴大媽媽，寶玉奶媽，李老嬷嬷，自然也完全異調。紅樓夢中那麽多的女性幾乎無不歸於悲劇的結局，只有劉老老是一個例外；連那多福多壽的老太君賈母的下場也比不上她。作者何其對於這一位窮苦老婆婆這樣地偏愛呢？僅僅以此一個喜劇性的角色用來反襯出全部大悲劇的陰慘，這個鄉下老太婆的重量也就可知了。

（十二）王熙鳳論

一

在全部書的開始，從初到賈府幼年的林黛玉眼中，作者使我們看到王熙鳳彩繡輝煌的衣裝，活躍出羣的言動，便覺得這人物出場的聲勢非凡，便可以知道她的地位之重要，以及作者對她是如何地着力抒寫。我以爲紅樓夢作者對於王熙鳳出場的寫作工力，斷乎不弱於托爾斯泰之寫安娜·卡列尼娜的出場。

紅樓夢作者在全部故事中，除了主人翁寶玉本人以外，安排了三個最主要的人物：在戀愛故事上是林黛玉和薛寶釵，在家庭生活中便是這位美貌多才的管家少婦。寶玉式的戀愛不能離開黛玉而存在，賈府式的家庭不能失去鳳姐而維持。作者能理解到在這高貴龐雜的門第的結構中，鳳姐是一根從屋頂直貫到地面的支柱。我們可以看出如果把這一女性抽了出去，紅樓夢全部故事的結構也就癱塌下來；將祇剩下一部才子佳人的傳奇。正確地說來，作者是把寶玉黛玉寶釵和鳳姐四個典型各求其完整而又連帶配合着創造出來的。

如果說曹雪芹是用他的筆蘸着眼淚寫成的黛玉，那麼他就是蘸着燒滾了的鋼汁寫成的鳳姐；我們實在不容易在別的書中找得到以如此緊張強烈的腕力寫成的人物典型。鳳姐當然不是莎士比亞狄更司歌德巴爾扎克易卜生托爾斯泰等人社會中的產物；也不是左傳的鄭莊公，史記的漢高祖，金瓶梅的潘金蓮，聊齋的仇大娘。她正是一個紅樓夢作者社會中的實際人物，一個十八世紀中國貴族大家庭中的精強狠辣的少婦，具有封建社會所賦予一切特質的某一種完整的女性典型。直到今天，中國舊家庭的太太少奶奶中還找得到這種風格的傳統。

作家對一個人物的安置與創造應該是從許多角度的輻輳而着手的：對於這實際人物本身的認識，對於人物在文藝寫作中地位的規定，和對這種典型在歷史傳統上的觀照。關於鳳姐，使讀者比較容易聯想到的，也許是三國演義的曹操罷？某種封建的家庭和某種封建的政治常相共着同一套的軌跡，所以中國家庭的主持者與政治的舵手也常從同一種歷史傳統規定了他們的風格；於是作家把他們也安排在相類的寫作地位中。三國演義主觀的題材是劉備關羽諸葛亮等人，但對於客觀方面強有力地存在着的曹操，他非用力抒寫不可。因爲沒有曹操的存在，三國的故事就根本解了體。有了曹操所形成的環境，才加強了劉關諸葛的存在價值。有了鳳姐所操縱的那樣的賈府家庭，才使寶黛戀愛這一次的中心更突出，更浮雕化。支持漢代殘局的是曹操，加速地結束了漢代統治的是曹操；鳳姐對賈府的使命也正如此。在個性表現上，三國演義的讀者怕曹操，駡曹操，曹操死了想曹操；同樣，紅樓夢的讀者怕鳳姐，駡鳳姐，不見鳳姐想鳳姐——原來他和她是從同一種社會本質中孕育出來的角色。雖然一個家庭婦女並不會有意識地去模做一個古代的政治家，曹雪芹也斷不會笨到抄襲別人的程度；中國社會史却有着它自己實在的規律；紅樓夢作者創造出這樣一個「鳳辣子」，並不是出於偶然的。

二

『東海缺少白玉床，龍王來請金陵王』，金陵王家和賈史薛三家是同等地位的江南大門閥，而且世代姻親。後來三家都逐漸衰落，獨有王熙鳳的叔叔王子騰却升任九省都檢點，聲勢煊赫；賈薛兩家不免遇事倚仗他。王熙鳳出身於高貴而複雜的大家庭，她小時候曾穿着男裝，當作男孩子教養，她的接觸廣泛，見識豐富是必然的，嫁到賈府是賈政夫人王氏的內姪女，佔着優勢的地位。周瑞家的對劉老老介紹說：『這位鳳姑娘雖小，行事却比別人都大呢。如今出挑得美人兒一般的模樣兒；少說些有一萬個心眼子。再要賭口齒，十個會說話的男人也說不過她呢！』賈珍說她『從小兒頑笑時就有殺伐決斷，如今出了閣，越發歷練老成了。』我們祇看她協理寧國府秦可卿之喪，一開始就看定寧府的五大弊端：『一是人口混雜，遺失東西；二是事無專管，臨期推諉；三是需用過費，濫支冒領；四是任無大小，苦樂不均；五是家人豪縱，有臉者不能服黔束，無臉者不能上進。』這是何等的明敏！她對症施藥，加以整頓：首先是分班管事，職責分明；其次精細考覈，不容混冒；第三賞罰嚴明，樹立威信。於是頭緒淸楚成績立見；『寧府中人才知鳳姐利害，自此各人兢兢業業，不敢偸安』『鳳姐自己威重令行，心中十分得意』『鳳姐雖然如此之忙，亦因素性好勝，惟恐落人褒貶；故費盡精神，籌畫得十分整齊；於是合族中上下人等，無不稱讚……一切張羅招待，都是鳳姐一人周全承應。合族中雖有許多妯娌，……俱不及鳳姐舉止大雅，言語典則；因此也不把衆人放在眼裏；揮霍指示，任其所爲，旁若無人。』——這是鳳姐發揮能力樹立權威的開始。

做賈府的當家媳婦是斷乎不容易的。在那長輩平輩小輩本家親戚和男女奴僕之間，彼此都有着極複雜的矛盾，若不俱備獨到的權術機變，一個孫媳婦輩的年輕女子是會被壓得粉碎。可是她憑着自己的天才與苦心，竟能夠見風使船，多方應付。她的婆婆邢夫人要她去向賈母爲賈赦討鴛鴦做妾，她很巧妙地擺脫了。王夫人疑惑大觀園中的繡春囊是她所有，她很委婉地洗刷了。王善保家的慫恿着王夫人搜檢大觀園，實在丟了她的面子，她却留給探春去發作。探春暫代家務，首先拿她「做法子」，她以忍讓態度避過風波。她看出賈母王夫人偏愛寶釵，就加倍鋪張地爲寶釵過生日；看出王夫人選定了襲人爲寶玉的侯補侍妾，便從各方面去優待襲人。李紈帶領衆姊妹聲勢浩大地找她加入詩社，她知道這不過是要她出錢，她就立刻答應擔任「監察」職務，先出五十兩銀子。來告幫的劉老老忽然爲賈母所欣賞，她就立刻發覺了這是老太太最妙的消遣品，便把這鄉下老太婆當做寶貝看待了。作者對於這一位目光四射手腕靈活的機會主義者，隨處都以極巧妙生動的手法加以描寫，使任何讀者都能受到她鋒利的智慧之啓發。

一個權術家的特長，是能在運用諸般矛盾和調整諸般矛盾之中，更緊握住了最扼要的一環。賈府的寶塔頂是賈母。這老太太在宗法家系中佔着最高的權威地位，她沒有缺憾，也沒有要求，所不可少的只是晚景中的一點熱鬧歡笑而已。於是鳳姐日常的第一種工作便是爲賈母製造熱鬧，以此取得老太太非常的寵愛與全力的支持。在賈母面前，家庭尊卑長幼的輩分和傳統禮法的拘束，都被鳳姐攪個稀爛，而任何人對她無可如何。

鳳姐本質上絕不是個丑角，但丑角這種姿態是可以當作某種工具而使用的。她在賈母面前充分地發揮着詼諧的才能。賈母爲了賈赦討鴛鴦做妾而大生氣，一家人都嚇得戰戰兢兢，這時候正是她顯本事的機會了。她首先假意地反派了賈母的不是，她說：『誰叫老太太會調理人？把人調理得水葱兒似的……』逗得老太太發笑，然後打起牌來，又故意輸錢，故意抵賴——

……薛姨媽笑道：『果然鳳姐兒小氣，不過玩意兒罷了。』鳳姐聽說便拉着薛姨媽，回頭指着賈母素日放錢的一個木櫃子笑道：『姨媽瞧瞧，那個裏頭不知玩了我多少去了。這一吊錢玩不了半個時辰，那裏頭的錢就招手兒叫它呢。只等把這一吊也叫進去了，牌也不用鬥了，老祖宗氣也平了，又有正經事差我辦去了。』

王鳳姐的口才自然是任何人所不能比擬的；她隨時有多少動人的談笑，使讀者如聞紙上有聲，永不磨滅。當她協理寧府成功之後，賈璉從南方回來——

……鳳姐便笑道：『國舅老爺大喜！國舅老爺一路風塵辛苦！小的聽見昨日頭起報馬來報，說今日大駕歸府，略備了一杯水酒洗塵，不知可賜光謬領否？』賈璉道：『豈敢！豈敢！多承多承……』賈璉遂問別後家事又謝鳳姐操持辛苦。鳳姐道：『我那裏管得這些事來？見識又淺，口角又笨，心腸又直率；人家給個針，我就認做捧槌。臉又軟，擱不住人給兩句好話，心裏就慈悲了。况且又沒經過大事，膽子又小，太太略有些不自在，就連覺也睡不着了。我苦辭過幾囘，太太又不許，倒說我圖受用，不肯學習。殊不知我捻着一把汗呢。一句也不敢多說，一步也不敢妄行。……更可笑那府裏蓉哥媳婦死了，珍大哥再三在太太跟前跪着討情，只要請我幫他幾日；我是再四推辭，太太做情允了，只得從命；依舊被我鬧了個人仰馬翻，更不成個體統。至今珍大哥還抱怨後悔呢。你明兒見了他，好歹描補描補，說我年紀小，原沒見過世面，誰叫大爺錯委了她？』

這是多麼委婉的詞句，多麼美妙的說謊技術！可是她若一翻臉，就從那同一的口裏噴出最粗野下流的聲音，當她把尤二姐騙入了大觀園之後，便去大鬧寧國府，賈蓉跪在地下自己打嘴，寧府的下人們黑鴉鴉跪了一地，鳳姐罵尤氏道——

『……你發昏了！你的嘴裏難道有茄子塞住了？要不就是他們給你嚼子啣上了？爲什麼你不來告訴我去？……自古道「妻賢夫少禍，表壯不如裏壯」，你但凡是個好的，他們怎麼敢鬧出這些事來？你又沒有才幹，又沒有口齒；鋸了嘴子的葫蘆，只就是一味瞎小心，應賢良的名兒！』

鳳姐的威稜是沒有人當得住的。作者曾借賈璉的心腹小廝興兒作正面的暴露，他對尤二姐說：『我告訴奶奶，一輩子別見她才好：嘴甜心苦，兩面三刀；上頭笑脚底下就使絆子，明是一盆火，暗是一把刀。』話雖說得明白，結果那興兒自己畢竟也遭遇上了——

……那興兒……看見鳳姐的氣色及兩邊丫頭們的光景，早唬軟了，不覺跪下，只是磕頭。鳳姐道：『……再有一字虛言，你先摸摸你脖子有幾個腦袋瓜子？』……喝命『打嘴巴！』旺兒過來才欲打時，鳳姐罵道：『什麼糊塗忘八崽子！叫他自己打，用你打嗎？……』那興兒眞個自己左右開弓，打了自己十幾個嘴巴。鳳姐喝聲『站住！』……興兒見說出這件事來，越發作了慌，連忙把帽子抓下來，在磚地上咕咚咕咚碰的頭山響；口裏說道：『只求奶奶超生，奴才再不敢撒一個字的謊！』

三

口才與威勢是作戰的武器，掌握權力掠取財富是作戰的目的。賈府內部的用人行政，大多逃不出鳳姐的手掌心。賈珍要派賈薔到江南去採買唱戲的女孩子，賈璉原不甚同意；但賈蓉示意鳳姐，鳳姐便立刻發言支持，使他通過；於是薔蓉兩個便當面許下了賄賂。賈璉要派賈芸管理小和尚小道士的差使，鳳姐却先答應了賈芹，結果把賈芸打銷了；於是賈芸悟到『一起頭就求嬸娘，這會子也早完了。誰承望叔竟不能的？』他便使用賄賂和巧妙的語言來說動鳳姐，果然派了他充當大觀園中種樹的差使。饅頭菴老尼姑求了鳳姐假冒賈璉之名，託了長安節度使，強迫別人退婚；結果張家的女兒和某守備的兒子，雙雙自盡，而鳳姐安然得賄三千兩。鳳姐經常叫心腹奴才放高利貸，各房的月錢常常尅扣，挪用。賈母爲她湊份子過生日，連最窮苦的趙姨娘周姨娘的錢也不肯放過。賈璉要請鴛鴦偷取賈母的銀器去典押，必須先許下給她的好處，才能辦通。直到最後賈府抄家，她的成大箱的放利錢的備票是主要罪證之一。鳳姐自己是這一家庭的主持人，同時却是這一個家庭的貪污首腦。她使用着自己的特權，剝削着這全家的經濟利益；於是這賈府一般子弟奴僕乃至婆子丫鬟們都各營其私，各舞其弊，紛擾與罪惡，層出不窮，她也就無法厲行眞有效的統制。

作者深深看透，過分弄權與貪利的個性，必然具有最殘酷陰險的心機和縱慾的私生活。作者寫鳳姐是一開始就採取非常的手法，把她個性中的幾個主要方面同時抉發出來：「賈璉戲熙鳳」和劉老老眼中所見她和姪兒賈蓉的曖昧關係，是鳳姐的性生活，「協理寧國府」是表現鳳姐的幹才，「弄權鐵檻寺」是暴露鳳姐的貪污，「毒設相思局」是指斥鳳姐的殘忍。封建家庭尾閭期中一個出衆的強者本是這樣無所不能也無所不爲的；而作者最着力指出來的是鳳姐的自恃與狠毒的情操。在賈府上上下下四百多人之中，賈母是她的掩護者；王夫人有衝動而無見地，李紈不問現實，探春有才而無權，尤氏庸懦而無行。作爲家長地位的賈政早已是實際上破產了的偶像。作爲家系承繼人的寶玉，却是一個戀愛至上而絕望於現實的文人。至於賈珍賈璉賈蓉賈芹那些荒唐子弟，或加以羈縻，或收爲鷹犬，哪放在她眼裏？鳳姐說：『我從來不信什麽陰司地獄報應的，憑什麽事，我說行就行！』這是作者所發見，在一個基礎腐敗人才貧弱環境中的強者所能養成的特性。鳳姐有如此的自信，便肆無忌憚地做出許多事來：她感到傷害了她的自尊心，便無必要地置賈瑞於死地；爲了趙姨娘有一個可以作爲繼承人的兒子賈環，她便隨時欺壓這卑劣得可憐的兩母子；爲了尤二姐既生得比自己更美麗，又有了孕，便以最狡詐最狠毒的方法把她逼死，還要設法追殺她的前夫。此外，作者還在許多小地方刻畫鳳姐的權詐，譬如聽說鮑二家的被打後上吊而死，她家裏將要打官司，她起初也暗吃一驚，但立刻就說不許賞她們的錢，還要反告她們一個「借屍訛詐」。又如王夫人根據趙姨娘的私訴而查問鳳姐發月錢的事，她一走出來就發話示威，說「從今倒要幹幾件刻薄事了」，這都是她得之於一般舊社會的權術的心傳。爲了感到命運之威脅和地位動搖的恐怖，她必須用盡一切陰謀與殘酷，以控制環境，以排除異己，她一絲一毫也不寬容，也不鬆懈。

鳳姐在家庭戰場上是一個勝利者，然而她畢竟不是賈府的政治家。作者在她的傳記開始處就使秦可卿向她託夢，指出這一個大家族的危機，而挽救之道在於多替公家置義田，立家塾，以爲衰落後的準備。聰明絕頂的鳳姐難道對於這一啓示毫無警惕嗎？然而她以爲那些公共的福利，以後的生機，絕不比目前的實力來得重要，於是把賈府的這唯一的一條生路給擱置下來。鳳姐總攬著賈府的家務，只有她最能懂得這一個大家庭的一切困難，矛盾，和種種的沒落相。但她既絕不許別人從她手中把這封建家庭的尾閭命運奪取過來而加以挽囘，於是她反成了這命運的有力支配者。這位連賬也不會寫、不學而有術的少婦本不具有什麼基本政策，但她在無制裁力的環境之下，却建立起以她自己爲中心的個人功利主義。她根本不需要什麼久遠的計劃和實際的建設，更不需要與能幹的探春高潔的李紈或任何人合作；她所需要的，只是在她自己掌握中，使這一個龐大矛盾的家庭暫時存在着，以滿足她自己而已。因此，她也就必須拚着自己一個人的體力與智力而日夜苦鬥不息；她不能不「效戲綵斑衣」以點綴昇平；不能不「恃強羞說病」以支撑局面；到了最後，她還玩了一套驚人的把戲，使用「掉包」的技術拆毀了寶黛的婚姻，而其結果就是造成賈府繼承人寶玉的出走。

所不幸的，她一方面在內部腐蝕着這一個家族的生命力，賈赦以及一般荒唐子弟也同時把外禍一步一步地招致着逼近來。當政府查抄的轟雷震到榮國府的屋頂上的時候，這位女英雄也正到了心血耗盡威力崩解的末日，於是她也被她自己所拉垮的這座大廈埋葬了；倒恰好如她所想像的一樣，自己與這家族相共了最後的命運。

四

王熙鳳是一個生命力非常充裕頭腦非常敏銳的角色，家庭中能幹主婦傳統風格的最高度的結晶品。她把主婦才智的量堆積並提高到質的變化，成爲一個封建大家庭末期殘忍毒辣的代表人物，正和曹操在漢末的政治地位相當。

不過無論如何，曹操是人，王熙鳳也仍是個人，而且她還是個女人。紅樓夢作者一邊不遺餘力地刻畫出鳳姐的許多特點；另一邊他也從沒有抹煞這一位美貌多才的少婦的內心深處的一點人性遺留。鳳姐不信鬼神，從不委命於天，那是正由於不敢相信有鬼神天道之存在吧？賈瑞，張金哥夫婦，鮑二家的，尤二姐都是怎麽死的，她知道。別人說到她太聰明不是壽者相，或不積陰隲就要短命的話，不能不給她心上留下極深重的暗影。她生活條件中缺乏一個兒子，她惟一的一個女兒就不免要請劉老老起個名字，靠靠她的福。母親畢竟是母親啊！她文化水準太低了，不懂一般閨閣中琴棋詩畫的消遣，在衣食享受權利爭奪之外，毫無精神生活之可言。對於男性，爲功利可以驅使，爲精力之剩餘可以玩弄；但賈蓉後來竟幫助賈璉偷娶尤二姐，而寶玉對她流露出不感興趣的神情，這實在刺痛了她的心。她生命中惟一的知己秦可卿死了，她從此成爲一個絕對孤立的人。對自己第一忠實的心腹丫鬟平兒，她仍不免要懷疑和防範。她大權獨攬，壓倒一切，到處都是敵人，曾幾乎被死敵趙姨娘使用壓魔法害死。她處在怎樣一個危險的境地，自身是能知道的，她曾對平兒說過得罪的人太多，但是因爲權利高，責任重，使她感到『騎上虎背了，雖然看破些，一時也難放寬。』因此，她只能平着「寧我負人，毋人負我」的哲學硬幹到底。自己病越加重，精力越不夠，還要勉強支撐；在手裏的支配權必須緊握到自己死亡之日爲止。鳳姐這些內心的虛弱，矛盾與痛苦，我們的作者是隨時窺察到而把它剖析出來的。

王熙鳳是紅樓夢中第一個活躍的人物，也是作者用力最大，寫作最成功的典型。從她一出場就生龍活虎，如火如荼；一路故事的發展，個性的表現，作者永遠一絲不懈地揮動着巨如鐵柱細似金針的筆，加以描寫。而且無論是她自己的傳記或配合別人的場面，作者總把她安置在萬目睽睽的舞台口的地位上。對於這一個作爲全部故事骨幹之一的重要人物之處理，作者是持着最嚴重的警覺而取着最活潑的運用。

原作者對於王熙鳳，並沒有把她當作一個普通的罪惡典型來譴責。他只要指出一個腐敗、動搖、惶惑和空虛的沒落貴族羣中，有一個最強烈的功利主義的掙扎者；而她征服了自己周圍的一切，似乎已到與現實成功最接近的涯岸邊。但她那麽可愛的聰明才智，那麽可驚的殘忍陰毒，旣挽救不了貴族家庭崩潰的整個的趨勢。其結果她自己，反演出了比幾個放棄現實的出世主義者還要可怕的悲劇，給人們以極強的反挫感覺。作者曾站在超現實的立場說出了對她悲憫的警惕的語言——

『機關算盡太聰明，反算了卿卿的性命！……枉費了意懸懸半世心，好一似蕩悠悠三更夢。忽喇喇似大廈傾，昏慘慘似燈將盡！呀，一場歡喜忽悲辛，嘆人世終難定！』

（十二）賈府的老爺少爺們

一

當然不會有人以爲賈政賈珍賈璉這般人是紅樓夢的描寫主體；然而若沒有了這一羣老爺少爺們，作者怎麽能使人理解那「赫赫揚揚，已逾百載」的豪門賈府是如何沒落下來的呢？紅樓夢這部書的主人翁是寶玉以及許多以「水做的」女性，然而賈府的主人翁——也就是十八世紀中國社會的統治者，却是這批「泥做的」「鬚眉濁物」。

拆毁封建社會本身機構的工匠是封建社會自己製造出來的；興家創業的老祖宗偏會生育出一羣斬絕自己家族命脈的不肖兒孫。賈府最初的兩弟兄賈源和賈演，以漢人而跟隨着滿洲主子征伐自己的祖國，建樹軍功，做了異族的開國英雄，獲得榮國公甯國公的勳位，成立了高貴的門閥，積聚了財寶，繁殖了兒孫。可是這兩位創業者不會想到正當大淸乾隆皇朝久治武功空前隆盛之時，他們自己的家族却已走入崩潰的階段；並且就由他們自己的裔孫曹雪芹來執筆寫出這一部貴族家庭的敗亡史。

這賈府是當時上層社會的一種核心機構，在那極其「昌明隆盛」的時代，許多內安外攘的勛勞似乎已被他們的祖宗輩中若干才智之士做完了，這一大羣貴族兒孫就只有高踞在社會頂點做了純粹的支配者和享受者。因此他們也就越來越低能，越腐化；不但不會再開創新的生路，連祖宗的遺產也都銷蝕淨盡，歸於滅亡。應當看作社會史家的作者曹雪芹完全正確地指出了這種史實：第一代賈「源」和賈「演」是光榮的創造。第二代賈代善賈代化就「嬗」「化」得平平無奇。第三代的三兄弟呢：賈敬只懂得「燒丹煉汞」；賈赦襲了世爵，不管家務，旣庸又昏；賈政是「皇上因恤先臣」才「額外賜了一名主事之職」，到了第四代第五代賈珍賈璉賈瑞賈芹賈蓉賈芸這一羣少爺孫少爺們，就誠如焦大所惡罵的：『哪裏承望到如今生下這些畜生來？每日偸鷄戲狗；爬灰的爬灰，養小叔的養小叔子。』賈府家系如此一代不如一代地相傳下來，果然反映出中國的歷史規律，所謂「五代而斬」。

二

賈政老先生是一個不肯苟同於罪惡也不能苟免於沒落的「正人君子」，作者以兒子寫老子的艱難情緒，很沉重地刻畫出這位封建社會骨幹人物的矛盾，苦悶，無能，並且指出一個忠實的正統主義者的悲劇。

賈政是榮國公的孫子，是皇妃的父親，是當時北靜王和若干王公貴胄的前輩，是首都衛戍總司令和九省綏靖主任王子騰的妹壻，是首都市長新貴賈雨村的荐舉人；而他自己也常有被皇帝詔見的機會。由於他處在如此高貴的環境中，他自己就必須儼然做出一個「君子在位」的風範，也不得不是一個忠貞而頑強的衛道者了。然而他個人的地位怎樣呢？「青年時代並沒有高舉巍科，從科考正途上得意；叨了「天恩祖德」獲得了一個小京官，從工部主事升郎中，以一個中級公務員渡過中年。到了晚景，放過一任學差，做過一任粮道，如是而已。這顯然和他的門閥地位以及常相過從的勳爵親貴之羣是太不相稱了。在典型的中國社會中要想提高自己地位，除了必不可少的封建關係爲基礎之外，個人還須要具有些應世的才能：第一是有會做八股又能談風月的文才；第二是有合乎傳統規範又能作罪惡的幹才；然而在這兩點上這政老前輩無一點足與賈雨村相比。當大觀園落成要題匾額對聯的時候，他自己聲明：『我自幼對於山水題詠上就平平，如今上了年紀，且案牘勞頓……』於是雖能一方面不斷地呵斥着寶玉藉以遮羞，而結果却都採用了寶玉的題詠，在應付世務上，他雖然「端方正直」，可是他明知賈雨村之卑鄙貪污而照樣與他往還；薛蟠打死人命照樣要徇情枉法；後來他在江西粮道任上自己也陷於貪污。作者很明顯地結論說，這個「好人」對國家社會一無貢獻。

賈政老爺以榮國府家主的名義孤零零地獨自過活着。這三四百人的一個大家族，有的是人懼怕他，蒙蔽他，衣食他，却沒有人和他聲息相通；他只一個人躲在那寂寞的外書房裏被淫靡腐敗的氣氛所困惱，毫無辦法，社會傳統所給他的那種家長尊嚴的工架使他喪失盡了親子夫妻之間的情趣。有一次春初賈母和孫子孫女們猜謎行樂，賈政朝罷，見賈母高興，也走進去參加；却不想寶玉湘雲黛玉這許多人都因他之到場而受了拘束，大家不開口了，於是賈母便「攆他出去休息」；賈政因陪笑說：『今天因聽見老太太這裏大設春燈雅謎，故也備了綵禮酒席，特來入會；何疼孫子孫女之心，便不略賜與兒子半點？』這不也是頗爲悽楚的聲音嗎？

賈政除了比他地位高的「世誼」和吃他靠他的幕僚外沒有朋友；他雖也有一妻二妾，實在不過聊備名分而已，哪有什麽感情？因此，這位外面一切都凍結完了的老先生只有把所有的無名的內熱都傾注到那全家驕寵的兒子寶玉身上去。經過禮教，期望，妒忌種種成份的混雜，這父親對兒子的愛竟變形地表現成恨——他自己所謂「恨鐵不成鋼」的恨。他自己功名學業毫無成就，完全責望之於寶玉；自己失敗於社會，孤立於家庭，不自覺地移恨於寶玉；而他對於寶玉的實際措施却是：第一，把他丟棄在女性的泥沼裏，使寶玉與他自己隔絕，與社會隔絕。第二，偶然想起，偶然遇見，就惡毒地痛駡幾句「畜生」，「孽障」，「管窺蠡測」，「滿臉利慾」；再忍不住的時候就以決鬥式的仇恨毒打他一頓，如是而已。紅樓夢作者曾寫過這樣的一段小故事：當寶玉生下一週歲的時候，賈政『要試他將來的志向，便將那世上所有之物，擺了無數，與他抓取，誰知他一概不取，伸手只把些脂粉釵環抓來玩弄；那政老爺便不高興，說他「將來是酒色之徒耳」；因此便不甚愛惜。』這是作者藉此說明他們兩父子的性格有着本質上的矛盾，同時也指出正統派的賈政從這兒子一生下來就發生了厭恨的成見。我們的作者却借賈雨村的口爲寶玉辯解道：「可惜你們不知這人來歷；大約政老前輩也錯以淫魔色鬼看待了。置之千萬人之中，其聰俊靈秀之氣，則在千萬人之上；其乖僻邪謬不近人情之態，又在千萬人之下。若生於公侯富貴之家，則爲情癡情種；若生於詩書清貧之族，則爲逸士高人。」這是明白指摘庸俗的賈政的識見之不足以理解自己那天資奇異的兒子。因此，儘可以也偶然一次發現到自己兒子之「風姿飄逸」，也想到自己年已垂老，所望只此一兒，可是惟其如此，他更非要把兒子強制納入傳統的正軌不可，於是這成了父子間始終無可調解的矛盾，人都知道寶玉出家是爲了失戀，我們却不妨再從他親子關係和社會背境去看一下，賈寶玉的人生觀是絕無法和他父親終身相處的；即使他不爲失戀，也不容易承受賈政那一傳統社會的壓力吧？關於下代兒孫之不能「克紹基裘」「綿延世澤」，賈政心裏是明白的；尤其當他看到孩子們所製的春燈謎——如元春詠爆竹「一聲震得人間響，回首相看已作灰」，寶釵詠竹夫人「秋風葉落傷離別，恩愛夫妻不到冬」等詩句，這老人被這些不祥的預言所深深感傷了。

三

甯國公唯一的孫子、賈珍的父親、賈敬老先生摒絕了家人來往，一個人住在元眞觀修道。作者並沒有說他是勘破紅塵而放棄人世的享受才去求仙；正相反，是爲了不滿於現實的人生壽命之太短促才想吞吃一種長生的丹藥。作者只寫了如此一點幽默的文字結束了這個老人的一生——

……家人說：『老爺天天修煉，定是功程圓滿，昇仙去了。』尤氏一聞此言……命人先到元眞觀將所有的道士都鎖了起來……衆道士慌的囘道：『原是祕製丹砂吃壞了事。小道們也曾勸說：功夫未到，且服不得，不承望老爺於半夜守庚申時悄悄地服了下去，便昇仙去了。』

比起賈政來，他的老兄賈赦大老爺倒是一位沒有內心矛盾的人。他的人生見解表現在讚美賈環的幾句話中——

『……想來咱們這樣人家，原不必寒窗螢火；只要讀些書，比人略明白些，可以做得官時，就跑不了一個官兒。何必多費了功夫，反弄出書獃子來？所以我愛他這詩，竟不失咱們侯門的氣概。』……『以後就這樣做去，這世爵的前程就跑不了你襲了！』

賈赦毫無他老弟那種迂塞陰沉的氣息，是因爲他似乎已看透了正統觀念之毫無實用；對這一大家族之要垮台，也沒有什麽感覺。因此他絕不使禮教，名譽，同心等等妨害自己的享樂。他一任自己的慾望做出許多殘忍的行爲來。這有了一妻數妾的老人忽而看中了賈母的丫鬟鴛鴦，就硬逼着邢夫人去討。又叫兒子賈璉去威逼利誘鴛鴦的父母和兄嫂。賈璉說出鴛鴦的父親『已經得了痰迷心竅，那邊連棺材銀子都賞了，不知如今是死是活……』賈赦就駡他『混帳，沒天理的囚攮的！』他對鴛鴦的哥哥金文翔說：『你們說了，她不依，便沒你們的不是；若問她，她再依了，仔細你們的腦袋！』他又說鴛鴦如終不依他，就等到將來老太太死了，他也必把她弄到手。這老人對於一個丫鬟，下了這樣大的狠心，當然『她這一輩子也跳不出他的手掌心』。鴛鴦祇有一條死路。赦大老爺的另一件傑作就是陷害石獃子。這一位收藏古扇的窮書生死也不肯把自己心愛的珍品出賣，於是賈赦就使京兆尹賈雨村誣陷石獃子拖欠官銀而加以逮捕，變賣了他的家產，抄沒了那些古扇送給賈赦；賈璉覺得良心上太下不去，說了一句『爲這點子小事弄得人家傾家敗產，也不算什麽能爲』，竟致觸怒了父親，把那麽大的兒子痛打一頓，養了多少日子的傷。

居高位而縱慾行兇，不受勸阻，不受制裁，這正是宗法家庭特有的規律。若不是「只許州官放火，不許百姓點燈」，封建社會的機構豈不要頑強的持續下去？賈府的腐敗以東府著稱，而東府墮落的老長輩就是賈赦；於是到了賈府奉旨抄家拿辦的時候，這位大老爺恰如其份地做了第一名主犯。

四

甯國府的當家人是賈珍。當紅樓夢一開卷的時候，冷子興就這樣說：『這珍爺那裏肯讀書；只一味高樂不了，把那甯國府竟翻了過來，也沒有敢來管他的人。』

他的兒媳婦秦可卿突然夭亡，賈珍竟會「哭得像個淚人兒」，要杜着拐杖才能走路，他要儘他所有的財產爲她喪葬之用，這是作者對賈珍最惡毒的暴露。賈璉偸取了賈珍的姨妹尤二姐，又妙想天開想把尤三姐拉攏給賈珍，當一同吃酒的一場被尤三姐一頓狠辣的搶白，這也是從側面指出賈珍那種無所不可爲的性行。最明顯的是作者記述賈珍在父喪之中帶領着自己的兒子和親友大規模的聚賭——

……原來賈珍近因居喪，不得遊玩，便生了個破悶的法子，日間以「習射」爲由，請了幾位世家弟兄及諸富貴親友來較射……便命賈蓉做局家……正是鬥鷄走狗，問柳評花的一干遊蕩紈袴……天天宰猪割羊，屠鵝殺鴨，好似臨潼鬥寶的一般……公然鬥色擲骰，放頭開局，大賭起來……家下人借此各有些利益，巴不得如此……薛蟠興頭了，便摟着一個小么兒吃酒……傻大舅輸家沒心腸，吃了兩杯……因罵道：『你們這起兔子，眞是些沒有良心的忘八羔子！』……兩個小孩子都是演就的圈套，忙都跪下奉酒，扶着傻大舅的腿一面撒嬌兒……拿着撒花絹子，託了傻大舅的手，把那鐘酒灌在傻大舅嘴裏，傻大舅哈哈大笑着……擰了那孩子的臉一下兒……

最滑稽的是如賈珍這種角色，遇到某些場合他也要板起臉來充老子，裝正經。當賈母率領全家到淸虛觀裏祈福，大家又忙又熱的時候，賈珍忽找不見了賈蓉——

……只見賈蓉從鐘樓裏跑了出來。賈珍道：『你瞧瞧他——我這裏也沒熱，他倒乘涼去了！』喝命家人『啐他！』……便有個小厮上來向賈蓉臉上啐了一口。賈珍還眼向着他；那小厮便向賈蓉道：『爺還不怕熱，哥兒怎麽先乘涼去了？』賈蓉垂着手，一聲不敢說。那賈芸、賈萍、賈芹等聽見了……一個個從牆根下慢慢地溜過來。

過年的時候賈珍發放年物給子姪們，看管家廟的賈芹也來領取，於是賈珍便訓斥起他來——

『你又支吾我！你在家廟裏幹的事，打算我不知呢！你到了那裏，自然是「爺」了，沒人敢違抗你！你手裏又有了錢，離着我們又遠，你就爲王稱霸起來；夜夜招聚匪類，賭錢，養老婆小子！這會子花得這個形像，……領一頓馱水棍去才罷！……』賈芹紅了臉，不敢答言。

和珍大爺比肩的人物是在榮府當家的璉二爺。與其說賈璉在榮府當家，自然不如說是他太太王熙鳳更爲妥當；賈璉不過是在王熙鳳支配之下的榮府的一個管事人而已。由於她的過份強，賈璉被形成一個可憐蟲；當他一次又一次慘敗於那心毒口辣的妻子之手的時候，讀者甚至於容易寬恕了他的許多放蕩行爲，實際上賈璉在紅樓夢書中擔任着兩種職務：一種是用他來反映王熙鳳；一種是用他來表現出一個十足的浪蕩公子。紅樓夢作者對於寶玉不能說他是「好色而不淫」，但對於賈璉幾乎說他是「淫而不好色」了，因爲他誠如賈母所罵的話『不管香的臭的都弄到屋裏來』。

看到對於賈璉的性生活的描寫，讀者很容易想到紅樓夢之若干部份承襲了金瓶梅之文藝傳統。不過曹雪芹筆下並沒有寫出那人性滅絕的淫棍西門慶。西門慶經常親手用皮鞭子抽打被他剝光衣服正要加以淫汚的女性。賈璉呢，在女性面前却從無惡意的，他只是一個永遠飢餓於肉體行爲的「下流種子」。作者在他的周圍安排了幾個女性，她們的地位、性格、關係各有不同，而賈璉對她們的反映却一律是糊塗而簡單。因此妻子王熙鳳形成了他的暴君，侍妾平兒在被嚴厲防範之下而永不得接近，廚子多渾蟲的老婆多姑娘可以當作「活娘娘」，奴才鮑二的老婆可以叫進自己房裏而演出一齣「鳳姐潑醋」的大武戲。賈璉最後的故事是偷娶了尤二姐。當尤二姐被鳳姐騙進了大觀園以種種毒辣方法置她於死地之後，賈璉向鳳姐討一點喪葬費都討不到——

……恨得賈璉無話可說，只得開了尤氏箱籠……只有些折簪爛花並幾件半新不舊的綢絹衣裳……不禁又傷心哭了。想着她死得不分明，又不敢說；只得自己用個包袱一齊包了……自己提着來燒。平兒又是傷心，又是好笑，連忙將二百兩一包碎銀子偷了出來，悄悄提與賈璉，說：『你別言語才好。你要哭，外頭有多少哭不得？又跑到這裏來點眼？』賈璉……又將一條汗巾遞給平兒，說：『這是她家常用的，你好生替我收着，做個念心兒！』

作者對於這位墮落公子之仍具有眞實情感，沒有忽略；賈璉的色情生活到了尤二姐死後就更無可發展了。另一方面，這被欺壓的丈夫對王熙鳳自然是反感日深。紅樓夢序詩中說王熙鳳「一從二合三人木，哭向金陵事更哀」暗示出以後賈璉把王熙鳳「休」掉，送回南京老家去。賈璉平時也曾說過『等我性子上來，把這醋罐子打個稀爛』；那麽這位十分不爭氣的公子到了最後也會施行極堅決的報復呢。

五

王熙鳳對於賈府的爺們哥兒們，不是玩弄，就是驅使，這些男性是沒有人能和她抗衡的。至於賈瑞這一角色，不過是作者使他來告訴讀者王熙鳳狠毒過人的一個例證而已。賈瑞當然是一個標準蠢材，但他却斷乎不比賈珍賈蓉來得那麽無恥。在賈瑞被蹂躪而死的故事中，人們該可以看出賈蓉賈薔都是王熙鳳的一種特殊的幹部。而在劉老老去見王熙鳳的時候，在王熙鳳大鬧甯國府的時候，在向姨母尤二姐撒嬌，在幫叔叔賈璉設計等等場面中，作者更暴露出賈蓉這下流胚子眞是無所不爲。此外賈薔、賈芹，則是全靠走王熙鳳的門路而謀得家族中的當差的機會，以各遂行其貪汚，墮落。

在「草」字輩中作者所着意刻劃的人物是一個貧賤出身的賈芸。作者以很輕巧的筆墨寫賈芸的出場——

……寶玉看時，只見這人生的容長臉，長挑身材，年紀只有十八九歲，生得着實斯文淸秀……寶玉笑道：『你倒比先越發出跳了，倒像我的兒子。』……原來這賈芸最伶俐乖巧的，聽寶玉說像他的兒子，便笑道：『俗語說得好：「搖車兒裏的爺爺，柱拐兒的孫子」，雖然年紀大，山高遮不住太陽。自從我父親死了，這幾年也沒人照管，若寶叔不嫌姪兒蠢，認做兒子，就是姪兒的造化了。』

這是賈府一個遠支的靑年子弟向榮國府裏曲意鑽爬的開始。他爲了家境窮困找賈璉謀一點府中的差使，但他也深知只託賈璉是力量不夠的，於是想到鳳姐的門路。去找開藥店的母舅卜世仁求討一點禮品而失敗了之後，忽然碰到了一個馬路英雄醉金剛倪二借了一包銀子，買好一包麝香冰片，進了榮府，打聽得賈璉出了門，便往後面來——

……只見一羣人簇擁着鳳姐出來了。賈芸深知鳳姐是喜奉承愛排場的；忙把手逼着，恭恭敬敬搶來請安。鳳姐連正眼也不看，仍往前走，只問他母親好……

賈芸笑道：『姪兒不怕雷打，就敢在長輩跟前撒謊。昨兒晚上還提起嬸娘來，說嬸娘身子生得單弱，事情又多，虧嬸娘好大精神，竟料理得周周全全……』

鳳姐兒聽了，滿臉是笑，不由的止了步……賈芸道：『有個緣故：只因我有個極好的朋友，家裏有幾個錢，現開香舖，因他身上捐了個通判，前月選了雲南

……我得了些冰片麝香……因想嬸娘往年間還拿大包的銀子買這些東西呢！

……故此孝敬嬸娘。』

王鳳姐的門戶就這樣鑽開了；然而還沒有那麼容易使鳳姐就注意了他，必須再做些旁面工作。於是賈芸開始去窺伺寶玉的藩籬：到寶玉外書房去等候，和寶玉的親隨茗烟攀談，又碰巧遇到寶玉房中丫鬟小紅，便和她眉來眼去；這樣才獲得第二次「利見大人」的機緣。剛好鳳姐出去，要上車的時候看見了他——

……鳳姐……隔着（車）窗子笑道：『芸兒，你竟有膽子在我跟前弄鬼！怪道你送東西給我，原來是有事求我！昨日你叔叔才告訴我，說你求他。』賈芸笑道：『求叔叔的事，嬸娘別提；我這裏正後悔呢。早知這樣，我一起頭就求嬸娘，這會子也早完了。誰承望叔叔竟不能的！』鳳姐笑道：『哦，你那邊沒成兒，昨日又來尋我了。』賈芸道：『嬸娘辜負了我的孝心。我並沒有這個意思。若有這意思，昨兒還不求嬸娘麼？如今嬸娘既知道了，我倒要把叔叔擱開；少不得求嬸娘，好歹疼我一點兒！』鳳姐冷笑道：『你們要揀遠路兒走……就諛到這會子！那園子裏要種樹，種花，不只想不出個人來。早說不早完了？』

……鳳姐半響道：『這個我看不大好，等明年正月裏的煙火燈燭那個大宗兒下來再派你不好？』賈芸道：『好嬸娘，先把這個派了我罷！果然這件辦的好，再派我那件！』

在鳳姐面前公然玩弄機變是容易的嗎？這迫於貧寒極力夤緣的青年就仗恃着精工諂媚而獲得鳳姐派他在大觀園種樹的一個小小的肥缺，他立刻領到了二百兩銀子去了，我們再看作者寫他初次「爬」進了怡紅院的情景——

……從鏡後轉出兩個一對兒十五六歲的丫頭來，說：『請二爺裏頭屋裏坐。』賈芸連正眼也不敢看，……賈芸忙上前請了安。……笑道：『總是我沒福，偏偏又遇着叔叔欠安……叔叔大安了，也是咱們一家子造化！』……眼睛却瞧那丫鬟……知道是襲人……便忙站起來，笑道：『姐姐怎麼替我倒起茶來？』……『叔叔房裏姐姐們，我怎麼敢放肆呢？』

此外再看後來賈芸送兩盆白海棠花給寶玉所附的一封信——

『不肖男芸恭請父親大人萬福金安！男自蒙天恩認於膝下，日夜思一孝順，竟無可孝順之處。前因買辦花草，上託大人洪福，竟認得許多花兒匠……前因忽見有白海棠一種……大人若視男是親兒一般，便留下賞玩。……奉書恭啓，並叩台安！男芸跪書。——一笑。』

這封信在紅樓夢中要算是別開生面了。作者很幽默地把它緊接在探春一封極其典雅的小啓之後，使人在看了發笑以外，又領悟到社會中長於卑躬趨奉的天才，他的文化水準却是如此之低。是的，他原是住在「後廊上五嫂子」的兒子，父親死了，他從那裏去接受好的教育呢？然而「食色性也」，他的戀愛故事也就在他謀差使成功之際而展開；作者在這裏同時創造出一個和他同一類型的女性，小紅。這兩個身居卑下的青年，都有討人歡喜和戀愛天才——關於小紅和賈芸的戀愛故事以及這兩個人物性格，都是作者的精心構選。我們要知道賈芸是榮國府的後進的寄生者之一，他對女性的關係當然與其他老爺少爺們完全不同。不消說他沒有擁有妻妾侍婢幾個人的可能，他也沒有資格和賈璉那樣有錢有勢隨便把奴僕的老婆弄來玩。賈芸也沒有賈薔賈芹管女伶管家廟的機會。以他的聰明自然也不會如賈瑞一樣地以妄念招禍。因此作者使他和怡紅院中被埋沒的天才小紅相偶遇，一個「死釘兩眼」，一個「眼睛一溜」，一個丟了帕子神魂恍忽，一個拾到帕子却把自己的託小丫頭傳遞過去——這一套看來似乎是極庸俗的勾當，但在高貴的賈府中的小人物如他們兩個却恰恰是合乎身份的眞情實理。賈芸與小紅的戀愛故事與賈薔和齡官的戀愛故事品質氣味儘有不同，其寫作之成功是一樣的。

六

我們的讀者這時候不會忘記另一位「少爺」，就是寶玉異母同父之弟賈環。這是一個不被任何人同情的頑劣少年。作者似乎是爲了說明有一類「天生劣種」而寫出的角色；否則，就是在作者實生活中眞有如此一個總在旁邊傷害他的人。賈環史料很不少，在作者筆下一貫地是使讀者憎恨他，厭棄他。當大家賭錢作戲的時候，賈環賴丫鬟們的錢，這表現他吝嗇。大家做燈謎都有雅趣，獨他所做粗俗不堪，這說明他低能。金釧兒叫寶玉去「捉」他和彩雲，是說他的淫行；而故意推翻蠟台燙傷寶玉的臉，是指摘他的陰狠，賈環最成功的自然是向父親告密的一回，他鬼頭鬼腦跪在賈政面前說：『寶玉哥哥前日在太太屋裏拉着太太的丫頭金釧兒強姦不遂，打了一頓，金釧兒便賭氣投井死了。』於是演出賈政痛打寶玉這一極重要的故事。在宗法家庭中，賈環的地位是不可忽視的；因為寶玉之上無兄，除他之外無弟；換言之，如果沒有了寶玉，他就有承繼官爵承繼財產的機會。這就正是他的生母趙姨娘想以魘魔法害死鳳姐與寶玉的理由。作者寫賈環的中心意識亦在賈環地位卑下，知能低劣，而希望與野心却極強大，這樣才形成他那種石頭底下的蠍子一樣的性格，正和他母親趙姨娘是同屬於一個類型的。後四十回的作者高顎使他以後與賈芸等人一同做出些惡劣的事也是依据這種原則。

與以上我們所論列到的賈府老爺少爺不同類型，男性的如寶玉的膩友秦鍾，打死馮淵搶奪香菱鬧了許多亂子的「獃霸王」薛蟠，本也都是隸屬於賈府關係之下的子弟。但他們不是賈府的骨幹，這裏姑且節省了我們的述評。原作者確乎不忍於賈府之一敗塗地而不可復興，曾暗示了他的一點希望於李紈之子賈蘭。由此續作者就大做其過癮文章，使賈蘭成爲一個少年登第的孝子賢孫。其實這種空想不但無補於賈府的敗亡，就連給讀者一點清楚的印象都不能做到。

寶玉最看不起「國賊祿蠹」，而他周圍的一羣男性却都是較此更低級的家賊色鬼；這些老爺少爺們除了善於銷毀自己所寄生的這個家庭以外，任何能力都沒有。讀者看到秦可卿出殯和元妃歸省那兩次豪華的舖排，可以知道遷到北京以後的賈府雖說已不及在金陵幾次接駕時的光景，却仍不失「白玉爲堂金作馬」的規模。讀者試看有一次過年的時候老莊頭烏進孝帶來的出品賬單——

『大鹿三十隻，獐子五十隻；暹豬……湯豬……龍豬……野豬……野羊……青羊……鱘鰉魚二百個，各色雜魚二百斤，活雞鴨鵝各二百隻……熊掌二十對，鹿筋……海參……鹿舌……銀霜炭上等選用一千斤，中等二千斤，柴炭三萬斤，御田胭脂米……碧糯……白糯，粉秔……雜色穀各五十斛，下用常米一千担，各色乾菜一車，外賣粱穀牲口各項折銀二千五百兩……』

這是賈府的關外故鄉所謂「黑山村」的大農莊的生產品。據烏進孝說因爲大雨及雹子成災，所以收成如此其不好。烏進孝又說，他兄弟所管榮府八處莊地，土地雖大幾倍，所收也不過這些東西和二三千兩銀子，於是這老莊頭以爲農莊收入雖不多，『娘娘和萬歲豈不賞呢？』而賈珍賈蓉都說他莊家老實人不懂事，他們已是『外頭體面裏頭苦』『這幾年添了許多花錢的事……却又不添銀子產業。這一二年裏賠了許多，不和你們要，和誰要？』賈蓉又說出鳳姐要偸老太太的東西當銀子。從這裏我們得到的結論：第一，賈府當時仍是封建貴族大地主，主要的靠農莊生產；第二，每年農莊生產收入實在很大，但他們所浪費的更多，因此虧空日增。那麼處在這種經濟環境之下的這些老爺少爺們怎麼樣呢？旣不會開源，又不會節流；越看到這家族「一時比不得一時」，而且終不免是到秦可卿所說「樹倒猢猻散」的末日，他們就越毀公以濟私，彼此競爲貪汚中飽，荒淫偸盜，惟恐其來不及。因此這許多男性們無不在表演着各色各樣的可嗟歎可鄙棄的姿容，在他們中間想找出一個探春式的人物自然是不可得的。他們所一致的就只有口頭上誇耀着「天恩祖德」和往日光榮，共同鑽聚在祖宗所遺留下來這座老房頂之下，拆梁卸柱，盜賣基石，等待着一旦崩塌，便同歸於盡。作者面對着如此一羣男性，他焉得不憎恨？而且作者在沒想着賈府的祖宗地下有知是如何的傷痛。在本文的結尾我們讀他這樣一段極其沁人心肺的文字吧——

……賈珍……擺上酒開懷作樂賞月……忽聽那邊牆下有人長嘆之聲，大家明明聽見，都毛髮悚然。賈珍忙厲聲問：『誰在那邊？』連問幾聲無人答應……一語未了，只聽得一陣風聲過牆去了。恍惚聽得槅扇開闔之聲。只覺得陰氣森森，比先更覺凄慘起來……

（十三）奴僕們的形象

一

紅樓夢作者在他一部大書開端的幾個囘目中就先連續着刻畫了三個不同類型的奴才形像。

首先是一個典型的官奴。這是賈雨村貧寒時代的故人，葫蘆廟內的小和尙，現在應天府中的一個門子。年輕的讀書人賈雨村做官不久，朝氣還未失盡：一聽到豪門公子打死人命，苦主「告了一年的狀，竟無人作主」，不免大怒起來要立刻緝凶拷問，這時候——

……只見案旁立着一個門子使眼色，不令他發簽……門子忙上前請安，笑問『老爺這一向加官進祿，八九年來就忘了我了？』……這門子方告了坐，斜簽着坐了……『如今凡作地方官者，皆有一個私單，上面寫的是本省最有權勢極富貴的大鄉紳名姓，各省皆然。倘若不知，一時觸犯了這樣的人家，不但官爵，只怕連性命也難保呢！——所以叫做「護官符」……』一面從衣袋中取出一張抄好的護官符遞與雨村……『小的聞得老爺補陞此任，係賈府王府之力；此薛蟠卽賈府之親；老爺何不順水行舟，做個人情，將案了結，日後也好去見賈王二公的面。』

果然賈雨村接受了這高明的指導，讓薛蟠白白打死馮淵，帶走香菱，糊糊塗塗結束了一場人命案子。他從此摸到了做官的訣竅，直上青雲。其實這奴才豈止教育了賈雨村一人？二三百年來討好豪門草菅人命的老爺們哪個不是這葫蘆僧的門弟子？作者借這門子說明了控制社會的不是那起初也頗不願「因私枉法」的知識份子賈雨村，而是這一類精通「護官」技術的奴才。如果有人以爲這還該歸咎於賈雨村「根基淺薄」，那麽請看後來自命端方正直守道不阿的賈政罷；他不也是被奴才所控制而陷於貪污嗎？作者先提出這一個官奴來是具有說明社會性質的意義的。

第二個提出的是忠實的家奴——焦大。焦大是從來「叫座」的人物。他「從小兒跟着老太爺出過三回兵，從死人堆裏把太爺背了出來，得了命。……得了半碗水給主子喝，他自己喝馬尿」。這賈府開家元勳一喝醉了酒就什麼話都罵得出口，他說：『不是焦大一個人，你們能夠作官兒，享榮華，受富貴？你祖宗九死一生掙下這個家業；到如今不報我的恩，反和我充起主子來了？』接着他就毫無保留地暴露了「這些畜生」的許多罪行。在茫茫的暗霧之中，萬馬無聲，江河日下；猛聽得一聲吶喊，斷裂了那荒淫而偽善的面皮，誰不感覺到一陣痛快呢？不過這忠心的焦大他並不是反抗的怒吼，而是痛惜主子沒落的悲鳴。他迷戀着當年賈府祖宗們光榮的屍骸，却不足以阻止現在主子們的喪德敗家；而在賈珍賈蓉這般人眼中，這焦老前輩之存在真是太多餘了。只有「把他細起來，用土和馬糞滿滿地塞了他一嘴」。因此這忠心耿耿的老家奴所得到的結局應當是照鳳姐所提出的意見「遠遠地打發他到莊子上去」，而且最後是倒斃在無人一顧的地方吧？曾有人對讀者指出，不可被焦大這種奴主意識所蒙蔽；事實上賈府已到了非這老家奴一罵所可挽救的時候了。作者大概也和許多史家記述某些末世的孤臣義士一般，僅僅說明這是徒然的一種悲劇而已。

第三個是丑角式的小豪奴茗煙。這「寶玉最得用的小廝」一跳出舞台就先演了一齣大鬧家塾的武戲。

……這茗煙無故要欺壓人的……便一頭進來找金榮，也不叫「金相公」了，只說：『姓金的，你是什麼東西？』……一把揪住金榮問道：『……你是個好小子，出來動一動你茗大爺！』……寶玉還有幾個小廝……一齊亂嚷……蜂擁而上。

窮苦的金寡婦的兒子金榮，雖然名份上是「相公」階級，和寶玉同學；但一朝得罪了寶玉的膩友秦鍾，也就是胆敢站在寶玉的敵對的一方面，使得寶玉感到「受了欺負」的憤慨，茗煙當然可以動武。他說：『他是東府璜大奶奶的姪兒，那是什麼硬掙仗腰子的，來嚇我們？……你那姑媽只會打旋磨兒給我們璉二奶奶跪着借當頭！我眼裏就看不起他那樣的主子奶奶！』這小豪奴既深知金榮的姑媽是如此寒微，他就可以提出極強硬的威脅來：『等我去她家，就說老太太有話問她呢……拉進去，當着老太太問她。豈不省事？』如此的氣燄，茗煙平日之有「硬掙仗腰子的」而可以嚇人，眞是太明顯了。

二

假如有那麽好的機會，你能闖到賈府大廳，碰巧遇到寶玉公子出門，在你眼前會展開了這樣一幅圖畫——

……寶玉的奶兄李貴、王和榮、張若錦、趙亦華、錢啓、周瑞六個人，帶着培茗、伴鶴、鋤藥、掃紅四個小斯，背着衣包，拿着坐褥……寶玉慢慢地上了馬，李貴和王榮籠着嚼環，錢啓周瑞二人在前引導，張若錦趙亦華在兩邊……頂頭見賴大進來，接着又見個小斯帶二三十人，拿着掃箒畚箕出來……於是出了角門外，有李貴等六人的小斯並馬夫早預備下十來匹馬專候；一出角門，李貴等各上馬前引，一溜烟去了。

然後一直走進裏面去，你就會看到跑來跑去忙忙亂亂的男女老少，這是各房各院的丫鬟、婆子、小厮、管家，各形各色的奴僕。在賈府日常遇到的事大多屬於鶯兒和春燕的姑媽吵嘴、司棋到廚房裏發脾氣之類，而這些這些都是頭緒紛繁內容瑣碎，很難弄得淸楚的。

住在榮寧二府的主子們不過三十人左右，但奴僕的人數大概有他們十輩以上。從賈府一家已經可以看得出當時許多貴族富戶都擁有極大量無人身自由、或僅有半自由的奴僕羣。在紅樓夢書中並看不到有僱傭侍役的記載；它祇說明過這些奴僕有的是積了幾代的「家生」的世奴，如鴛鴦及其父親哥哥一家人；有的是從她本身被買了進來，如襲人等。十八世紀的中國自然已不是古代奴隸社會，但這些男女老幼的奴僕雖不是「男耕女織」的生產奴隸，却都是主子們衣食住行每時每刻所不能缺少的勞動供應者。我們的作者既懂得主奴兩方對立之尖銳，更理解主奴兩方之互相依存而不可分離。王熙鳳受託協理寧國府之初，寧國府大管家立刻先傳齊同事人等發出警告，他說：『那是個有名的烈貨，臉酸心硬，』要大家戒備。但王熙鳳對賈璉說：『我們家這些管家奶奶，哪一個是好纏的？錯一點兒，他們就笑話打趣；偏一點兒，他們就指桑罵槐的抱怨；「坐山看虎鬥」「借刀殺人」「引風吹火」「站乾岸兒」「推倒油瓶不扶」：都是全掛子武藝！』奴僕們有頗厲害的戰術，也是事實。探春管家不是遭遇到「刁奴」們暗中反對和公然的考驗嗎？那仗恃着邢夫人威勢的王善保家的搜檢大觀園，竟是對一羣小姐示威；遇到了探春才發生激戰而慘敗下來。無論這世家規律是怎樣嚴，王熙鳳對待的怎樣殘酷，奴僕們吃酒賭錢終是普遍風行着。有一次破獲一個大規模的抽頭聚賭，迎春遺失了纍金鳳，賈母大發脾氣；但以後仍無法禁絕。

另一方面，主子對奴才的處置當然是絕對自由的：無論男女，打板子，攆出去，把丫頭配小廝或交官媒婆發賣，這都算家有的常刑。被懲處的丫鬟如金釧司棋自殺了，主子們當然毫無責任。至於爲了奴僕人數孳生日衆，家用開支太大，也常議論到「開恩」放奴；可是總沒有眞實行過。像王夫人對彩霞之「放出去」實是爲了她多病而已。當時滿洲貴族制度和中國傳統的官僚制度早已造成了社會上大羣的無田可耕無工可做的奴僕隊伍，這些人若一旦離開賈府這樣高貴肥美的門頭，他們就不易另找到別的寄生之所。所以沒有進來的五兒要千方百計地向裏鑽，希圖進去幾年之後，再蒙恩典釋放出來。已經進來的世奴周瑞家的求着賴大媽媽討情，寧願把她兒子打幾十板子，萬萬不要攆了出去。此外任何人一聽到「攆」字，就如聽到宣佈死刑一般。主子的威權是如此的強大。

那麼主子們就能離開這些墊脚石而獨立嗎？王熙鳳走到哪裏都是一大羣丫鬟婆子媳婦簇擁着；賈母一聽說賈赦要討她的貼身得用的鴛鴦，就發了大火；林黛玉沒有紫鵑雪雁攙扶着，一步路不會走；寶玉偶然自己倒一杯茶，小紅趕快跑過來說怕他燙了手；賈政坐在書房裏喊一聲『來人啊！』若沒有五六個管家小廝一齊答應，還成什麼體統？至於以整個家庭說來，若沒有那些裏裏外外上上下下若干部門若干層次的奴僕們在勞動着，鋪排着；若沒有林之孝家的每天帶領多少人打着燈籠查夜，下房裏沒有婆子們坐更，角門上沒有小廝們看守；這些老爺、太太、少爺、奶奶、哥兒、姑娘們縱然不乾餓死在高堂大屋之下，也會嚇得連覺都不敢睡！

三

從古來這社會舞台是主子與奴才共同演出的。雖然過去的中國很少人專以奴僕爲主體來寫成偉大的著作，紅樓夢本也是描寫上層社會的；然而紅樓夢的作者却理解得到「在文藝面前一律平等」這一法則；他把賈府的奴僕羣的形象忠實有力地陳列在讀者面前，使人們照樣爲他們而愛，而恨，而歌，而哭。誰都不會對平兒鴛鴦晴雯紫鵑這些丫鬟從人性上或風采上看得比太太奶奶小姐們低級些。

在賈府上過着最優越的生活受着最特殊的寵位的是幾個大丫鬟。一個第一次進入怡紅院給晴雯診脈的醫生，看見從幔帳中伸出一隻纖纖玉手來，指甲上染着鳳仙紅，忙把頭囘了過去，一個婆子趕快用手帕把手蓋了……不但這醫生偶然一次看病以爲晴雯是一位小姐啊！當她發起脾氣來，可以不經主子同意，立時把一個小丫鬟墜兒攆了出去。「花大姐姐」襲人自然是怡紅院中的實際執政者，她掌握着寶玉及怡紅院的一切。鴛鴦可以陪同賈母坐着打牌，賈璉要叫她「姐姐」。平兒，『你以爲哪一個平姑娘？她一翻臉，你吃不了兜着走！』這是榮國府集權內閣的祕書長。這些我們把她們列作第一級的丫鬟。如王夫人房裏的金釧、玉釧、彩雲，黛玉的紫鵑，迎春的司棋，寶釵的鶯兒，寶玉的麝月等等比較記來，可以算作第二級。這些少女平日起居飲食衣着之舒適華貴，斷乎超出於當時一般中產家庭的小姐；就在賈府上她們的氣燄也是無人敢於觸犯的。有一次一個媳婦和晴雯言語衝突，並且認爲晴雯不該直叫「寶玉」之名，麝月便說了一大套——

……這個地方豈有你叫喊講禮的？你見誰和我們講過禮？別說嫂子，就是賴大奶奶，林大娘，也得擔待我們三分。便是叫名字……哪一日不把「寶玉」兩字叫二百遍？偏嫂子又來挑這個了！……這裏不是嫂子久站的！……家裏上千的人，他也跑來，你也跑來，我們認人問姓，還認不清呢！』

平常人家的主人對傭僕也沒有這樣的派頭吧？然而她們地位的基礎是絕對不穩固的。一遇風波，便如飄萍飛絮一般，或是流落，或是慘死。而且那時候那些婆子媳婦就對她們神氣了。例如司棋平常可以爲了管廚的柳家的沒有給她炒鷄蛋吃，一怒而跑進廚房把所有的菜肉等等一齊摔掉，誰也不敢抵抗；可是一經被逐，周瑞家的把她硬帶出去，對她說你現在可不是「副小姐」了，我打也打得！這些副小姐的地位與安全本是毫無保障的，不過受慣了嬌寵的她們無此自覺罷了。

賈府上眞正的頭等奴僕自然是幾位大管家和管家娘子，如寧府的來陞，榮府的賴大夫婦，林之孝夫婦，以及王善保家的，周瑞夫婦，乃至年輕的來旺夫婦。這些人或倚仗着歷史悠久，或由於所跟隨的主子之優勢，他們在賈府上是奴才，在自己家裏也使用着奴才，在社會上就甚至於倚勢凌人。就中大管家賴大一家又是地位最高的，他家裏有一個比大觀園稍小却是佈置管理得法的花園。賴大母親生日家裏唱戲，可以請主子們閤第光臨；而賴大的兒子後來竟做了個知縣。那久經世故的賴大媽對她的孫兒曾有過一次極重要的訓話——

「哥兒，別說你是官兒了，橫行霸道的！你今年活了三十歲，雖然是人家的奴才，一落娘胎胞，主子恩典，放你出來；上託着主子的洪福，下託着你老子娘，也是公子哥兒似的，讀書寫字，也是丫頭老婆奶子捧鳳凰似的，長了這麼大；你哪裏知道那「奴才」兩字是怎麼寫！只知道享福，也不知你爺爺和你老子受的那苦惱！熬了兩三輩子，好容易掙出你這個東西！從小兒三災八難，花的銀子照樣也打出你這麼個銀人兒來了。……你看那正根正苗，忍飢挨餓的要多少？你一個奴才秧子，仔細折了福！……你不安分守己，盡忠報國，孝敬主子，只怕天地也不容你！』

在這短短的幾句話之中，說明了賈府奴才之「橫行霸道」，說明了賈府奴才的兒子也是「鳳凰似的」，說明了賈府奴才熬了兩三輩子竟變更了社會階層，說明了賈府奴才之富有程度能「打出」一個「銀人兒」來，又說明了當時一般「正根正苗」的知識份子不少人在「忍飢挨餓」，而這「奴才秧子」偏「上託主子洪福」做了官。關於賴大兒子做了知縣之後，他是否能仰遵老祖母這種奴才傳統的教訓而「不忘本」「不折福」，我們無從知道，可是這老媽媽留給後人以寶貴的史料是值得感謝的。其次，她能當她孫兒高陞的好日子就劈頭潑了一盆冷水；而賈母呢，直等到被抄家之後才想起禱告上天。

林之孝可以和賈璉並坐閒談，直稱「雨村」如何如何，林之孝家的帶人查夜走入怡紅院，寶玉等都嚇得肅然凜然的，足見他們的位高權重，不過鳳姐說他們兩夫婦一個天聾，一個地啞，大概這是一對忠實平庸的老世僕。那依仗着邢夫人陪房地位的王善保家的，依仗着王夫人陪房地位的周瑞家的，依仗着鳳姐陪房地位的來旺夫婦就都顯然不同了。王善保家的慫恿着糊塗的王夫人鬧出搜檢大觀園的一場多大的風波，她敢於以輕狂的舉動去惹翻了探春小姐。周瑞家的押解司棋出大觀園，不但是那麽毫無憐恤地逼迫司棋，對於寶玉也毫不客氣地說：『不干你事！』『太太吩咐不許稍挨時刻……我們只知道太太的話，管不得許多！』似這樣十足的衙役嘴臉是多麽可憎可恨！平日專替鳳姐私放高利貸和經手不法行爲的來旺夫婦的惡行是可想見的；倚仗鳳姐威勢強行爲他那「吃酒賭錢無所不至」的兒子娶了王夫人的丫鬟彩霞，不過是一個小例證而已。

四

賈府的奴僕們的等級之劃分是頗嚴格的，除了特種機緣，不易躐等而升格。鳳姐要攆走周瑞的兒子，賴大媽媽說情而減刑爲打板子，周瑞家的給鳳姐磕了頭，立刻再給賴大媽媽磕頭。小紅偶然得一個機會替寶玉倒了一杯茶，就遭遇到秋紋碧痕兩個第三級丫鬟的痛罵：『一里一里的，這不是上去了？』各等級的奴僕與主子間的距離都彼此規定着；所謂的「小丫頭」大多只能供上級丫鬟的差遣，而一般的「婆子」「媳婦」常比這些小丫頭還要離主人遠些。芳官的乾娘爲了搶差使跑進了房裏，立刻被晴雯趕出；小丫頭們都說：『我們到的地方兒，有你到的一半兒，那一半是你到不去的呢；何況又跑到我們到不去的地方兒！』足見通常婆子媳婦只能在門外伺候着。至於那些「小廝」「小么兒」更只能在「角門外」「二門外」「探頭探腦」了。身份卑微的柳五兒偶然偸進大觀園一次，便被林之孝家的拘捕起來。

紅樓夢作者曾以柳五兒母女和幾個唱戲的女孩子爲主體，抒寫出賈府高牆脚下陰影中一羣小人物的糾紛故事；情節極其複雜，描繪極其細膩，而內容是非常寫實的。從五十八回「杏子陰假鳳泣虛凰」至六十一回「判寃決獄平兒行權」都是寫的這一題材，可以自成一個片段；主要的爲的是表現出低級奴僕們的哀愁、愛悅、同情與敵意，互助和鬥爭。讀了這幾回文字後，會感覺到這些不被人重視的小角色也有他們自己的獨立而眞實的笑臉與淚波，而且比起那些達官貴婦來，格外活潑動人，親切而可貴。

在角門外廚房爲姑娘們辦伙食的柳家的除了有一個生得很美麗的女兒五兒以外，毫無可以自慰，而且太卑微太疏遠了。平日自然常受到許多欺凌，司棋派小丫頭蓮花兒來要炒鷄蛋，柳家的不肯供應，那小丫頭說：『吃的是主子給我們的分例，你爲什麽心疼？又不是你下的蛋，怕人吃！』她們一場言語牴牾的結果是司棋帶領小丫頭們走進廚房，喝命動手，『凡箱櫃所有的菜蔬只管扔出餵狗！』於是「七手八脚，搶上去一頓亂擲」。柳家的只有一條提高地位增加奥援的出路，就是把自己那惟一的女兒五兒設法補進怡紅院中去做丫鬟。由於芳官與柳五兒的交好，正在爲她活動着。有一天五兒要送一點補品伏苓霜給芳官，兼帶探詢一下消息，竟出了意外——

……趁黃昏人稀之時，自己花遮柳隱的來找芳官，且喜無人盤問……只在一簇玫瑰花前站立，遠遠的望着……忽迎見林之孝家的帶着幾個婆子走來，五兒藏躱不及……小蟬又道：『……太太耳房裏的櫃子開了，少了好些零碎東西……璉二奶奶打發平姑娘和玉釧姐姐要些玫瑰露，誰知也少了罐子……在她廚房裏呢！』林之孝家的……進入廚房，……帶着取出露瓶……又得了一包茯苓霜……鳳姐方才睡下……便吩咐『將她娘打四十板子，攆出去，永不許進二門；把五兒打四十板子，立刻交給莊子上，或賣或配人。』……又有素日與柳家的不睦的人……都來奚落嘲戲她。這五兒心內又氣，又委屈，……思茶無茶，思水無水，思睡無衾枕，嗚嗚咽咽直哭了一夜。

柳五兒做了囚犯，同時林之孝家的就派了司棋的嬸子秦顯家的去接收廚房；秦顯家的也就向林之孝家的和有關方面送炭送米，以求照應。此外還有些人向平兒送禮，進言，對柳家的投井下石。其實眞正偸盜王夫人東西的却是趙姨娘央求出來的彩雲，於是作者請出愛管閑事的寶玉來代人任過，說是他爲嚇這些丫頭們玩而故意偸藏了王夫人的東西。再請出富於同情心又能顧全大體的平兒對彩雲施行感化政策，對那些推波助瀾者使其息事，對柳家的母女寃枉予以昭雪——這樣結束了這場極複雜的民刑訴訟。作者在這一故事中不但表現了低級奴僕柳家母女之如草芥一般地受人蹂躪，更反映出奴僕社會中種種縱橫捭闔和人情冷暖。

五

對於幾個女優伶，作者是費過不少的柔細體察。寶玉病後扶杖閒遊，在一株杏樹下發着「綠葉成陰子滿枝」的感慨，忽遇到藕官爲她的亡友藥官燒紙，被一個婆子要拉去告發；於是寶玉臨時扯謊救了藕官。寶玉追問她『必非父母兄弟，定有私自的情理』藕官叫寶玉背着人問芳官就知道了。據芳官說：『哪裏又是什麼朋友呢？那都是傻想頭！她是小生，藥官是小旦，往常時她們扮做兩口兒……後來兩個竟是你疼我，我愛你；藥官兒一死，她就哭的死去活來的……』像這種兒戲式的情感故事，我們的作者正和寶玉一樣發生興趣而予以重視。對於齡官畫薔一段更是頗爲成功的內心描繪——

……只見赤日當天，樹陰合地；滿耳蟬聲，靜無人語。剛到了薔薇架，只聽見有人哽噎之聲……隔着籬笆洞兒一看，只見一個女孩子蹲在花下，手裏拿着根綰頭的簪子在地上摳土，一面悄悄地流淚呢……竟是向土上畫字。寶玉……一畫，一點，一勾地看了去數……原來就是個薔薇花的「薔」字……畫來畫去，還是個「薔」字……畫完一個「薔」，又是一個「薔」，已經畫了有幾十個……

芳官性情是向外發揮，而齡官却是向內的。一個像晴雯，一個像黛玉。這些女優伶本爲賈府供應元妃省親及家庭娛樂之用。別人把她們看作三四等的奴才，「娼婦粉頭」之流；但她們自己呢，不但見識和享受着大觀園中的高等生活，還受了牡丹亭西廂記等等傳奇的教育；因此使她們的心性和處境發生無可調和的矛盾了。齡官的意識簡直給了寶玉一個很重大的刺戟與教訓——

……寶玉忙至她房內，只見齡官獨自躺在枕上；見他進來，動也不動。寶玉在身旁坐下……央她起來唱一套「裊晴絲」，不想齡官見他坐下，忙抬起身來躲避，正色說道：『嗓子啞了。前兒娘娘傳進我們去，我還沒有唱呢。』寶玉……從來未經過這樣被人厭棄，自己便訕訕地紅了臉……賈薔道：『買了個雀兒給你頑，省得你天天發悶。我先頑個你瞧瞧。』說着便拿些穀子哄的那個雀兒果然在那戲台上亂串，啣鬼臉旗幟……齡官冷笑了兩聲……『你們家把好好的人弄了來關在這牢坑裏學這個勞什子還不算，你這會兒又弄個雀兒來，也偏生會幹這個！你分明弄了它來打趣形容我們，還問我好不好！』

對於這個故事，寶玉別有感傷，這與齡官本人無關。齡官的問題在於哀痛自己之被人當作娛樂品而圈養，而戲弄。她這幾句幽微而尖利的抗訴，比起焦大的高聲大罵，實在透徹得多。

論列奴僕的最後，不免說到傻大姐和包勇這兩個角色。

三國演義作者用了全副精神佈置出赤壁鏖兵一件決定全局的大事；在這件大事中安插了一個小機紐，就是傻角蔣幹。紅樓夢作者要用絕大的腕力把一個熱烘烘的大觀園和賈府扭轉入於蕭索、離散、敗亡之途，他就臨時安插了一個小機紐——傻大姐。他使這無名姓，無來歷，無頭腦，「體肥面闊，兩隻大脚」的一個女孩子突然出現担任拾得繡春囊的嚴重職務。如果沒有繡春囊的發見，以後的抄檢大觀園，司棋、晴雯、芳官等被逐，寶釵搬回自己家去住，衆姊妹聯詩作樂之消散，王夫人對寶玉與林黛玉薛寶釵等關係之戒備，許多不幸與凋零的事象似乎都無從發展出來。如果沒有這樣一個傻大姐，別人拾得了繡春囊也斷不會暴露出來的。於此，我們應知作者是由於不得已才被逼寫出一個抽象人物，而這人物又絕比不上三國演義的蔣幹那麽成功。至於那包勇呢，完全出自續作者高鶚之創造；他憤慨於當賈府敗落之際，竟無一個忠肝義胆挺身赴難的末世英雄。包勇由江南甄府忽然無端舉荐而來，由南方來的奴僕却戴着氈帽，穿着洒鞋，見了賈政亂說一陣，這形象已不倫不類了。賈府旣已被抄而衰落了，還須要再遭一次強盜打刼嗎？當我們看到包勇與強盜大戰的時候，簡直就像是在讀彭公案而不是紅樓夢了。

(十四) 史湘雲論

一

常聽人說：『我愛湘雲！』這是說黛玉和寶釵各有其不可愛的地方。有誰不愛天眞美呢？在凍雲陰霧低壓、病柳愁花撩繞之下，忽見一片鮮艷的朝霞，輝煌天際，人會頓然覺得眼前一亮，心胸開朗，要深深地呼一口氣。

大家正在吃酒行令，忽然不見了雲姑娘。衆人走到山子石後頭一看，原來她吃醉了，酣睡在一個石板凳上；四面芍藥花飛了一身，滿頭滿臉和衣襟上是紅香散亂，手中的扇子掉在地下，也半被落花埋了。一羣蜜蜂，蝴蝶，鬧嚷嚷地圍着。這是多麽出人意外的一幅美妙的圖畫啊！大家在蘆雪亭賞雪吟詩，獨不見了湘雲和寶玉，原來她們去商量着吃鹿肉；她自己把那生鹿肉切着，圍着火爐燒着吃，寶琴說：『怪骯髒的！』黛玉說：『罷了！罷了！今日蘆雪亭遭刼，生生被雲丫頭作踐了；我爲蘆雪亭一大哭！』湘雲却說——

『你知道什麽？「是眞名士自風流！」你們都是假淸高，最可厭的！我們這會子腥的膻的，大吃大嚼，回來却是錦心繡口！』

只這幾句話就掃蕩了一切的扭揑，矜持，多麽痛快！這姑娘又常愛穿男孩子衣服，打扮成男孩子模樣兒。平常談起話來，高聲大笑；吃起酒來，擄袖揮拳，毫無顧忌。香菱請敎她談詩，她便滿口是杜工部怎樣沉鬱，韋蘇州怎樣淡雅，溫八叉怎樣綺靡，李義山怎樣隱癖，說個不了。大觀園中有誰是這樣粗豪明爽的？她似乎從來不睬那些「坐莫動膝，立莫搖裙；喜莫大笑，怒莫高聲」的女四書，也從來不沾染那些高貴小姐們的斯文氣習，她只是一個原封未動不受穿鑿的好孩子。

湘雲聽見別人結社吟詩，便搶着參加，對自己的興趣與才華不加掩飾。吃了別人的酒，就要還席，也不計較自己有錢沒有。得到了幾個絳石戒指，便專誠分贈給朋友們，也不管別人是否看得重。寶釵坐在寶玉床上拿着蠅帚子替寶玉趕蚊蟲，黛玉在窗外叫湘雲看，她為了寶釵對自己不錯，便不忍加以嘲笑。寶釵沒有她真情，黛玉沒有她寬厚。

不幸的是這姑娘的身世非常孤苦。她是賈母史太君弟兄忠靖侯史鼎的孫女，從小父母雙亡，靠着嬸娘生活，這史家現在已不是「阿房宮，三百里，住不下金陵一個史」的時代了，連平日做針線都要湘雲自己動手。因此她常在孤零與窮苦中；只有到賈府來可以獲得些友情與溫暖。當她家裏打發人來接她回去的時候，她只眼淚汪汪地和大家告別，當着家裏人又不敢表現得十分委曲；到臨行，她私下囑咐寶玉常提點着老太太去接她——多麼可憐！

二

然而她總是一個胸無城府不用心機的姑娘，她和別人的關係只憑自己的直感；誰對她好，誰就是好人。她想請客，寶釵說：『雖然是個頑意兒，也要瞻前顧後，又要自己便宜，又不得罪人。』她從來想不到天下還有這麼巧妙的辦法！寶釵果然向家裏去要了幾簍現成的螃蟹和幾罈子酒來給湘雲做面子，這使她又感激，又佩服。其實她所處的人事環境絕不簡單，那裏面的親疏厚薄原是極其曲折的——

襲人……道：『你前日送你姐姐們的（戒指），我已得到了……』史湘雲道：『是誰給你的？』襲人道：『是寶姑娘給我的。』湘雲嘆道：『我只當是林姐姐送你的，原來是寶姐姐給了你。我天天在家裏想着，這些姐姐們再沒有一個比寶姐姐好的。可惜我們不是一個娘養的；我但願有怎麼一個親姐姐，就是沒了父母，也沒妨礙的。』說着眼圈兒就紅了。寶玉道：『罷！罷！不用提這話了。』史湘雲道：『提這話便怎麼？我知道你的心病，恐怕你的林妹妹聽見，又嗔我讚了寶姐姐了……』襲人在旁嗤的一聲笑道：『雲姑娘，你如今大了，越發心直口快了……且別說頑話，正有一件事求你呢……有一雙鞋……你可有工夫替我做做？……』史湘雲聽了便知是寶玉的鞋……道：『論理，你的東西，也不知煩我做了多少；今日我倒不做的原故，你必定也知道……前日我聽見把我做的扇套兒，拿着和人家比，賭氣又鉸了……這會子又叫我做，我倒成了你們的奴才了。』寶玉忙笑道：『前日的那個，本不知是你做的。』襲人也笑道：『他本不知是你做的；是我哄他的話，說是新近外頭有個會做活的，扎的絕出奇的花兒……他就信了。拿出去給這個瞧，那個看的。不知怎麼，又惹惱了那一位，鉸了兩段……』史湘雲道：『這越發奇了！林姑娘也犯不上生氣！她既會剪，就叫她做！』襲人道：『她可不做呢！饒這麼着，老太太還怕她勞碌着了！』

頗尖銳的人事矛盾蘊藏在這一件瑣瑣碎碎的小事的底層。分送戒指給襲人的是寶釵，剪了扇套的是黛玉。襲人常託湘雲代她做些活計，可是這扇套在被剪壞以前，襲人並沒有告訴寶玉說是湘雲做的；平日湘雲來了常住黛玉房裏，她們彼此也還不錯；但這心直口快的雲姑娘這回就非常惱恨黛玉了。至於人們互相間的衝突和言詞中挑撥作用的奧妙，她一概不及細想。

湘雲沒有理解過人與人相處有許多花様。天眞無邪的好人往往只能從概念上或情感上憎惡虛僞與自私，反對一切不良制度中的罪行。但自己本是置身於複雜矛盾的包圍中，却不會用敏銳的眼光去透視底蘊，用精細的頭腦分辨是非。凡世俗所謂豁達明朗的人物，照例具有不與人勾心鬥角的美德；惟其如此，她也就不能具有最鋒利的良心，和緊抓着正義的態度。他不肯站在正面與那醜惡決戰；只行雲流水一般，無所沾滯地過去，不會成爲一個堅決的反抗者。這與那疾惡如仇偏激過分的晴雯，反抗壓迫死不妥協的鴛鴦，迥乎不一樣。

三

一般所謂的天眞爛漫的優良品質自然是純潔，光明，恬淡，洒脫；但不可以誤以爲這種人沒有自己之存在；聰明美貌而所處地位原和黛玉寶釵相差不多的湘雲，當然也具有同樣的愛慾和妒忌。她便無心地彼捲在寶玉的爭奪戰之中，而且成了僅次於黛玉寶釵的一個重要戰鬥員。

問題發生在她從小就有和寶玉相愛的資格——

……只有她姊妹兩個倘臥在衾內。那黛玉嚴嚴密密裹着一幅杏子紅綾被，安穩合目而睡。那史湘雲，却一把靑絲拖於枕畔，被只齊胸；一灣雪白的膀子撩於被外，又帶着兩個鐲子。寶玉見了歎道：『睡覺還是不老實！囘來吹了風，又嚷肩窩兒疼了！』一面說，一面輕輕的替她蓋上……湘雲洗了臉，翠縷便拿殘水要潑，寶玉道：『站着！我趁勢洗了就完了……』說着便走過來笑道：『好妹妹，替我梳上頭。』湘雲道：『這可不能了。』寶玉笑道：『好妹妹，你先時怎樣替我梳了呢？』湘雲道：『如今我忘了怎樣梳呢！』寶玉……又「千妹妹萬妹妹」的央告，湘雲只得扶過他的頭來一一梳篦……

爲了這一早晨的事，曾引起襲人忿嫉，和寶玉嘔了一天一夜的氣。但比這更重要的還是湘雲與黛玉的衝突，並無慚愧的，湘雲是黛玉眼中的第二個情敵；而湘雲對黛玉也毫不客氣地反攻。

湘雲不同於寶釵，她不懂得故意躲避黛玉的視線。她一來到賈府就要找寶玉說話，這當然是黛玉所不愉快的——

……湘雲走來笑道：『愛哥哥！林姐姐！你們天天一處頑；我好容易來了，也不理我一理兒！』黛玉笑道：『偏你咬舌子愛說話，連個「二哥哥」也叫不上來，只是「愛哥哥愛哥哥」的！……』湘雲道：『她，再不放過人一點兒，專挑人的不是！這一輩子我自然比不上你，我只保佑着，明兒得一個咬舌兒林姐夫，時時刻刻你可「愛呀厄」的去！阿彌陀佛！那時才現在我眼裏了。』說的衆人大笑，湘雲便囘身跑了……林黛玉趕到門前，被寶玉叉手在門框上攔住，笑道：『饒他這一遭兒罷！』却值寶釵來在湘雲身背後，也笑道：『我勸你兩個看寶兄弟面上都丟開手罷！』黛玉道：『我不依！你們是一氣的！都戲弄我不成？』

在這種活潑嬌俏的戲謔聲中，盪漾着深重的妒恨的波紋。但這還是一種初期性的暗潮。由此漸發展到第二階段上去，便是明顯的戰鬥——

……賈母深愛那做小旦的。……（她們在看戲）……鳳姐笑道：『這孩子扮上，活像一個人。』……史湘雲便接口道：『倒像林姐姐的模樣。』寶玉聽了，忙把湘雲瞅了一眼，使個眼色……晚間，湘雲便命翠縷把衣包收拾了……；雲湘道：『明早就走！還在這裏做什麽？看人家的嘴臉！什麽意思！』寶玉聽了這話，忙近前說道：『好妹妹，你錯怪了我……我怕你得罪了人，所以才使眼色。……』湘雲摔手道：『你那花言巧語，別望着我說！我也原不如你林妹妹……我原不配說她，她是主子小姐，我是奴才丫頭！得罪了她了！……這些沒要緊的惡誓，散語，歪話，說給那些小性兒、行動愛惱人，會轄治你的人聽去；別叫我啐你！』

這忠厚的姑娘從心裏一惱怒，說起話來也就十分辛辣呢。在這邊討了沒趣的寶玉走到那邊，卻又吃了林黛玉閉門羹。低低的叫，呆呆的等，結果是黛玉對他冷笑說：『我得罪了她與你何干？她得罪了我，又與你何干？』

四

這種爭奪戰更向核心處推進，第三階段就直逼到婚姻問題上去。

黛玉最忌諱的是別人有金，寶釵的金鎖是黛玉致命的病根；那禁得住湘雲又有一個金麒麟？寶玉從道士們獻贈的諸般玩具中選取了一個金麒麟，姑不論寶玉心裏到底是爲了偶然巧合的趣味，還是竟觸動了那金玉姻緣之說；既被黛玉當場看到，便刺痛了黛玉的心。後來寶玉把她遺失了，又偏巧被湘雲的丫鬟翠縷拾着，交給了湘雲，於是觸起湘雲許多幻念。這湘雲却又忍不住拿給寶玉看；糾紛又起來了。

黛玉遇到這一類的場合再沒有一點含蓄。寶玉稱讚湘雲會說話，她便說不會說話那配有麒麟？寶玉把麒麟揣起來，黛玉便和他嘔了氣，說：『你怕攔了你的好姻緣？你心裏生氣？』寶玉以死來表明心跡，她便說：『死了倒不值什麼，只是丟下了什麼「金」什麼「麒麟」，可怎麼好呢？』作者於此解釋道——

……原來黛玉知道史湘雲在這裏，……因心下忖度着：『近日寶玉弄來的外傳野史，多半才子佳人都因小巧玩物上撮合，或有鴛鴦，或有鳳凰……而遂終身之願。今忽見寶玉亦有麒麟，便恐借此生隙，同史湘雲也做出那風流佳事來。』

傳奇的時代自然是發生傳奇的故事和傳奇的思想。寶玉一而再再而三地發下重誓，說明他絕不相信那金玉姻緣之說，但終衝不破林姑娘心上的暗影。

然而，無邪的湘雲似乎並沒有計劃着獨佔寶玉，她也意識不淸在寶玉身邊她和黛玉不能共存；更夢想不到還有一個一聲不響的寶釵在旁邊，那才是黛玉的主敵。又由於和黛玉之發生抵觸，湘雲就半意識地無戰略地被寶釵和襲人推了上火線，成了一枝側面的軍隊。誰想這姑娘正在鏖戰緊張的時候，後方忽然發生劇變，她被她家裏許配給了衛若蘭。襲人對她說：『姑娘大喜呀！』轟然一聲，一切都崩潰了。

渾渾沌沌的好人常在無所知覺之中而慘敗。

五

那麽寶玉對湘雲究意怎麽樣？

黛玉太幽僻難通，寶釵太冷酷枯燥；可是她們各有各的力量撕裂着寶玉的靈魂，把他揉來搓去，跳脫不開。支撑在曲折的險灘或凍結在凜冽的寒流中的孤舟，它急需找一個日朗風和平明如鏡的湖面，讓自己休息一下，求一點舒暢與寒暖。寶玉本是常想向湘雲方面逃避的；我們讀者也何嘗不是見了黛玉就神經拘攣，見了寶釵又有些戒心，那如和湘雲處起來那麽輕鬆省事呢？

但平坦明朗的湖面畢竟是浮淺的，沒有內容，沒有力量。湘雲只能被寶玉客觀地欣賞，爲了她的天眞美而一時陶醉：却絕非寶玉戀愛的對象。湘雲的靈魂有些什麽蘊藏呢？湘雲的詩做得不錯；但如『花因喜潔難尋偶，人爲悲秋易斷魂。玉燭滴乾風裏淚，晶簾隔破月中痕。』（詠白海棠）『蕭疏籬畔科頭坐，淸冷香中抱膝吟。數去更無君傲世，看來誰有我知音！』（對菊）『寒芳留照魂難駐，霜印傳神夢也空。』（菊影）這些極其哀艷的詩句都是黛玉的哀訴，而非湘雲自己的聲音。在另一方面賈雨村來了要見寶玉，寶玉正一肚子鳥氣，在這時候湘雲和他意識上的背馳猛然揭發出來——

湘雲笑道：『「主雅客來勤」，自然你有些感動他的好處他才要會你。』寶玉道：『罷！罷！我也不稱「雅」，我乃俗中又俗的一個俗人，並不願同這些人往來。』湘雲笑道：『還是這個性情，改不了！如今大了，你就不願讀書去考舉人進士的；也該常會會這些爲官作宰的，談談講講那些仕途經濟的學問，也好應酬庶務；日後也有個朋友。沒見你成年家只在我們隊裏攪些什麽！』寶玉聽了道：『姑娘請別的姐妹房裏坐坐！我這裏仔細骯髒了你知經濟學問的人！』

湘雲不理解賈雨村之卑鄙惡俗，也還罷了；難道連寶玉的品性還不清楚？其實這一套話與她自己的生活意趣完全不相連貫，她是不經心而拾來的皮毛，隨口就說；這種理論顯然是寶釵所傳授的。

湘雲在人生上並沒有一整套理解；遇事不假思索，毫無定見。封建社會一方面要人做一個正途的士大夫，另一方面也要人兼備些才子式的風流雅韻，閨閣中也反映出這種兩歧的個性。所以湘雲吟着黛玉式意境清高的詩，又說着寶玉式世故庸俗的話；零碎摭拾，不能一貫。

作者之寫湘雲，手法上原很謹嚴。他先把湘雲介入了戀愛糾紛，一步一步層次不亂地深陷重圍。可是到了訂婚之後，便使她關係輕淡，退到冷寞的境界中去。她自己塡寫柳絮詞，是感到命薄如絲隨風飄蕩的悲哀。她和林黛玉二人清秋賞月，通夜不眠，吟成「横塘渡鶴影，冷月葬詩魂」那麽淒艷悲涼的聯句，（上下兩句恰好是湘雲與黛玉各自說出自己的命運和特殊的意境）然後走進妙玉的攏翠菴去。這一段文章寫得清冷沁人，非常傑出，固然是爲了烘托出大觀園衆姐妹盛會凋殘的景象，同時這種氛圍也是說明湘雲往日活潑熱鬧的少女情懷已經消磨殆盡，而轉變成悲劇的角色，光彩黯淡下去了。

史湘雲爲人心胸坦白，氣象恢宏；旣無世俗給她的虛僞，又無神經衰弱者的病態心理，她原應該是一個樂觀主義的健全女性。可是寶貴的資質還須要適當的環境才能使他成長；湘雲只遭遇到環境的嘲笑與播弄，在戀愛與人生上終做了一個敗軍之將——一個無辜的青年寡婦。那冷酷的家庭和腐舊的社會對於這一塊無瑕的白璧是不能施以合理的雕琢的：給多少讀者留下口頭心上一個愛慕與婉惜的影子而已！

（十五）薛寶釵論

一

直到今天，很多的中國人還有「取妻當如薛寶釵」之想。誠然的，寶釵是美貌，是端莊，是和平，是多才，是一般男子最感到「受用」的賢妻。如果你是一個富貴大家庭的主人，她可以尊重你的地位，陪伴你的享受；她能把這一家長幼尊卑的各色人等都處得和睦而得體，不苛不縱；把繁雜的家務管理得井井有條，不奢不吝。如果你是一個中產以下的人，她會維持你合理的生活，甚至幫助你過窮苦的家計，減少你的許多煩惱。如果你多有些生活的餘裕，她也會和你吟詩論畫，滿足你風雅的情懷。她使你愛，使你敬，永遠有距離地和平相處渡過這一生。不合禮法的行動，不近人情的說話，或是隨便和人吵嘴嘔氣的事，在她是絕不會有的。尋找人間幸福的男子們沒有不想望着寶釵這樣一個太太的理由罷？

也許由於過分同情於失敗者吧？另有些人對於這一位標準閨秀竟認爲是虛僞，陰險，奸詐，故意破壞了寶玉和黛玉的婚姻，非理地篡取了「寶二奶奶」的地位。有些紅樓夢的批註者還要硬說是寶釵和寶玉先有了「苟且之事」，把她譴責誣蔑到極點。於是歷史上「擁林」「擁薛」成爲極端的兩派。三借廬筆談曾記載過這樣一段有趣味的故事——

許伯謙孝廉論紅樓夢，尊薛而抑林。以爲林黛玉尖酸，寶釵端重，此直被作者瞞過。夫黛玉尖酸，固也；而天眞爛漫，相見以天；寶玉豈有第二知己哉？況黛玉以寶釵之奸，鬱未得志，口頭吐露，事或有之……況寶釵在人前必故意裝喬，若幽寂無人；如觀金鎖一段，則眞情畢露矣。己卯春，余與伯謙論此書，一言不合，遂相齟齬，幾揮老拳，而毓仙排解之。於是兩人誓不共話紅樓夢。

他們這樣的官司是永遠打不清的。如果林薛二人不是都具備着在人心上相當的重量而各有千秋，紅樓夢這部大悲劇就不能成立了。注重現實生活的人們，你去喜歡薛實釵吧！傾向性靈生活的人們，你去愛慕着林黛玉吧！人類中間永遠存在着把握現實功利與追求藝術境界的兩派；一個人自己也常可能陷在實際福利與意境憧憬的矛盾中；林薛兩種典型，正是紅樓夢作者根據這種客觀的事實所創造出來的對立形象。

然而僅止於這樣的說明是不夠的。我們還須要更進一步去理解作者的心理。中國的浪漫主義作家不同於拜輪歌德普式金，中國的寫實主義者也不是巴爾札克莫泊桑柴霍夫或易卜生。從前中國的浪漫主義或寫實主義的作家對於自己時代中的所謂「正派人物」，很少採取大聲的詛咒或坦白的暴露態度；他們的寫作常陷在一種很艱難的處境中。西廂記對於老夫人的不滿，三國演義對於劉備側面的描繪，水滸對於宋江心理的分析，都是同樣一方面表露微詞，一方面承認他們的地位與優點。因爲那本不是自己所喜悅的角色，但實際上又斷乎無從取敵視的態度。只有逼使着自己更客觀，更深入，以極其精細的技巧掘發出那些自居正統的人物的內蘊，並且指示出他們的命運。紅樓夢中有兩個這種風格的角色，一個是賈政，一個就是薛寶釵。作者對於這兩個人是以十分鄭重的心情加以處理，在他和她身上，不能有一點任性與忽略。

紅樓夢作者曾借湘雲與黛玉聯詩的機會，說出「不犯着替他們頌聖去」的話；足見他不滿意於當時一般歌舞昇平的正統文藝。對於自己的寫作，在主觀方面提出超越時代的寶玉黛玉的思想與風格；在客觀方面，他隨時指示出那時代主流力量之衰朽的現象，而絕不爲滿清鼎盛的康乾統治而說教。寶玉黛玉違反時代的威力，自然是悲劇的主人翁；但另一方面，有些代表正統力量製造別人悲劇的人物，自己所立足的隊伍，也在動搖，破裂，而同歸於盡。玩火的王熙鳳受了懲罰，無能而固執的賈政到老毫無出路，搶上崗位的薛寶釵也被犧牲：這樣才表現出概括時代的全面悲劇。

作者對於薛寶釵當然是作爲林黛玉的對照典型而提出的。在一般的人的形象上，作者使薛寶釵幾乎賦有壓倒黛玉的力量；她的容貌，品德，才智，不但處處可以與黛玉爲敵，而且她取得被環境所推崇喜悅的地位，成爲中國封建時代最美滿的女性。只有這樣，才能反映出寶玉黛玉的反時代性之頑強，使人理解到在正統風格以外，還有更優越的靈魂存在。話雖如此，寶釵這人物的提出，畢竟自有其獨立存在的意義。作者對傳統的賢妻良母主義之爲當時女性生活的領導規範，不能不加以尊重；譬如自甘淡泊而孀居教子的李紈，作者顯然予以人格「完」整的嘉許。如果作者對於寶釵是根本鄙視的態度，她便失去了分裂寶玉的感情的資格。這裏所謂寶玉感情的分裂，倒不一定是寶釵能從戀愛技術上去爭取寶玉，而是寶釵那種完好的風格足以使寶玉彷徨留戀，不能專注於黛玉。更確實地說，就是寶釵和黛玉兩種典型代表着兩種時代——正統主義與浪漫主義；而寶玉是被第一種時代的力量所羈絆，被第二種時代的精神所吸引。這樣才使得他既不能全任性靈而飛躍，又不能安於現實而屈服，因此形成戀愛生活上時代差別的矛盾。這是作者對於戀愛問題和時代關連的正確理解，絕不同於許多傳奇小說的庸俗作風，僅把兩個女子的美貌程度之相等來作成戀愛糾紛的關健。

薛寶釵這一型確是作爲一種時代的代表人物而提出的。

二

寶玉和賈政是兩個時代的對立，他們的矛盾表現在父子倫理關係上。黛玉和寶釵也是兩種時代精神的對立，她們的矛盾表現在戀愛衝突上。寶玉和父親賈政的年齡、教養、社會地位、距離很遠，因此性格行爲，都格格不入，很明顯。從表面上看寶釵和黛玉一切都似乎差不多，然而實際上兩個人的家世以及她們在賈府的關係是很不相同的。

「豐年好大雪（薛），珍珠如土金如鐵！」這與賈史王三姓齊名的「金陵一霸」的薛家原是「現領着內帑錢糧，採辦雜料」的「皇商」；換言之，就是當時一個支用國庫而營商的大官僚資本家。因此，他們與賈府的那種純粹貴族式的官僚世家不同，尤其是大異於林黛玉那種中等官僚的家庭。商業氣質重，是寶釵家世的第一種特質。第二，薛府上雖有百萬之富，寶釵却是幼年喪父，哥哥薛蟠是一個酒色荒唐的「獃霸王」；他們在政治的社會中的地位却是趨於沒落了的，不能和王賈兩家相比。好在「這四家皆連絡有親，一損俱損，一榮俱榮，扶持遮飾，皆有照應」。因此薛蟠在金陵爲了搶買侍妾，打死人命，他們母子兄妹就進京去和賈府同住，得到安全；這是說薛家在社會地位上必須依仗賈府。第三，寶釵的母親是王夫人的親姊妹，王熙鳳的親姑母，她們在賈府有「外戚」的優勢；同時薛家雖住在榮府，却並非經濟上依賴別人；進退分合，是留有餘裕的。因此他們在賈府占有優越的地位，與黛玉孤女無依寄人籬下的情形完全不同。

黛玉和寶釵雖然都同樣是自幼受了高級的閨秀陶養，作者却指示出這兩位女才子的教育目的之區別。黛玉是因爲她父親「膝下無兒」，而她又聰明絕頂，因此姑且當她個男孩子來教養。而寶釵呢，因爲皇帝『徵採才能……在世宦名家之女，皆得報名達部，以備選擇爲公主郡主入學陪侍充爲「才人」「贊善」之職。』因此，黛玉的博覽詩書，只爲了滿足文藝興趣，發揮性靈；於是心醉於西廂記牡丹亭這種浪漫傳奇。那「學以致用」的寶釵對於求知就有個一定的規範；她不但認爲那些『雜書移了性情，就不可救了』，甚至於說『咱們女孩兒家不認字的倒好』。

一個候選入宮的少女，她的行爲當然要適合於正統的標準。另一方面，商業世家無形中賦予了寶釵以計較利害的性格，善於把握現實利益的人必須是能控制自己的感情的；她永遠以平靜的態度精細的方法處理着一切。寶釵是紅樓夢所有人物中第一個生活技術家。元妃省親回來要姊妹們做詩，她看見寶玉寫了「綠玉春猶捲」的句子，便指點他元妃不喜歡「紅香綠玉」的字樣，教他把「綠玉」改爲「綠臘」。

賈府喜歡熱鬧，看戲的時候寶釵就專點西遊記這一類的鬧戲。湘雲要請客而又沒有錢，她便替她設計，並從自己店裏要了些螃蟹給她做東。金釧挨了打投井而死，王夫人心裏懊惱，寶釵却解釋說：『據我看來，她並不是賭氣投井……或是在井跟前玩，失了脚掉下去的……縱然有這樣大氣，也不過是個糊塗人，也不爲可惜。』王夫人正爲了臨時要賞一套妝裹衣服給金釧而爲難，寶釵便立刻答應自己有兩套新做的衣服可以拿來用，而自己是從不忌諱的。和王熙鳳相處是最難的；在王熙鳳眼中的寶釵，却是「拿定主意：不干己事不開口，一問搖頭三不知」這樣不討人嫌的脚色。王熙鳳病了，探春代管家務，王夫人派寶釵參加，這當然是個難題；可是她能以消極應付的本質取積極協助的姿態，做出使一家都滿意的事來。探春決定了把大觀園中的花果生產交給幾個老婆子掌管，寶釵就接着提出一種調濟性的主張：凡經管生產收入，除供應頭油香粉外，其盈餘不必再行交到賬房，作爲經管人的貼補，而且應當也分些給其它的婆子媳婦們；這樣，公家雖然省了錢，却不顯得太嗇刻；其它未經手的人們得到利益，也便不致抱怨或暗中破壞別人。於是各方面都歡喜感服，作者十分精當地說她這一措置是「小惠全大體」。寶釵對人事的警覺性是最高的；她從不做一件妨礙人的事，從不說一句刺激人的話。有一次偶然高興撲兩個蝴蝶——這樣孩子氣的行動在寶釵眞是絕無僅有的——却不想恰好聽到滴翠亭內小紅和另外一個小丫頭密商與賈芸換手帕的勾當。她知道一時躲閃不及，便立刻假裝林黛玉藏在那裏而她來尋找，以免小紅發覺到自己的祕密被別人窺察。果然小紅反擔心到林姑娘偷聽了去，而對寶姑娘却坦然不疑。大觀園人事複雜，情弊日多，危機四伏，寶釵看得淸淸楚楚；但她却從不指摘什麽。到了繡春囊事件發生而舉行大檢查，雖然例外地不查她的蘅蕪院，然而她斷定這是搬出去的機會了；於是假託母親身體不好無人照看，毫無痕跡地搬回自己家裏去住，從此再不回來。

這種種處世的技術，絕不是黛玉湘雲等人所能領悟；寶釵年紀雖然只比黛玉大一兩歲，而對人行事已完全是一個精通世故的成人態度了。

三

作者對於寶釵常是加以推崇，試看那麽多女性之中，論才能、論美貌、論學識，那一個及得上她？論家務，她是薛家的一個靈魂。論詩才，只有她有時候能勝過黛玉。惜春畫畫，她能講得出一套畫畫的批評；湘雲做詩，她能說出一套吟詩的理論。至於一般常識的豐富，事理的通達，態度之穩重，更不用說。不過作者對寶釵自有他比較深刻的不滿。在「壽怡紅羣芳開夜宴」的時候寶釵抽到的酒籤是一枝牡丹花，題着「艷冠羣芳」，附註的詩句是「任是無情也動人」，作者對她的褒貶就在這裏，作者只覺得這是一朵世俗的花王罷了。凡一切世故者總是缺少爛漫的眞情，所以他在本書開始介紹她出場的時候說：『罕言寡語，人謂裝愚：安分隨時，自云守拙。』這當然是諷刺的話。作者使寶釵姓薛（雪），常服用「冷香丸」，也就是因爲不滿於這姑娘性格之「冷」。

寶釵很少感情激動的時候。寶玉當着人說她長得胖，像是楊貴妃，太傷害了她的體面，她不能不反攻兩句話；並借着斥罵一個小丫頭的機會，表示自己平日是不隨便和人「嘻皮笑臉」的。黛玉見寶玉奚落了寶釵而表現得意，使寶釵更受不了，這才諷刺了他們『你們博古通今，才知道「負荊請罪」，我不知什麽是「負荊請罪」。』的話。寶玉挨了父親毒打，寶釵自也不免難過，當面却毫不表現，回到家裏就向自己的哥哥薛蟠發作了。有一次，寶玉睡中覺，寶釵來了，貪看襲人的繡工，無心地坐在寶玉床邊，順手拿起繩帚替寶玉趕着蚊子，這在她眞算是例外粗心的忘情。有一次寶玉因要看她手上帶的香串而注視着她那豐潤白嫩的手腕，發了呆，使寶釵羞紅了臉；這在她算是剛剛觸到戀愛情緒的邊緣罷。至於她特別同情於貧苦的邢岫煙，原是爲了選中一個弟媳婦。對於自己那渾蛋哥哥，眞是認爲是一個擾害她母女生活的惡魔，惟恐他不遠遠地離開她們。對於母親，寶釵當然是她惟一的支柱，作者對於寶釵怎樣「娛親」，有一段極好的刻畫——

薛姨媽：『我的兒，你們女孩兒家哪裏知道？自古道「千里姻緣一線牽」……比如你和你妹妹（指黛玉）兩個的婚姻，此刻也不知在眼前，也不知在山南海北呢？』

寶　釵：『惟有媽媽說話動輒拉上我們！』（一面說，一面伏在她母親懷裏笑說）『咱們走罷！』

黛　玉：『你瞧！這麽大了！離了姨媽，她就是最老到的；見了姨媽，她就撒嬌兒！』

薛姨媽：（將手摩弄着寶釵，向黛玉歎道）『你這姐姐，就如鳳哥兒在老太太跟前一樣！有了正經事，就有話跟她商量；沒有了事，幸虧她開我的心……』

黛　玉：（流淚歎道）『她偏是我在這裏才這樣，分明是氣我沒娘的人，故意形容我！』

這是對一個善於做女兒的忠實描寫；但也是對寶釵所加的一種微詞。她對自己親生的母親怎麼竟然和王熙鳳對賈母的態度一樣呢？當看到寶釵忽然撒嬌裝小的時候，我們讀者會和黛玉同樣感到這於她平日的舉止太不調和吧！但孤零的黛玉却爲了羨慕別人的母女之愛而眞心地流下淚來。

冷靜的人並不一定是恬淡寡欲。世故深透的人並不一定消極。態度平和的寶釵才更具有着對現世極執着的企圖。寶釵一樣和姊妹們一處談說，笑樂，却從來沒有忘記一個客觀的尺度；她不會如黛玉的逞強，湘雲的放縱或寶玉的癡迷。然而惟其如此，才可以知道她是有所爲的；她有着自己獨具的抱負。她對一般人認爲飄零無據的柳絮做了一篇出人意外的翻案文章——

白玉堂前春解舞，東風捲得均勻。蜂圍蝶陣亂紛紛；幾曾隨逝水，豈必委芳塵？萬縷千絲終不改；任它隨聚隨分！韶華休笑本無根；好風憑借力，送我上青雲！

這是何等的現世功利主義！那麽這個少女所憧影的「青雲」到底是什麽呢？她並沒有眞個被選入宮，賈元春的地位自是不可倖得的。她所知道的一般少年都和自己的哥哥那種糊塗虫差不多；因此她惟一無二的出路便是爭取寶玉夫人的地位。

最值得我們注意的，在紅樓夢書中並沒有寶釵和寶玉戀愛的史實！寶玉和黛玉初見的時候，和但丁與比特麗絲橋上的相逢，西廂記張生在佛場中的「驚艷」相近，是一見面便觸動了心靈的顫悸。而寶玉和寶釵的初見階段，却是彼此認那個寶玉和金鎖——兩件命定婚姻的象徵物。象徵物自然也是有頗大的威力的；但這是作者在指出寶玉和寶釵的關係從外而來。我們看得見黛玉爲寶玉而悲啼，寶玉爲黛玉而癡戀；也看到寶玉爲了欣賞寶釵而有時沉醉，在寶釵方面却永遠是那麽平平淡淡的。黛玉所要的是寶玉的感情，寶釵所要的却是寶玉夫人的地位。在當時正統思想看來，戀愛不但是不正當，而且是無必要的。青年們應當嚴防那些浪漫傳奇的誘惑；但男女婚姻却是「人之大倫」終不能避免。以賈府門閥之高貴，寶玉地位之重要，這個孫媳婦的寶座是值得取到的。寶釵就以此種觀點爲根據而作戰。黛玉只以心上的血眼中的淚向着寶玉一個人傾瀉，而寶釵却只以智慧與手腕向着寶玉周圍做工夫。她曾勸告過寶玉學些應酬庶務，講些仕途經濟的學問，寶玉却「不管人臉上過得去過不去，他就咳了一聲，拿起脚來走了」；寶釵「登時羞得臉通紅，說又不是，不說又不是」。可是在這種人生意態相衝突的關係之下，「眞眞是有涵養，心地寬大」的寶釵「過後還是照舊一樣」，這爲什麽？因爲她深知戀愛的選擇固在於寶玉，而婚姻的決定却在旁人。因此她在形跡上反故意躲避寶玉，她只注意到自已怎樣做成一個爲賈母王夫人鳳姐以及各方面都愛重的人。被確定爲寶玉候補侍妾的襲人，她也必須和她交好，使襲人感覺到寶姑娘比林姑娘容易相共。總之她是能抓住成敗的關健的。

至於寶釵對自己的敵人黛玉，很少使用正面攻戰。她對於黛玉隨時隨處投射過來的槍箭，總是忍讓，而少還擊。然而這位戰略家除了能從側面圍陷敵人以外，還懂得攻心的辦法。她知道黛玉是一個口齒尖利而胸無城府的人，於是冷靜地窺伺着她的弱點。果然有一次黛玉當衆引用了西廂記牡丹亭的詞句，被她抓住了機會。她將黛玉叫到自己屋裏去——

釵『你跪下，我要審你！』

黛『你瞧寶丫頭瘋了！審問我什麽？』

釵『好個千金小姐！好個不出閨門的女孩兒！滿嘴裏說的些什麽？你只實說便罷！』

於是黛玉不覺紅了臉，便上來摟着寶釵笑道：『好姐姐，原諒我不知道，隨口說出的；你教給我，再不說了！』

於是寶釵說了一整套的做閨秀的大道理，把黛玉教訓得『垂頭吃茶，心下暗服，只有答應「是」的一個字』。接着這種折服工作之後，便是送人參燕窩給黛玉吃，以及種種對黛玉的溫慰。於是這被她先立威後施恩所降服下來的黛玉便叫她做「姐姐」，叫薛姨媽做「媽媽」；還對寶玉表示，以前不該錯怪了寶釵是「藏奸」；對寶釵從此不再設防了。浪漫文人畢竟對付不了富有政治手腕的現實主義者呀！

四

寶玉和寶釵從本質上是衝突着的，正和寶玉與賈政的人生觀不相容是一樣。在林黛玉眼中寶玉和寶釵很親近，其實寶玉自己知道他們和寶釵之間的距離。寶釵所設想的自己的丈夫應當是一個循規蹈矩的功名富貴中人，而這種人正是寶玉所痛恨的「祿蠹」。寶玉所設想的愛侶應當是一個多情善感超世絕俗的「仙姝」，而這種人恰好是寶釵認爲被浪漫傳奇誘導壞了的女性。寶玉顯然是一個戀愛至上主義者，除了向女孩兒身上做工夫以外，無一事可爲；而寶釵的精神却貫注在如何從人世間各方面去努力做人。他和她兩顆心永遠不會走在同一條路上。寶玉向母親王夫人提出一個給林黛玉醫病的藥方，王夫人不相信，寶玉要請寶釵給他證明確實；可是寶釵偏故意說：『我不知道，也沒聽見，你别叫姨媽問我。』在這件小事上說明寶釵寧可犧牲寶玉的信用，以迎合王夫人意思。寶釵給寶玉起筆名叫「無事忙」「富貴閒人」，分明是對他輕視。這都足以在無形中傷害了寶玉的情感。寶玉聽了寶釵勸他一番世俗爲人的道理，後來竟說：『好好一個清淨潔白的女子，也學的沽名釣譽，入了國賊祿蠹之流！』這是何等嚴重的斥駡！黛玉懷疑寶玉，他便正式向她聲明「後不僭先」「疏不間親」，這是何等鄭重的表白！寶玉派人來探望黛玉，偶然想起寶釵也曾生病，他便對來人說他和林姑娘都問候寶姑娘，都因爲有些病不曾去看她，這顯然是站在黛玉這一邊而虛應酬了寶釵。黛玉忽然受了寶釵籠絡而與她接近，寶玉假借了西廂記的詞句問黛玉說：『是幾時孟光接了梁鴻案？』當黛玉說明了寶釵對自己很好的情形以後，寶玉却冷冷淡淡的，並沒有什麽欣慰與贊許。這不是作者的疏忽，而是要表現寶玉對人事關係並不同黛玉一般淺薄；他對寶釵自有其根本的理解，毫無誤會。寶玉和黛玉之間常常鬧彆扭，而和寶釵却從沒有當面嘔過氣；這是說明寶玉和黛玉是本質的一致而形式上衝突，寶玉和寶釵是形式上諧和而本質上矛盾。

既然這樣說法，這一場三角糾紛又爲什麼能成立呢？這就需要知道，寶玉對寶釵是從世俗觀點重視其爲人，同時，從寶釵的美貌上常受到潛意識的吸引——粗露一點說是有些從肉感關係上喜悅着她。若說到戀愛與婚姻，她不是常常痛恨着那金玉姻緣的命定論，而幾次要砸毀自己那塊玉嗎？爲了和黛玉的關係的圓滿，寶玉的心底裏也許會把寶釵之闖入，認爲是魔鬼之故意地播弄着他吧！

如果說紅樓夢原作者與書中的寶玉對寶釵的態度略有不同之處，就是寶玉是戀愛的局中人，對寶釵不免主觀的愛和憎，而作者却是事後追述。他的任務在客觀地把她與黛玉平列地提到世人面前，使她們分別佔有着讀者的心中地盤。所以曹雪芹對於寶釵並不像別人那樣加以詆毀；但到了後四十回作者高鶚筆下的寶釵就從合理主義的人生態度進到殘忍的程度。高鶚對這一個人物的個性也自有他的認識和創造。寶玉的婚姻問題和榮國府整個的事態到八十回以後的時候已演進到嚴重的階段，寶釵的爭取戰也被逼着加緊了；這正是一個人物個性適應着環境變遷而必須有的發展。

寶釵的家庭一向因爲薛蟠的胡鬧而不得安寧，他在家裏常和母親妹妹嘔氣。挨了柳湘蓮一次苦打之後，出去遠遊了一遭囘來，討了一個「河東吼」的夏金桂，直鬧得薛姨媽與寶釵一日不得安居。這薛蟠又在外打死了人，坐監牢，放流刑，於是造成寶釵必須提早出嫁的背境。另一方面，寶玉的年紀逐漸大了，寶玉和黛玉的戀愛關係也被揭露了，而賈政又放了外任就要出京，這樣加緊了寶玉結婚的實現。於是由於賈母和王夫人的決選，薛姨媽的十分遷就，鳳姐的巧爲設謀，以及寶釵自己的委婉應付，她便獲得了婚姻的勝利。

寶釵不知道自己的新郎所愛的是什麼人嗎？利用他在神經失常的狀態中，自己冒充着自己的情敵而取得夫人的位置，當時的情境實在是難堪的啊！作者關於這一段的描繪也眞是非常艱苦——

……那新人坐了牀便要揭起蓋頭來的。……寶玉……便走到新人跟前說到：『妹妹，身上好了？好些天不見了！蓋着這勞什子做什麼？』欲待要揭去；反把賈母急出一身冷汗來。寶玉又轉念一想：『林妹妹是愛生氣的，不可造次！』又歇了一歇，仍是按捺不住，只得上前揭了。……寶玉睜眼一看，好像寶釵；

心中不信，自己一手持燈，一手擦眼一看，可不是寶釵嗎？……寶玉發了一回怔，……自己反以為是夢中了，呆呆地只管站着……兩眼直視，半語全無。……鳳姐尤氏請了寶釵進入裏間牀上坐下，寶釵此時自然是低頭不語。……寶玉悄悄兒地拿手指着道：『坐在那邊這一位美人兒是誰？』襲人……歇了半日才說道：『是新娶的二奶奶。』……寶玉又道：『好糊塗！你說「二奶奶」到底是誰？』襲人道：『寶姑娘！』寶玉道：『林姑娘呢？』襲人道：『老爺作主娶的是寶姑娘！』寶玉道：『我剛才不是看見林姑娘了麽？……你們這都是做什麽玩呢？』……便也不顧別的了，口口聲聲只要找林姑娘去，……寶釵置若罔聞，也便和衣在內暫歇。

這便是我們那標準閨秀的洞房花燭夜！她用全力爭取來的「現實」，就是如此地一種慘酷的懲罰！

婚禮以後的幾天，新郎的昏迷病狀加重到垂危的地步，他哭着要去和林姑娘死在一處，於是溫柔敦厚的寶釵在這種情形之下，雖然是心腸都揉碎了，態度却不得不堅強起來。黛玉死在她和寶玉行婚禮的時間，衆人都瞞着寶玉，而寶釵却毅然決然地說破了——

……『你放着病不養，何苦說這些不吉利的話？……老太太一生疼你一個，如今八十多歲的人了……太太更是不必說了……我雖是命薄，也不至於此——據此三件看來，你便要死，那天也不容你死的；所以你是死不得的！……』寶玉聽了竟是無言可答，半晌，方才嘻嘻笑道：『你是好些時不和我說話了；這會子說這些大道理的話給誰聽？』寶釵……道：『實告訴你說罷：那兩日你不知人事的時候，林妹妹已經亡故了！』寶玉忽然坐起來，大聲詫異道：『果眞死了嗎？』寶釵道：『果眞死了！……』

於是寶玉放聲大哭而昏死過去。許多人都怪寶釵說得太猛了，但寶釵「自己却深知寶玉之病因黛玉而起……故趁勢說明，使其一痛決絕，神魂歸一，庶可治療」。這在寶釵是經過「千回萬轉……才想出這個法子來」的，不能不說是一種有決斷而殘酷的處理。在當時也頗收到一點效果，寶玉果然似乎是死了心一樣麻木了一陣，病漸漸好轉了。於是寶釵的美貌對他又恢復了吸引力，夫妻間達到了「圓房」的階段。可是寶釵還必須做進一步的工作，她必須從四面圍勦那隨時逃竄的寶玉的情緒。當寶玉聽說妹妹探春要遠嫁的消息不免感到死別生離的深痛時，寶釵便說出異常狠辣的話來——

『據你的心裏，要這些姊妹都在家陪你老了，都不要爲終身的事麼？若說別人，或者還有別的想頭；你自己的姐姐妹妹，不用說沒有遠嫁的；就是有，老爺作主，你有什麼法兒？打量天下獨是你一個人喜歡姐姐妹妹呢？若是都像你，連我也不能陪你了……這麼說起來，我同襲姑娘各自一邊兒去，讓你把姐姐妹妹們都邀來守着你！』

這是什麼話？這與寶釵平日的風度太不相合了。一時獲得了統治的權威者爲了禁錮人心，面貌就如此猙獰起來了！

種種的新刺戟再使寶玉日夜不安起來。幾番掙扎之後，美貌、肉感、多才、倫理的高壓、金和玉的命定論，終於都一概被寶玉衝破了。寶玉的心裏蘊藏了一個簡單的答覆：你們不許我得到黛玉，我不許你們得到我！

不需要戀愛只需要婚姻的寶釵，現在名位是到手了，却不想把自己一生付與了一個逃亡的丈夫所遺留的胎兒；作者在這裏深刻地嘲諷和憐憫着現世功利主義的智巧。

寶釵這種不成其爲前途的前途，就如此被判定了。

薛寶釵是一個以身衞道的實踐者呢？還是一個爲了自己而殘害別人的自私者呢？我們的作者不作善與惡的宣判。如果人們說她是個善良的人，她比李紈善良得深刻吧？如果說她是一個罪惡的人，她比王熙鳳罪惡得高明吧？至少她是一個堅決而完整的強者。黛玉是戀愛，寶釵是「做人」！秉着自己時代的教養，她學習一切，她應付一切，她努力要完成女性生活的最正常最標準的任務，她有權利爲了做成一個人的妻子而戰鬥。她不知道——是不主張多知道超越這個以外的東西。想不到那鐫着「不離不棄、芳齡永繼」字跡的金鎖，却正是引導着她趨於慘敗的魔鬼。

黛玉沒有金鎖鎖住，被拋到時代外面去了；寶釵死抱着自己的項鍊，却被活埋在時代的裏面！

(十六) 林黛玉的戀愛

一

沒有戀愛生活，就沒有林黛玉之存在。

林黛玉用她一生涯唱出一首纏綿哀艷的戀歌，紅樓夢作者曹雪芹流着他心上的血，眼中的淚，給她做成了紀錄；這戀愛至上主義的少女便永生在中國千千萬萬人的心中，口中。

林黛玉似乎不知道除戀愛以外，人生還有其它更重要的生活內容，也看不到戀愛以外還存在着一個客觀的世界；她把全部自我沉浸在感情的深海中，呼吸着咀嚼着這裏邊的一切。從這裏面釀造出她自己的性靈，嗜好，妒恨，以及她精巧的語言與幽美的詩歌；以後，就在這裏面消滅了她自己。

黛玉以前，中國原有着千千萬萬的局部的林黛玉；到了黛玉出現，那許多不完整的人物之情、之才、之貌，就都匯流在這一個人的身上。黛玉之後，一個完整的黛玉之情、之才、之貌，又分注到千千萬萬中國女性的身上去了。作者使這一個典型結晶了過去一切「春怨秋悲」閨閣女性之傳統，然後又感染了以後一切「工愁善病」的閨閣女性之情操。於是黛玉憂鬱，別人憂鬱；黛玉哭泣，別人哭泣；黛玉失戀，別人也生幻滅之感；黛玉死亡，許多人認爲這是人間永恆的遺恨。

黛玉的父親林如海，雖也是侯門後裔，但已降落到做一個揚州的鹽政官。所謂「書香門第」，就是一個知識份子的中等人家，是不能和王賈史薛那種大門閥相比的。由於人丁之衰落，父母之相繼亡故，使這幼小的黛玉姑娘非去長期依靠到外祖母家不可。作者一開始就指出林如海膝下無兒，對這聰明絕頂的小女孩特別鍾愛，請了老師當她兒子一樣教書；却又因她體弱，不能嚴格課讀。這是說黛玉自幼就孤獨，任性，而沒有接受一般標準的閨範教養。

一個不適宜於寄人籬下又不慣於處人多場合的黛玉，初到賈府之後，賈母對她特別愛憐，寶玉對她非常體貼，更使這小姑娘不懂得順應環境。她內心抱着無父母姊妹兄弟身世孤零的悲戚，而生活上却是既不缺乏衣食供養，又不受到別人的制壓。她原具有高人一等的才華，却又無人教以人情世故。她不知道當時的家庭所需要的是「無才是德」的賢良女性，而說笑話、賞風月、做詩詞等等玩意兒，不過是一般富貴小姐無聊消遣和多餘的點綴，不消說更絕對不允許一個姑娘去自由戀愛了。黛玉在賈府成爲一個鋒鋩畢露爭強取勝的出衆者，同時在精神上也抵觸了社會所給予婦女的規範；結果就以自己脆弱的生命去嚐試那時代的冷酷的摧殘，擔任了紅樓夢悲劇主題中的主角。

二

黛玉和寶玉是童年相遇的；她和他的關係從兒童伴侶的日常生活中深植起來。然而却又不是單純和諧的「兩小無猜」的形象。一個是賈雨村所說的「夙慧」，一個是冷子與所說的「生來乖覺」；頗和某些著名的古代故事相似，兩個孩子初次相逢就都對對方起了驚異之感，無名的地震撼了自己的靈魂，彼此覺得似曾相識。不幸之發生是在於環境。正當兩個孩子「晝則同行同坐，夜則同止同息；眞是言和意順，似膠如漆」的時候，「不想忽然來了一個薛寶釵」！而且啊，這寶釵有一個金鎖，寶玉有一塊玉，正應了「金玉姻緣」的預兆。因此，黛玉一看見寶玉在寶釵房中互相鑑賞着那兩件婚姻象徵物，她就說：『早知道她來，我就不來了。』這本是說，『既有了我，爲什麽又來了一個寶釵呢？』黛玉的「小心眼兒」便從這裏開始萌長起來。別人勸寶玉不吃冷酒，黛玉感到爲什麽你先時不聽我的勸告呢？別人分宮花給各位姑娘，黛玉感到大家挑剩下的才輪到我自己。寶玉身上懸掛的荷包扇袋被外面小廝們討了去，黛玉以爲是他把她自已手做的東西隨意給了別人。其實寶玉對她却是『憑我愛的，姑娘要，就拿去；我愛吃的，聽見姑娘也愛吃，連忙收拾的乾乾淨淨，收着等姑娘到來。……丫頭們想不到的，我怕姑娘生氣，我替丫頭們想到。』這正是寶玉和黛玉童年的初戀時期。書中曾有一段記錄——

黛玉自在床上歇午，滿屋內靜悄悄的，寶玉便上來推她。

『你且到別處鬧會子再來！』黛玉只合着眼。

『我往那裏去？見了別人就怪膩的！』

『你既要在這裏，那邊去老老實實的坐着，咱們說話兒！』

『我也歪着！』寶玉說。

『你就歪着！』

『沒有枕頭，咱們在一個枕頭上吧！』

黛玉聽了，睜開眼起身，將自己枕的一個推給他；二人對面倒下。寶玉只聞得一股幽香，從黛玉袖中發出，聞之令人醉魂酥骨，寶玉便將黛玉衣袖扯住，要瞧瞧籠着何物。他說：『這香味奇怪。』

『難道我也有什麽羅漢眞人給我些奇香不成？便是得了奇香，也沒有親哥哥親兄弟弄了花兒、朵兒、霜兒、雪兒，替我泡製……』

寶玉笑道：『凡我說一句，你就拉扯上這麽些！不給你個利害，也不知道；從今兒可不饒你了！』說着翻身起來，將兩隻手呵了兩口，向黛玉膈肢窩內兩脅下亂撓，黛玉便笑的喘不過氣來，說『再不敢了！』

寶玉笑道：『饒你饒你，只把袖子我聞一聞！』說着便拉了袖子，籠在面上，聞個不住。黛玉奪了手道：『這可該去了！』寶玉笑道：『去？不能！咱們斯斯文文，躺着說話兒。』說着，復又倒下，黛玉也倒下，用絹子蓋上臉；寶玉有一搭沒一搭的說些鬼話。……

像這樣純眞美滿的場景，在寶黛戀愛史上是絕無僅有的。黛玉自幼慣於孤獨，她除寶玉外，不覺得需要別人之存在。寶玉太不孤獨，永遠有許多女孩子圍繞着他。寶黛二人之相處，很少沒有第三者之闖入的；尤其難堪的是「一語未了，人說寶姑娘來了。」因此黛玉並不是以爲寶玉給自己的太少，而是以爲他分給別人的太多；縱然在很明朗的童年之愛中，黛玉也常感到被擾害和須要防範的痛苦。

黛玉很快地跨入了迂迴痛苦的戀愛第二期；從史湘雲之闖入開始，到寶玉挨了父親痛打送手帕給黛玉爲止，是寶黛二人戀愛故事的高原時代，也是紅樓夢寫作主題中的主文。

三

兩個小伴侶不覺已變成了少年。他們年齡、身體和智慧都在發育，尤其是寶玉不再滿足於童年式的相處，他要求更深入的感情關係。於是西廂記牡丹亭這類的傳奇故事啓發了他們，那林黛玉竟會把一部西廂記一氣讀完，「只管出神，默默記誦」，她只覺得「詞句警人，餘香滿口」。不過，越當情慾誘力加強的時候，才會意識到禮教束縛之嚴緊；因此使這姑娘表現出愛悅的反面，她說：『把這些淫詞艷曲弄了來，說這些混帳話欺負我！』寶黛之間開始了內心與形跡兩方相矛盾的痛苦了。於是寶玉要就去胡混，要就是發他的那許多「獃氣」，而孤獨又纖弱的黛玉就只有見落花而流淚，聽艷曲而驚心；壓縮行動，深化感情，她一步一步向着感傷詩人的意境中沉陷下去。

這時候黛玉面前站着兩個敵人：一個是沉穩精細美貌多才的寶姐姐，一個是形神爽朗談笑動人的雲妹妹；寶玉在艷彩繽紛中眩惑，黛玉在形勢威脅下戰慄——

人說『史大姑娘來了！』寶玉轉身就走。黛玉問他從哪裏來，寶玉說從寶姐姐家裏來。

『我說呢！虧在那裏絆住脚；不然，早就飛來了！』黛玉說着便賭氣回房去了，寶玉忙跟了來。

『史大妹妹等你呢！』寶釵偏又走來把寶玉推走。

黛玉悶向窗前流淚。寶玉又回來了。黛玉越抽抽咽咽哭個不住，她說：

『你又來做什麼？死活憑我去罷了！橫豎如今有人和你頑耍；比我又會念，又會做，又會寫，又會說笑——又怕你生氣，拉了你去；你來做什麼？』

「小性兒」的黛玉總覺得寶玉常和寶釵湘雲站在一邊。有一次他們幾個看了戲回來，她對寶玉說——

『……我原是給你們取笑的！拿着我比戲子！……這一節還可恕——再者：你爲什麼又和雲兒使眼色？這安的是什麼心？莫不是她和我玩，她就自輕自賤了？她是公侯的小姐，我原是貧民家的丫頭……你却也是好心；只是那一個不領你的情，一般也惱了。你又拿我作情，倒說我小性兒，「行動愛惱人」！你又怕她得罪了我——我惱她，與你何干？她得罪了我，又與你何干？』

寶玉照例被擠得無容身之地。因爲她們誰也不許他兼容和中立，而黛玉尤其是慣於以自己的槍彈穿過寶玉去射擊敵人。凡黛玉與寶釵或湘雲的抵觸，在形式上總是變成黛玉和寶玉的衝突。賈母爲寶釵生日而唱戲，黛玉向寶玉發牢騷；元春賞賜衆姊妹禮物，獨寶釵與寶玉所得的一樣，黛玉更要向寶玉發牢騷。因此寶釵和湘雲存在着一天，她和寶玉的關係就一天得不到平靜與和諧。黛玉說：『我知道你心裏有妹妹；可是見了姐姐，就把妹妹忘了。』在婚配命定主義的時代，那「金玉之論」當然是公衆所承認的一種權威，黛玉哪能不畏懼？她說：『比不得寶姑娘什麼「金」什麼「玉」的，我不過是「草木之人」罷了！』這是多悽惻的聲音啊！偏巧史湘雲也有一個金麒麟；黛玉想着『旣你我足爲知己，則又何必有「金玉之論」？旣有金玉之論，就該你我有之！』這少女發現到人與天的抵觸了；而自己是毫無憑藉的。可是她的感情不許她退讓，她堅持着要獨佔寶玉，也可以說就是要以自己的生命與那天定的金玉姻緣鬥爭。因此她隨時諦聽着，有誰的脚步聲走近了寶玉的身邊？隨時窺伺着，寶玉的心在向着誰跳動？她的靈魂永遠在緊張、驚愕之中。可是這詩人本質的姑娘旣不了解環境，更不懂得戰略戰術；她惟一的能力就是無意地使用鋒利的言詞刺戟敵人和傷害中立者，以使得敵人戒備，使得自己絕無友軍而已。她神經越敏銳，估計敵情越強；地位越孤立，假想的敵人越多；於是只有讓深重的疑懼、妒恨、憂鬱、不斷地侵蝕自己；而人生的路徑也就非常狹窄了。——林黛玉型的歇斯頽厲就是如此造成的。

四

紅樓夢作者寫寶黛戀愛最深刻也最特殊之處，就是他描繪出在他們中間一方面愛的火燄非常熾烈，一方面愛的情緒是無法交流。寶玉平日對一般女性所習慣的「吃口紅」之類的「胡纏廝混」，遇到了黛玉就一概不能適用。他每到了黛玉面前就似乎變成天下第一蠢材，除了說出那些「天誅地滅」「你死了我當和尙」粗直的誓言之外，什麼話也說不好。黛玉之對寶玉，在人多的場合她總是嘲笑他，在人少的場合就鬧猜忌糾紛。寶玉呢，就總想借助於才子佳人的戀愛教材來打通一條交通線，這是最容易傷害了黛玉應有的閨秀之尊嚴的；因此常從一個綺麗的晴天猛然引起驚人的風暴。值得我們重讀的一段描繪是——

……一徑來至一個院門前，鳳尾森森，龍吟細細，正是瀟湘館。寶玉信步走入，只見湘簾垂地，悄無人聲。走至窗前，覺得一縷幽香，從碧紗窗中暗暗透出。寶玉便將臉貼在紗窗上往裏看時，耳內忽聽得細細的歎了一聲道：『「每日家情思睡昏昏」——！』寶玉聽了，不覺心內癢將起來。再看時，只見黛玉在牀上伸懶腰。寶玉在窗外笑道：『爲什麼「每日家情思睡昏昏」的？』一面說，一面掀簾子進來了；黛玉自覺忘情，不覺紅了臉。拿袖子遮了臉，翻身向裏，裝睡着了。寶玉才走上來要扳她的身子……黛玉坐在床上，一面抬手整理鬢髮，一面笑向寶玉道：『人家睡覺，你進來做什麼？』寶玉見她星眼微睜，香腮帶赤，不覺神魂飄蕩，一歪身坐在椅子上，笑道：『你才說什麼？』黛玉道：『我沒說什麼！』……

這本是相當柔美的境界。可是寶玉一見紫鵑給他斟茶，忽然想起了一句西廂記，他說：『好丫頭！「若與你多情小姐同鴛帳，怎捨得叫你疊被鋪床？」』這自然是黛玉所不能置若罔聞的，因此兩個人又鬧翻了。在只許「偸情」而不會戀愛的時代，一般青年男女大約常爲了缺乏傳情方式而苦惱吧？從來紅樓夢的讀者都怕讀寶玉黛玉這種情感淤塞和情感衝激的記錄。然而在特殊環境的規定之下，他們的愛情只能是巖石重壓下的激流，濃雲包圍中的暗月；具體說，他們只能有無聲的渴望、過敏性的猜疑和浪費的爭吵，而不能有現代人的明朗通暢。多次的小牴牾終於爆發了一次大衝突——

『別人不知道我的，還可恕；連她也這樣奚落起我來？』寶玉爲了張道士給他提親而一肚子不痛快，被黛玉的話一刺戟，便忍不住惱怒起來。『我白認得你了！罷了！罷了！罷了！』他絕望地說。

『白認得我了！那裏像人家有什麼配得上的呢？』黛玉回刺了一鎗。

『你這麼說，是安心咒我天誅地滅？』寶玉直問到她的臉上。

『我知道，昨日張道士說親，你怕攔了你的好姻緣！』黛玉公然無所避諱地指到核心問題上。

於是那寶玉臉都氣黃了，兩隻手冰冷，賭氣從頸上摘下通靈玉來，咬了咬牙，狠命往地下一摔；他說：『什麼勞什子？我砸了你就完了事了！』黛玉就大哭，大吐；襲人紫鵑也陪着哭做一堆。

這空前絕後的一囘大爭吵驚動了賈母王夫人王鳳姐以及許多人；寶黛兩個都受了極嚴重的創傷。可是在這一場狂風暴雨之後，他們「一個在瀟湘館臨風洒淚，一個在怡紅院對月長吁」，彼此都滋生出對自己悔恨對對方憐恤之情。又忽聽見賈母說他們是「不是寃家不聚頭」，對這極通俗却極有深味的諺語就像「參禪一般，都低頭細嚼這句話的滋味。」如作者所寫寶玉和黛玉這種苦戀的形象或許不是今日讀者所能體驗而予以同情的；然而，內心越要求接近，外形越表現背馳，這正是中國古代性戀愛方式的一種特質。實際上寶黛在這一場爭吵之後，他們的關係又推進了一步。

我們應當注意，作者在寶黛關係中並不強調黛玉之美貌這一點。作者曾刻畫出寶玉如何迷醉於寶釵的一隻肥潤柔美的手，又指出寶玉如何偶然受了鴛鴦的粉嫩的頸子的誘惑；然而對黛玉，他只在第一次見面時發見她有着微微蹙鎖的雙眉。寶玉曾說黛玉像個神仙，却沒有說她是美人。黛玉是被人公認的病態的美；這也可叫作痛苦的美吧？高級智慧而遭遇了苦難的靈魂，它是會發出一種奇異的光輝來的。被珠光寶氣膩綠肥紅所圍困的寶玉，他所要追求的是抽象的超現實的靈感：黛玉幽僻的生活，奇逸的文思，超越的意境，對寶玉的確能給予一種別人所無有的滿足；因此在寶玉眼中，她那疲弱的身材就成爲脫俗，含愁的眉眼就顯得是深刻了。成爲寶玉心上「萬王之王」的不是那「艷冠羣芳」的寶釵，而是「風露清愁」的黛玉，就正因爲只有她能使寶玉的靈魂清醒，昇華，淨化。

寶玉對黛玉之發生崇高的感覺，黛玉對寶玉發生知己的感覺，這是由於人生意識之共鳴。寶釵和湘雲都曾勸寶玉學習「仕途經濟」，都受了寶玉的批斥；他對襲人說：『林妹妹從不說這樣混賬話；若說這話，我也早和她生分了。』黛玉聽到這話之後，立刻覺得：「驚喜交集」而引爲知己；她發見寶玉在人生道路上是和自己一致的。寶玉睡午覺，寶釵偶然坐在他身邊，忽然聽見他夢中喊罵，他說：『和尚道士的話如何信得？什麼「金玉姻緣」？我偏說「木石姻緣」！』這不分明是作者在爲寶玉的潛意識發表宣言嗎？寶黛二人一致地揚棄傳統的庸俗的生活規律，一致地不屈從於金玉命定婚姻論；他們之所以構成不可打破的戀愛關係，作者很正確地指示出來基本原則。

五

寶黛戀愛之所以成爲悲劇，直接看來，像是由於這兩個人性格之所鑄成。但寶玉之過分的興趣廣泛，黛玉之過分晦澀，疑忌，也仍具有他們的客觀因素。環境對他們是一貫地起着分離作用的。寶黛衝突大多因爲受了別人之衝進他們的情感藩籬而誘發。等到他們二人互相認辨清楚彼此內心之一致以後，他們開始和諧了。寶玉對黛玉曾有一次透澈而肯定的表白——

『你放心！』寶玉看見黛玉在拭淚，他半天說了這句話。

『我有什麽不放心？我不明白這話。』

『好妹妹，你別哄我！果然不明白這話，不但我素日的心白用了，而且連你素日待我的心也都辜負了。你皆因多是不放心的原故，才弄了一身的病。但凡寬慰些，這病也不得一日重似一日！』

黛玉聽了這話，如轟雷掣電；細細思之，竟比自己肺腑中掏出來的還覺懇切；竟有千言萬語，滿心要說，只是半個字也不能吐，却怔怔地望着他——只咳了一聲，兩眼不覺滾下淚來，回身便要走。寶玉忙拉住道：『好妹妹，且略站住，我說一句話再走！』黛玉一面拭淚，一面將手推開，說道：『有什麼可說的？你的話，我都知道了。』

這段記錄是說明一個有效地表示了無它，一個從未有過地表示了信任；寶黛戀愛關係走上第三個階段。一般讀者正要看見這兩個愛侶如何從憂鬱的陰濕地帶走上通風透光的山頂，這時候寶玉和父親的大衝突突然爆發了；作者在這裏更使寶黛關係加重地緊密起來。寶玉負了重傷之後，黛玉是最後，是一個人，是在天將黑下來的時候，偷偷地來看望寶玉。別人給了寶玉許多溫慰的言詞，寶釵更帶給他敷棒傷的藥，而黛玉所有的只是「哭成桃兒一樣的眼睛」，是「無聲之泣，氣噎喉堵」。黛玉匆匆走後，寶玉故意把襲人支使開，特派晴雯送兩張藍手帕給那正爲他躲在房中哭泣着的黛玉姑娘——

……晴雯走進來，滿屋漆黑，並未點燈；黛玉已睡在床上。晴雯說：『二爺送帕子給姑娘。』黛玉聽了心中發悶，細心搜求，一時方大悟過來。不覺神魂馳蕩，一時五內沸然；由不得餘意纏綿，便命掌燈。也想不起嫌疑避諱等事，研墨蘸筆……

那舊帕子上被寫上了這姑娘吟咏眼淚的詩句。這手帕，這由於人的意識所製成的情感信物，正和那由於天的命定所製成的通靈玉、金鎖、金麒麟，作了一個對照。以精神結合作爲主幹的寶黛戀愛形態到此已無可再發展了。於是作者便緊接着寫道——

……那黛玉還要往下寫時，覺得渾身火熱，面上作燒；走到鏡台，揭開鏡袱一照，只見腮上通紅，眞合壓倒桃花；却不知病由此深了……

這是爲了指點出黛玉走向幻滅的開端。從這記載以後，黛玉和寶玉都逐漸入於心境幽黯而行動平和的成熟狀態中。從此以後，書中有很長一段把她們的戀愛主題擱開，一直到最後才由續作者高鶚接過筆來寫黛玉之死。

（十七）黛玉之死

一

紅樓夢這部書之所以誕生，就由於黛玉的結局是死，有了黛玉之死，這悲劇的題材才能成立。黛玉若不死，就沒有誰能給作者以如此巨大的寫作的鼓勵力

黛玉之死必然是事實；也必然是原作者曹雪芹所最初安排定的。作者的情緒是從自己愛人夭亡之痛感而擴大到各種女像之描繪；再由對女性之理解而擴大到對當時社會全面的觀照。作者把自己對社會的認識與批判容納在作品中，並且留給我們豐富的寶貴的史料；但他自己的意識中心却總停留在戀愛悲劇的主題上。所以我們可以說沒有黛玉之死就沒有紅樓夢。

黛玉爲什麽死？因爲她的戀愛失敗。戀愛爲什麽失敗？因爲她的性格不爲環境所容許。黛玉和她的情敵寶釵的性格完全是背馳的。寶釵在做人，黛玉在做詩；寶

釵在解決婚姻，黛玉在進行戀愛；寶釵把握着現實，黛玉沉酣於意境；寶釵有計劃地適應社會法則，黛玉任自然地表現自己的性靈；寶釵代表當時一般家庭婦女的理智，黛玉代表當時閨閣中知識份子的感情。於是那環境容納了迎合時代的寶釵，而扼殺了違反現實的黛玉。黛玉的悲劇就是由於這樣的性格與時代之矛盾而造成的。

二

紅樓夢作者寫寶黛戀愛故事，顯然和一般才子佳人式的傳奇小說有性質上的根本不同。傳奇小說的記錄是單線的，而寶黛的故事是多角的；才子佳人的戀愛多半是無個性的喜劇，而寶黛故事是性格完整的悲劇。從寶黛故事產生之後，不但給中國增加了一種戀愛故事的典型，而且創造出一種典型的戀愛性格。

寶黛之能構成戀愛，是由於他們兩個的性格之相契合；寶黛婚姻之所以失敗，是由於他們兩個性格之與時代相違反；而黛玉之「不合時宜」更爲明顯。大多數讀者的潛意識都同情着黛玉的內心，但對於黛玉的表現却總不免有不快感，這也足以說明黛玉性格中的悲劇成分。

作爲一個失敗的天才的表徵而加以強調的描繪，作者對黛玉的個性，首先喚起別人共同指摘的，便是她的那妒忌——所謂「小心眼兒」。有不少的男人在說：「我受不了那種陰鬱的氣質」，不少的女人認爲黛玉暴露了女人的纖弱與狹窄，黛玉的心情實在是病態的。然而你仔細想來，寶釵是那麽渾厚深沉得可怕，你不也很同情另外的一顆直率坦白的眞心嗎？當這個瘦弱的姑娘，抱着一腔的幽怨，含着淚獨自地走回那苦竹凄風的瀟湘館；而別人却在她背後投射出冷視的眼光，只有在這時候你可以了解黛玉的孤憤之所以造成了。其次如果寶玉不是那麽「見一個好一個」，如果那金鎖和金麒麟爲黛玉所有，她的懷疑與恐怖還會存在嗎？黛玉，一個無戰陣訓練，無友軍支持，置身於命定婚姻論的威脅之下，許多優秀女性環攻之中，她自然是處處表現得虛弱可憐了。

不消說作者對他的女主人翁是同情的：他賦予了她超越的口才、詩才和性靈，他使黛玉担負了諷刺人間的任務。對於那又蠢又聰明的劉老老，大家都苦於無以名之，黛玉叫她做「母蝗虫」，對於畫畫低能的惜春，黛玉說這大觀園蓋才蓋了三年，如今畫起來，又要研墨，又要蘸筆，畫兩年不爲多。對於樣樣在行得令人討厭的寶釵，大家毫無辦法；當寶釵提出一張包括鐵鍋水缸箱子這許多畫具的單子的時候，黛玉說恐怕連她的嫁妝也開上了吧？黛玉果然是最擅長於解頤的妙語，尖刻的諷刺！但湘雲說她：「專挑人的不是」，「見一個打趣一個」；小紅說她：「嘴又愛尅薄人，心裏又細」；襲人說：「我們一個丫頭，姑娘只是渾說！」可見她口才所換得的不過是別人深重的反感。她用口去咀咒人間的一切卑劣庸俗，却不懂得用心去衡量；她隨口撕裂了別人的臉面，也撕裂了別人和自己的關係。

口才與文才常是不可分的。同時，黛玉由於孤芳自賞，與人羣隔離，就善於接近自然，體驗自然。她向外的人世接觸圈子越縮小，內心的發展越抽象、越深細；於是養成一種別人所不能捉摸得到的意境生活。寶玉怕落花被人踐踏，把它們拾起來抖入池子裏去，黛玉却以爲這樣順水漂流出去，外面很難保不汚濁，不如把它葬入一個淨土的花塚中去，使其逐漸淹化，來得乾淨。她能這樣細膩地體會落花的命運，所以一聽到別人唱起那「只爲你如花美眷，似水流年」，便感動得心痛神馳，眼中落淚，而順口吟成「儂今葬花人笑癡，它年葬儂知是誰？」「一朝春盡紅顏老，花落人亡兩不知」的名句。

在衆人中她的詩是首屈一指的。她的「詠菊」詩裏說「滿紙自憐題素怨，片言誰解慰秋心？」她的「問菊」詩說「孤標傲世偕誰隱？一樣花開爲底遲？圃露庭霜何寂寞？雁歸蛩病可相思？」這些詩句不但主觀地寄托出黛玉自己的身世之感，也客觀地把詩題刻畫得極深入，極美妙。寶釵的詩也好，但只是吟詠工細，而缺乏超逸的意境。她在那很被稱道的柳絮詞中故意翻案，結語說「好風憑借力，送我上青雲！」實在非常勉強，其命意更俗；怎能及黛玉的「飄泊亦如人命薄，空繾綣，說風流！草木也知愁，韶華竟白頭！歎今生誰捨誰收？……」既不失柳絮本題，寓意也十分自然。

黛玉的詩才是從她幽美絕俗的意境生活所昇華而來。從黛玉的生活意識與文學修養上，作者使我們看到中國封建時代閨閣中優秀的智識份子的風範。有了這一位多才善感的姑娘站在我們眼前，就顯得歷史上謝道蘊李清照朱淑眞那些女詩家以及許多嬌艷多情的美人影子都有些糊塗了；只有黛玉是她們中間最形象化的一個。

作者表現黛玉的出身、身體狀態、精神特徵，以及她所住的庭院景象、所用的丫鬟命名等等，無一不是從入手就向着幻滅的歸宿點逐漸集中；換言之，以她所具有的十分充足的條件，到處都可以說明這姑娘的結局是失敗，是夭亡。試看竹林叢密曲徑陰深的瀟湘館，不是恰好適合於黛玉幽僻多愁的個性？這姑娘平日除了與寶玉相處以外，她的精神伴侶只有案上的詩書架上的鸚鵡而已。寶釵所有的是人工泡製的「冷香」，而走進黛玉房間所聞到的是藥爐裏發出來的藥香。寶釵偶然與緻來了，就去「戲彩蝶」，黛玉偶然看見落花，就「泣殘紅」，寶釵平日的生活是幫着母親料理家事，做女紅，或找找長輩平輩以至於大丫鬟們談談天，而黛玉却是靜坐在芭蕉掩映的月窗之下教鸚鵡讀自己的葬花詩；以致那鸚鵡也學會了她那一聲長歎。除了寶玉一人可以有時帶幾分人間的溫暖到她的左右之外；這閴寂無聲的瀟湘館中，就只有紫鵑看着黛玉的愁眉淚眼了。

作者寫寶玉走進瀟湘館所看見的是「鳳尾森森，龍吟細細」，是「湘簾垂地，悄無人聲」，是「一縷幽香從碧紗窗中暗暗透出」：不消說這裏面的主人一定是幽僻絕塵的黛玉姑娘了，又有一次她臨出門去交代紫鵑說——

『把屋子裏收拾了，下一扇紗屜。看那大燕子囘來；把簾子放了下來，拿獅子倚住；燒了香，就把爐子罩上。』

我們看了這幾句話就可想像到黛玉平日所過的是怎樣一種情懷高邈的詩境生活了。

然而不沾塵土的魂靈是不能戰鬥的。黛玉嫉恨卑俗的環境，要求感情的滿足，提高心靈的寄託，却不具有認識現實決擇戰略的才智。她飄浮在茫茫人海中惟一的依傍是賈母，但她對這老太太並不多接近。王夫人和鳳姐，原是寶釵方面的姻親，與她關係更疏遠，她也不在意。湘雲原和她好，後來出了嫁，已失去情敵的資格，她與她仍是若卽若離。李紈探春從來對她比較同情，她却只泛泛地相處，紫鵑向她建議趁老太太還健在，早點定局了終身大事；她却礙於羞澀，只打官話，使那惟一的忠實的丫頭無處用力。最可奇怪的是她忽然和寶釵親密起來。原因是別人有意先捉住了她引用西廂記等書詞句的短處，然後再加之以溫慰；她却不會先反問寶釵一句：你怎麼知道我說的是那些書呢？

黛玉的口才傷害了別人，黛玉的憂鬱傷害了自己，黛玉的性靈與詩境生活，只能供讀者的欣賞讚歎，黛玉沒有使自己戰鬭成功的能力，於是她只有歸結到悲慘的死亡。

三

使讀者感到很深的遺恨的是原作者並沒有寫到黛玉之死，他自己便先死去了。但賈府之日趨潰敗，寶黛之日近危亡，原作者在他親筆最後所寫的第七十回至八十回中已經逐漸提出了的。大觀園之查抄，甯國府宗祠裏鬼的悲歎，薛蟠之娶了夏金桂，香菱之慘遭毒打，這都是開始了賈府崩潰的記錄。薛寶釵遷出大觀園一去不回，惜春與甯府斷絕關係，林黛玉想重建詩社而不成，湘雲黛玉徹夜聯詩全是悲調，迎春嫁了一個惡毒的丈夫等等，都是說明一時人物之風流雲散，以致寶黛之環境越來越惡劣，心情越來越暗淡。在這種雰圍之下，寶玉之被逼成婚，黛玉之被逼就死，應當是無可幸免的事。

紅樓夢續作四十回之能否成立，第一個關鍵就在描寫黛玉之死的是否成功。高鶚在續作中插入黛玉論琴論八股的兩段，違反了黛玉的個性，顯然是極大的錯誤；

但對於寶黛戀愛發展的路向是理解到的；對於黛玉之死寫得曲折沉痛，是傑出的構撰。他承續着原作者後四十回的路向，一接過筆來就先寫寶玉「奉嚴命兩番入家塾」，說明寶玉在挨了父親的痛打以後，隔了很久，又重新接受到無可抵抗的管制，終不能長此跳出禮教傳統而自由下去，只得勉勉強強去學習「舉業」了。而接着又寫出黛玉的「癡魂驚噩夢」，點明了她和寶玉幻滅的預兆。黛玉夢見自己被許配給別人，許多人來給她送行；她跪着哀求賈母，那賈母却無情地囘答她說「這個不干我事」。在這無可奈何的緊張時候她看見了寶玉——

『妹妹大喜呀！』寶玉笑嘻嘻地。

『好！寶玉！我今天才知道你是個無情無義的人了！』

『我怎麼無情無義？你旣有了人家兒，咱們各自幹各自的了。』寶玉無可奈何地說。

『你叫我跟了誰去？』她只得拉着寶玉哭。

『你不要去，就在這裏住着。你原是許配了我的，所以你才到我們這裏來。我待你怎麽樣的，你也想想！』

『我是死活打定主意的了，你到底叫我去不去？』她心裏忽轉悲爲喜了。

『我說叫你住下；你不聽我的話，你就瞧瞧我的心！』

寶玉說着就拿一把小尖刀子往胸口上一劃，只見鮮血直流，黛玉嚇得魂飛魄散……

已經平靜了許久的寶玉戀愛主題到現在突然緊張起來，黛玉被這一個惡夢所刺激，又加重了她的病；她會因爲一個老婆子偶然駡人而暈蹶過去，神經衰弱到了極點。

這時候寶玉婚姻問題被正式提出了。有一個不相干的淸客向賈政爲寶玉說一位張家小姐。黛玉偸聽到雪雁告訴紫鵑這消息，她便決心絕食自殺。等到證明這是已被賈母否決的事以後，她才又從一線生機中復活過來。究竟那老太太意思如何呢？她要在自己周圍的女孩子中間選一個滿意的姑娘。她發表了寶釵黛玉的優劣比較論，說寶釵性格「温厚和平」最適宜於給人家做媳婦，而黛玉「性靈兒」雖也不差，却不如那個「寬厚待人」。黛玉一時的假悲劇就促成了眞悲劇；因爲賈母王夫人鳳姐道一統治集團聽了黛玉爲婚事而病的情形，旣生了反感，並且提高了警覺，他們會商決定了三個決議：(一)寶黛之間旣已如此「不成體統」，惟有趕快給他們分別進行婚嫁。(二)黛玉性情乖僻，身體多病，恐非壽相，只有寶釵最好。(三)，先給寶玉娶親，再給黛玉說人家。此外，爲了進行順利起見，鳳姐仰遵賈母之意，吩咐衆人『寶二爺定親的話不許混嚷；若有多嘴的，提防着他的皮！』因此外面的事兩個當事者絕無所聞。這時候寶玉的通靈玉忽然遺失了，他失去了靈性，在半昏迷狀態中任人擺佈。當此緊急之際，作者在這時候又乞靈於闖禍專家的傻大姐，使她把驚人的消息無心地洩漏給了黛玉，這樣展開了艱苦而又痛心的刻畫——

……那黛玉……轉身要回瀟湘館去，那身子有千百斤重，兩隻脚却像踏着棉花一般，早已軟了；只得一步一步慢慢的走將來，走了半天……(紫鵑)只見黛玉顏色雪白，身子恍恍蕩蕩的，眼睛也直直的，在那裏東轉西轉……只得趕過來輕輕的問道：『姑娘怎麼又回去？是要往哪裏呢？』黛玉也只模糊聽見，隨口答道：『我問問寶玉去！』……黛玉走到賈母門口……這時不似先前那樣軟了；也不用紫鵑打簾子，自己掀起簾子進來……看見寶玉在那裏坐着，也不起身讓坐，只瞅着嘻嘻地傻笑；黛玉自己坐下，却也瞅着寶玉笑。兩個人也不問好，也不說話，也不推讓，只管對着臉傻笑起來。……忽然聽着黛玉說道：『寶玉，你爲什麽病了？』寶玉笑道：『我爲林姑娘病了！』襲人紫鵑兩個人嚇得顏色改變……便來同着紫鵑攙起黛玉……紫鵑又催道：『姑娘，囘家去歇歇罷！』黛玉道：『可不是？我這就是囘去的時候兒了！』說着！仍舊不用丫頭們攙扶，自己却走得比往常飛快……離門口不遠，紫鵑道：『阿彌陀佛！可到了家了！』只這一句話沒說完，只見黛玉身子往前一栽，哇的一聲，一口血直吐出來。……

這就是高鶚筆下寶黛二人最後訣別的場面。他又故意地使寶釵和黛玉在同一個時間之內，一個結婚，一個慘死。當那邊鼓樂喧闐地舉行婚禮，這邊瀟湘館中——『妹妹，你是我最知心的……』微命如絲的黛玉只對着紫鵑一個人。

『我躺着不受用，你扶我起來靠着坐坐才好。』紫鵑只好以自己的身體支着她。

『我的詩本子——』她喘得說不成完全的語句；又咳嗽，又吐了一口血。紫鵑用絹子給她拭了嘴，黛玉便拿那絹子指着箱子；又喘成一處，說不上來，閉了眼。紫鵑料是要絹子，便叫雪雁開箱，拿出一塊白綾絹子來。

『有字的！』紫鵑這才明白是要寶玉所贈而她自己題過詩的那舊手帕。只得叫雪雁拿出來遞給黛玉。只見黛玉接到手裏，很命地撕那絹子；却是只有打顫的分兒，哪裏撕得動？

『籠上火盆……』她猛然將手帕和詩稿向火上一撩——她大概是想這火能把她遺留在人間的心血與眼淚消滅乾淨了吧？

『我的身子是乾淨的，你好歹叫他們送我回去！……』始終尊重精神戀愛的黛玉姑娘向紫鵑留下了這樣的自白。她搭着紫鵑的一隻手漸漸地握緊起來，似乎是還要以殘餘的那一點生命力拉住這無情的世界。

『寶玉！寶玉！你好！』她已經結束了最後的一次呼吸，又猛然發出這一聲凄厲的哀呼！

牽繫着黛玉留在人間的，本祇有寶玉這一根細絲，現在被無情地割斷了。可是寶玉却聽不見她那絕命的慘叫；這時候他正扮演着最難堪的丑角，充任寶釵的新郎。一陣隱隱的鼓樂聲傳到瀟湘館，做了黛玉的葬歌。

續作者寫完黛玉的歸宿，接着再以慘淡的心情，刻畫那一個被困在新房中的寶玉。他曲折精細地寫出寶玉的半迷半醒的掙扎；他又接着寫出「病神瑛淚晒相思地」「死纏綿瀟湘聞鬼哭」，這樣兩段陰森可怖悲痛傷人的文字。遵從了原作者的意志，他使黛玉從書中死去，却在廣大讀者的心裏永生，這的確是我們的續作者高鶚先生的一大成就。

黛玉命運之不幸，就是紅樓夢題材之不幸；黛玉所不能戰勝的環境，就正是作者所不能改造的社會。二百幾十年前正是封建統治最「昌明隆盛」的時期，我們最傑出最敏盛的原作者曹雪芹雖然已經看透那社會的黑暗腐朽，必歸崩潰；可是他怎麽能預知將來代替那一社會的又該是什麽力量什麽制度呢？於是他只好幻想着應該另有一個能容納黛玉寶玉的「太虛幻境」了；而在我們的人間就留下這一個終古的遺憾。

（十八）　賈寶玉的直感生活

一

賈寶玉是中國近二百多年頗有魔力的小說人物之一。他是一個失敗的天才型。他比起別的貴族少年多博取別人的諷嘲與悲憫，是因爲他以直感生活抗拒了他的時代。

也和其它偉大作品中的某些主人翁一樣，他以許多方面許多角度和一切不同的讀者相接觸，使人無從給他以簡單肯定的說明。依照紅樓夢作者的本意，並不要提出什麽偉大驚人的偶像；但作者却最長於創造實際的、傑出的、爲人所常見而不易於深察的典型，例如林黛玉，薛寶釵，尤其是賈寶玉。對於創造寶玉這人物的基本概念，作者曾首先提出了一個半幽默的神話——

　　卻說那女媧氏煉石補天之時，於大荒山無稽崖煉成高十二丈見方二十四丈大的頑石三萬六千五百零一塊。那媧皇只用了三萬六千五百塊，單單剩下一塊未用，棄在青梗峯下。誰知此石自經鍛煉之後，靈性已通，自去自來，可大可小。因見衆石俱得補天，獨自己無才，不得入選；遂自怨自媿，日夜悲哀。

無才補天，而被遺棄，就是人生沒落的悲哀。作者以爲這剩下的「零一塊」的先天本質原是通靈寶玉，可是一經降生到他那個時代環境中，就不幸變成可憐而無用的一塊頑石了——紅樓夢這部書所記載的就是這塊石頭的悲劇故事。

　　賈寶玉是賈府從富貴煊赫的高峯頂上下降到沒落的深淵途中的產兒。他旣不克勤克儉，遵循那平庸可憐的仕宦傳統；也不酒色昏迷，混入那荒淫得可恥的紈袴之羣；他表現成一種逸出常軌超脫現實的畸形姿態。作者對這主人翁設定了一個口啣了一塊通靈寶玉而降生的神話，使世俗人認爲這是一種天賦的貞祥；另外一方面也無異告訴聰明的讀者，說這少年生來就具有一種被時代扼困的災害象徵。其次，作者又記述他週歲時單單抓取脂粉釵環的故事，在父親賈政眼中被認爲生就的「淫魔色鬼」，但也有人把這解釋作一種「清明靈秀」的秉賦。作者借賈雨村之口說出一段近於玄學的理論——

『天地生人，除大仁大惡，餘者皆無大異……大仁者，修治天下；大惡者，擾亂天下。清明靈秀——天地之正氣——仁者之所秉也；殘忍乖僻——天地之邪氣——惡者之所秉也。今當祚永運隆之日，太平無爲之世……所餘之秀氣，漫無所歸……彼殘忍乖僻之氣，不能洋溢於光天化日之下……使男女偶秉此氣而生者，上則不能爲仁人君子，下亦不能爲大凶大惡；置之千萬人之中，其聰俊靈秀之氣，則在千萬人之上；其乖僻邪謬不近人情之態，又在千萬人之下。若生於公侯富貴之家，則爲性癡情種；若生於詩書清貧之族，則爲逸士高人；縱偶生於薄祚寒門，亦斷不至爲走卒健僕，甘遭庸夫驅制駕馭，必爲奇優名倡。如前之許由陶潛阮籍嵇康劉伶王謝二族顧虎頭陳後主唐明皇宋徽宗……近日倪雲林唐伯虎……卓文君紅拂薛濤崔鶯朝雲之流，此皆易地則同之人也。』

很不少的天資優異個性頑強的人，生當政治安定社會規律十分強固的時候，既不能平地崛起成爲「聖君」「賢相」，又不許突然爆發成爲「叛賊」「奸雄」，於是他們聰明才智無從發洩，就只有向着奇逸的旁面發展，形成通常的「善」「惡」範疇以外的異態人物。這種人物必然與現實脫節，與環境抵觸。歷史上許多的高人逸士，性癡情種，都由於不安於「祚永運隆」，「太平無爲」，不甘於「庸夫驅制」，這才演出供人詠歎的人性悲劇；而「潦倒不通庶務，愚頑怕讀文章」「無故尋愁覓恨，有時似傻如狂」的賈寶玉也正是其中之一。

二

寶玉是作者筆下最主觀性的角色。他是賈府家系的命脈，是戀愛故事的中心，也是人生哲學的說教者。作者以寶玉來反映賈府家庭的命運，反映許多女性的情感生活，反映當時貴族階級優異青年的一種特殊的世界觀，並且以寶玉的尺度批判着書中的許多人物。

現在我們首先來觀察寶玉公子的家庭地位。當林黛玉初進榮府的那天，王夫人說「我有一個孽根禍胎，是家裏的混世魔王」，黛玉聽了就知是「頑劣異常，不喜讀書，最喜在內幃廝混；外祖母又溺愛，無人敢管」的寶玉。賈府之無法避免沒落本是賈母賈政這些人所能模糊感覺到的事，迫於事實之更無任何其它的希望，他們只能把所有的幻想都集中於寶玉一個人身上。因此由賈母以最高權威的地位，率領全家尊卑長幼，一致供養着這位「菩薩哥兒」；試看寶玉要入家塾讀書的景象竟是那麽嚴重得可笑——

……是日一早，寶玉未起，襲人早已把書筆文物收拾停妥，坐在牀沿上發悶……寶玉見他悶悶的，因問道：『好姐姐，你怎麽又不自在了？難道怪我上學去，丟的你們冷淸了不成？』襲人笑道：『這是那裏的話？讀書原是極好的事……雖然是奮志要強，那功課甯可少些，一則貪多嚼不爛，二則身子也要保重……』襲人又道：『大毛衣服，我也包好了，交給小子們去了；學裏冷，好歹想着添換，比不得家裏有人照顧。脚爐手爐的炭也交出去了……』寶玉道：『你放心！我出外頭，自己都會調停的。你們也可別悶死在屋裏，常和林妹妹一處去頑耍才好。』說着，俱已穿戴整齊，襲人催他去見賈母。賈政王夫人等，寶玉又囑咐了晴雯麝月幾句，方出來見賈母；賈母也未免有幾句囑咐的話……』

儼然是萬里離家的遠別，其實不過因爲他想借讀書的機會好和秦鍾鬼混而已。對於這，他那父親賈政是看得十分淸楚的；因此對這個不走正常路線的兒子總用過分嚴厲的態度制壓。可是又因此引起賈政和賈母之間的敵對。賈母對寶玉說：『有我呢，他不敢委曲了你！』爲了金釧投井和寶玉隱匿優伶蔣玉函事件，賈政忍不住把他往死處毒打——

……正沒開交處，忽聽丫環來說：『老太太來了。』一句話未了，只聽窗外顫巍巍的聲氣說道：『先打死我，再打死他，豈不乾淨了？』……賈政聽了這話不像，忙跪下含淚說道：『爲兒的教訓兒子，爲的是光宗耀祖。母親這話，我做兒的如何當得起？』……賈政又陪笑道：『母親也不必傷感，都是做兒子的一時性急；從此以後，再不打他了。』賈母便冷笑幾聲，說道：『你也不必和我賭氣！你的兒子自然你要打就打。想來你也厭煩我們娘兒們，不如我們早離了你，大家乾淨！』說着，便命人去看轎，『我和你太太寶玉立刻囘南京去！』……賈政直挺挺跪着叩頭認罪。

一碰到人生意態衝突之爆發，宗法體系的管制層次就表現出本身的矛盾，而得不到解決了。那母親使用出對兒子的權威，那兒子對孫子的權威便一旦崩解。寶玉在這老祖母掩護之下，享受着賈政治外的特權。而且賈母決定貫澈她的縱容政策，她下命令說：『以後倘有會人待客諸樣的事，你老爺要叫寶玉，不用上來傳話……不見外人，過了八月才許出門。』從此以後，寶玉就『越發得了意，不但將親戚一概杜絕了，而且連家庭中晨昏定省，一發都隨他的便了；日日只在園中遊玩坐臥……』這樣寶玉才能取得行動自由，解脫傳統束縛，長期沉緬於女兒王國之中，以養成他特異的直感生活。

三

寶玉杜絕了進退應對慶弔往還的人事，躲避開聖經賢傳忠孝節義教條的學習，外鑠的社會規範在他身上已所餘無幾，剩下的大概只有自然人的原始要求了。衣食享受既無以復加，他就無限度地向着性感生活方面去翺翔。環境決定了使他成爲那麼多女性中的惟一男性；他永遠被許多女性所嬌寵、所包圍、所爭取。隨處隨時都是嬌媚的眼睛和溫熱的心。所以作者說他從搬進大觀園之後，「心滿意足，再無別項可生貪求之心。每日和姊妹丫鬟們一處……甚至描鸞刺鳳，鬥草簪花，低吟悄唱，折字猜枚，無所不至」。忘形愜意於「女奴翠袖詩懷冷，公子金貂酒力輕」「枕上輕寒窗外雨，眼前春色夢中人」的溫柔鄉裏，寶玉如果還有什麼對人世的企望，那便是想使這種生活延續到自已死滅爲止。比「人生祇合揚州死」「此鄉不老老何鄉」的感覺更具體，寶玉屢次發表他奇妙的幻想——

『……只求你們同看着我，守着我，等我有一日化成了飛灰——飛灰還不好，有形有跡，還有知識——等我化成一股輕煙，風一吹便散了的時候，你們也管不得我，我也顧不得你們了，那時憑我去，我也憑你們愛那裏去就去了。』

和天眞、自由、美麗、溫柔的女兒王國作一個對照，他發見凡那些大學中庸，禮教枷鎖，功名爭取，財貨掠奪，以及一切違反自然的強制、虛僞與醜惡，都是男子們以人工製造成的可憎的世界。寶玉的周圍最男性的第一個是他父親，代表正統，代表權威，使他懼怕；賈雨村是第二種男性，代表着世俗罪惡，使他痛恨；第三種就是賈珍賈璉這般代表無能與腐敗的角色，使他鄙棄。而秦鍾蔣玉函之還可以相與盤桓，是因爲他們已經女性化了。正與此一致，凡女子男性化了，便引起他的惡感。他說：『奇怪！奇怪！怎麽這些人只一嫁了漢子，染了男人的氣味，就這樣混賬起來？』他曾批評寶釵湘雲：『好好的一個清淨潔白的女子，也學的沽名釣譽，入了國賊祿蠹之流！』『眞有負天地鍾靈毓秀之德！』甚至於對自己，也因爲生成了一個男子之身而感到無可挽救的遺憾。他自貶爲「濁物」，「濁玉」，自稱爲「俗而又俗」，祇以能依傍女性爲她們服役爲榮而已。所以當他去偷祭金釧的時候，焙茗替他禱告說：『你在陰間保祐着二爺來生也變個女孩兒！』

寶玉的過分的女性崇拜與他那廣泛的女性迷醉是不可分的。在任何場合他都能獨特而深細地去探索着女性的情感，而自然地發生共鳴。晴雯發脾氣，大撕其扇子，他認為「響的好聽」，他從晴雯的快感中得到快感。齡官畫薔，他也隨着她的筆觸而癡迷了，甚至只想到下雨淋濕了她，而不知道淋濕了自己。藕官燒紙，他不管為了什麼內容直接地掩護她。偶然撞見焙茗和一個小丫頭的幽會，他認為焙茗連歲數都沒有問淸，那女孩子眞「可憐！可憐！」那女孩子已經跑了，他還追出去叫道：『你別怕，我是不會告訴人的！』這一段小插話使讀者發見寶玉保留着人間最無邪的原始性的同情心。在平兒挨打之後，寶玉喜出望外地為她換衣服、洗手帕、拿水、拿粉、拿胭脂，做種種細心的服役，作者說「寶玉因自來從不曾在平兒前盡過心，深以為恨」「今日也算是今生意中不想之樂，因歪在床上，心內怡然自得。」此外如欣賞鶯兒之編結絲絡子，強請玉釧兒嚐蓮蕊羹，偶然替香菱借一條裙子供她替換，偸偸地為妙玉送一張謝柬，聽劉老老講雪中抽柴女兒的故事等等，雖然當時的情緒或是暗淡，或是空虛，或是焦灼，各有不同，但其心理根株都不外追求他所特有的靈魂安慰與享受。

四

對於一般生物的性行爲，從自然律看來，甯可說這是屬於善的。不過人類已經組織成了嚴密的社會之後，太廣泛的性自由就不能允許了。倚靠大觀園的圍牆遮斷了世俗制約的寶玉，是一味放縱着他的性感覺的。我們可以說寶玉對於那些女孩子的情感都想佔有，也可以說寶玉從不發生任何單獨佔有的意識，（因爲沒有第二個男性和他並存）但無論如何他對女性却總是眞實的。寶玉不是世俗的色情狂，更非女性的殘害者，然而他那頭性感覺的獵犬却永遠不停地在吸嗅着捕捉着許多女性的美貌與靈魂。作者對於寶玉的性感覺之放縱從不多加隱諱。當寶玉和黛玉等一處說笑受了寶釵一場搶白之後，無精打彩地找不到可去之處——

……來到王夫人上房門內，只見王夫人在裏間涼榻上睡着，金釧兒坐在旁邊搥腿，也乜斜着眼亂恍，寶玉輕輕地走到跟前，把她耳上帶的墜子一撥。金釧兒睜眼見是寶玉，寶玉便悄悄笑道：『就困的這麼着？』金釧抿嘴一笑，擺手叫他出去，仍合上眼。寶玉見了她就有些戀戀不捨的；悄悄的探頭看王夫人合着眼，……上來拉着手，悄悄地笑道；『我和太太討你，咱們在一處罷！』……金釧兒睜開眼，將寶玉一推，笑道；『你忙什麼？「金簪兒掉在井裏頭，有你的只是有你的」，連這句俗語難道也不明白？我告訴你個巧方兒，你往東小院子裏去拿環哥兒和彩雲去！』……只見王夫人翻身起來，照金釧兒臉上就打了一個嘴巴子……寶玉……便一溜煙跑了。

他跑進大觀園，恰巧發現了齡官在畫薔，於是就又陶醉起來。在短短時間內，寶玉一連經歷着愛的糾紛、肉的誘惑和內心的吸引三個場面，他可以境易心移，絲毫不留餘影。像這樣的無所沾滯，豈不叫人可驚。

人都說黛玉極大的缺點是過分的狹窄，常引起人的不快感；那麼寶玉更大的疵病應當是那些無制壓的低級行動，常引起人的不潔感。王國維先生曾說：『生活之本質何？慾而已矣！』又說：『此可知吾人之墮落，由於吾人之所欲，而意志之罪惡也……所謂「玉」者不過生活欲之代表而已矣！』是的，作者就是要抒寫出一個一本自然而滋長的人之欲。因此作者所表現的寶玉的意識與行爲，常有白與黑、清與濁正相反的光色更迭閃耀，作者慣於把寶玉靈與肉的活動連續着對照着提供出許多客觀的記錄；他曾如此敍述過寶玉的心理發展過程——

……誰想靜中生動，忽一日不自在起來：這也不好，那也不好；出來進去，只是悶悶的。園中那些女孩子正是混沌世界，天眞爛漫之時，坐臥不避，嬉笑無心，那裏知寶玉此時的心事？……茗烟見他這樣，因想與他開心……便把那古今小說，並那飛燕合德武則天楊貴妃的外傳與那傳奇歌本，買了許多來引寶玉……

於是寶玉就屢次以西廂記的詞句去投向黛玉去了。而且有一次他在「神迷」的狀態中對黛玉說——

『……好妹妹！我的這心事從來也不敢說；今日我大胆說出來，死也甘心！我為你，也弄了一身的病在這裏，我不敢告訴人，只好捱着；等你的病好了，只怕我的病才得好呢！——睡裏夢裏，也忘不了你！』

寶玉這「心事」當然不止於談笑聯詩，或精神繫戀；然而作者似乎並不貶斥寶玉這種低級感覺。他對於靈肉之一致性很能理解，曾委託警幻仙子這樣說教——

『塵世中多少富貴之家，那些綠窗風月，繡閣煙霞，皆彼淫汚紈袴與那些流蕩女子，悉皆玷辱。更可恨者，自來多少輕薄浪子，皆以「好色不淫」為解，又以「情而不淫」作案，此皆飾非掩醜之語也。好色卽淫，知情更淫；是以「巫山之會」「雲雨之歡」，皆由既悅其色，復戀其性所致也。吾所愛汝者，乃天下古今第一淫人也！』……『……淫雖一理，意則有別。如世之好淫者，不過悅容貌，喜歌舞，調笑無厭，雲雨無時，恨不能天下之美女，供我片時之興趣；此皆皮膚濫淫之蠢物耳！如爾，則天分中生成一段癡情，吾輩推之為「意淫」。』

這理論首先闡明精神與肉體之不可分割；只知道皮肉享受，那是「濫淫」的蠢物；孤立地強調性靈，那也是矯情遮醜；而「第一淫人」之寶玉却是能從靈肉統一之中昇化出一種「意淫」狀態，也就是對靈肉雙方都有極強又極敏銳的觸覺。因此他對一個無知的小丫鬟也會非常細心體貼，對性靈高潔的黛玉也會說出使襲人感到「將來難免不才之事」的話來。作者認爲赤裸裸地寫出寶玉的直感生活而不加任何傳統法則的批判，才是他的職務。

五

由於寶玉的性觸覺的廣泛地伸張，便喚起許多女性間的糾紛以及他自己內心中的矛盾，現在我們引兩個最形象的例證——

……獨見麝月一人在外間房裏燈下抹骨牌。寶玉笑道：『你怎麽不同她們去？』

……麝月道：『都玩去了，這屋子交給誰呢？……』『你既在這裏，越發不用去了，咱們兩個說話玩笑豈不好？』寶玉道：『咱們兩個做什麼呢？……我替你篦頭罷！』……說着，將文具鏡匣搬將出來，卸去釵釧，打開頭髮，寶玉拿了篦子替她一一梳篦。只篦了三五下，見晴雯忙忙走進來取錢，一見他兩個，便冷笑道：『哦！交盃盞還沒吃，倒上了頭了。』寶玉笑道：『你來，我也替你篦一篦！』晴雯道：『我沒這麼樣大福！』說着拿了錢，便摔了簾子出去了。寶玉在麝月身後，麝月對鏡，二人在鏡內相視，寶玉便向鏡內笑道：『滿屋裏就只是她磨牙！』麝月聽說，忙向鏡中擺手，寶玉會意；忽聽「忽」的一聲簾子響，晴雯又跑進來問道：『怎麼磨牙了？咱們倒要說說！』

……寶釵只顧看活計，便不留心，一蹲身剛剛的也坐在襲人方才坐的那個所在……不想黛玉因遇見湘雲約她來與襲人道喜，二人來至院中，見靜靜悄悄的……那黛玉却來至窗外，隔着紗窗往裏一看，只見寶玉穿着銀紅紗衫子，隨便睡着在床上；寶釵坐在身旁做針線，旁邊放着蠅刷子。黛玉見了這個景兒，連忙把身子一藏，手握着嘴，不敢笑出來，招手兒叫湘雲，湘雲……忙也來看；才要笑時，忽然想起寶釵素日待她厚道，便忙掩住口，知道黛玉口裏不讓人，怕她取笑，便忙拉過她來道：『走罷……』黛玉心下明白，冷笑了兩聲，只得隨她走了。

晴雯襲人麝月之間和黛玉寶釵湘雲之間的紛擾便也是寶玉自己的災害。他常在這些人的爭奪戰中被圍困，被割裂，不但不能依他的主觀獲得調解，而且往往把一切的刀鋒招集在自己的身上。他能與一般社會隔離，能戰勝自己的父親，但絕不能擺脫這一種無窮無盡的糾紛與煩惱。有一次受了襲人責勸之後，他突然激發出虛無主義的反感來，便模仿着莊子的文調寫道——

焚花散麝，而閨閣始人含其勸矣。戕寶釵之仙姿，灰黛玉之靈竅，喪滅情意，而閨閣之美惡始相類矣。彼含其勸，則無參商之虞矣；戕其仙姿，無愛戀之心矣；灰其靈竅，無才思之情矣。彼「釵」「玉」「花」「麝」者，皆張其羅而邃其穴，所以迷眩纏陷天下者也！

又一次，他苦心孤詣地想消弭黛玉湘雲之間的衝突，結果却更壞，於是感悟到一切苦惱都是由於有他自己之存在而生——

細想自己原爲怕她二人生隙，故在中間調停，不料自己反落了兩處的貶謗；正如前日所看南華經內，『巧者勞而智者憂，無能者無所求，蔬食而遨遊，汎若不繫之舟』又曰：『山木自寇』『源泉自盜』等句，因此越想越無趣。襲人笑道：『他人隨和，你也隨和些，豈不大家彼此都喜歡？』寶玉道：『什麽「大家彼此」？他們有「大家彼此」，我只是赤條條無牽掛的！』言及此句……不禁大哭起來……

爲了戀愛糾紛而痛苦，而發生反動的虛無感覺，原是普通的事。不過我們這位寶玉公子和別人不同的是，他既無社會職司，更無學業教養，他所獨有的是超越常人的敏悟與非常高度的情感要求；他永遠是一個陷身於女子重圍中的孤獨者，熱鬧環境中的寂寞人；他日夜爲了無聊空虛而不停地忙亂着，他實在不堪其靈魂的流浪之苦啊！在一般人眼中他表現成一個精神變態的角色——

『怪道有人說他們家寶玉是相貌好，裏頭糊塗，中看不中吃的；果然有些獃氣！他自己燙了手，倒問別人疼不疼：』……『大雨淋的落湯雞似的，他反告訴別人「下雨了，快避雨去罷！」你說可笑不可笑？時常沒有人就自哭自笑，看見燕子就和燕子說話；河裏看見魚就和魚說話；見了明星月亮，他便不是長吁短嘆，就是咕咕噥噥的……』

看了這種形象的描寫，很可以推想到寶玉之所以如此狠狽不安，是因爲有超過戀愛以上的內心糾紛之存在，就是說他對這世界，這人生，直覺的地發生了強烈的震動。

賈寶玉富有哲學敏悟，却沒有哲學修養；富有文藝天才，却不長於文學寫作；他涉獵過些老莊與佛理；他也能寫出些動人的詩句；然而充其量只能說他具有天才的人生意境，到底不能構成一套完整的世界觀。因此他只能從戀愛經驗和家庭生活的刺戟，本着自己的直感來反抗封建傳統的禮教與婚姻。他有時候勇敢，有時候懦怯；有時候聰明，有時候愚蠢。長期的陰鬱和散漫的生活使他只有呻吟，沒有吶喊；只有幻念，沒有理想；只有內心的傲慢與鄙棄，沒有計劃性的戰鬥行爲。他每一設想到人生終極的問題，就結論到對黛玉所說「你死了我做和尚」，又常說要許多女兒們的眼淚把他送到鴉雀不到的幽僻之處，隨風化了，自此再不托身爲人。這並不是他已經有了一種哲學理解，認識到別一個高明的世界，不過是直接地感覺到這個現實的「茫茫」大地「渺渺」人生之空虛罷了。所以寶玉的戀愛，寶玉的反抗，寶玉的逃亡，一切都不外從他的直感出發。

從沒後落的貴族羣中發現了慧星式的人物，一時光芒奪目，頗爲驚人；到了他寂然殞落自然也動人憐惜。但是，昨夜的慧星究竟沒有變成明晨的旭日；他除去靈感、眞情、正義，並不具有從現實世界中創造新時代的力量。作者說那塊石頭經過鍛鍊，不過是些私生活的情感磨折；作者說那石頭上被鐫刻了字跡，不過是些女人的名字：於此他曉諭了我們，凡專憑直感反對現實的人物畢竟是不能改造現實的弱者，只有懷抱着「無才補天」「枉入紅塵」的悲痛以歸幻滅而已。這也正是作者對於沒落時代一種特異的沒落典型創造之成功。

（十九）寶玉的逃亡

一

寶玉的逃亡和黛玉之死本是構成悲劇主題的一個不可分的整體；如果分別看來，黛玉之死是純爲了戀愛之失敗，寶玉之逃是出於整個人生之幻滅。黛玉死，才說明了她對於現世人生之執着；寶玉出家才說明他對於現世人生之厭倦，揚棄。黛玉之死，爲着不勝於自己的苦痛；寶玉出家還爲了不堪其對人間之悲憫；一個是被迫無奈而就死，一個是有意去尋求解脫。

和現實環境抵觸，兩個人是一樣的。時代不容納他們，他們也不屈從時代。不過，說夭亡的黛玉姑娘完全生活在自己那幽僻的意境中不了解客觀世界，是對的；終於出了家的寶玉對於世間法却並非不理解；正相反，他對於自己身邊的那既複雜得可怕又空虛得可憐的家庭與社會，看得十分透澈；他並不眞是一個「潦倒不通世故」的傻公子。

寶玉的世界只是一個家族的世界；他與一般的社會太少直接的聯繫了。他以榮國公曾孫的資格與北靜王交好，以貴族公子的地位與馮紫英柳湘蓮薛蟠等吃酒胡混，偶然在鄉間遇見過一個紡線的女孩子，遇見過襲人的家屬，此外所見到的人不過賈政的幕僚，張道士，王一貼，劉老老，晴雯表嫂，寥寥可數的幾個人而已。可是我們知道賈府這一個龐大的家族之內：主子與奴才，富貴與貧賤，壓迫與反抗，正直與陰謀……這已是一個無所不備的封建社會模型了。從這種家族生長出來的寶玉自然不缺乏應付一切人事的智能。忠順親王派人向賈政尋討優伶蔣玉函，寶玉懂得「他既連這樣機密事都知道了，大約別的瞞不過他；不如打發他去了，免得說出別的事來。」襲人以爲寶玉之挨打，薛蟠有挑唆的嫌疑，寶玉立刻制止她說：『薛大哥從來不是這樣，你不要渾猜度！』以免寶釵難堪。柳湘蓮懷疑尤三姐的貞操而來問他，他說：『你旣深知，又來問我做什麼？』却始終不作正面答覆。這都是他處世的技巧。他在家庭生活和處理女性關係的許多瑣事中，也常表現出比林黛玉史湘雲懂得世故。

然而浪漫派的天才人物有一種必然的特質，便是他也能理解於世俗，却偏又無視於世俗生活的利害。寶玉在大觀園題匾額的時候，公然當衆壓倒自己的父親。趙姨娘用魘魔法謀害他，賈環密告使他挨打，事後他都漠然置之，不加追究。晴雯含寃而死，他只能寫一篇憑弔的文章了事。最重要的是他對於自己和黛玉的婚姻問題，始終毫無佈置。他雖然生活在利害繁複鬥爭尖銳的環境中，却由於厭惡傳統社會，對現實無所企圖，一切都不屑於做有意的應付，直到最後自己拋棄了這個人間了事。

那個社會之將歸於瓦解，寶玉是一個敏感的先覺者。轟轟烈烈的祖宗變成了塵士；安分守已的父親無能得可憐；貴爲皇妃的大姐不過是一個高等的獄囚；懦弱的二姐無聲地死去；有智有才的三姐一旦遠嫁就如風筝斷了線一樣……而號稱詩禮傳家規模嚴整的一個大家族，內部是腐敗得不堪聞問。他從這些這些現象中警悟到一切的國家、社會、家庭、都是空虛的軀殼，所謂倫理、名教和生死大節也是根本可疑的。他曾發表過一段極其虛無的理論——

『人誰不死？只要死的好。那些鬚眉濁物，只知道「文死諫，武死戰」這二死是大丈夫的死節，便只管胡鬧起來。哪裏知道有昏君方有死諫之臣！只顧他邀名，猛拚一死，將來置君於何地？必是有刀兵，方有死戰；他只顧圖汗馬之功，猛拚一死，將來棄國於何地？』……『那武將要是疎謀少略的，他自己無能，白送了性命，這難道也是不得已嗎？那文官更不比武官了！他唸兩句書，記在心裏，若朝廷少有瑕疵，他就胡彈亂諫，邀忠烈之名；倘有不合；濁氣一湧，卽時拚死，難道這也是不得已？……可知那些死的都沽着吊譽，並不知君臣大義。譬如我此時，若果有造化，趁着你們都在眼前，我就死了，再能夠你們哭我的眼淚流成大河，把我的屍首漂起來……這就是我死的得時了！』

別人都把自己的生命連繫在功名、官爵、財產、家庭倫理、命定婚姻之上，而他這一顆不受任何拘束的心只能和一羣少女扭結在一處，其餘一切都是無可無不可。有一回賈環爲賭錢和鶯兒嘔了氣——

……正值寶玉走來……却不知那寶玉是不要人怕他的。……他便料定天地靈淑之氣，只鍾於女子……把一切男子都看成濁物，可有可無。所以兄弟之間，不過盡其大概的情理就罷了；並不想自己是男子，須要爲子弟表率……寶玉道：『大正月裏，哭什麼？這裏不好，到別處玩去……譬如這件東西不好，橫豎那一件好，就捨了這件取那件，難道你守着這件東西哭會子就會好了不成？你原來是取樂的，倒招的自己煩惱……』

從這段話我們可以看出他對於現實得失是何等達觀。他誠然深恨罪惡，鄙視虛僞，同情弱者，但這些只增重了他對現實的揚棄心理；而無論對於所恨的人，所愛的人，乃他至自己，都向無創造或改造的意圖；他對所愛與所憎都無法增減，只有任其自然，才說明所謂達觀本質上實在是悲觀。當他聽到黛玉的葬花詩「儂今葬花人笑癡，他年葬儂知是誰？一朝春盡紅顏老，花落人亡兩不知！」的句子以後——

不覺癡倒山坡上，懷裏兜的落花，撒了一地；試想，林黛玉的花顏月貌，將來亦到無可尋覓之時，寧不心碎腸斷？既黛玉終歸無可尋覓之時，推之於他人如寶釵香菱襲人等，亦可以到無可尋覓之時矣。寶釵等終歸無可尋覓之時，則自己又安在哉？且自身尚不知何在何往，則斯處斯園，斯花斯柳，又不知當屬誰姓矣！

這就是作者所謂「自色悟空」的具體說明。寶玉對現實世界原來一無興趣，也一無所取，只覺得這以黛玉爲主的女兒王國還可以容他棲息；其實可以說是暫時避難。若是連黛玉寶釵這些僅有的珍貴色相尚且不能常住，那麽其它一切——這整個的人間世又有什麽能夠永存？又有什麽値得留戀？果然後來大觀園花落人亡，尤其是黛玉一朝慘死，使得他感覺到眼前所剩下的祇是可憎惡的汚濁與可悲憫的殘渣；他於是只能設想着那原從天上降凡的女兒王國已經又還都於天上的太虛幻境去了。既然太虛幻境才是沒有一切人爲的桎梏，可以自由自在，也是黛玉等人所能常住之所，那麽寶玉也就只有拋棄以世人爲主的現實塵寰，投奔以自己爲主的空想世界而去。

二

關於寶玉的解脫過程，續作者高鶚的理解與描寫大致不錯。刻畫寶玉新婚中的姿容與心理這是多麼艱難的課題；且看寶玉是怎樣半迷半醒的形像——

……次日鳳姐吃了早飯過來，便要試試寶玉。走進裏間說道：『寶兄弟大喜！老爺已擇了吉日，要給你娶親了，你喜歡不喜歡？』寶玉聽了，只管瞅着鳳姐笑，微微地點點頭兒。鳳姐笑道：『給你娶林妹妹過來，好不好？』寶玉却大笑起來。鳳姐看着，也斷不透他是明白，是糊塗；因又問道：『老爺說：你好了才給你娶林妹妹呢！若還是這麼傻，便不給你娶了。』寶玉忽然正色道：『我不傻，你才傻呢！』說着便站起來說：『我去瞧瞧林妹妹，叫她放心！』鳳姐忙扶住了，說：『林妹妹早知道了，她如今要做新媳婦了，自然害羞，不肯見你的。』寶玉道：『娶過來，她到底是見我不見？』鳳姐……便忍笑說道：『你好好兒的便見你；若是瘋瘋癲癲的，她就不見你了。』寶玉說道：『我有一個心，前兒已交給林妹妹了；她要過來，橫豎給我帶過來，還放在我肚子裏頭。』

到了婚禮開始的時候——

……這裏寶玉便叫襲人快快給他妝扮。坐在王夫人屋裏，看見鳳姐尤氏忙忙碌碌，再盼不到吉時，只管問襲人道：『林妹妹打園裏來，爲什麽這麽費事，還不來？』……一時，大轎從大門進來……寶玉見新人蒙着頭蓋……下手扶新人的你道是誰？原來就是雪雁！……『因何紫鵑不來？倒是她呢？』又想道：『是了！雪雁原是她南邊家裏帶來的，紫鵑乃是我們家的，自然不必帶來。』因此見了雪雁，竟如見了黛玉一般歡喜。

可是嚴重的關口總要到來的。等到到了新房，他按捺不住猛然揭開了新娘的頭蓋，「睜眼一看，好像寶釵；心中不信，自己一手持燈，一手擦眼一看，可不是寶釵麽？」這一霎那，便立刻使他陷入「我是在那裏呢？這不是做夢麽？」「坐在那邊的這一位美人兒是誰？」「你說二奶奶倒底是誰？」的糊塗境界；然後他就不顧一切，「口口聲聲只要找林妹妹去」。於是終於舊病復發，被別人「滿屋裏點起安息香來，安住他的神魂，扶他睡下」，然後就「起坐不能，湯水不進」了。

父親的權威，鳳姐襲人等的重重封鎖，寶釵的「辭嚴義正」，使得寶玉在生命難保之際想和黛玉死在一處的哀求都不能做到。富有軍事征伐頭腦的寶釵竟採取了「置之死地而後生」的「死心」戰術，全不怕寶玉「一痛而絕」，乾脆地告訴了他「林妹妹已經亡故了！」作者借此寶玉暈厥狀態的機會，使他魂入陰司，聽到「黛玉已歸太虛幻境，汝若有心尋訪，潛心修養，自然有時相見；如不安生，即以自行夭折之罪，囚禁陰司，除父母外，欲圖一見黛玉，終不能矣！」的教訓。這種寫法，第一是說明人世間的戀愛悲劇是不能從自殺得到補償的；第二是發展出寶玉在人間未能掃淨的留戀過程，使寶玉從一時衝動的直接反抗進到比較平靜地澈底拋棄現實。這是作者避免庸俗以及顧到主角個性之完整，才設定的曲折。

一日，寶玉漸覺神志安定：雖一時想起黛玉，尚有糊塗，更有襲人緩緩的將「老爺選定的寶姑娘，爲人和厚，嫌林姑娘天性古怪，原恐早夭；老太太恐你不知好歹，病中着急，所以叫雪雁過來哄你」的話，時常勸解，寶玉終是心酸落淚。欲待尋死，又想着夢中之言；又恐老太太生氣，又不能撩開。又想黛玉已死，寶釵又是第一等人物；方信「金玉姻緣」有定，自己也解了好些。寶釵看來不妨大事……便設法以釋寶玉之憂。寶玉雖不能時常坐起，亦常見寶釵坐在跟前，禁不住來了舊病。寶釵每以正言勸解，以「養身要緊，你我旣爲夫婦，豈在一時」之語安慰他。那寶玉……見寶釵舉動溫柔，也就漸漸的將愛慕黛玉的心腸，轉移在寶釵身上。

然而作者絕沒有使寶玉在新婚中竟其忘記了對黛玉的深痛，他很慘切地寫出了寶玉至瀟湘館痛哭黛玉的一場，然後才把寶玉與寶釵的關係假借鳳姐之口作喜劇形象的渲染——

……鳳姐見賈母和薛姨媽爲黛玉傷心，便說有個笑話兒……鳳姐拿手比着道：『一個這麽坐着，一個這麽站着；一個這麽扭過來，一個這麽轉過來；一個又——』說到這裏賈母已經大笑起來……鳳姐才說道：『……巴着窗戶眼兒一瞧，原來寶妹妹坐在炕沿上，寶兄弟站在地下，寶兄弟拉着寶妹妹的袖子，口口聲聲只叫「好姐姐，你爲什麽不會說話了？……」寶妹妹却扭着頭，只管躲，寶兄弟却作了一個揖，上前又拉寶妹妹的衣服，寶妹妹急得一扯；寶兄弟病後是脚軟的，索性一撲，撲在寶妹妹身上了……』

渡過了由疾病、昏迷、悲痛以及寶釵的鎮壓與誘致所織成的新婚期間，寶玉的生活與情緒，並沒有得到安定與平衡。作者接着敍述賈府破敗的許多事實使寶玉在人世間的温室完全崩解；然後又被逼着重學八股，謀舉業，斬斷他少年時代的自由生活，堵截了他對現實苟安對家庭妥協的路徑。但他還留戀着和黛玉以往的一點殘餘的痕跡，他去悄悄地訪問紫鵑——

……寶玉在外，知她傷心哭了，便急的躲脚道：『這是怎麽說？我的事情，你在這裏幾個月，還有什麽不知道的？就是别人不肯替我告訴你，難道你還不叫我說，教我悶死了不成？』說着也嗚咽起來了。寶玉正在這裏傷心，忽然背後一個人接言道：『你叫誰替你說呢？誰是誰的什麽？自己得罪了人，自己央及呀！人家賞臉不賞在人家，何苦來拿我們這些沒要緊的墊踹兒呢？』一句話把裏外兩個人都嚇了一大跳；你道是誰？原來是麝月！

寶玉是隨時受着别人監視的。他萬般無奈地想在這個世界中等待黛玉的靈魂來給他一點安慰。他一個人獨宿靜想，於是發生了和五兒一段很纏綿的故事——

……寶釵因令麝月五兒給寶玉仍在外間舖設了；又囑咐兩個人睡醒些……兩個人應着；看見寶玉端然坐在床上……寶玉料着自己不睡，都不肯睡，便收拾睡下……那知寶玉要睡越睡不着，見她兩人在那裏打舖，忽然想起那年襲人不在家時，晴雯麝月兩個人伏侍……想到這裏，一心移在晴雯身上去了。忽又想起鳳姐說「五兒給晴雯脫了個影兒」，因又將想晴雯的心腸移在五兒身上。自己假裝睡着，偷偷的看那五兒，越瞧越像晴雯，不覺獃性復發。聽了聽裏間已無聲息……便故意叫了麝月兩聲，却不答應。五兒聽見寶玉叫人，便問道：『二爺要什麽？』寶玉道：『我要漱漱口。』五兒見麝月已睡，只得起來……身上只穿着一件桃紅綾子小襖兒，鬆鬆地挽着一個髻兒，寶玉看時，居然晴雯復生；忽又想起晴雯說的「早知擔個虛名，也就打個正經主意了。」不覺獃獃的呆着，也不接茶……那五兒早已羞得兩頰紅潮，又不敢大聲說話，只得輕輕地說道：『二爺漱口啊！』寶玉笑着……問道：『你和晴雯姐姐好，不是啊？』……寶玉又悄悄的問道：『晴雯病重了，我看她去，不是你也去了麽？』……『你聽見她說什麽了沒有？』……寶玉已經忘神，便把五兒的手一拉……就道：『她和我說來着……』五兒聽見這話明明是輕薄自己的意思，又不敢怎麽樣，說道『那是她自己沒臉，這也是我們女孩兒家說得的麽？』寶玉……忽然想起五兒沒穿着大衣服，就怕她也像晴雯着了涼……連忙把自己蓋的一件白綾子棉襖兒揭起來遞給五兒，叫她披上；五兒只不肯接……才慢慢過來說：『二爺今晚不要養神呢麼？』寶玉道：『老實告訴你罷，什麼養神？我倒是要遇仙的意思。』……『你要知道，這話長着呢；你挨我坐下來，我告訴你。』五兒紅了臉笑道：『你在那裏躺着，我怎麼坐呢？』寶玉道：『這個何妨？那一年冷天，也是你麝月姐姐和你晴雯姐姐玩，我怕凍着她，還把她攬在被裏渥着呢！這有什麼的？……』

到了危險階段的綺膩情節忽被外面的聲響阻斷了，作者是存心把它寫得所謂「適可而止」，否則如紫鵑如五兒又要做了寶玉的絆脚石。於是五兒成為寶玉人世生活最後的一點溫馨。這段故事的安插是為了表現寶玉情緒的一點迴瀾，是說明了一個人從來的內在質素不是能突然廓清的；寶玉在他對現世全歸幻滅之前，必難免還要投下最後的一瞬。從這一次的靈魂脫險，寶玉的內心掙扎算是勝利了。

三

越過了五兒的關口，橫梗在寶玉面前的還有寶釵和父母；寶玉還要作對外的戰門。寶釵自從站上了統治寶玉感情的崗位之後，就僅成了障礙他靈魂行進的一個世俗妻子，而已死的黛玉這時候就昇格爲至高無上的神祇。寶玉平時對人世間的愛和恨本是很分明的，現在所愛的已杳然而逝，所恨的却咄咄逼人，他還能再忍耐下去嗎？所以寶玉唯一的要求只是如何遠離現世的寶釵，尋找世外的黛玉而已。作者曾記載寶釵怎樣以大道理來教訓寶玉——

寶釵道：『我想你我既爲夫婦，你便是我終身的倚靠，却不在情慾之私，論起榮華富貴，原不過是過眼煙雲，但自古聖賢，以人品根砥爲重。』寶玉也沒聽完，把那本書擱在旁邊，微微的笑道：『據你說「人品根砥」又是什麼「古聖賢」，你可知古聖賢說過「不失其赤子之心」？那赤子有什麼好處？不過是無知無識無貪無忌，我們生來已陷溺在貪嗔癡愛中，猶如污泥一般，正應能跳出這般塵網？……寶釵不等他說完便道：『你這句話益發不是了。……當此聖世，咱們世受國恩，祖父錦衣玉食，……你方才所說，自己想一想，是與不是？』寶玉聽了，也不答言，只有仰頭微笑，寶釵因又勸道：『你既理曲詞窮，我勸你從此把心收一收，好好的用了功，但能博得一第，便從此而止，也不枉天恩祖德了！』

這段枯燥無味的談話，一面說明寶釵已是技窮的哀鳴，一面說明寶玉倒胸有成竹，十分穩定。從來不想統制人的寶玉也絕不受人的統制。他平時慣於不自覺而又永不懈怠地向黛玉輸誠，求降，但他卻偏能斷然抗拒寶釵牢籠他的企圖。這時候他的心是頗爲莊嚴了。他開始有計劃地佈置着；他從此大讀其八股，準備去博得「第一」，以稍稍顧全一點父母的情感。有人以爲再使寶玉去應了科考才逃亡，實嫌多餘。寶玉誠然對科考是深惡痛絕，對父母也感情稀薄；一個決心逃世的人還能重視倫理關係嗎？然而也不盡然：第一，傳統的觀念力量本來太強了；第二，只有家庭沒有社會的寶玉對父母之絕緣也決非易事；第三，只有這樣曲折繁難，才是更合於逐步解脫的必經之路。續作者對此過程寫作的文字自然不很高妙，且喜最後沒有違反了原作者的初衷，他給我們留下一幅很不壞的畫面——

……一日行到毗陵驛地方，那天乍寒下雪，泊在一個清靜去處，賈政打發家人上岸投帖。……自己在船中寫家書……忽見船頭上微微的雪影裏面一個人，光着頭，赤着脚，身上披着一領大紅猩猩氈的斗蓬，向賈政倒身下拜。賈政尚未認清，急忙出船，欲待扶住問他是誰，那人已拜了四拜，站起來；賈政吃一大驚，忙問道：『可是寶玉麼？』那人只不言語，似喜似悲。賈政又問道：『你若是寶玉，如何這樣打扮，跑到這裏？』寶玉未及回言，只見船頭上來了兩個人，一僧一道，夾住寶玉，說道：『俗緣已畢，還不快走？』說着，三人飄然登岸而去。賈政不顧地滑急忙來趕，見那三人在前，哪裏趕得上？只聽得他們三人口中，不知是哪個作歌曰：——『我所居兮，青埂之峯！我所遊兮，鴻濛太空！誰與我遊兮，吾誰與從？渺渺茫茫兮，歸彼大荒！』